문화콘텐츠·대중서사장르의 서사전략

"이 저서는 2011년도 정부(교육과학기술부)의 재원으로 한국연구재단의 지원을 받아 연구되었음.(NRF—2011—812—A00145)"

글누림 문화예술 총서　13

문화콘텐츠
대중서사장르의
서사전략

강현구 지음

글누림

머리말

본 저서는 문화콘텐츠의 다양한 장르 중 중요하거나 새롭게 부각되는 장르 전반에 관심을 두되, 특히 대중적 기호가 뚜렷한 서사유형 즉 대중서사장르의 서사전략을 규명하는데 노력을 기울였다. 출판물, TV 영상물, 애니메이션, 공연물 등의 다양한 매체를 통해 대중의 기대지평을 충족시키는 서사유형 가운데 구체적으로 〈미담집〉, 〈셀픽션(*selfiction* = 자기계발 *selfhelp* + 픽션 *fiction*)〉, 〈지식콘텐츠〉, 〈그래픽노블 *graphic novel*〉, 〈코믹저널리즘, 르포만화〉, 〈애니메이션〉, 〈에듀픽션 *edufiction*〉, 〈콘서트류 교과서〉, 〈논픽션 만화〉, 〈페이크 다큐멘터리 *fake documentary*〉, 〈뮤지컬〉 등을 대상으로, 그것들의 서사전략을 탐색하였다.

문화콘텐츠 및 대중서사장르 중 상기한 장르를 택한 이유는 핵심적이고 새롭게 부상하고 있는 경쟁력 있는 장르라는 점과 함께, 콘텐츠와 서사방식이 새롭고 다양하게 교접하는 새로운 글쓰기 방식의 창조적 활용과 관련된다는 점에서 문학·인문학·인문학적 상상력이 그 가치와 힘을 가장 역동적으로 발휘할 수 있는 장이 되기 때문이다. 동시에 서사전략을 탐구대상으로 삼은 이유 역시 서사전략이 경쟁력 있는 문화콘텐츠·대중서사장르의 콘텐츠 산출에 있어 대중의 기호를 창출하는 가장 핵심적인 사안일뿐더러, 문학, 인문학, 인문학적 상상력이 서사전략의 수립과 활용에 가장 근간적인 역할을 하기 때문이다.

아울러 문화콘텐츠·대중서사장르의 서사전략에 대한 탐색은 문화콘텐츠·대중서사장르의 창출에 관여하는 핵심적인 3가지 축 즉 〈예능적 감각〉, 〈공학적 기술〉, 〈인문학적 상상력〉에 대한 전반적 고려를 낳는다는 점에서 융합학문적 연구자세를 생성할 뿐만 아니라, 한편으로는 서사학, 창작론, 인문학적 지식, 창작능력 등에 강점을 갖는 인문학도들에게 외연을 넓히고 경쟁력을 갖출 수 있는 기회를 제공할 것이다. 물론 역으로 문화콘텐츠·대중서사장르의 창출에 관여하는 예능 *art*, 기술 *technology*의 전공자에게도 새로운 시각을 열어줄 수 있을 것이다.

본 저서의 탐구내용을 구체적으로 살펴보면, 제1장 미담(美談), 미담집(美談集)의 세계에서는 베스트셀러가 된 미담집의 미담을 대상으로 감동과 정서적 호소력의 근간이 된 4가지 서사전략을, 제2장 셀픽션(selfiction)의 경쟁력에서는 성공의 비결을 강력하고도 간결한 메시지로 전하려는 의도가 우화와 소설형식과 만나는 서사전략을, 제3장 지식콘텐츠 – 〈지식채널 e〉와 자막에서는 특정한 분야에 대한 지식을 단편형식의 영상물로 전하면서 택한 자막의 창조적 활용방식 및 서사전략을 탐색하였다.

제4장 코믹저널리즘, 르포만화의 세계에서는 '만화와 보도 및 르포가 만나는 장'에서 펼쳐지는 〈문학적 상상력과 사실보도 및 역사적 재현〉이 어우러지는 서사전략을, 제5장 애니메이션과 에듀테인먼트에서는

아동용 애니메이션에서 '재미와 몰입의 원천이 되는 공포, 엽기, 모험, 음모를 담는 서사전략'과 '교육과 재미가 어우러진 에듀테인먼트의 서사전략'을, 제6장 에듀픽션에서는 지식과 정보의 전달 즉 교육과 문학적 특히 소설적 서사가 만나는 서사전략을 살펴보았다. 제7장 콘서트류 교과서에서는 특정 학문분야에 대한 총체적 지식을 흥미와 수월성을 담보하며 전하는 새로운 글쓰기 방식과 관련된 서사전략을, 제 8장 논픽션 만화−역사와 비평 아우르기에서는 특정분야에 대한 지식을 전하되 재미와 함께 역사와 비평적 관점을 포괄하여 전하는 서사전략을, 제 9장 페이크 다큐멘터리와 팩션에서는 페이크 다큐멘터리 혹은 모큐 다큐멘터리의 장르적 특성과 함께 '허구와 다큐멘터리'가 '사진과 문학적, 사실보도적 기술'과 만나는 장에서의 서사전략을, 제10장 대작 스릴러 뮤지컬의 격정성과 서사전략에서는 세계 최대 흥행을 기록한 대작 스릴러 뮤지컬을 대상으로 경쟁력의 원천인 격정성의 창출과 관련된 서사전략을 탐색하였다.

본 저서가 갖는 의미와 가치는 i) 문화콘텐츠·대중서사장르의 서사전략을 전반적으로 다루었다는 점에서 이들 장르들의 실체에 대한 분석과 함께 경쟁력 있는 문화콘텐츠·대중서사장르의 창출을 위한 방법론을 구축하였다는 점을 들 수 있을 것이다. 동시에 ii) 새로이 부각된 장르들을 집중적으로 살펴봄으로써 새로운 연구분야를 개척하였고, iii) 지식콘텐츠, 에듀테인먼트, 에듀픽션처럼 지식과 정보의 확산과 관련된 장르들에 대한 탐색을 통해 개인적·국가적 경쟁력의 확보라는 교육적 가치 또한 비중을 두었으며, 무엇보다도 문화콘텐츠학 혹은 인문학이 주도적으로 참여할 수 있는 경로의 탐색을 제공하였다. 아울러 iv) 장르별로 또한 서사구조, 인물설정, 스터리텔링 방식 등에 대한 다층적인 서사전략을 살펴봄으로써 대중적 기호와 호소력을 불러오는 창작방법론을 구체적으로 규명하여 경쟁력 있는 문화콘텐츠·대중서사장르의 창출에 실효적으로 활용할 수 있는 경로를 구축하였다.

앞으로 본 저서가 문화콘텐츠학 전공이나 창작 아카데미의 주요 교과목 구성이나 교육내용에 이바지할 수 있기를 기대하며, 에듀테인먼트, 지식콘텐츠, 르포만화, 애니메이션, 다큐멘터리, 뮤지컬 등의 창작에서 가장 취약한 분야인 스토리텔러의 육성에도 기여할 수 있을 것으로 확신한다. 동시에 인문학의 외연확대와 함께, 문화콘텐츠 창출에 관여하는 예능 및 기술의 전공자에게도 새로운 시각을 제공할 수 있기를 바란다.

2016. 2.

강현구

차 례

제 1 장

미담(美談), 미담집(美談集)의 세계

미담(美談), 미담집(美談集)의 세계

1. 미담집의 시대

세상의 훈훈한 미담을 엽편소설(葉篇小說)의 분량[1]으로 전하는 글들을 모은 미담집이 주목을 받고 있다. 『마음을 열어주는 101가지 이야기』 시리즈, 『영혼을 위한 닭고기 수프』 시리즈, 『살아있는 동안 해야 할 49가지』, 『TV 동화 행복한 세상』 시리즈 등이 한결같이 베스트셀러 반열에 올랐는데, 출판계의 기대를 훌쩍 뛰어넘어 국내에서만 『마음을 열

---

[1] 대체적으로 200자 원고지 3~20매 분량의 글들이 대부분이다. 20세기 후반에 들면서 라틴아메리카뿐만 아니라 전 세계적으로 초단편 소설이 유행인데, 그것을 하나의 장르로 묶어 미니픽션이라 부르고, 원고지 70매에서 150매 분량의 단편소설보다 짧은 작품 중 20매에서 70매 분량의 '짧은 단편'(sudden fiction)보다는 원고지 3매에서 20매 분량의 '아주 짧은 단편'(flash fiction)과 1매에서 3매까지의 '초단편'(micro fiction)을 이 범주에 넣으니, 미담집에 수록된 미담들은 이 미니픽션의 분량에 해당된다 하겠다. 송병선, 미니픽션: 「21세기 문학의 새로운 지평」, Latin 21 www.latin21.com, 2003.10.22.

어주는 101가지 이야기』시리즈가 300만부 이상의 판매부수를 기록했고, 특히 중국 출판물이 베스트셀러 반열에 오른 전력이 희귀한 현실에 비추어 이색적이게도 중국에서보다도 훨씬 더 주목을 끌며『살아있는 동안 해야 할 49가지』가 100만부 이상의 판매부수를 올렸다. 여기에 더해『영혼을 위한 닭고기 수프』가 전 세계적으로 1억 부 이상의 판매부수를 올린 것을 보면 미담집의 감동이 전 세계적으로 강력한 호응을 얻고 있음이 명확하다.

신자유주의의 확산으로 전 세계가 무한경쟁의 질주 속으로 내몰리면서 사람마다 생존경쟁에서 살아남기 위해 개인의 능력과 힘을 기르기 위한 지식과 비결을 담은 출판물 -『성공한 사람들의 7가지 습관』같은 처세서나『누가 내 치즈를 옮겼을까』처럼 자기계발의 메시지를 소설적 형태에 담은 셀픽션 - 이 범람하는 시대에, 그런 조류와는 대조적으로 남을 위한 헌신이나 자기희생적 사랑 그리고 순수한 동심의 세계 등을 그려 감동을 자아내는 미담집이 세상의 바람직한 모습을 고민하는 많은 사람들 사이에 큰 호응을 얻고 있는 것이다.

이들 미담집은 대중들에게 호소력이 강한 감동적인 체험을 전한다는 점뿐만 아니라 올바른 삶과 행복한 사회에 대한 진지한 모색이나 가르침을 전파한다는 점에서 상상을 뛰어넘는 가치와 힘을 지녔다 하겠다. 산술적으로만 말하더라도 단일 미담집으로 확보한 전 세계 1억 명의 독자나 한국에서의 3백만 독자라는 수치는 미담의 감동에 같이 호흡하고, 시각을 함께 공유하는 그 놀라운 힘을 눈앞에 여실하게 보여주고 있다.

따라서 이런 미담집은 앞으로도 지속적인 힘과 영향력을 보일 터인데, 사람들의 감동과 흥미를 증폭시키는 경쟁력 있는 미담집의 산출은 참으로 중요한 일이라 하겠다. 무엇보다도 바람직한 삶의 태도를 사람들의 마음에 심어야 하는 필연적이지만 그 어려운 과제를 미담집의 그 놀라운 힘이 한 축이 되어 감당하고 있으니 대중들에게 흥미롭게 읽히는 미담집의 개발은 미룰 수 없는 과제라 하겠다.

이런 이유로 여기에서는 경쟁력 있는 미담집 개발을 위한 서사전략을 탐구해 보려 한다. 미담집이 경쟁력을 갖추기 위해서는 대중들의 호응과 정서적 반응을 증폭시키는 서사전략이 필요하다는 전제인데, 이미 그러한 사실은 실패한 미담집들이 보이는 선행에 대한 진부하고 작위적인 반응의 강요, 자기도취적인 과도한 감정의 노출, 독자의 지속적인 몰입을 방해하는 서사구조 상의 클리셰 등과는 대조적으로 예기치 않은 반전이나 감동을 지연시키는 기술, 죽음이라는 극적 사건을 다루는 서술방식, 새로운 시각의 열림에 연계된 놀람을 보장하는 서사전략 등이 보여주는 대중적 호소력에서 명시적으로 나타난다.

실효성 있는 논의를 위해 논점을 미담이 주는 감동의 성격적 특성을 유형화 하여 그 유형에 맞는 서사전략을 탐구하려 하는데, 구체적으로 반전–각성–지연점의 구조, 죽음이라는 프리즘을 통해 본 서사 혹은 시각의 변전, 각성의 전격성을 강조하는 놀람과 보편성을 꾸미는 확장성의 전략, 그리고 상처 입은 개인의 내밀한 행복을 부각시키는 트릭과 같은 전략 등을 서사전략이라는 틀 안에서 살펴보려 한다. 아울러 논의의 구체성을 위해 대중적 기호를 통해 미담집의 경쟁력이 검증되었으면서도 미담의 사연이 갖는 절실성과 함께 서사전략의 정형성과 효율성이 두드러진 사례를 중시하려 하는데, 구체적으로『마음을 열어 주는 101가지 이야기』1, 2, 3,『영혼을 위한 닭고기 수프』1, 2,『살아있는 동안 해야 할 49가지』,『TV 동화 행복한 세상』1, 2, 3, 4, 5[2]가 분석 대상이다.[3]

2. 반전 – 각성 – 지연점의 구조

미담의 감동을 극대화시키기 위한 서사전략의 첫 번째 사실은 반전

---

[2] 특히『TV 동화 행복한 세상』은 출판물뿐만 아니라 오디오북으로도 제작되었는데, 1편당 낭송시간이 3~6분이며 CD 한 장에 10여 편이 녹음 되어 있다. 오디오북은 눈으로 읽는 대신에 귀로 듣게 되는 책이란 점에서 미담집 미담의 엽편 형식이 생래적인 강점을 갖게 된다.

"그런데 오디오북『TV동화 행복한 세상』의 매력은 진솔하고 따뜻한 이야기의 힘과 나레이터(북텔러)의 능란하고 명료한 발화능력이나 언어구사능력에만 있는 것이 아니다. 이 오디오북은 한번의 청취만으로도 정서적 감동이 유발됨과 동시에 청취 후 제목만으로도 스토리가 연상될 만큼 이야기가 명료하게 인식되는데, 그것은 무엇보다도 엽편이라는 형식이 오디오북과 잘 맞아 떨어지기 때문이다. 주지하다시피 독서과정 전체를 통어하며 읽게 되는—그래서 깊이 있는 사유를 할 여유와 서적을 반복해서 볼 수 있는 환경—인쇄매체 즉 서적과는 달리 오디오북은 귀로만 듣게 되고, 일과적 흐름 속에서 필요한 부분만 떼어 반복해서 읽을 수 없기 때문에 깊이 있는 사유나 이야기의 지속적 기억이 어렵다. 반면에 엽편이 갖고 있는 근본적 속성 즉 극적 순간에 집중하여 그리는 압축적 구성법, 절정부의 예상치 못한 전환 등은 오디오북에서는 생래적인 강점으로 부각된다. 오디오북의 감상자는 고도로 압축된 절정부의 이야기를 어려움 없이 인지할 수 있고, 이야기의 극적전환을 강렬한 인상을 갖고 느낄 수 있다." 강현구,『대중문화와 문학』, 보고사, 2004. 2. 248~249쪽.

[3] 잭 캔필드, 마크 빅터 한센,『마음을 열어주는 101가지 이야기』1, 2, 3, 류시화 역, 이레출판사, 2006.
잭 캔필드, 마크 빅터 한센,『영혼을 위한 닭고기 수프』1, 2, 류시화 역, 푸른숲, 2007.
탄줘잉,『살아있는 동안 해야할 49가지』, 김명은 역, 위즈덤 하우스, 2004.
이미애 외,『TV 동화 행복한 세상』1, 2, 3, 4, 5, 샘터, 2006.

－각성－지연점의 서사구조 채택이다. 『TV 동화 행복한 세상』의 <꼴찌하려는 달리기> 편이나 『마음을 열어주는 101가지 이야기』 1의 <서커스> 편 등이 그 예이다. 이야기의 반전이 주는 흥미에 기대어 미담의 감동을 증폭시키는 경우인데, 여기에 숨은 비밀이 갖는 놀라움과 함께 고조된 감동의 여운을 음미하는 여유로움이 돋보이는 경우이다. 그 실례를 보자.

   (a) 그런데 참가자들이 하나 둘 출발선상에 모이면서 한껏 고조됐던 분위기가 갑자기 숙연해지기 시작했습니다. 푸른 수의를 입은 선수들이 그 쓸쓸한 등을 부모님 앞에 내밀었고 마침내 출발신호가 떨어졌습니다. 하지만 온 힘을 다해 달리는 주자는 아무도 없었습니다.

   (b) 아들의 눈물을 훔쳐 주느라 당신 눈가의 눈물을 닦지 못하는 어머니…

아들의 축 처진 등이 안쓰러워 차마 업히지 못하는 아버지…

교도소 운동장은 이내 울음바다로 변해 버렸습니다. 아니, 서로가 골인 지점에 조금이라도 늦게 들어가려고 애를 쓰는 듯한 이상한 경주였습니다. 그것은 결코 말로는 표현할 수 없는 감동의 레이스였습니다.

   (c) 그들이 원한 건 1등이 아니었습니다. 그들은 그렇게 해서 함께 있는 시간을 단 1초라도 연장해 보고 싶었던 것입니다.

          (『TV 동화 행복한 세상』 1, <꼴찌 하려는 달리기>, 104쪽.)

『TV 동화 행복한 세상』 1의 <꼴찌 하려는 달리기> 편은 교도소 수인과 그 가족들의 이야기이다. 20년 이상 복역한 장기수와 그 가족들이 초대된 특별행사에서 운동회가 펼쳐진다. 오랜만의 상봉이라 가슴 설레

〈TV 동화 행복한 세상〉
TV 프로그램 및 출판물로 인기.

는 축제 분위기인데다, 며칠간 예선전을 치루면서 고조된 경쟁의식이 치열 - "이미 지난 며칠간 예선을 치른 구기종목의 결승전을 시작으로 각 취업장 별 각축전과 열띤 응원전이 벌어졌습니다. 달리기를 할 때도 줄다리기를 할 때도 어찌나 열심인지 마치 초등학교 운동회를 방불케 했습니다" - 하다.

극구 경쟁에서 이기려는 경쟁의식이 강조되고 그 분위기가 열띠다는 것이 반복되는데 이야기는 이런 훈훈한 감동의 평상적 전개로 그치지 않는다. 돌연 (a)의 반전이 전개된다. 서사의 전개가 주는 기대를 깨뜨리는 사건이 벌어지며 긴장감을 조성한다. 즉 결승선에 먼저 들어가려는 경쟁과는 반대로 서로 결승선에 들어가지 않으려는 희한한 상황이 벌어진다. '왜 그럴까' 하는 의문의 사건발생에 해당된다고 하겠는데, 바로 여기서 지금까지의 이야기 전개가 가져온 미담의 감동에 대해 다시 직시하여 주목하게 되며 의문의 사건이 주는 의혹에 대한 관심으로 긴장이 고조된다.

바로 이런 긴장이 고조된 지점에서 의문이 풀리고 새로운 사실에 눈 뜨게 되는 (b)의 각성이 펼쳐진다. 이른바 비의가 풀리는 장면이라 말할 수 있는 것이, 그 숨은 비밀이라는 것이 평상적 시각으로는 상상하기 힘든 의외성을 갖고 있기 때문이다.(작위성, 진부함으로 감동이 결여된 미담의 상당수가 비의성의 창출에 실패한 경우이다) 그래서 바로 이 지점에서 창출되는 감동은 극적인 힘과 집중력을 갖게 된다. 즉 20여 년의 복역생활에 찌든 장기수들에게는 어머니, 아버지를 업는 순간 지금까지의 평상적인 경쟁은 순식간에 휘발되어 버리고, 부모의 체온에 한껏 도취

되어 평상적인 시각으로는 상상할 수 없는 늦게 달리기 아니 '달리지 않는 달리기' 대회를 펼치는 것이니, 그 극적 상황이 주는 의외성과 역설적 개연성에 감동이 증폭되는 것이다.

아울러 이에 더해 미담집이 미담이 주는 감동에 정서적으로 한껏 젖어본다는 체험을 중시한다는 사실에 걸맞게, 극적으로 다가선 감동의 여운을 곱씹어 보는 지연점이 나타나기 마련이다. (c)에서처럼 이미 미담적 사건의 전개와 그로 인한 감동의 절정이 마무리 된 지점이지만, '말로 표현할 수 없는 감동'을 여운으로 다시 한 번 곱씹어 보는 되새김이 필요한 것이며, 그것은 다른 한편으로는 감동의 의미와 소중함을 다시 한 번 마음에 각인하고 체화하는 의식이기도 한 것이다. 그래서 문면에는 '그들이 원한 건 1등이 아니었습니다. 그들은 그렇게 해서 함께 있는 시간을 단 1초라도 연장해 보고 싶었던 것입니다'와 같은 다시 사실을 확인하고 의미를 짚어보면서도 고조된 감정을 다독이고 몸속 깊이 음미하는 절제된 방백조의 어투가 등장하는 것이다.

이러한 반전 – 각성 – 지연점의 서사구조를 갖춘 미담은 그 전형적 구조를 완강하게 드러내고 있지만 세부적으로는 미세한 강조점의 차이가 드러나기도 한다. 즉 반전이나 지연점 등의 기법이나 성격에서 특징적인 차이를 만들어내기도 한다. 그 예를 『TV 동화 행복한 세상』의 <어머님의 변덕> 편과 『마음을 열어 주는 101가지 이야기』 1의 <서커스> 편을 통해 살펴보자.

『TV 동화 행복한 세상』의 <어머님의 변덕> 편은 어머님이 편히 물건을 살 수 있도록 배려한 아들이 신용카드를 드리지만 아들의 예상과는 달리 신용카드가 무용지물처럼 되어버리는 이야기이고, 『마음을 열어 주는 101가지 이야기』1의 <서커스> 편은 작심하고 돈을 모아 여덟 명이나 되는 자식들에게 서커스를 구경 시켜주려던 가장이 겪는 우여곡절을 다룬 이야기이다. 두 이야기에 나타난 반전 – 각성 – 지연점의 구조를 도표화 하여 보자.

   a) <어머님의 변덕>

	아들이 어머니에게 신용카드를 드림
반전	예상외로 10건이나 되는 많은 지출목록에 놀람 뜻밖에도 지출금액은 0원임
각성	자식의 부담이 걱정되어 물건을 사고 난 후면 어김없이 취소를 반복한 것임
지연점	신용카드의 의미를 되새김

   b) <서커스>

	자신의 처지로는 호사스런 일이지만 가족을 위해 서커스 관람을 추진하는 가장의 자부심
반전	입장료에도 못 미치는 돈으로 매표소 앞에서 절망. 돈을 건네는 낯선 손길.
각성	가장의 체면까지 배려하여 그가 흘린 돈을 주워 주는 것처럼 가장하는 한 신사의 자상한 태도
지연점	신사 父子에게 닥친 현실

먼저 <어머님의 변덕> 편에서는 반전이 각별한 주목을 받게 되는데, 그것은 바로 중층적 구성 때문이다. 즉 어머니에게 신용카드를 선물하지만 평소 아들을 위해 절약하는 태도로 보아 잘 쓰지 못할 거라는

모른다는 걱정이 있었지만 뜻밖에도 월말에 우송된 내역서에는 10건이나 되는 청구목록이 있어 놀라는데, 그 놀람은 짐짓 신용카드라 평소와는 달리 마음껏 쓰셨나 하는 아들의 독백으로 완결되는 듯한 장면을 연출한다. 하지만 여기에서 또 다시 예상을 깨뜨리고 지출금액을 보며 놀라게 되는데, 그것은 결제 금액이 0원으로 처리되어 있기 때문이다. 이처럼 이런 사실들이 '각성 – 구입과 취소를 반복하며 끝내는 물건을 하나도 못 산 결과 – 의 단계' 전까지의 '반전의 과정'이라 하겠는데, 기대를 벗어나는 의외의 사실이 두 번 반복되며 중층적으로 구성되어 반전의 과정이 주는 긴장된 몰입을 극대화 시킨다. 자연히 그로 인해 각성의 과정에 드러난 어머니의 자식에 대한 따뜻한 사랑과 희생정신이 한껏 주목 받으며 감동의 폭과 깊이를 크게 하고 있다.

다음으로 『마음을 열어주는 101가지 이야기』 1의 <서커스> 편에서는 지연점이 각별하게 강조되면서 감동의 장을 새롭게 형성하고 고조시키기도 한다. <서커스> 편에서는 나와 아버지가 모처럼 서커스 구경을 간 자리에서 매표소 앞에서 난처한 일이 벌어진다. 행색이 수수한 한 부부가 12세 미만의 자식 여덟을 데리고 나타나는데, 그들 모두는 한껏 들떠 있다. 아버지는 가족들에게 당당한 몸짓으로 가장의 사랑을 드러내고 싶어 하는데, 뜻밖의 돌발적 상황이 펼쳐지니, 매표소 직원이 말한 입장료에 한참 못 미치는 돈밖에 없어 식은 땀 나는 절박한 상황에 몰린다. 바로 여기서 나의 아버지가 일부러 돈을 흘리고 그 돈을 남자의 손에 쥐어 주며 '당신 돈을 흘렸다'고 말하는데, 그 남자는 고마움에 눈물까지 흘리며 감사의 인사를 나눈다. 아버지는 타인에 대한 배려를 자신의 선행은 감춘 채 타인의 자존심까지 살려주며 행한 것이라 그

곳의 모든 이를 감동시키는 것인데, 그 고조된 감동은 예의 마지막의 지연점으로 연결된다. 즉 이야기의 전개는 "고맙소 선생. 이것은 나와 내 가족에게 정말로 큰 선물이 될 것이오. 남자의 눈에서는 눈물이 글 썽거렸다. 그들은 곧 표를 사 갖고 서커스장 안으로 들어갔다"로 극적 으로 고양된 감동의 정서가 마무리 되는 지점을 통과하는데, 여기에 그 감동을 지속시키는 지연점이 나타난다.

> "나와 아버지는 차를 타고 집으로 돌아와야 했다. 그 당시 우리 집 역시 전혀 부자가 아니었던 것이다. 우리는 그날 밤 서커스 구경을 못 했지만 마음은 결코 허전하지 않았다."
>
> (『마음을 열어주는 101가지 이야기』 1, <서커스>, 20쪽)

아버지가 건네 준 돈이 여유 돈이 아니라 자신들의 입장료를 지불할 돈이라 집으로 돌아올 수밖에 없다는 사실은 세심한 배려로 돈을 건넸 다는 아버지의 선행이 구축한 감동을 지속시킬 뿐만 아니라, 새로운 사 실의 등장으로 그 감동을 새로운 시각으로 들여다보게 하는 주목을 이 끌어내는 한편으로 정서적 반응을 증폭시킨다. 이런 성격의 지연점은 대부분 돈이 없어 바라는 것을 포기할 수 없다는 처지가 그 남자에게서 아버지로 옮겨가는 것에서 볼 수 있듯이 시각의 전이가 일어나는 '역전 적 상황'을 연출하는 경우를 만든다.

3. 프리즘의 세계, 죽음

삼각기둥, 다각기둥, 원뿔, 구형 등 다양한 모양의 투명한 광학적 유리를 통과하면 빛은 반드시 굴절을 일으키고, 굴절된 빛들이 분산을 일으키며 벽에 부딪히면 영롱한 일곱 가지 빛깔의 무지개가 만들어진다. 프리즘은 들어온 모

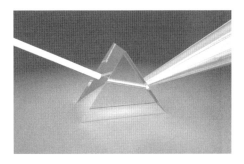

프리즘

든 빛을 예외 없이 강제로 굴절·분산 시키며, 평범하게 보였던 빛을 아름다운 무지개로 바꾸어 놓는다. 이 프리즘이 미담집에 수록된 많은 미담을 탄생시키고 있다.

『마음을 열어주는 101가지 이야기』1의 <부탁이에요> 편이나『마음을 열어주는 101가지 이야기』3의 <삑삑도요새가 당신에게 기쁨을 가져다 줍니다> 편 등이 그 예이다. 전자는 부녀간에 동화책을 읽어달라는 청을 두고 벌어지는 이야기이고, 후자는 바닷가에서 우연히 만난 소녀와 중년여인이 삑삑도요새의 희망에 대해 노래하는 이야기이다. 두 이야기 모두 우리의 일상에서 벌어지는 소소한 이야기이지만, 이 일상사는 죽음이라는 프리즘을 통과하면서 극전 변전을 이루며 세상의 가장 의미심장하고 비장한 이야기로 다시 탄생되어 감동적인 미담으로 승화한다.

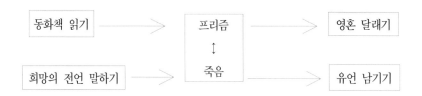

<부탁이에요> 편에서 어린 소녀는 아버지에게 동화책을 읽어달라고 거듭 청하지만 아버지는 주주총회에서 보고할 원고와 씨름 하느라 진지하게 응하지도 청을 들어주지도 못한다. 소녀는 언제가 시간이 날 때 아버지 혼자 읽어도 좋으니 큰 소리로 읽어달라는 청을 제안하는 것으로 스스로 타협하는 선에서 멈추는데, 그 모든 일들이 우리의 일상사에서 너무도 흔히 볼 수 있는 평범한 일들이다.

하지만 이 평범한 일상사가 죽음이라는 프리즘을 통과하는 순간 극적인 변화를 일으키며 인생에서 가장 중요하고 장엄한 의식으로 승화한다. 이제껏 우리가 평범하다고 여겨 무심코 지나쳤던 작은 일상들이 얼마나 가치 있고 소중한 일들이었는지, 때로 절박한 일이었는지가 극적으로 부각된다. 그 변전은 문자 그대로 극적인데, 미담의 감동은 바로 그 극전 변전의 놀라움에서 배가된다. 그 변전의 장면을 보자.

그래서 그는 마가렛이 쓰던 장난감들이 쌓여 있는 구석의 테이블에서 그 책을 집어 들었다. 그 책은 이제는 새 책이 아니었다. 초록색 표지에는 얼룩이 생겼다. 그는 책을 들어 예쁜 그림이 그려진 페이지를 펼쳤다.

이야기를 읽어 내려가는 동안 그의 입술은 단어들을 발음하느라 고통스럽게 일그러졌다. 그는 더 이상 아무 생각도 할 수 없었다. 늘 그

랬던 것처럼 인생의 중요한 것들, 미래에 대한 그의 신중한 계획들, 그런 것들을 아무 것도 기억할 수 없었다. **그리고 잔뜩 술에 취해 중고차를 몰고 거리를 질주한, 지금은 살인죄로 감옥에 갇힌 그 미친 운전사에 대한 증오의 감정도 잠시 동안 잊을 수 있었다.**(굵은 글자-필자) 그는 마지막으로 마가렛과 함께 있기 위해 옷을 입고 현관에서 조용히 기다리고 있는 아내에 대한 것도 깜빡 잊었다. "어서 가요, 여보 이러다 늦겠어요." 아내가 나즈막이 그를 재촉했지만 그는 그 소리조차 듣지 못했다. 존 모카디는 지금 동화책을 읽고 있는 중이었다.

"옛날에 검은 숲 속의 나무꾼 집에 한 소녀가 살고 있었어요. 소녀는 너무도 예뻤기 때문에 새들도 나뭇가지에서 소녀를 쳐다보느라 노래 부르는 걸 잊을 정도였어요. 그런데 어느 날…"

그는 혼자서 그 책을 읽었다. 마가렛도 들을 수 있도록 큰소리로 어쩌면 정말로 마가렛이 듣고 있을 지도 모르니까.

(<부탁이에요>, 123쪽)

아내와 외출하려던 그는 문득 아이가 읽어달라고 부탁하던 책을 마주치게 되는데, 그 순간 '잔뜩 술에 취해 중고차를 몰고 거리를 질주한, 지금은 살인죄로 감옥에 갇힌 그 미친 운전사에 대한 증오의 감정도 잠시 동안 잊을 수 있었다'라는 짧은 문장으로 표현된 죽음의 프리즘을 통과하게 되면서 그의 동화책 읽기는 평범한 일상사가 아니라 교통사고로 이 세상을 떠난 딸에게 사랑과 미안함을 담아 애절하게 들려주는 노래이기도 하고, 죽은 아이의 소망을 풀어주는 영혼 달래기이기도 한 것이다. 그만큼 그의 동화책 읽기는 세상에서 가장 숭엄하고 진지하며 간절한 의식으로 승화하는 것이다. 그래서 어린 나이에 저 세상으로 떠난 아이에 대한 안타까움과 죄스러움과 후회 그리고 사랑으로 몸부림

치는 아버지에 대한 동정심으로 미담의 감동은 숭엄한 정서적 울림을
보이게 되는 것이다.

　이러한 사실은 <삑삑도요새가 당신에게 기쁨을 가져다 줍니다> 편
에서도 동일하게 드러난다. 미국 북부 해변에서 겨울을 보내게 된 루쓰
피터슨은 우연히 여름별장에서 어머니와 산다는 웬디라는 어린 소녀를
만나게 된다. 버릇없는 보이스카웃 단원들, 교사와 학부모와의 불편한
만남, 몸이 불편한 어머니 등의 문제로 힘든 시절을 보내는 그녀에게
소녀는 눈 앞에 보이는 삑삑도요새가 희망의 전언자라는 설명을 한다.
그녀는 그 말을 곱씹어보며 눈앞의 괴로움을 순간적으로 잊으려한다.
하지만 막상 그녀의 어머니가 죽고 나서 절망감으로 찾은 바닷가에서
또다시 우연히 마주친 소녀가 '삑삑도요새가 행운을 가져다 줍니다' 하
는 속언을 말해주자 버럭 화를 낸다. 철없는 아이의 부질없고 눈치 없
는 말이라 여겨지며 자신의 불행에 대한 화풀이를 아이에게 쏟아낸 셈
이다. 물론 이런 사실은 그녀의 배려심 없는 행동이기는 하지만 그녀의
힘든 처지를 감안하면 우리의 주위에서 평상적으로 벌어지는 사건 정
도로 치부될 수 있을 것이다.

　하지만 이런 사실은 그녀가 한 달쯤 지나 여유를 찾게 되면서 사과
를 하고 싶어 찾은 소녀의 집 방문을 통해 극적인 변전을 겪게 된다.
소녀의 어머니로부터 전해들은 소녀의 비극적 현실과 소녀가 자신에게
남긴 메시지가 죽음이라는 프리즘이 되어 모든 현실을 새롭고 특별하
게 전격적으로 바꾸어 놓게 된다.

　　"웬디에게서 부인에 대해 많이 들었어요 아이가 부인을 괴롭히지나

않았는지 걱정되는군요. 아이가 귀찮게 했다면 제가 대신 사과 드려요" "전혀 그렇지 않아요. 웬디는 무척 명랑한 아이인걸요"

그렇게 말하면서 나는 내가 진심으로 말하고 있다는 걸 알고 스스로 놀랐다. "그런데 어딜 갔나요"

"웬디는 지난주에 죽었답니다. 피터슨 부인. 그 애는 백혈병을 앓고 있었어요 아마 부인께는 말씀드리지 않았을 거에요."(굵은 글자 - 필자)

나는 충격을 받고 의자를 움켜잡았다. 아무 말도 떠오르지 않았다.

"그앤 이 해변을 무척 좋아했어요 그래서 그 애가 여길 오자고 했을 때 우린 안 된다고 할 수 없었어요. 이곳으로 와서 건강이 좋아진 것 같았고, 그 애가 말하듯이 행복한 날들을 많이 가졌어요. 하지만 지난 몇 주동안 급격히 상태가 나빠지더니 그만…"

그녀가 말을 맺지 못했다. 그러다가 문득 생각난 듯이 말했다.

"그 애가 부인께 전하라고 남긴 게 있어요 그걸 어디다 났더라… 제가 그걸 찾는 동안 잠깐만 여기 앉아 계세요."

난 바보처럼 고개만 끄덕였다. 이 사랑스런 젊은 여자에게 아무 말이라도 좋으니 무슨 말인가 해야 한다는 생각만 머리에 가득했다. 그녀는 내게 때묻은 봉투 하나를 내밀었다. 겉봉에는 어린아이의 필체로 큼지막하게 <피터슨 아줌마에게>라고 적혀 있었다. 붉은 색상의 크레용으로 노란 해변과 파란 바다, 그리고 갈색 새 한 마리가 그려진 그림이었다. 그림 밑에는 정성들인 글씨로 이렇게 적혀 있었다.

삑삑도요새가 당신에게 기쁨을 가져다 줍니다.

(<삑삑도요새가 당신에게 기쁨을 가져다 줍니다>, 33쪽)

소녀는 그녀를 만나기 전부터 백혈병을 앓고 있었고, 소녀 스스로도 그 사실을 알고 있었다. 그러니 소녀가 그녀를 만나 건넨 위로의 메시지는 불치병을 앓고 있는 사람이 자신의 고통은 젖혀둔 채 남의 괴로움에 깊이 아파했다는 것이다. 그것도 죽어가는 어린 소녀가 상처입은 성인을 다독거린 것이다. 때문에 소녀가 건넨 위로의 전언 즉 '뻑뻑도요새가 당신에게 기쁨을 가져다줍니다'는 일상에서 소소하게 나누는 덕담이나 잡담이 아니라 자신의 죽음을 벗어나고자 바라는 절절한 희망의 주술가이기도 하고 타인의 고통을 덜어주고자 절실하게 기원하는 희망가이기도 하다. 또 그것은 그 진실성을 결코 의심할 수 없는 유언이기도 한 것이다. 그녀가 소녀의 어머니로부터 소녀의 죽음을 통보받는 순간 받은 충격은 소녀의 죽음에 대한 안타까움이기도 하지만 다른 한편으로는 소녀와 나누었던 대화나 몸짓 모두가 죽음이라는 프리즘을 거치면서 걷잡을 수 없이 극적 변전을 일으키며 각별하고 의미심장한 의식으로 떠오르는 것에 대한 충격이기도 한 것이다.

그런데 여기에서 이런 사실들과 연관하여 한 가지 더 주목해야할 사실이 있다. 죽음이라는 프리즘을 통과한 서사가 극적 절정부에서 만들어낸 슬픔의 아이러니이다. 논의를 <부탁이에요> 편의 한 구절로부터 출발해 보자. 앞서 인용된 예문에는 "**〈잔뜩 술에 취해 중고차를 몰고 거리를 질주한, 지금은 살인죄로 감옥에 갇힌 그 미친 운전사〉에 대한 〈증오의 감정도 잠시 동안 잊을 수 있었다.〉**"란 구절이 있다. 인용된 구절의 앞부분이야 소녀의 죽음을 자연스럽게 드러내어 이야기가 죽음이라는 프리즘을 통과하도록 한 장면이어서 필연적이지만, 뒷부분에 있는 **〈증오의 감정도 잠시 동안 잊을 수 있었다〉**는 또 무엇인가? 딸이 죽은 슬픔과 자책감으로 버티기 힘들 정도의 고통에 시달리는 아버지에게 명백한 범죄적 과실을 범한 그 '미친 운전사'란 증오의 대상일 뿐인데, 아니 슬픔이 격해질수록 그 증오로의 투사가 가층적으로 누적될 뿐일 터인데, 그 장면과의 결정적 연관성을 드러내는 '잠시동안'(책을 읽어주는 동안)을 강조하며 잊을 수 있다는 것은 무엇인가?

슬픔이 가장 고조된 지점에서 아이러니하게 용서를 떠올리고, 자신의 낭독을 딸이 들을지도 모른다는 희망에 몰입하게 하는 배경은 무엇인가? 바로 그 사실은 죽음이 가진 이중적 속성 혹은 그것으로 인한 인간의 죽음에 대한 역설적 수용과 관련이 있다. 사실 죽음은 자신이 직접 경험할 수 없는 것이어서 죽음에 대한 태도나 정서는 타인의 죽음을 둘러싸고 벌어지는 일일 터인데, 타인의 죽음에 대한 시각에는 양면적 사실이 존재하니 그것이 바로 슬픔과 위안의 공존이다.

> 근본적인 문제는 다른 사람들의 죽음을 어떻게 받아들일 것이냐에 있다. 우리는 자신의 삶을 의미 있게 만드는 요소를 잃어버릴 때 슬퍼한다. 그럴 때는 상당 기간의 치유과정, 즉 정상화 되는 과정이 필요한데 이를 위해 대부분의 사회에서는 1~3년까지의 공식적인 애도 기간을 갖는다. 그러나 그 후에도 세상은 결코 예전과 같지 않다. 다만 그 아픔을 완전히 극복하지 못한 채 아픔과 더불어 살아가는 법을 배울 뿐이다.
>
> 하지만 위안이 되는 것이 있다. 두 가지 사실, 죽은 사람이 과거에 살았다는 사실과 우리가 그를 사랑했고 그의 죽음을 애도했다는 사실은 역사에서 결코 지울 수 없다는 것이다. 그러므로 과거에 살았던 누군가의 존재는 시간 속에서 삭제할 수 없다. 그것은 일종의 불멸성이다.[4]

바로 이런 타인의 죽음을 바라보는 시각의 양면성 때문에 미담의 극적 절정부가 내뿜는 분위기는 떠난 이를 '잃었다는 슬픔'과 '배려하지

---

4) A.C. 그레일링, 『미덕과 악덕에 관한 철학사전』, 남경태 역, 에코의 서재, 2006, 50쪽.

못했다는 자책감'으로만 침잠하는 것이 아니라, 또 그로 인한 세상에 대한 증오심에만 집착하는 것이 아니라, 그 완강한 어둠의 자장 속에서도 한 줄기 충만한 희열이 느껴진다는 점이다. 즉 갑자기 다가선 죽음으로 사자를 떠나 보내는 감당하기 힘든 슬픔으로 전율하면서도, 그 사무침의 미세한 틈새 사이사이로 살아남은 자와 사자가 누렸던 그 가슴 벅차는 사랑과 진심에 가슴 떨리는 희열을 느끼기도 하는 것이다. 바로 이 불균형적 감정의 소용돌이가 슬픔과 기쁨, 망각과 집착, 증오와 용서, 좌절과 욕구 사이를 부유하게 되는 것이다.

그래서 <부탁이에요>와 <뻑뻑도요새가 당신에게 기쁨을 가져다 줍니다>에는 떠난 이들이 남긴 책과 편지가 슬픔의 아이러니를 담은 상징물로 등장하고, 그것을 낭독하거나 읽는 행위는 그 복잡하고 충일한 모순적 감정 속으로 빠져드는 의식행위로 나타나게 되는 것이다.

마지막으로 물론 죽음이라는 프리즘을 통한 극적 변전은 그 설정 자체만으로도 극적 효과와 개연성을 확보하지만 필자는 그것들의 고양을 위해 부가적인 세심한 배려를 잊지 않는다. 구체적으로 극적 효과의 고조를 위해서는 일상적 삶들의 가치와 의미를 억누르는 갈등을 고조시키는 것이고, 개연성의 고양을 위해서는 죽음을 암시하는 복선을 효과적으로 사용하는 것이다.

(a) 웬디가 내게 말을 건넸을 때 나는 심통 맞게 말했다.
"애야, 미안한 말이지만 난 오늘은 혼자 있고 싶구나."
아이는 전과 다르게 얼굴이 창백하고 숨이 가빠 보였다. 아이가 물었다.
"왜요?"

나는 아이에게 얼굴을 돌리며 소리쳤다.

"왜냐하면 우리 엄마가 돌아가셨단 말야!"

그리고 나는 후회했다. 오, 하나님 내가 지금 어린애에게 무슨 말을 하고 있는 겁니까?

아이가 조용히 말했다.

"그랬군요. 그럼 오늘은 행복하지 않은 날이네요."

"그래. 어제도 그랬고, 그저께도 그랬고, 그그저께도 그랬어. 언제나 행복하지 않았어. 아, 넌 저리 가거라."

"그것 때문에 마음이 상하셨어요?"

"무엇 때문에 마음이 상했다는 거니?"

나는 아이에게, 또 나 자신에게 화가 나서 소리쳤다. 아이가 말했다.

"아줌마 엄마가 돌아가신 것 말예요."

"물론 상하다마다!"

나는 닦아 세우듯이 말하고는 내 자신에 파묻혀 그 자리를 떠났다.

(<삑삑도요새가 당신에게 기쁨을 가져다줍니다>, 31~32쪽)

(b) 아이를 바라보면서 나는 아이의 얼굴이 매우 섬세한 아름다움을 지니고 있음을 눈치 챘다. 내가 물었다.

"넌 어디 사니?"

"저기요."

아이는 여름 별장 중 하나를 가리켜 보였다. 이상하군. 나는 생각했다. 겨울철인데 여름 별장에서 살다니. 내가 다시 말했다.

"학교는 어딜 다니니?"

"전 학교에 가지 않아요. 엄마가 그러는데 우린 지금 방학이래요."

(<삑삑도요새가 당신에게 기쁨을 가져다줍니다>, 30쪽)

그녀는 물론 여러 가지 일로 심신이 지쳐있지만 우연히 만난 소녀의 희망의 메시지와 세심한 배려로 힘을 낼 수 있는 처지였다. 또 그런 만남의 소중함에 감사함을 느낄 수도 있었다. 돌이켜보면 처음 본 낯선 이가 침울하다고 해서 힘을 들여가며 정성껏 그것도 반복해서 위로의 말을 건네는 것이 쉬운 일인가? 어쩌면 그것은 일상에서 볼 수 없는 특별한 광경이라고 불러도 좋을 것이다. 하지만 그녀는 자신만의 고통 속에 매몰된 채 타인의 손길에 대해서는 냉정하고 무시하는 듯한 태도를 보인다. 특히 우리의 일상에서 벌어지는 사랑과 희망의 메시지를 담은 수많은 소중한 일들에 대해 외면하는 우리의 일그러지고 부끄러운 태도가 강조되는데, 그것은 흔히 (a)에 나타난 것처럼 갈등의 격한 고조로 나타난다. 그녀는 소녀에게 격한 감정을 폭발하며 화풀이를 해대는데, 그 격한 감정이 촉발되면 될수록 후에 죽음의 프리즘을 통과한 순간에 받는 각성과 자책의 감정은 극적으로 고조되고 그와 연계된 미담의 감동은 극적 효과를 얻기 마련이다.

아울러 극적 변전의 효과를 위해 우리의 일상 속에 문득 다가서게 설정할 수밖에 없는 죽음을 개연성 있게 받아들일 수 있도록 구축한 사실은 (b)에서 볼 수 있는 복선의 적극적 활용이다. 특히나 어린 생명에게 닥친 갑작스러운 죽음의 제시가 극적 효과를 노린 임의적인 조작처럼 보이지 않기 위해서는 평상적 기대가 깨질 수 있는 가능성을 암시하는 복선이 필요한 것인데, 죽음이라는 프리즘을 통해 세상 모든 것들의 소중함을 일깨우려는 미담에는 예의 이런 복선이 등장하기 마련이다.

4. 적외선 스코프의 세계

칠흑 같은 어둠이 내리면 우리의 눈에는 아무 것도 보이지 않는다. 그 순간 세상에는 아무런 생명체가 없고 다만 어둠만이 온 세상을 지배하는 것 같다. 하지만 그 어둠을 뚫고 세상 속의 생명체와 물체를 보고 싶은 욕망은 적외선 스코프를 탄생시킨다. 모든 생명체와 물체가 고유한

적외선 스코프

적외선을 내뿜는다는 사실, 다만 그 적외선이 빨강 빛보다 파장이 짧은 빛이어서 우리 눈에 보이지 않는 불가시광선이라는 사실을 감안해 적외선을 들여다볼 수 있는 적외선 스코프를 쓰면 어둠을 뚫고 생명체들과 물체들이 그 존재감과 위상을 온전히 드러낸다는 사실이다.

미담집의 여러 미담은 이 적외선 스코프의 세계를 연출한다. 즉 우리들의 평상적 시각이나 관점으로는 드러나지 않던 수많은 '선행'과 '미담의 주인공'들이 특별한 계기만 주어지면 어둠을 뚫고 그 온전한 자태를 빛을 발하듯이 뚜렷이 드러낸다는 점이다. 그러니 세상에는 참 아름다운 것들이 많다는 만족감과 경탄을 자아내게 되는 것이다. 이런 류의 미담에는 『마음을 열어주는 101가지 이야기』1의 <테디베어> 편과 『영혼을 위한 닭고기 수프』1의 <위대한 사람들로 가득한 세상> 편 등이 있다.

<테디베어> 편은 교통사고로 죽은 아버지를 그리워하는 소년이 아

버지와 교통하던 18륜 대형 트럭 교신장비를 이용해 아버지와의 즐거웠던 추억을 전송하자, 그것을 우연히 들은 한 트럭운전사가 신체장애로 외출을 못하는 소년을 태워주려고 집 앞에 나타났다가 이미 그 교신을 듣고 달려온 수십대의 트럭을 보면서 놀란다는 이야기이고, <위대한 사람들로 가득한 세상> 편은 세계 장대 높이뛰기 기록 보유자인 보브 리차드가 자신의 직간접적인 경험담을 전하는 이야기인데 자신이 아무리 노력을 해도 뛰어넘을 수 없던 라이벌 워머 담에게 도움을 요청하자 흔쾌히 자신의 비법을 전수해 주었다는 사실과 대학 축구 코치인 조지 알렌이 축구경기의 수비 기술과 선수 스카우트에 대한 학위 논문을 쓰면서 미국 전역의 이름난 코치들에게 30쪽에 달하는 설문서를 보내자 무려 85%에 달하는 코치들이 자신의 비결을 담은 완벽에 가까운 성의 있는 답변서를 보내왔고, 그를 바탕으로 조지알렌이 세계최고의 축구코치가 되었다는 이야기이다.

이런 미담류는 결국 평상적인 상황에서는 보이지 않던 '선행'이나 '미담의 주인공'들이 특정한 계기가 만들어지기만 하면 또는 우리가 열린 시각으로 다가가기만 하며 어둠을 뚫고 나와 그 존재를 확연히 드러내 세상의 아름다움을 온 몸으로 증언한다는 것인데, 이미 선험적으로 세상에는 선한 아름다움이 충만해 있다는 행복한 진실을 전해준다. 따라서 적외선 스코프를 통해 세상을 들여다보면 평상적 시각이나 상황에서는 보이지 않던 즉 어둠 속에 잠겨버린 모든 생명체와 물체들이 그 존재를 뚜렷이 드러낸다는 사실의 충격성을 재현해 줄 서사전략이 필요할 터인데, 그것은 바로 '놀람'에 대한 강조와 '확장성'의 반복이다.

먼저 어둠 속에서 한 순간에 시야를 확보하는 경험에 상응하는 온 세상의 아름다움을 일순간에 느끼게 만드는 놀라운 각성이 필요할 터인데, 그것이 바로 놀라운 사실의 발견에 대한 충격적인 인지의 강조이다. 한 순간에 우리의 일상에서의 평상적인 기대나 혹은 서술층위의 서사적 기대를 깨뜨리면서 새로운 시각이 열리는 장면을 만들어 주어야 할 터인데, 그것은 바로 그러한 기능을 성공적으로 수행할 수 있는 사건의 설정에 달려있다 하겠다. 이 실례를 보기 위해 <테디베어>에서 트럭운전사인 내가 역시 트럭운전사인 아버지를 교통사고로 잃은 테디베어의 소원을 들어주기 위해 소년의 집을 방문하는 장면을 보자.

"어린 무전기 친구, 너의 집이 어딘지 말해줄 수 있니?"

아이는 내게 자신의 집 주소를 말해 주었다. 나는 단 1초도 지체하지 않았다. 내가 운반하고 있는 급송화물도 이 순간에는 중요한 게 아니었다. 나는 좁은 곳에서 곧장 트럭을 돌려 아이가 일러준 잭슨가 229번지로 향했다.

모퉁이를 도는 순간 나는 큰 충격을 받았다.(굵은 글자 – 필자) 스무 대가 넘는 8륜 트럭들이 소년의 집 앞 도로를 세 블록이나 가득 메우고 있었다. 주위의 수 킬로미터 안에 있던 모든 트럭 운전사들이 무전기를 통해 테디베어와 내가 나누는 이야기를 들었던 것이다. 아이는 청취자들을 감동시키는 능력을 갖고 있었다.

한 트럭 운전사가 아이를 트럭에 태우고 동네 한 바퀴를 돌아오면 또 다른 운전사가 아이를 트럭에 태우고 출발했다. 나 역시 차례를 기다려 테디 베어를 내 트럭에 태울 수 있었다. 그런 다음 나는 아이를 집으로 데리고 돌아와 의자에 앉혔다.

(『마음을 열어주는 101가지 이야기』1, <테디베어>, 158쪽)

다리가 불구인 테디베어는 아버지가 태워 준 트럭에 올라 드라이브 하는 게 꿈이었지만 이제 교통사고로 아버지를 잃어 그 즐거운 추억을 더 이상 만들 수 없게 되자, 아버지가 쓰던 무전기로 트럭운전사인 나와 그 사연을 주고받은 것인데, 가슴이 뭉클해진 내가 그를 태우기 위해 모든 일을 제쳐두고 소년에게 달려간다는 훈훈한 감동의 이야기이다. 그런데 인용문의 굵은 글자 부분에서 볼 수 있듯이 '모퉁이를 도는 순간' 즉 시야가 완전히 가려진 상태로부터 일순간에 시야를 확보하는 순간, 놀라운 장면을 보게 되는 혹은 충격적인 사실을 알게 되는 각성이 열리는 비약점을 성공적으로 드러내는데, 여기에는 한편으로 수 킬로미터 주위에 있던 수많은 트럭들이 한꺼번에 몰리는 참신하고 감동적인 장면을 만든 사건의 설정 능력에 힘입고 있고, 다른 한편으로는 이 결정적인 장면 이전의 이야기 전반에 걸쳐 교신 혹은 만남의 주체로 나와 테디 베어만을 집요하게 등장 – "트럭 운전사 여러분, 제 목소리 들립니까? 교신 바랍니다. 테디베어가 아저씨들과 얘길 나누고 싶습니다." 나는 마이크를 집어들고 말했다. "잘 들린다, 테디베어." 소년의 목소리가 다시 들렸다. "응답해 주셔서 고마워요. 아저씨는 누구신가요?" – 시키고 그로 인해 서술층위의 기대로는 당연히 테디베어를 찾아간 장면도 나의 등장만을 기대케 하나 역으로 일순간에 그 기대를 깨뜨리면서 주위의 모든 트럭 운전사들이 나타나도록 만드는 서사전략 – 달리 말해 다가올 극적 사건에 대한 특정의 사실을 독자나 관객이 미리 알게 되는 누설 *revelation*과 그것에 대응된 인식 *recognition*을 배제한 채 큰 충격을 던지는 놀람 *surprise*에 의존한 서사전략5) – 에 힘입고 있다.

5) 시나리오 이론가 프랭크 대니얼은 누설revelation과 인식recognition을 변별점으로 아이

아울러 온 세상에는 선한 마음을 가진 사람들이 많고, 그들의 선행이 일정한 계기를 만나기만 하면 만개하여 세상을 아름답게 물들인다는 이야기를 담은 미담류는 미담 속의 선행이 한 개인의 독특한 품성에서 빚어진 것이 아니라 모든 사람들의 가슴에 담긴 보편적 성향임을 그래서 선행과 미담이 보편적 사실임을 강조하게 되는데, 이것은 한마디로 미담 속 선행의 확장성에 대한 강조라 하겠다. 이미 <테디베어> 편에서 볼 수 있었던 사실이기도 하지만 좀 더 분명한 논의를 위해 <위대한 사람들로 가득한 세상> 편의 경우를 보자.

<위대한 사람들로 가득한 세상> 편에서도 우리의 기대를 깨뜨리는 사건의 설정을 통한 놀람은 여전히 위세를 떨치는데, 구체적으로 높이뛰기 선수인 보브 리차드가 라이벌이자 세계최고 기록 보유자인 워머 담에게 자신과 그의 기록차인 30㎝를 뛰어넘을 수 없다고 호소하자 곧바로 흔쾌히 그리고 정말 놀랍게도 "물론이지, 보브. 한 번 시간을 내서 찾아오게. 내가 터득한 모든 기술을 자네에게 가르

〈영혼을 위한 닭고기 수프〉

쳐 주겠어"라고 말하는데, 자신의 기록을 넘겠다는 선수에게 자신의 모든 비법을 그것도 흔쾌히 가르쳐 주겠다는 의외의 반응이 강조된다.

하지만 <위대한 사람들로 가득한 세상> 편은 워머 덤에 의해 확인된 선행과 미담에 그치지 않는다. 그것은 한 개인의 품격 있는 인성에 대한 칭찬일 수도 있는 것이어서, 자신의 능력과 수고를 들여가며 남을

러니에 의한 서스펜스 *suspense*와 놀람 *surprise*을 구분한다.
D 하워드·E 마블리, 『시나리오 가이드』, 한겨레 신문사, 심산 역, 2005, 116쪽.

돕겠다는 선행과 미담의 보편성 혹은 확장성이 강조될 필요가 있겠는데, 이 편에서는 존 우든과 조지알렌의 경험을 새로운 미담으로 제시하는 것을 통해 이루어진다.

> UCLA 대학의 농구 팀 코치인 존 우든은 날마다 누군가에게 도움이 돼 주겠다는 철학을 갖고 있다. 그것에 대한 보상이 돌아오지 않아도 좋다. 그것은 그의 의무라는 것이다.
> 또 조지 알렌은 대학에서, 축구경기의 수비 기술과 선수 스카우트에 대한 학위 논문을 쓰면서 미국 전역의 이름난 축구코치들에게 30쪽에 달하는 설문서를 보냈다. 그 중 85%가 완벽한 답변서를 보내왔다.
> (『영혼을 위한 닭고기 수프』, 206~207쪽)

이처럼 자신이 각고의 노력 끝에 구축한 성공의 비결조차도 남을 위해 기꺼이 제공한다는 것이 기쁨이자 삶의 소명이라고 생각하는 사람들이 있고, 아울러 그것이 사람들의 보편적 심성임이 강조되니, 어둠에 가려 드러나지 않았던 수많은 선행과 미담은 우리의 시각이 열리는 순간 일순간에 지상의 모든 공간에 만개할 수 있다는 감동에 사로잡히게 되는 것이다.

5. 암호의 세계

상대방에 대한 따뜻한 배려, 내가 누군가로부터 차별적으로 사랑받고 있다는 안혼함은 미담이 주는 감동의 핵심일 것이다. 그런데 이 경우 배려되어야 할 개인의 특수한 사정에 보다 더 초점이 맞추어지면 그 때는 개인의 특수한 사정을 온전하게 감싸려는 노력이 더욱 부각될 수밖에 없고, 그 세심한 배려의 전모가 감동의 핵심이 된다. 개인의 특수한 사정을 온전히 감싸면서 상대만을 특별히 배려할 때 가장 필요한 것은 무엇일까? 그것은 바로 개인의 특수한 사정 즉 상처를 드러내지 않으면서도 은밀하게 상대를 감싸 안는 기술일 것이다. 그래서 이런 미담류에는 암호의 세계가 등장할 수밖에 없는데, 그것은 타인과 공유될 수 없는 둘 만의 내밀한 거래가 필요하기 때문이다. 그런 사실을 『마음을 열어주는 101가지 이야기』3의 <마술이 장님 소녀를 눈 뜨게 한 이야기> 편과 <토마토> 편, 『살아있는 동안 꼭 해야 할 49가지』의 <고향 찾아가기 편>을 통해 살펴보자.

화소 편명	상처	희망	장애	트릭
마술이 장님 소녀를 눈 뜨게 한 이야기	시각장애	카드 맞추기	마술 시연	마술사와 소녀 간 몸짓 언어
토마토	죄수	특별식 먹기	다른 간수들의 감시	체벌로 위장
고향찾아가기	가난	선물 건네기	선물 공개	취기를 가장

<마술이 장님 소녀를 눈 뜨게 한 이야기> 편은 마술사가 맹인 소녀에게 꿈과 자신감을 주고자 많은 관객 앞에서 마술을 시연하는데 몸짓 언어로 정보를 알려주며 맹인소녀가 카드맞추기에 성공하도록 만들고,

<토마토>는 너그러운 간수가 희망을 잃지 않은 죄수에게 신선한 토마토를 특별히 먹을 수 있도록 냉혹한 다른 간수들의 의혹을 사지 않기 위해 체벌로 위장한 은밀한 배려를 하며, <고향 찾아가기> 편에서는 최고의 사업가로 성장한 친구가 고향에 돌아와 잔치를 베풀자 고향의 벗이 지독한 가난 때문에 잔치에 들고 갈 술을 살 수 없어 설마 가난한 자신의 선물을 공개하랴 하는 마음으로 맹물을 담아가지만 친구가 그 물을 먹으면서도 세상에서 가장 맛있는 술이라며 취기를 가장한다는 이야기이다.

하나같이 곤경에 처한 사람을 그 사람의 상처를 건드리지 않으면서도 따뜻하게 배려한다는 섬세하고 자상한 마음이 던져주는 감동이 백미인데, 이런 미담에는 표에서 볼 수 있듯이 동일한 화소들이 반복적으로 등장한다. 첫째로 개인들은 상처를 갖고 있는데, 눈앞에 펼쳐지는 특별한 상황이 그 상처에 극한적 한계를 들이미는 것이라 치명적 상처로 부각된다. 시각장애인 소녀에게 마술쇼에서의 시연이라는 상황이 주어지고, 중죄를 저지른 죄인에게 반입부터 불법인 특별식을 더욱이 간수가 건네주어야 하는 상황이 만들어지며, 극빈한 자에게 나라에서 제일 성공한 사업가가 벌이는 잔치에 친구로서 초청되어 선물을 들고 가야 하는 진퇴양난의 어려움이 펼쳐진다.

둘째로 그럼에도 불구하고 그 어려운 상황을 피할 수 없는, 혹은 적극적으로 부딪혀야만 할 숙명 같은 현실이 닥친다. 즉 우연히 한 소녀를 마술 시연의 상대자로 고른 마술사는 그 맹인소녀의 아버지가 자신의 딸의 신체적 장애를 거론하며 시연의 불가능성을 말하자, 바로 그것에 대한 동의는 소녀에게 씻을 수 없는 상처를 준다는 점에서 더욱 소녀와의 시연에 매진할 수밖에 없게 되며, 아버지의 죄를 혼자 뒤집어 쓴 채 감옥에 들어 온 여성 죄수와 너그러운 성품의 간수는 서로 간에 삶의 태도와 세상을 바라보는 시각에 대해 진지하게 가르치고 배우면서 인간적 신뢰와 애정을 깊이 쌓은 터라 서로에 대한 희생을 이미 당연하게 여기게 된 지경에 이르렀으며, 최고의 사업가로 성장한 친구는 40년 만에 고향에서 잔치를 베풀면서 일일이 집집마다 선물을 보내며 진심으로 만남을 바라는 데다가 초대를 받으면 선물로 답례하는 마을의 고유한 풍습이 뿌리 깊어 선물을 들고 참석할 수밖에 없다.

자연히 특별한 상황으로 더욱 예각화 된 치명적 상처를 드러내지 않고 온전히 감싸면서도 사랑과 꿈을 나눌 수 있는 희망을 이루기 위해서는 그들만의 내밀한 약속이 필요하니, 그것은 곧바로 약속을 나누는 상대간만이 알아들을 수 있는 암호의 세계가 등장할 수밖에 없는 사실로 연결된다. 이제 그들은 그들만의 암호를 만들며 그 내밀한 관심과 배려의 통행에 안온한 만족감을 느끼게 된다.

휘트는 평생에 한 번 있을까말까 한 이 기적을 아무도 모르는 비밀신호와 순간적인 재치로서 해낼 수 있었다. 마술경력을 쌓던 초기에 휘트는 말을 사용하지 않고 단지 발의 신호를 이용해 한 사람이 다른 사람에게 정보를 전달하는 기술을 터득했다. 그는 그날 레스토랑에서의 그 만남이 있기 전까지만 해도 자신이 배운 기술을 사용할 기회가 한 번도 없었다.

(<마술이 장님 소녀를 눈 뜨게 한 이야기>, 47쪽)

따라서 리어 씨가 어느날 갑자기 나에게 다가와 아무 이유도 없이

화를 냈을 때 내가 받은 충격이 얼마나 컸는지 상상이 갈 것이다. 그는 내게 소리쳤다.

"로고프, 넌 당장 내 사무실로 가서 선반에 있는 것들을 모두 치워라. 알겠나? 선반 위에 하나도 남지 않을 때까지 깨끗이 치우란 말야."

나의 어떤 점이 리어 씨를 화나게 했는지 아무리 해도 기억이 나지 않았다. 하지만 그의 명령에 복종하는 것밖에는 다른 도리가 없었다. 나는 "알았습니다."라고 말하고는 그의 사무실로 갔다. 내 얼굴은 수치심으로 붉어졌다. 내 감정은 심하게 상처를 받았다. 우리가 그동안 인간 대 인간으로 대화를 해 왔다고 자부했었다. 하지만 사실은 나는 그에게 있어서 다른 재소자들과 하나도 다를 바 없었던 것이다. 내가 사무실로 들어가자 리어 씨는 내 뒤에서 문을 쾅 닫고는 복도에 서서 주위를 살폈다. 나는 흐르는 눈물을 훔치며 선반을 바라보았다. 서서히 내 얼굴에 미소가 번졌다. 선반은 텅 비어 있었다. 단지 잘 익은 붉은색 토마토 하나와 소금통이 얹혀져 있을 뿐이었다.

(<토마토>, 76~77쪽)

그는 맨발로 달려 나가 반가운 친구들의 손을 덥석 잡아끌어 자신의 옆자리에 앉혔다. 그러고는 가장 친한 친구들이 준비해온 술병의 마개를 직접 땄다.

"너희들이 가져 온 이 술부터 마시는 게 좋겠다. 늘 함께 모여 술 한 잔 할 날을 기다렸거든."

그 순간 친구들은 얼굴을 붉게 물들이며 당황하는 기색이 역력했다. 그는 모두의 잔에 술을 가득 따라준 뒤 힘차게 "건배"를 외쳤다. 그는 한 번에 술잔을 비우고 말했다. "고향 술을 오랜만에 마시니 감개무량하다. 자, 한잔 씩 더 마시자." 그는 다시 친구들의 잔을 가득 채웠다. 잔치에 모인 사람들은 서로를 쳐다보며 아무 말도 하지 않았다. 세 친구는 귀까지 빨개 진 채 고개를 푹 숙였다. 이번에도 잔을 한 번에 비운 그가 기분 좋게 말했다. **"사업을 하느라 여러 곳을 돌아 다녔지. 그래서 온갖 술을 다 마셔봤어. 그런데 지금까지 이 술보다 더 맛있는 술을 먹어본 적이 없었다네."**

그는 몸을 일으켜 다른 사람들에게도 술을 따라 주기 시작했다. **"자자 우리 한잔씩 더 하자구요. 저는 벌써 취하는 것 같은데…"**

(<고향찾아가기>, 45~46쪽) (굵은 글자―필자)

신체적 장애, 영어의 몸, 가난 등의 상처는 그 상처를 덧나게 하는 결정적인 상황을 맞으면서 치명적인 상처로 바뀌는 위기에 처하는데, 이때 미담이란 상처를 내밀하게 감싸 안으면서도 자신이 선택받은 사람처럼 각별하게 사랑받고 있다는, 존중받고 있다는 감동을 일깨워 주는 것일 것이다. 그래서 은밀하게 비밀을 나누고, 그 은밀함으로 선택받은 자를 특별한 감동에 이르게 하려면 둘 만의 암호의 세계가 필요하다. 그래서 그들은 자신들만이 인지하거나 해석할 수 있는 몸짓언어를 주고받으며, 진의를 숨긴 거짓 언어를 말한다. 한마디로 그들은 그들만의 암호의 세계에 사는 것이다. 결국 이런 류의 미담에서 가장 중요한 사실은 세상의 시선으로부터 사람들의 상처를 감춘 채 선택받은 자의 충만한 기쁨을 느끼게 하는 암호의 세계를 얼마나 감동적으로 그리느냐에 달려 있다 하겠다. 그래서 미담에 그려진 사랑을 베푸는 자의 섬세한 배려가 세상의 시선으로부터 상처를 감싸는 트릭의 설정으로 나타나며, 그 트릭의 성공적 제시가 감동의 원천이 되는 것이다.

제 2 장

셀픽션(selfiction)의 경쟁력

셀픽션(selfiction)의 경쟁력

1. 셀픽션의 시대

자기계발(self help)과 소설(fiction)이 어우러진 셀픽션(selfiction)이 여전히 강세다. 명료한 자기계발의 비결을 소설적 구성에 담은 셀픽션은 『누가 내 치즈를 옮겼을까』, 『선택』, 『선물』, 『핑』, 『배려』, 『마시멜로 이야기』, 『폰더씨의 위대한 하루』[1] 등이 모두 베스트셀러에 오르며 위세

---

[1] 스펜서 존슨, 『누가 내 치즈를 옮겼을까』, 이영진 역, 진명출판사, 2007
호아킴 데 포사다, 엘렌싱어, 『마시멜로 이야기』, 김경환 역, 한국경제신문, 2006.
한상복, 『배려』, 위즈덤 하우스, 2007.
스튜어트 에이버리, 『핑』, 유영만 역, 웅진윙스, 2006.
켄 블랜차드, 『칭찬은 고래노 춤추게 한다』, 조천제 역, 21세기 북스, 2006.
스펜서 존슨, 『선택』, 형선호 역, 청림출판, 2005.
앤디 앤드루스, 『폰더씨의 위대한 하루』, 이종인 역, 세종서적, 2006.
스펜서 존슨, 『선물』, 형선호 역, 중앙 M&B, 2006.

〈누가 내 치즈를 옮겼을까?〉

를 떨치고 있다. IMF사태라는 미증유의 위기를 겪으면서 싹튼 생존에 대한 절체절명의 위기감은 자기계발을 필생의 과제처럼 만들었고, 쉴 틈 없이 돌아가는 바쁜 일상과 재미에 대한 열린 태도는 소설적 구성이라는 이야기에 빠지게 만들었다.[2]

특히 돈이 없으면 국가도 망할 수 있다는 냉혹한 현실이나 성실과 충직이라는 태도에도 불구하고 필요에 따라 한 순간에 직장에서 거리로 내몰릴 수 있다는 경험은 우리의 가정이나 직장에서 이전에는 여전히 힘을 가진 가치로 여겨졌던 유교적 덕목을 흔들리게 하면서 새로운 가치나 힘을 찾게 만들었다.[3] 직장과 가정에서의 경쟁력 있는 생존을 위해서 새롭게 갖추어야할 가치나 기능은 무엇인지 배우고 싶어 했고, 그런 덕목들을 전수해 줄 문자 그대로 어른의 부재는 자기계발의 전략과 내용을 담은 셀픽션으로 눈길을 돌리게 했다.

사실 셀픽션에서 추구하는 전략이나 가치가 수용자인 개인에 따라 그 편차가 있기 마련이고, 정신적 태도의 변화를 강조하는 셀픽션의 실

---

2) 셀픽션이 이야기(fiction)의 재미에 의존하면서도 자기계발(selfhelp)의 메시지 즉 진리를 삶의 지침으로 강조해야 한다는 중압감은 여러 노력으로 나타날 수밖에 없는데, 그 중 가장 대표적인 것이 셀픽션의 주요 단락마다 메시지를 팁의 다양한 형태로 제시하는 것이다. 실례로 『배려』를 제작한 담당자의 고백을 보자.
"그렇다면 메시지를 어떻게 효과적으로 전달할 것인가? 배려는 소설의 형식을 갖추되 진짜 소설이 되어서는 안 되는 책이다. 독자들이 이야기에 빠져서 중요한 메시지를 놓쳐서는 안 되기 때문이다. 그래서 내용 중에서 중요한 역할을 하는 카드의 경우는 따로 별면을 줘서 부각시켰다."
강정애, 「독자를 위한 배려」, 『기획회의』 177호, 2006.06.05, 30쪽.
3) 김기옥, 「100년 묵은 자기계발서의 역사, 지금 한국에서 만개하다」, 『기획회의』 159호, 2005.9.5, 20~21쪽.

제적 효용성에 대한 검증이 쉽지 않은 것이 사실이지만, 여전히 수 십만부 심지어는 100만부를 상회하는 셀픽션이 속출하고, 그 셀픽션에서 주장된 논의들이 수많은 직장과 기관에서의 강의요청으로 이어지는 것을 보면 분명 셀픽션은 강력한 대중적 호소력과 영향력을 갖추고 있는 것이다.4) 또 세상을 살아가는 지혜와 힘 혹은 열정을 전파한다는 점에서 그 중요성이 심대하다 하겠다.

앞으로도 세상은 급변할 것이고 그에 따른 새로운 경쟁력과 덕목들이 끊임없이 산출될 것이기에, 자기계발의 메시지는 새롭고 다양하게 이어질 것이며, 또 그것들을 대중들에게 폭넓고 재미있게 전달해야 할 필요성은 여전할 것이다. 여기에서는 셀픽션의 중요성과 확장성을 모두 염두에 두고, 경쟁력 있는 셀픽션을 산출하기 위한 방법론을 탐구해 보려 한다. 특히 셀픽션을 경쟁력 있게 만들기 위한 서사전략을 탐구하려 하는데, 이 점은 다양한 분야에서의 경험을 통해 세상을 헤쳐 나갈 지혜와 기능 혹은 태도 등을 마련한 모든 이들에게 대중적 호소력을 갖춘 셀픽션을 창출하기 위한 지침서이자 안내판이 될 것이다.

논점을 분명히 하기 위해 셀픽션의 서사전략에 대한 논의에서 주안점을 둘 사실을 적시해 보면, 셀픽션에서 주장되는 진리의 형태, 진리의 안내자인 멘토 역 인물의 성격과 기능, 서사구조, 멘티의 성장기 등에 대한 탐구가 될 것이다. 또 논의의 명증성을 위해 이미 대중적 기호

---

4) 더욱이 셀픽션은 아동의 자기계발을 위한 아동용 셀픽션으로도 진화하고 있다. 예를 들면 『누가 내 치즈를 옮겼을까』 → 『어린이를 위한 누가 내 치즈를 옮겼을까』, 『마시멜로 이야기』 → 『어린이를 위한 마시멜로 이야기』, 『배려』 → 『어린이를 위한 배려』 등이다. 아동에 맞게 판형을 크게 하고 분량은 줄이면서 삽화를 많이 이용하였다. 윤정미, 『아동용 자기계발서의 특성 고찰』, 카톨릭 대학원 석사학위 논문, 2008, 8면.

를 통해 셀픽션으로서의 우수성이 검증된 사례를 풍부하게 논의에 반영할 것이다.

2. 진리, 마술적 환상을 위한 전략

셀픽션은 위기나 시련에 처한 주인공이 새로운 삶의 태도를 받아들여 변화를 일으키고 그로 인해 성공으로 나아간다는 이야기이다. 즉 변화 이전과 이후의 삶이 극명하게 대조되면서 희망과 의욕을 갖게 만드는데 무엇보다 중요한 것이 변화를 이끄는 새로운 삶의 덕목 혹은 전략이다. 이것을 각성한 자나 현자가 새로운 삶을 꿈꾸는 자에게 필연적인 성과를 보장하는 절대적 비결로 가르쳐 주니, 다른 말로 삶의 절대적인 진리라 말할 수 있겠다. 당연히 셀픽션에서는 이 진리를 설득력 있게 설정하고 전파하는 것이 중요하다 하겠다.

〈표 1〉 셀픽션의 진리

제명	진리
핑	도전하라
누가 내 치즈를 옮겼을까	변화하라
칭찬은 고래도 춤추게 한다	칭찬하라
선물	행동하라
배려	배려하라

선택	전략적으로 움직여라
마시멜로 이야기	인내하라
폰더 씨의 위대한 하루	단호히 결단하라, 경청하라, 운명을 개척하라, 감사하라, 용서하라

셀픽션이 자기계발의 방법론과 내용을 우화 같은 픽션으로 구성한다는 사실에서 이미 드러나듯이, 쉽고 명료하게 전달하기 혹은 재미있게 전달하기는 셀픽션의 생명이다. 자연히 성공과 새로운 삶을 향한 진리역시 복잡하거나 사변적이지 않고 매우 명쾌하고 단순한 메시지로 나타난다. '변화하라', '칭찬하라' 등과 같이 하나의 키워드로 집약된다.

그런데 셀픽션마다 그 진리의 내용이 각각 상이하지만 그 모두를 관통하는 하나의 공통된 사실이 있으니, 그것이 바로 정신적 태도에 대한 강조이다. 삶을 성공으로 이끌기 위한 기능의 습득에 대한 논의는 찾아보기 힘들며, 매우 익숙하고 접근하기 쉬운 삶의 자세, 그것도 정신적자세에 국한된다. 물론 바로 이런 점 때문에 삶의 새로운 비약을 절실하게 갈망하는 독자들을 오랜 기간의 훈련과 학습 혹은 기능의 습득을 강조함으로써 맥 빠진 절망감에 빠지게 하기 보다는, 단 한순간의 마음가짐만으로도 도약을 이룰 수 있다는 열정적 몰입이나 성공을 향한 마술적 환상 – 매우 단순한 메시지로 정리된 삶의 비결을 실천하는 순간성공으로 곧바로 도약할 수 있다는 믿음의 유도5) – 으로 이끈다.

---

5) 셀픽션은 스스로 설정한 삶의 비결 즉 진리를 실천하는 순간 성공이 눈앞에 바로 펼쳐진다는 믿음을 노골적으로 제시한다. 즉 승진, 화목한 가정, 존경 등 원하는 꿈이 바로 실현된다는 마술적 환상을 숨기지 않고 강조한다.

바로 이 지점에서 중요하게 부각되는 것이 진리를 가치 있고 중요하게 보이도록 하는 전략이다. 참으로 익숙하고 때로 단순해 보이는 성공을 향한 덕목 즉 진리가 성공을 향한 만능열쇠로 보이게 만드는 비결은 무엇인가? 독자들로 하여금 그 진리를 깨닫고 실행만 하면 성공을 이룰 수 있다는 자신감과 희망으로 충만하게 만드는 비결은 무엇인가? 작자가 선택한 길은 두 가지이다. 하나는 성공을 향한 정신적 자세와 덕목 즉 진리를 우리의 생래적인 자질로 강조하는 것이고, 또 다른 하나는 전도된 가치의 재발견 혹은 그것이 주는 놀라움에 대한 강조이다. 이제 그 사실을 『핑』과 『칭찬은 고래도 춤추게 한다』 그리고 『배려』를 통해 살펴보자.

"이 선물을 받고 나면, 네가 더 행복해지고 원하는 건 무엇이든지 훨씬 잘 할 수 있게 될 테니까 그렇지"(『선물』, 19쪽)

"새로운 하루를 준비하기 위해 옷을 입으면서 예전과 달리 활력이 샘솟는 것을 느꼈다. 놀라운 변화였다"(『선물』, 44쪽)

"상사에 대한 적개심도 눈 녹듯 사라졌다"(『선물』, 59쪽)

"회사는 이익을 더 많이 냈고, 우리는 보너스를 받고 승진을 했지. 하지만 내게 더 중요한 것은, 내가 이 시스템을 배우고 나서 더 행복하고 더 성공적인 삶을 살 수 있었다는 것이네."(『선택』, 33쪽)

"정말이에요. 정말이라고요! 놀랍게도 갑자기 모든 것이 너무나 쉬워져요. 정말 믿을 수 없을 만큼요."(『선택』, 126쪽)

"실제로 참석자들은 더 나은 결정을 했고, 더 나은 결과를 얻었으며, 더 빨리 승진했다."(『선택』, 203쪽)

* 인간의 극적 변화 혹은 강화된 인간에 대한 익숙함 혹은 용여는 사실 현대인일수록 좀 더 큰 것이 사실이다. 예를 들어 신경 임플란트를 통해 청각과 시각을 회복한다든지, 인간 게놈 프로젝트에 따라 미래에 유전자 변형이 사실로 다가온다든지, 사이버 세계에서 아바타로 상징되듯이 또 다른 나로 자유롭게 변신한다든지 하는 것들은 과거에 비해 인간의 극적 변화 혹은 강화된 인간에 대해 훨씬 자연스러운 친숙함을 느끼게 하는 것도 사실이다.
도미니크 바뱅, 『포스트 휴먼과의 만남』, 양영란 역, 궁리 출판사, 50~52쪽, 125~126쪽.

①『핑』에서 주인공 개구리 핑은 피폐해진 현실을 벗어나고자, 또 자신의 가능성을 시험하고자 먼 모험의 길을 나선다. 그 과정에서 핑은 혹독한 시련을 겪지만 끈질긴 인내심과 과감한 도전정신으로 꿈을 이룬다. 그런데 핑이 시련 끝에 발견한 진리를 두고 뜻밖의 시각이 첨언된다.

핑은 이제 물과 친구가 되어 함께 춤을 추며, 계속 흘러갔습니다. 그렇게 함으로써, 그는 스스로 변화의 주체가 되었으며, 스승님이 그토록 강조했던 진정한 변화의 방법이 무엇인지 이제 알게 되었습니다.
/
/
결국, 우리에게 삶이 주어진 이유는, 충만하고 멋진 삶을 살 '기회'를 주기 위한 것입니다. 우리는 모두 여행자들입니다. 이 세상에 여행을 하라고 보내졌지요. 그리고 우리의 여행은 모두 의미 있고 보람 있는 것으로 계획됐습니다. 가장 진실한 운명의 길을 찾아가도록 말이지요.
/
/
누구나 자신의 본능에 충실하기만 하다면, 내게 어떤 재능이 있는지, 내가 어떤 선물을 가지고 있는지, 무엇에 열정을 품고 있고, 어디로부터 힘이 솟는지, 나는 진정 누구이고, 무엇을 바라는지, '숨김없이 완전히' 발견할 수 있습니다. 그렇게 발견한 올바른 길을 따라 자유롭게 흘러가다 보면, 어렵게만 느껴졌던 위대한 진리들이 아주 명확하고 분명한 것임을 알게 될 것입니다. 우리에게 기쁨을 안겨줄 위대한 삶의 비밀은, 사실 우리 곁에 있습니다. 그토록 가까이 있다는 걸, 우리가 눈치채 주기를 바라며 말이죠.(146~152쪽)

위대한 삶의 비밀 즉 진리는 우리가 시원적 상태에 충실 — '본능에 충실' — 하기만 한다면 자연스럽게 도달할 수 있는 것인데, 그것도 '숨김없이 완전히' 이루어질 수 있다는 것이다. 또 진리는 우리 곁에 이미 선험적으로 오롯이 존재하고 있어 우리가 세파와 나태함으로 일그러진 시각을 걷어내기만 하면 곧 바로 직시할 수 있다는 것이다.

그래서 셀픽션의 진리는 내가 내 안에 이미 잠재해 있던 가능성을 다시 불러내는 것이니, 도달하기까지의 과정이 미지의 세계에 대한 무모한 도전으로 가능성을 무난하게 담보할 수 없는 기대난망의 것이 아니라, 일순간의 각성으로 진리의 심층부에 곧바로 진입할 수 있는 친근한 존재인 것이다. 바로 그런 이유로 셀픽션은 독자에게 진리로의 진입, 달리 말해 성공으로의 진입을 정신적 태도의 변화라는 각성만 이루어진다면 일순간에 성취되는 것으로 느껴지게 만드는 마술적 환상을 불러오는 것이다.

② 『칭찬은 고래도 움직이게 한다』와 『배려』에서는 전도된 가치에 대한 재발견 혹은 그것이 주는 놀라움이 펼쳐진다. 능률과 속도 그리고 경쟁이 질주하는 자본주의의 구도 속에서 이 두 셀픽션은 색다른 주장을 한다. 즉 바람직한 삶의 태도로서만이 아니라 성공을 위해서도 '칭찬을 아끼지 말며', '타인에 대해 진심으로 배려하라'는 주문이다. 능률을 위해 엄격한 관리를 하는 것과 승리를 위해 치열하게 경쟁하는 것이 상식이자 지름길인 것 같은데, 반대로 잘못을 감싸주거나 여유를 갖고 생활하고 양보하는 미덕을 보이라는 것이다.

이 두 셀픽션이 성공의 진리로 말하는 '칭찬'과 '배려'는 덕성으로서는 인정될 수 있을지언정, 성공의 비결로는 어울리지 않을 것처럼 보이는데, 셀픽션에서 이 덕목이 줄기차게 주장되니 각별하고 낯설게 주목을 끈다. 즉 고도화된 자본주의 사회가 발전의 반대급부로 무시해 버리게 되었거나, 우리가 기성세대화 되어서 현실 안주로 잃어버린 가치, 심지어는 성공에 역행하는 부정적 가치로 폄하된 가치 – 정글 자본주의가 초래한 사생결단식의 무한경쟁, 거대화된 제도와 조직에서 부속품으로 전락한 개인, 가진 것을 지키는데 급급하여 변화를 두려워하는 기성세대 등이 원인이 되어 잃어버린 혹은 부정적 가치로 폄하된 가치 – 가 지선의 가치로 역전되어 새롭게 조명되니 그 자체가 놀라움을 불러온다.

특히 작자가 두 셀픽션의 진리를 시대의 보편적 통념을 벗어나서 새로운 덕목으로 강조하려 한, 달리말해 성공을 향한 비결로서는 폄하되거나 심지어는 부정된 진리를 강조함으로써 새로운 재발견이 주는 놀라움을 부각시키려 한 의도는 진리에 대한 주인공의 각성하기 전 태도를 통해서 가장 명확히 확인할 수 있다. 『칭찬은 고래도 움직이게 한다』와 『배려』에서 주인공은 두 덕목 즉 '칭찬'과 '배려'에 대해 반감과 편견을 거침없이 드러내는데, 작자는 이 점을 매우 의도적으로 강조한다.

"제 직원 중 한 명이 일을 망쳐 놨는데도 그걸 다른 식으로 무마할 수는 없을 것 같군요 또 만일 우리 아이들 중 한 명이 숙제를 안 했거나 서로 싸우면 저희 부부는 그걸 그냥 못 본 척하고 넘어가지는 않아요"

"직원들이나 아이들이 당신을 거스리면 그 일에 대해서 많은 주의를 기울이시는군요." "당연하지 않나요?"

"아마도 직원이나 아이들에게 그렇게 하는 것이 마음에 들지 않는다고 말하고 나서 다시는 그러지 말라고 경고하겠죠?" 웨스는 당연한 말을 하고 있다는 듯 큰 소리로 대답했다. "그렇게 하는 것이 관리자로서, 그리고 부모로서 당연한 일 아닌가요?"(『칭찬은 고래도 춤추게 한다』. 36쪽)

정말 이해할 수 없는 사람들이었다. 논리적으로 도저히 설명할 수 없는 행동을 하는 그들은 자신들에게 쏟아진 극한 비난마저 웃고 떠드는 소재로 삼고 있었다.(『배려』, 41쪽)

부장님, 제발 공자왈 맹자왈은 그만해주셨으면 합니다. 요즘 세상에 그런 말씀이 어디 먹히기나 합니까? 다 아는 뻔한 얘기들 아닙니까. 저는 마음이 어떻고 마음의 부자가 어떻고 하는 말만 들으면 두드러기가 나는 사람입니다. 제발 그만 좀 하세요. 팀사람들도 싫어하잖습니까.

(『배려』, 91~92쪽)

〈칭찬은 고래도 춤추게 한다〉

『칭찬은 고래도 춤추게 한다』에서 직장과 가정에서 어려움에 처한 웨스는 우연히 찾은 범고래 쇼장에서 5000파운드가 넘는 바다의 무서운 포식자 범고래가 놀라운 묘기를 펼치는 것에 감탄하는데, 조련사 데이브로부터 '칭찬'이 돌고래 묘기의 비결이라 듣게 되지만, 자신의 상식이나 통념과는 너무도 어긋난 것이어서, 의심을 거두지 않는다. 또 『배려』

에서는 구조조정의 은밀한 임무를 맡고 트로이의 목마처럼 1팀에 파견된 위가 1팀원들 특히 공자왈이 말하는 배려를 어리석은 패배자들의 넋두리로 몰아붙이며, 생래적인 거부감을 보인다. 바로 이러한 주인공들의 태도야말로 셀픽션의 진리를 통념 속의 폄하와 부정이라는 침잠으로부터 걷어올려진 새롭고 특별한 가치로 새삼 주목받게 만들고 있으며, 그들의 격한 반발이 강조되면 될수록 '칭찬'과 '배려'의 힘을 확인하고 몸속 깊이 받아들이면서 이뤄지는 변화의 순간은 문자 그대로 충격적인 놀라움을 수반한 채 셀픽션에서의 진리를 새삼스럽게 각별한 존재로 각인시키는 것이다.

3. 지혜와 신뢰의 인도자, 멘토

셀픽션은 위기에 처한 한 인물이 새롭게 각성을 하고 새로운 삶과 성공을 향해 도약한다는 이야기인데, 그 과정에서 주인공에게 깨달음을 주는, 지혜와 신뢰를 갖춘 인도자가 필요하다. 신분과 연령 그리고 조언의 내용 등이 다양하지만, 그들 모두는 온후한 인품과 자상한 태도 그리고 삶을 꿰뚫어 보는 지혜를 온전하게 갖추었다는 점에서 한결같은 공통점을 갖는다. 바로 그런 점에서 그들 모두를 문자 그대로 멘토 - 트로이 전쟁에 출정한 오디세이가 부탁한대로 집안일과 아들 텔레마코스의 교육을 맡은 친구 멘토가 전쟁기간 무려 10여 년 동안 왕자의 친구, 선생, 상담자, 때로는 아버지가 되어 그를 잘 돌보아 주었으니, 멘토는 지혜와 신뢰로 한 사람의 인생을 이끌어 주는 지도자 즉 현명하고 신뢰할 수 있는 상담 상대, 지도자, 스승, 선생이다 - 라 부를 수 있겠다.

① 셀픽션의 멘토는 한결같이 배우는 자 즉 멘티의 '자발적인 각성'을 중시한다. 멘토는 삶을 꿰뚫는 지혜를 갖추었을 뿐만 아니라 멘티의 고민을 경청하는 진지한 태도를 지녔고, 진정으로 남을 도우려는 열린 자세를 보인다는 점에서 멘티의 전폭적 신뢰를 받는다.[6] 자연히 삶의 진리를 일목요연하게 직접 제시해 주어도 인도가 가능할 터인데, 모든 셀픽션에서 멘토는 그런 인도를 금기시한다. 소크라테스의 문답술을 활용하듯이 끊임없이 질문과 대답을 주고받으며, 삶의 진리를 추출하는 과정을 멘티가 스스로 이끌어내는 것처럼 만든다. 그들은 매우 노골적으로 자신의 역할을 분명하게 한정하고, 멘티의 자발적 노력을 중시한다는 태도를 드러내는데, 때로 멘티의 조급한 요구를 매몰차게 거절할 만큼 냉정한 자세를 잃지 않는다.[7]

첫째로 멘토는 사실과 현상에 대한 질문을 던지고 멘티가 의미와 본

---

6) "핑은 경이롭다는 표정으로 부엉이를 올려다 보았습니다. 그의 가르침이 한 치의 의심도 없는 지혜라는 걸 알았기 때문입니다."(『핑』, 74쪽)
"데이브와 씨월드의 다른 조련사들을 알게 되었을 때 저는 정말 그들을 하늘이 내려준 선물이라고 생각했어요"(『칭찬은 고래도 춤추게 한다』, 48쪽)
"길잡이는 젊은이의 마음을 꿰뚫고 있는 듯 핵심적인 내용을 설명해 주었다."(『선택』, 107쪽)

7) 실례로 핑에서 걷기를 시도해 보라는 부엉이의 요구에 핑이 핑계를 대며 외면하려 하자, 부엉이는 단호한 자세로 결별을 선언하기까지 한다.
"잘 들어라. 지금부터 걷겠다고 믿으면 너는 걷게 될 게야. 그게 싫다면, 네 그 뛰어나고 '유일한' 재주로 어디든 갈 수 있을 테니 멋진 여행을 즐기길 바란다. 그동안 함께 해서 즐거웠구나. 너는 분명히 목표한 것을 찾게 될게야." 핑의 얼굴은 창백하게 변했습니다. 자신의 귀가 잘못된 것이 아니라면, 부엉이의 마지막 말은 '스승의 친절한 가르침은 끝이 났으며, 핑 자신이 그토록 원하던 것도 물 건너 가버린다'는 뜻이었기 때문입니다.(『핑』, 89쪽)

질을 대답하는 과정이 바로 진리를 향한 여정이 되도록 또 멘티의 대답이 진리를 찾는 답이 되도록 만든다. 실례로『칭찬은 고래도 춤추게 한다』에서 범고래 조련사 데이브는 세인들의 통념적 사고를 뛰어넘는 자신만의 독특한 훈련법을 사실 그대로 적시하기만 하며 웨스에게 그 훈련법의 본질적 의미를 삶의 진리와 연관해 사고케 만든다.

> 상식을 뛰어넘는 데이브의 말에 웨스는 놀랐다. "제 생각에 대부분의 사람들은 동물과의 관계뿐 아니라 같은 인간관계에서도 당신이 말해 설명해 준 그런 이해와 존경을 사용하지 않는 것 같군요." 웨스가 자신의 행동을 되돌아보며 말했다. "저도 지금까지 그래 본 적이 한 번도 없어요. 이 범고래들은 정말로 놀라운 일을 해내고 있군요. 제가 만일 상대에 대해 존경을 표하는 이 사려 깊은 방식을 주변 사람들에게 적용하기만 한다면 관리자로서 뿐만 아니라 남편과 아버지로서도 아주 놀랄만한 전환점을 만들 수 있겠다는 생각이 듭니다. 물론 굉장히 어려운 일이겠지만요." "바로 그거에요!"
>
> (『칭찬은 고래도 춤추게 한다』, 40쪽)

둘째로 멘토는 자발적인 각성 그 자체가 진리이자 힘이라는 것을 일깨운다. 자발적인 각성으로 진리를 향한 길을 스스로 찾아야만 여정이 비로소 시작될 수 있다고 조언하거나("네 마음으로 그 길을 찾을 때에야, '기꺼이' 그 길을 갈 수 있게 되는 거란다."『핑』, 54쪽), 자발적인 각성을 통한 진리추구 과정 자체가 삶의 진리임을 강조하기도 하고, 자발적인 각성을 성공적으로 이루어 스스로 지혜를 만들 줄 알게 되는 것이 바로 스스로 멘토가 되는 길("그 멘토는 바로 당신이에요. 당신은 당신을 가르치는 멘토가 될 수 있어요." 『선택』, 81쪽)임을 갈파한다.

  ② 셀픽션은 진리를 우월적인 위치에서 강압적으로 전하지 않는다. 즉 지혜와 품성을 갖춘 멘토가 시혜자적 자세로 삶의 비결을 일방적으로 전수하는 것이 아니라 친근하고 우호적인 분위기에서 자연스럽게 전달한다. 이때 강조되어야 할 것이 멘토의 인간적인 면모이다. 범접하기 어려운 초월적 존재로서가 아니라 우리와 똑같이 배움과 경험을 통해 지혜를 축적해 왔으며, 삶의 굴곡들을 몸으로 느끼며 지내온 인물로 그려진다. 그래야 멘티 혹은 독자들이 진리를 편안하고 익숙하게 받아들일 수 있을 것이다.

  첫째로 멘토들은 자신들이 축적한 지혜가 천부적 자질이 아니라 배움이나 경험의 결과였음을 직접적으로 말한다. 『선물』에서는 멘토인 노인이 자신의 지혜는 과거 일했던 조직에서 사람들이 일과 인생에 대해 이야기 하는 것을 '경청'한 결과일 뿐임을, 『칭찬은 고래도 춤추게 한다』에서 멘토인 앤 마리는 범고래 쇼장의 조련사와 범고래로부터 지혜를 배웠다고 강조하는데 그것을 하늘이 내려 준 선물이라고 말할 정도로 '운이 깃든' 축복이었음을, 『선택』에서는 훈련 프로그램에 참여한 많은 선참자가 멘토인데, 그들은 그들의 지혜가 이 훈련 프로그램의 산물일 뿐임을 재삼 강조한다.

  둘째로 멘토들은 그들의 한계와 실패를 드러내기도 한다. 그들은 천부적인 자질과 초인간적인 능력으로 성공만을 좇는 인물로 그려지지 않는다. 『핑』에서 멘토인 부엉이는 삶의 지혜를 날카롭게 전해주고, 고비마다 멘티를 올바로 이끌어 완벽한 스승상을 보이지만 방심한 한 순간 매에게 낚아 채여 먹이로 전락하는 운명을 보여주며, 『배려』에서는 인도자라 불리는 고문이 멘토인데 노련하고 자애로운 태도로 멘티인 위에게 배려의 덕목을 끊임없이 전파하지만 그 역시 자신의 삶에 드리웠던 어두운 그늘 ─ 『배려』에서 가장 부정적 인물로 그려진 철혈은 냉혹한 경쟁논리로 무장한 채 타인을 이용하고 도구로만 취급하는데, 바로 이런 태도는 인도자(고문)가 젊은 시절에 보였던 성품 그대로이고 철혈도 인도자의 그런 냉혹한 성품을 동경하였음 ─ 을 드러내기도 한다.

③ 셀픽션의 멘토는 지혜를 갖춘 인물이면서 동시에 존경받을만한 인품을 갖춘 인물로 그려진다. 이 점과 관련해 셀픽션에 대한 관심이 성공의 방법만을 가르쳐 주는 비결서만이 아니라는 것을 유념해야 한다. 즉 '어떻게'에 대한 관심만으로 풍족한 삶에 단숨에 이르는 방법을 교수하는 것에만 머무르는 것이 아니라, '왜'에 대한 관심을 통해 삶의 진리와 그것을 추구하는 이유에 대해 명백히 생각하는 것 역시 중요하다는 점을 강조한다.

이때 중요하게 부각되는 것이 소명의식이다. 멘토가 성공적으로 멘티를 교화할 수 있기 위해서도, 셀픽션이 개인의 행복만을 추구하는 개인주의의 확산에만 골몰한다는 비판을 넘어서기 위해서도, 바람직한 삶에 대한 명백한 입장을 위해서도 셀픽션은 소명의식을 강조한다.[8] 바로

---

8) "그분의 행동은 분명 자기 이익을 넘어선 소명감(purpose) 때문이었다. 그 분의 소명은 ─ 그분이 아침에 자리에서 일어나는 이유는 ─ 사람들이 모두 행복해지고 성공을 달성하도록 돕는 것이다. 사실 그분이 한 행동은 소명의식에서 비롯된 것이다. 그것이 현재에 대해 가르치는 것이건 회사를 경영하는 것이건 그분은 늘 소명을 염두에 두고 행동했다. 그리고 바로 그와 같은 소명이 현재와 과거, 미래를 함께 묶어 주었던 것이다. 바로 그것이 삶에 의미를 주는 것이기도 했다. (『선물』, 94쪽)

이 소명 의식을 강조하고 실천하는 게 멘토인데, 사실 셀픽션에서 멘토가 멘티에게 필생의 업으로 명백하게 요구하는 것이 바로 소명의식이다.

셀픽션에 나타난 소명의식은 삶의 비결 즉 진리를 멘티 혼자서 누리는 것이 아니라 주위의 모든 이들에게 전파하라는 것이다. 사람들이 모두 행복해지고 성공을 달성하도록 돕는 것, 그것이 올바른 삶이니 멘토가 전수한 진리를 세상 끝까지 나누라는 것이다. 멘토와 멘티의 관계가 가장 숭고하게 묶이는 장면인 셈인데, 멘토가 숙연하게 소명의식을 가지라고 주문하는 것이나, 멘티가 엄숙하게 그것을 약속하는 것이나 그 중요성에 대한 강조만큼 모두 비장한 분위기를 연출한다.

4. 셀픽션의 서사구조

셀픽션은 시련을 맞은 한 인물이 인도자의 도움을 받아 새로운 시야를 얻고 자신의 노력 끝에 성공을 이룬다는 이야기이다. 미세한 변형이 있기는 하지만 셀픽션은 고난에서 성공까지의 여정이 동일한 서사구조로 반복된다. 그만큼 자기계발의 메시지를 명쾌하게 제시하여야 한다는 점, 시련에서 성공까지의 비교적 짧은 시간 속에 담아야 한다는 점, 성공에 대한 비결과 성과를 신념처럼 낙관적으로 수용하려 한다는 점 등이 어우러져 서사구조의 정형성이 두드러지게 나타난다. 셀픽션의 서사구조를 제시하면 시련 → 멘토와의 만남 → 도전 → 장애 → 도전 → 성공이다.

〈표 2〉 셀픽션의 서사구조

서사구조 제명	시련	멘토와의 만남	도전	장애	도전	성공
배려	구조조정 부서로의 배치, 가정의 불화	회사의 고문	매출신장 도전	회사 경영진의 음모	1팀의 부활, 정도의 길 선택	매출목표 달성, 아내와의 화해
선물	승진의 누락, 의욕상실	노인	현재에 몰두하기	동료와의 협력, 임무완수에 실패	과거로부터 배우기, 미래를 계획하기	사장으로 승진, 존경과 흠모 받음
핑	연못(생활환 경)의 황폐화	부엉이	모험을 떠남	나무장벽, 철썩강	걷기로 황제의 낙원 찾기	삶의 비밀을 깨달은 자가 됨
선택	잘못된 결정으로 직장과 가정의 어려움	길잡이, 산행 프로그램 참여자 프랭클린 닐, 히로 다나카, 잉그리드 바우어, 안젤라, 피터 골든, 나이젤 맥클라우드	산행 교육 프로그램에 참여	관행적 사고나 행동을 벗어나는 것의 어려움	YesNo 시스템 실천	계속된 승진, YesNo 시스템 전파자가 됨
칭찬은 고래도 춤추게 한다	직원과 자식을 다루는데 어려움	범고래 조련사 데이브, 인간관계 전문가 앤 마리	고래반응공식 실천하기	가족과의 마찰, 직장 상사 반스의 반대,영업실 적의 하락	고래반응공식 의 전파	실적의 제고, 가족과의 화해
누가 내 치즈를 옮겼을까	식량의 고갈	생쥐 스니프, 스커리	새로운 식량창고 찾기	거듭된 실패, 친구의 외면	끈질긴 탐색	새로운 식량창고 발견, 도전의 즐거움 느낌
폰더 씨의 위대한 하루	실직, 투자실패	트루먼, 솔로몬, 체임벌린, 콜롬버스, 안네 프랑크, 링컨, 가브리엘	구직	실직, 경제적 어려움	7가지 결단사항 실천	창업주가 됨, 단란한 가정 회복
마시멜로 이야기	현실안주, 쾌락에만 탐닉	사장 조나단	성공적 삶 배우기	참는 어려움	성공적 삶 따라하기	대학진학, 자립의 틀 마련

① 셀픽션의 서사구조는 표에서 확인 할 수 있듯이 유사한 구조를 갖지만, 삶의 비결 즉 진리를 전하는 방식과 관련하여 크게 두 부류로 분류될 수 있다. 표에서 멘토가 다수인 경우와 단수인 경우로 대별되는 특징을 갖게 되는데, 멘토가 단수인 경우 주인공(멘티)의 역정에 보다 더 주안점이 놓이며, 반면에 멘토가 다수인 경우는 시련에서 성공까지 이어지는 삶의 역정보다는 다양한 진리의 전달에 초점을 맞추게 된다. 즉 『배려』, 『선물』, 『핑』, 『마시멜로 이야기』는 멘토가 단수인 경우인데 이들 셀픽션은 시련을 이겨내고 도전에 나서지만 또 다른 위기가 닥쳐오고 마침내는 끈질긴 노력 끝에 성공에 도달한다는 성장기가 중심이 된다. 반면에 『선택』, 『폰더씨의 위대한 하루』는 멘토가 다수인 경우인데, 삶을 헤쳐 나가는 다양한 진리를 실제 자신들의 직간접 경험을 제시하며 다층적으로 전달하는 데 주안점을 둔다.

『선택』은 주인공이 산행 교육 프로그램에 참여한 3일 동안 만나게 되는 길잡이와 다수의 선참자 모두를 멘토로 여겨 그들의 삶의 비결을 듣게 되며, 『폰더 씨의 위대한 하루』는 심각한 자동차 사고로 혼절한 주인공이 과거로 떠나 트루먼, 솔로몬, 체임벌린, 콜롬버스, 안네 프랑크, 링컨, 가브리엘 등을 차례로 만나며, 그들로부터 인생의 소중한 진리를 전해 받는다. 역사상 위대한 인물들의 고언이라 삶의 진리에는 무게가 실리며, 그들의 생생한 역사적 사실의 재현은 생생한 현장성이 불러일으키는 재미(사건의 빠르고 다양한 전개라는 점에서)와 설득력(구체적인 정황에서의 해결책이라는 점에서)을 갖는다.

② 시련

최근의 신자유주의적 자본주의의 확대 속에서 특히 국가적, 세계적 경제 위기를 겪으면서, 우리는 직장을 갖고 있다는 것 자체가 얼마나 소중한 것인지, 실직의 위기가 단순한 문제가 아니라 생존 자체를 얼마나 심각하게 위협하는 것인지, 개인이 자신의 능력을 끊임없이 제고하지 않으면 얼마나 쉽게 도태될 수 있는지, 경쟁력의 상실이 소중한 가정을 얼마나 가혹하게 위협할 수 있는지를 깨닫게 되었다. 자연히 실직과 가정해체를 바로 지금 이 순간 여기에서 우리를 현실적으로 위협하는 실체로 받아들이게 되었으며, 그것으로부터 벗어나 성공을 이루는 것이 지상명제처럼 받아들여지게 되었다.

때문에 셀픽션에서 시련은 모두 실직과 가정해체, 경쟁력의 상실 등의 위기로 나타나는데, 여기에는 이 위기감을 고조시키는 두 가지 사실이 개입 된다. 하나는 시련이 개인의 결정적 실수에 관계없이, 또 특별한 전조 없이 어느 날 갑자기 찾아온다는 점이며[9], 또 다른 하나는 시련에 대처할 방법을 우리가 배울 기회가 없었다는 점이다. 즉 삶을 치명적으로 위협할 위기가 특별한 전조 없이 찾아오고, 우리가 그것에 대처할 적절한 방법을 접하기조차 못했다면, 그 시련이나 위기가 주는 두려움과 압박감은 상상을 넘어설 것이다.

『핑』에서는 생쥐와 꼬마인간의 주식원인 치즈가 갑자기 고갈되기 시작하며, 『폰더씨의 위대한 하루』에서는 폰더가 적대적 기업인수로 하루

---

9) 『누가 내 치즈를 옮겼을까』에서 어느 날 갑자기 창고에 무진장으로 넘쳤던 치즈의 고갈을 경험한 꼬마인간 허는 "갑자기 커다란 해일이 밀려와 모든 것을 집어 삼키는 것처럼 변화는 순간에 일어나게 된다는 사실을 인식하게 된 것이다."라는 심경을 드러낸다.(『누가 내 치즈를 옮겼을까』, 69쪽.)

아침에 실직자로 전락하고 그로 인해 생계를 위해 주유소 일당 아르바이트로 나서지만 딸의 치료비도 마련치 못하게 되며10), 『배려』에서는 아무런 예고 없이 구조조정 부서에 배치된 채 간부들의 음모에 휘말리게 된다.

또한 진리에 대한 원초적 소원함을 강조 — 셀픽션의 진리를 배우거나 진지하게 접할 기회가 없었다는 사실에 대한 저자의 '알뜰한' 강조 — 하기 위해 『칭찬은 고래도 춤추게 한다』에서는 타인의 장점을 인정하고 격려하는 덕목에 대해 "저는 지금까지 한 번도 그래 본적이 없어요"라고 말하며, 『배려』에서는 상대의 말을 경청하고 타인의 입장을 먼저 고려하라는 덕목에 대해 "그는 회의에서 듣는 스타일이 아니었다. 자신이 준비한 내용을 발표하고, 누군가가 이견을 보이면 비장의 수를 써서 면박을 주곤했다"는 반응으로 일관한다. 한마디로 그들은 셀픽션의 진리에 대해 백치인 상태인데, 그로 인해 자신이 갑자기 처한 시련에 대해 해결할 실마리조차 잡지 못한다. 그만큼 그들이 닥친 시련의 위기감은 증폭된다.

---

10) "그들은 오후 5시가 될 때가지 계속 전화를 걸어서 주주들의 지원을 간절히 호소했다. 적대적인 재벌이 데이비드의 회사를 강제 매입하려는 것을 막기 위한 최후의 안간힘이었다. 자정 직전 최종통보가 중역 회의실로 날아들었다. 그들의 눈물, 애원 기도 등 필사적인 노력에도 불구하고 적대적 기업인수가 마무리 되었다. 모든 중역과 간부들은 그날 자정을 기하여 자동적으로 계약이 해지되었다. 최종 통보 전화가 온 지 15분 후에 경비원이 데이비드의 사무실로 들어와 책상정리를 도와주겠다고 말했다. 1시간 뒤 데이비드는 회사 입구의 경비실 앞에 서서 택시를 기다리는 신세가 되었다. 데이비드는 23년간이나 장기근속을 했는데도 불구하고 사무실 키, 회사 체육관 키, 회사 업무용 차 키를 당일로 반납해야했다.(『폰더 씨의 위대한 하루』, 16쪽.)

③ 도전과 장애

셀픽션의 주인공은 자신의 절박한 처지를 벗어나고자 새로운 세계를 향해 도전을 나서게 되고 그 중간에 장애를 만나지만 끝내는 새로운 각오를 다지며 일어서 성공한다는 이야기이다. 자연히 도전과 장애 그리고 다시 도전이라는 서사축이 그려진다. 이 때 이 서사축에 개입되는 사실 중 눈여겨보아야 할 대목이 주인공(멘티)의 각성과 장애의 성격이다.

멘티는 자신의 어려운 처지를 벗어나야 한다는 절박감과 함께 멘토의 중요한 가르침에 힘입어 새로운 길에 나서는 자세가 진지하다. 따라서 도전과 장애의 서사축은 범박하게 말하면 멘토의 가르침인 삶의 비결 혹은 진리의 효용성과 의미를 구의 중심부를 향하듯 거듭 심층적으로 확인하는 과정이라 말할 수 있다. 그런데 이것을 멘티에 초점을 맞추어 들여다보면 또 다른 사실로 멘티의 각성과정이라 부를 수 있다.

멘티는 도전과 장애의 과정을 마치기 전까지는 비록 멘토의 가르침을 알고 있는 상태라 하더라도 그것은 구호차원에서 피상적으로 습득한 정도라, 사실 문자 그대로 이제 바로 입문한 피교육생이라 부를만하다. 진리의 진정한 의미와 피상적 이해의 위험성에 대해 이해가 불충분하며 진리에 대한 소명의식은 꿈조차 꾸지 못한다. 그런 멘티가 도전과 장애의 서사축을 거치며 놀라운 각성을 통해 새로운 인간으로 태어난다. 이런 사실을 살펴보기 위해 도전과 장애의 서사축이 가장 극적이고 분명하게 드러난 『배려』의 경우를 보자.

〈표 3〉 셀픽션의 도전과 장애(『배려』)

도전	장애
1. 구조조정 대상 1팀의 신프로젝트에 참여	1. 아내와의 이혼 위기
2. 사내게시판에 미담소개	2. 간부의 음모에 좌절
3. 트로이의 목마가 된 비밀 솔직히 고백	3. 2팀의 실적 가로채기
4. 1팀의 업무에 자진해 참여	4. 직원의 실수로 대형계약건 파기
5. 특수사업 참여의 권유를 수락	5. 1팀의 수주노력이 해사행위로 몰림
6. 아내에 대한 배려	6. 계약발주 회사 간부의 치졸한 로비요구에 몰림
7. 가족과 어울리려는 노력	7. 2팀의 공격적 프로젝트로 1팀은 수주계약이 난항
8. 대형계약의 언질을 받아냄	8. 계약발주 회사 간부의 무리한 요구에 시달림
9. 일상에서 배려 실천	9. 계약의 좌초위기로 모든 일에 회의
10. 적대자의 삶에서도 교훈을 얻음	10. 1팀 직원의 배신행위
11. 배려를 삶의 덕목으로 다른 멘티에게 전수	

〈배려〉

『배려』는 주인공이자 멘티인 위차장이 구조조정 대상인 1팀에 구조조정을 내부적으로 촉발시키는 트로이의 목마로 파견되면서 벌어지는 이야기인데, 멘토인 회사 고문과 부서 내 상사 공자왈의 조언을 듣고 실천하면서 배려라는 새로운 덕목의 가치를 발견한다는 내용이다. 여기서 배려라는 진리의 가치와 의미를 드러내는 과정에 도전과 장애의 서사축이 복잡한 사건전개로 제시되고 있다. 표에서 볼 수 있듯이 도전과 장애가 수없이 반복되며 격심한 우여곡절을 겪은 끝에 비로소 성공의 기쁨을 누리게 된다. 그만큼 성공이라는 결과만큼이나 도전과 장애라는 과정이 각별한 주목을 받게 되는 것이어서 성공까지의 길목에 개인의 노력과 희생 또한 중요하다는 것을 각인시키고 있다.

그런데 여기서 주목할 사실이 있다. 도전 → 장애 → 도전 → 장애 → 도전으로 계속 이어지는 과정이 면밀한 전략 속에 이루어진다는 점이다. 즉 도전과 장애가 반복되며 축적하는 의미들이 전체적으로 하나의 집요한 의도 속에서 진행된다는 점이다. 그 사실을 보자.

① 멘티인 위는 도전과 장애의 굴곡을 겪으면서 경쟁이 아니라 배려를 통해서도 생산성을 높일 수 있다는 사실을 확인하며 성공을 향한 기능적 차원의 지식만이 아니라 세상은 편법보다는 정직과 신의 그리고 타인에 대한 애정이 오히려 값지고 힘이 있다는 세상과 삶에 대한 진정한 의미에 개안하는 '각성'을 이룬다. 지식만이 아니라 지혜를 갖춘 인물로 거듭나는 것이다.

② 멘티인 위는 시련을 맞은 시점부터 싹튼 '왜 나에게 이런 일이 벌어지는가'에 대한 의문에 대해 도전과 장애를 반복해 겪으면서 스스로를 점검하고 자신의 잘못을 솔직히 인정하는 경로를 거친다. 즉 편협하고 자기중심적인 사고를 벗어나 자신에 대해 냉철하게 돌아보는 '자기반성적 사고와 태도'를 몸속 깊이 받아들이게 된다. 현자(지성인)의 가장 중요한 덕목이라 할 수 있는 '자기반성적 사고와 태도'를 관념상으로서가 아니라 생래적인 자질로 습득하게 된다.

③ 멘티인 위는 수많은 도전과 장애를 넘나들면서 세계와 삶이 가진

복잡한 가능성을 두루 겪게 되며, 이로 인해 어떤 상황이나 삶에도 적합한 대안을 제시할 수 있는 '사고와 태도의 유연성'을 갖추게 된다.

④ 멘티인 위는 도전과 장애를 거치면서 멘토로부터 전수된 삶의 비결 즉 진리가 갖는 힘과 숭고함을 그 극한까지 경험하게 되며, 이로 인해 진리에 대해 쉽게 동요되지 않는 '신앙적 신념과 자신감'을 갖게 된다.

⑤ 멘티인 위는 도전과 장애를 거치면서 자신이 견지한 삶의 덕목 즉 진리가 갖는 가치를 깨닫고, 그것이 온 세상에 전파될 때 행복한 세상이 온다는 신념을 갖게 되며, 따라서 진리를 자신에게 다가온 또 다른 멘티들에게 혼신의 힘으로 전수해야 한다는 '소명의식'을 갖게 된다.

결국 이 사실들을 종합해보면 셀픽션은 한 인물의 각성과 성장을 다룬 '멘티의 성장기'라 부를 수 있는데, 그것도 세상을 꿰뚫어 보는 '각성'을 통해 진리를 발견하고, '자기반성적 사고와 태도'로 끊임없이 세상과 자신을 돌아보며, 세상과 삶의 수많은 가능성에 대해 통찰력을 보이는 '사고와 태도의 유연성'을 갖추었으면서도, 혹독한 시련과 다양한 경험을 거쳐 진리에 대한 '신앙적 신념'을 보이는 한편으로, 그 진리를 세상의 멘티들을 통해 전수해야 한다는 '소명의식'을 드러낸다. 바로 이런 사실들이야말로 고전적 멘토상의 전형이라 할 수 있겠으니, 셀픽션의 도전과 장애의 서사축은 멘티의 멘토로의 성장기에 정확하게 일치하는 것이고, 그것의 집요한 강조는 도전과 장애의 서사축을 멘티의 멘토로의 성장에 필요한 자질을 획득하는 과정과 일치하도록 집요하게 구성하였다는 점에서 저자의 의도적인 서사전략의 절실한 표출이라 하겠다.

제3장

지식콘텐츠 – 〈지식채널 e〉와 자막

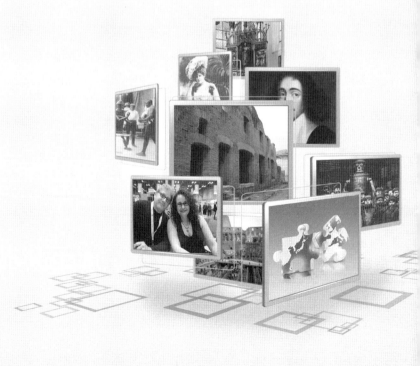

지식콘텐츠 ─ 〈지식채널 e〉와 자막

1. 〈지식개널 e〉의 출현

지식과 정보가 국가적, 개인적 경쟁력의 핵심
이 된 현재, 지식과 정보를 생성, 전파하는 지
식콘텐츠는 가장 주목받는 분야로 부상하고 있
다. 지식과 정보에 대한 충실한 전달과 함께 지
적 호기심을 일깨울 수 있는 재미의 조합은 지

식콘텐츠와 관련된 가장 중요한 화두가 되고 있다. 이런 관점에서 보면
EBS의 <지식채널 e>는 가장 주목해야할 지식콘텐츠(동시에 다큐멘터
리)라 부를만하다. 구체적으로 <지식채널 e>는 나레이션 없이 영상과
음악 그리고 자막만을 동원한 5분 런닝타임의 프로그램으로 지식콘텐

츠를 감당하고 있는 것에서부터, 2005년 9월 5일 첫 방송을 시작한 이래 꾸준한 대중적 인기를 담지한 채 현재까지 600여 회를 넘긴 장수 프로그램 여전히 위세를 보인다든지, 시청충성도(방송 중 채널을 다른 데로 돌리지 않는 충성도)가 기록적으로 84%이고 홈페이지 누적 방문자수가 700만 명을 넘었으며, 인기 있는 편은 10만여 명의 VOD 시청건수를 넘기고 출판물로 나온 <지식채널 e> 1권~5권은 56만여 권의 판매부수를 기록한다는 것 등 성공적인 사례의 전형을 보여준다.

이런 놀라운 대중적 호응에 힘입어 <지식채널 e>는 방송위원회 대상 우수상(2007), 국제 앰네스티 언론상 특별상(2009), 여성부 남녀평등상 최우수 작품상(2009), 언론인권상 특별상(2010) 등을 수상하였고, 이 프로그램을 수업에 활용하려 자발적으로 모인 <지식채널 e> 연구회는 교사회원수만 3000명이 넘는다. 이제 <지식채널 e>는 EBS의 간판 프로그램으로 자리매김 되었으며, 지식콘텐츠를 제공하는 모범적 사례의 전형으로 위치하고 있다.

<지식채널 e>가 갖는 중요성에 대한 검토는 다양한 관점에서 시도될 수 있겠지만[1] 여기에서는 지식콘텐츠의 생성이 갖는 중요성, 시의성을 감안하여 <지식채널 e>의 경쟁력을 구체적으로 추출하여 보려하는데, 무엇보다도 불과 5분여의 런닝타임만으로 특정한 화두에 대한 지식과 정보를 체계적으로 완결성 있게 전달하는 성과와 지적 호기심

---

[1] <지식채널 e>를 두고 다큐멘터리의 독특한 양식을 보였다는 것에 주목하여 그 영상 표현의 기법과 특징을 고찰할 수도 있겠고(오진곤/ 조은희, 「한국 TV 다큐멘터리의 새로운 경향연구」, 『사회과학논총』 제 16집, 2009,2, 71~73쪽), 디지털 시대의 지식의 생산과 소비의 새로운 패턴이나 인쇄중심의 지식이 디지털화 되면서 나타나는 형상적 지식의 새로운 의미를 살펴볼 수도 있을 것이다.(임종수, 「디지털 시대의 지식사회학: EBS <지식채널 ⓔ> 읽기」, 『프로그램/텍스트』 제 16호, 2007)

을 불러일으키며 시청자의 몰입을 이끌어 내는 효과를 세심하게 들여다보려 한다. 다만 실효성 있는 논의를 위해 그러한 성과의 핵심에 놓인 자막의 창조적 활용을 핵심적인 논점으로 삼으려 한다.

<지식채널 e>는 특정한 화두에 대한 지식과 정보의 완결성 있는 전달을 자막이 떠안고 있다.[2] 편마다 5분 런닝타임의 단편 다큐멘터리에서는 상상하기 힘든 1000자 내외의 긴 분량이면서, 한 편의 완전한 서사적 완결성을 갖춘 자막('프롤로그'–'제목'–'본편'으로 구성된 형식을 띤다)은 독특하고 짜임새 있는 서사전략을 동원하며 지식과 정보전달과 관련해 재미와 충실성을 두루 담보하는데, <지식채널 e>에 대한 대중적 기호는 바로 그 곳에서 결정적으로 탄생한다. 따라서 여기에서는 <지식채널 e>의 자막에 나타난 서사전략을 구체적으로 살펴보되, 논의의 실효성을 위해 <지식채널 e>에서 가장 빈번하고 중요하게 다룬 화두 및 관점을 '미담의 세계', '폭력의 광기', '사회적 이슈', '자유의 바람'으로 나누고,[3] 그 각 영역에서 내용의 충실성, 흥미유발, 서사의 완결성 등에서 뛰어난 성과를 보인 편들을 사례분석하며 자막의 서사전략을 살펴보고자 한다.

---

[2] 따라서 <지식채널 e>에서의 자막은 영상물에서 영상의 빈틈을 메꿔주거나 스토리의 구축을 돕는 정도의 보조적 역할에 머무는 자막이 아니라 '영상을 제작한 사람의 가치판단이 적극적으로 드러나며, 자막의 이데올로기적 가치가 잘 활용된' 경우의 자막에 가깝다 하겠다.
앙드레 고드로/프랑수아 조스트, 『영화서술학』, 동문선, 2005, 106~106쪽.
[3] 그 외에 <지식채널 e>에서 빈번하게 다룬 주제는 '불편한 진실', '반성적 시각', '일상의 발견', '소외된 이웃' 등이다.

2. 미담의 세계

최근에 세상의 훈훈한 미담을 엽편소설(葉篇小說)의 분량으로[2] 전하는 글들을 모은 미담집이 주목을 받고 있다. 『마음을 열어주는 101가지 이야기』 시리즈, 『영혼을 위한 닭고기 수프』 시리즈, 『살아있는 동안 해야 할 49가지』, 『TV 동화 행복한 세상』 시리즈 등이 한결같이 베스트셀러 반열에 올랐는데, 출판계의 기대를 훌쩍 뛰어넘어 국내에서만 『마음을 열어주는 101가지 이야기』 시리즈가 300만부 이상을 기록했고, 특히 중국 출판물이 베스트셀러 반열에 오른 전력이 희귀한 현실에 비추어 이색적이게도 중국에서보다도 훨씬 더 주목을 끌며 『살아있는 동안 해야 할 49가지』가 100만부 이상의 판매부수를 올렸다. 여기에 더해 『영혼을 위한 닭고기 수프』가 전 세계적으로 1억 부 이상의 판매부수를 올린 것을 보면 미담의 감동이 전 세계적으로 강력한 호응을 얻고 있음이 명확하다.

신자유주의의 확산으로 전 세계가 무한경쟁의 질주 속으로 내몰리면서 사람마다 생존경쟁에서 살아남기 위해 개인의 능력과 힘을 기르기 위한 지식과 비결을 담은 출판물 － 『성공한 사람들의 7가지 습관』 같은 처세서나 『누가 내 치즈를 옮겼을까』처럼 자기계발의 메시지를 소

---

2) 대체적으로 200자 원고지 3~20매 분량의 글들이 대부분이다. 20세기 후반에 들면서 라틴아메리카뿐만 아니라 전 세계적으로 초단편 소설이 유행인데, 그것을 하나의 장르로 묶어 미니픽션이라 부르고, 원고지 70매에서 150매 분량의 단편소설보다 짧은 작품 중 20매에서 70매 분량의 '짧은 단편'(sudden fiction)보다는 원고지 3매에서 20매 분량의 '아주 짧은 단편'(flash fiction)과 1매에서 3매까지의 '초단편'(micro fiction)을 이 범주에 넣으니, 미담집에 수록된 미담들은 이 미니픽션의 분량에 해당된다 하겠다.
송병선, 「미니픽션: 21세기 문학의 새로운 지평」, Latin21 www.latin21.com, 2003.10.22.

설적 형태에 담은 셀픽션 - 이 범람하는 시대에, 그런 조류와는 대조적으로 남을 위한 헌신이나 자기희생적 사랑 그리고 순수한 동심의 세계 등을 그려 감동을 자아내는 미담이 세상의 바람직한 모습을 고민하는 많은 사람들 사이에 큰 호응을 얻고 있는 것이다.[3]

이들 미담은 대중들에게 호소력이 강한 감동적인 체험을 전한다는 점뿐만 아니라 올바른 삶과 행복한 사회에 대한 진지한 모색이나 가르침을 전파한다는 점에서 상상을 뛰어넘는 가치와 힘을 지녔다 하겠다. 산술적으로만 말하더라도 단일 미담집으로 확보한 전 세계 1억 명의 독자나 한국에서의 3백만 독자라는 수치는 미담의 감동에 같이 호흡하고, 시각을 함께 공유하는 그 놀라운 힘을 눈앞에 여실하게 보여주고 있는데, <지식채널 e> 역시 여러 편들 속에서 타인을 위한 희생, 고난 속에서도 희망을 잃지 않고 일궈낸 인간승리, 베풂과 나눔의 숭고한 가치관 등을 보여주는 다큐멘터리 미담을 그리고 있다.

<지식채널 e>에서 미담의 세계를 그린 편들은 미담의 주체가 펼치는 사연의 성격에 따라 크게 두 부류로 구분할 수 있는데, 첫째는 감내하기 힘든 역경에 처한 한 개인이 불굴의 의지나 낙관적 믿음으로 희망을 일궈낸 경우이고, 둘째는 덕스러운 너그러움으로 타인이 겪는 세상의 고통이나 아픔을 치유하는 경우이다. 당연히 전자에서는 '시련의 혹독함에 대한 강조'와 그에 맞서는 '한 개인의 불굴의 의지가 갖는 성스러움과 희망을 꿈꾸는 낙관적 믿음의 순연함에 대한 강조'가 치열한 다툼을 벌이는 서사의 박진감이 성패를 가를 것이고, 후자에서는 세상과 타인의 아픔을 보듬으려는 후덕한 인간성에 대한 강조와 함께 무엇보

---

3) 강현구, 「미담집 미담의 서사전략」, 『인문콘텐츠』 16호, 인문콘텐츠학회, 2009.11.

다도 그들이 펼치는 미담의 기발한 상상력이 주는 즐거움에 대한 강조가 중층적인 반전의 구사 같은 놀람과 재미를 보장하는 서사전략과의 어우러짐이 성패를 가르게 된다.

1) 숭고한 승리

ⓐ (이하 영문 부호는 필자 주) 친구가 알려 주었다/ "유리조각을 쓰더라도 매일 수염을 깎게./ 그러면, 조금이라도 젊어 보일 테고 / 나치는 자네를 며칠이라도 더 써 먹으려고/ 살려 둘 테니까, 꼭 명심하게! / 쓸모 있어 보이는 게 제일 중요하네."/

ⓑ '인생은 아름다워'

ⓒ 고귀한 독일인은 인간 이하의 유태인을/ 존중해서 대우할 것이다/가혹한 처사는 절대 없을 것이다 - 히틀러/

ⓓ 나치가 모든 소지품을 꺼내라고 명령했다./ 나는 한 묶음의 원고를 보여주며 간절히/ 부탁했다./ "저, 이건 제가 심혈을 기울여서 쓰고 있는/ 원고입니다. 저는 어떠한 대가를/ 치루더라도 이 원고를 꼭 간직해야 합니다./ 제 말을 이해하시겠습니까?"/

ⓔ "이 빌어먹을 XX! 당장 목욕탕으로 가!"/ 그날, 수용소에 도착한 유태인의 90%가/ 독가스가 나오는 가짜 목욕탕에서 목숨을 잃고/ 시커먼 연기가 되어 하늘로 올라갔다./

ⓕ 살아남은 10%가 되어/수용소에서의 첫 번째 밤을 지내면서/ 나는 결심했다./ 무슨 수를 써서라도/ 앞으로 벌어지는 일들을 글로 남기겠다고/

ⓖ 유태인들은 조심하는 게 좋을 것이다./ 우리의 인내가 한계에 다다르면/ 건방진 유태인들을 침묵 시킬 것이다. - 히틀러/

ⓗ 수용소 생활은 매 순간이 지옥이었다./ 하지만 나는 아내를 생각하

며 견뎌냈다./ 다른 수용소로 끌려간 아내의 생사여부는/ 알 수 없었지만 나는 살아나가서 아내를/ 꼭 만나고 싶었다./ 육체적 자유는 내 것이 아니었다./그러나/나의 마음, 나의 의지는 분명 내 것이었다 /

ⓘ 유태인은 멸망해야 한다./ 유태인은 제거 돼야 한다./ 그래야 인류가 살 수 있다. - 히틀러/

ⓙ 한 작곡가가 희망찬 얼굴로 이렇게 말했다./ "한 달 후면 모든 게 끝날 거야/ 꿈을 꿨는데 다음달 3월 30일에/ 독일군이 항복했거든."/ 3월 30일이 되었지만 모든 것은 그대로였다./ 시름시름 앓던 작곡가는 바로 다음 날인/ 1945년 3월 31일 숨을 거두었다./

ⓚ나는 깊이 깨달았다./ 희망의 끈을 놓아버린 사람은/ 자신의 목숨마저도/ 쉽게 포기하게 된다는 것을/ 그리고 어떠한 일이 있더라도/ 자살은 절대 하지 않겠다고 다짐했다./ 고통 속에서 죽음을 택하는 것은 / 가장 쉽고도 가장 나태한 방법이니까/

ⓛ 1845년 4월 히틀러 자살/ 1945년 4월/ 빅터 프랭클 유태인 수용소에서 해방/ 빅터 프랭클(1905 - 1997)/ 유태인 수용소에서 경험을 바탕으로/ 로고 테라피(의미 요법)를 발표한 심리학자/ 사람은 어떠한 최악의 조건 속에서도/ 삶의 '의미'를 찾을 수 있다. - 빅터 프랭클/
       - <지식채널 e> 「인생은 아름다워」 편의 자막 전체 -

인류 역사상 가장 잔혹한 일이 벌어졌던 나치의 아우슈비츠 수용소를 다룬 「인생은 아름다워」 편은 그 참혹한 현실 속에서도 꿈을 잃지 않고 심지어는 자신의 숭고한 사명마저도 그 자리에서 꽃을 피워 실천한 인

〈인생은 아름다워〉 편

간승리의 주역을 다루는 미담이다. 그래서 「인생은 아름다워」는 슬프지

만 위대하고, 고통스럽지만 아름다운 이야기이다.

프롤로그 성격의 ⓐ에서는 돌연히 잔혹한 유태인 학살현장인 아우슈비츠가 나오고, 따옴표 속의 육성을 통해 사실감을 담보한 채 삶과 죽음의 갈림길에서 위태롭게 놓인 참혹하고 결정적인 순간임을 드러내는데, 그것은 곧 이 편의 제목인 ⓑ의 '인생은 아름다워'와 충돌하며, 혼돈스러운 상황으로 인한 몰입을 불러올 뿐만 아니라, 긴 터널 속의 암흑으로부터 순식간에 휘발되어 빛으로 돌진하는 충만감을 느끼게 한다. 한마디로 아무리 힘든 역경이 닥쳐도 곧바로 삶의 환희로 비상하는 힘겹지만 단호한 의지를 느끼게 한다.

제목을 거친 후의 이른바 본편은 히틀러의 육성이 한 축이 되고, 대립되는 다른 한 축으로 자유를 꿈꾸는 자의 독백이 구성되어 있다. 그 둘의 거칠고 팽팽한 다툼이 서사의 기본축이다.

히틀러의 육성	나의 독백
ⓒ 고귀한 독일인은 인간 이하의 유태인을 존중해서 대우할 것이다. 가혹한 처사는 절대 없을 것이다	ⓕ 나는 결심했다. 무슨 수를 써서라도 앞으로 벌어지는 일들을 글로 남기겠다고.
ⓖ 유태인들은 조심하는 게 좋을 것이다. 우리의 인내가 한계에 다다르면 건방진 유태인들을 침묵시킬 것이다.	ⓗ 나는 살아나가서 아내를 꼭 만나고 싶었다. 육체적 자유는 내 것이 아니었다. 그러나 나의 마음, 나의 의지는 분명 내 것이었다
ⓘ 유태인은 멸망해야 한다. 유태인은 제거돼야 한다. 그래야 인류가 살 수 있다.	ⓚ 어떠한 일이 있더라도 자살은 절대 하지 않겠다고 다짐했다. 고통 속에서 죽음을 택하는 것은 가장 쉽고도 가장 나태한 방법이니까.

매우 면밀히 구성된 서사는 히틀러의 육성이 ⓒ, ⑧, ⓘ를 거치는데, 비록 위선적이지만 ⓒ의 <유화적 언사>에서부터 ⑧의 <경고의 메시지>를 거쳐 ⓘ의 <격정적인 증오의 언사>로 고조되어 간다. 그에 정확하게 대비되며 나의 독백은 ⓕ, ⓗ, ⓚ를 거치면서 <삶의 희망을 갖는 구체적인 이유를 찾는 것>에서부터 <삶의 진리에 대한 확신>을 거치며 <생의 의욕을 투지로 일깨우는 장면>을 연출한다. 즉 히틀러의 육성인 ⓒ, ⑧, ⓘ를 거치면서 점점 더 광폭함을 띠게 됨에 따라, 그에 비례하여 나의 꿈과 의지는 불가항력적인 상황으로 그 희망의 폭과 범위는 점점 더 수세적이 되지만 그 시야의 예각화가 상징하듯이 단호함과 격정성은 강렬해져 간다.

더욱이 삶의 질곡이 가져오는 비극성, 혹은 그것을 기어이 뛰어넘는 인간의지의 위대함을 더욱 극적으로 부각시키고자 더욱 교묘한 서사적 장치를 부가하는데, 그것은 곧 히틀러의 육성으로 상징되는 세상의 질곡과 그에 맞서는 나의 결연한 독백 사이에 끼어 든 ⓕ, ⓙ와 같은 삽화의 존재이다.

히틀러의 위선적인 ⓒ의 육성에 연이은 ⓔ에서 히틀러의 기만적 유화의 메시지를 일거에 깨우는 아우슈비츠의 병사의 폭력적 언사를 거처 수용소에 도착한 날 가스실에서 처형되는 90%의 희생자를 통해, 아울러 히틀러의 광기어린 ⓘ의 육성에 연이은 ⓙ의 삽화를 통해서는 희망을 놓지 않고 버텨가던 작곡가가 스스로 공상해 만든 파랑새 즉 1945년 3월 30일에 히틀러가 멸망할 것이라는 희망이 부서져 버리자 바로 그 다음날인 31일에 급사한 사건을 통해 광기어린 폭력의 질곡 속에 무너져 내린 현실의 비극성과 반대로 그로부터 끈질기게 벗어나 꿈을 이루는 인간의지의 위대함 속에 담긴 '희망'의 소중함을 역설적이고 극적으로 고양시키고 있다.

특히 ⓕ, ⓙ와 같은 삽화에 공통적으로 그려진 죽음은 그 충격적인 비극성과 돌연함이 함께 강조되며 극적으로 새로운 세계를 경험한 자만이 누릴 수 있는 '각성'과 '신념'을 부각시켜, ⓕ, ⓚ에서의 나의 육성적 진술을 힘 있고 절실하게 만드는 역할을 한다.

2) 유쾌한 상상

ⓐ 그 친구는 왕년에 잘 나가던 영화배우였습니다./ 친구가 만든 샐러드드레싱은 둘이 먹다가 하나가 죽어도 모를 맛이었죠/ 그런데 친구가 이렇게 꼬드기더군요/ "우리 같이 사업할까?"/ 사업의 '사'자도 모르는 영화배우와 사업을 벌였더니 그 결과가 진짜.../ 엄청나더군요/

ⓑ '벽속의 구멍 갱단'

ⓒ 자기가 스타라는 이유로 잘 팔릴 거라고/ 착각하다니.../ 흥! 나는 폴 뉴먼의 샐러드드레싱을 절대 / 사지 않겠어요!!/ 이렇게 비관적인 반응 속에서/ 기어이 샐러드드레싱은 출시됐습니다./

ⓓ 오~이런 맛은 난생 처음이에요!/ 불과 2주 만에 드레싱이 10,000병이나/ 팔리는 기적 같은 일이 벌어졌죠!/

ⓔ 하지만 남은 돈은 땡전 한 푼 없었습니다./ 친구가 수익금 전액으로/ 새로운 일을 해보자고 제안을 했거든요/ 그렇게 시작된 것이 바로 벽 속의 구멍 갱단이었습니다. - 벽 속의 구멍 갱단(폴 뉴먼이 열연했던 '내일을 향해 쏴라'에 나오는 비밀 은신처)/ 1988년 6월, 난치병 어린이들을 대상으로/ 약 10일 동안 전액 무료로 진행되는/ '벽

속의 구멍 갱단' 캠프가 열렸습니다./

ⓕ 저는 4년 반 동안 아파서 고생만 했어요./ 하지만 캠프에서는/ 정말 기분이 최고였어요./ 저는 혈루병을 앓고 있어요./ 자원봉사자들은 제가 출혈 때문에/ 의식을 잃고 있는 동안에도/ 힘겨운 시간을 이겨 낼 수 있도록/ 도와줬어요./ 나중에 크면 이곳에서 자원봉사를/ 하고 싶어요./

ⓖ 저는 아이들의 키다리 아저씨가 되겠다고/ 결심했는데요, 웬걸요 삶에 대한 열정이/ 가득한 아이들이 제게 힘을 주었지요./ - '벽 속의 구멍 갱단' 공동설립자/

ⓗ 제가 친구에게 물었습니다./ 왜 '벽 속의 구멍 갱단'을 만들었는지/ 친구는 잔잔한 미소를 지으며/ 이렇게 말하더군요./ 이제 노망이 들 나이에 접어들면서/ 내가 지금까지 많은 특권을 누리며/ 살아왔다는 것을 깨달았어/ 하지만, 어떤 아이들은/ 가혹한 운명의 장난으로 난치병에 걸려/ 어린 시절의 추억을/ 박탈당했다는 것도 알게 되었지/ 여보게, 친구/ 내 소망은 병마로 고통 받는 아이들에게 / 이곳에서/ 어린 시절의 추억을 찾아주는 거라네/

ⓘ 폴 뉴먼은 2002년까지/ 식료품 판매 수익금 전액/ 1억 3700만 달러 (1천 3백억 원)를 기부하였고/ 현재, 벽 속의 구멍 갱단 캠프는/ 28개국의 난치병 어린이들을 위해/ 봉사하고 있다./

　　　　　 ─ <지식채널 e>, 「벽 속의 구멍 갱단」편 자막 전체 ─

「벽 속의 구멍갱단」 편은 사실 ⓘ에 미담의 정확한 실체가 다 나와 있다. 미국 인기배우인 폴 뉴먼이 식료품 판매수익 1천 3백억 원을 난 치병 어린이들을 위한 자선단체에 전액 기부하였다는 것이다. 유명배우 의 자신행위가 갖는 미덕과 흥미와 함께 부인할 수 없이 기부금액의 막 대함에 기댄 놀라움이 흥미롭지만 이 편이 더욱 절실한 감동과 흥미를

〈벽속의 구멍갱단〉 편

불러일으키기 위해서는 역시 수용자들의 몰입을 불러올 서사전략이 필요할 터인데, 이미 그 개괄적 윤곽은 프롤로그 격인 ⓐ에 그 윤곽을 드러내고 있다.

프롤로그인 ⓐ를 보면 예상을 비켜가는 혹은 배반하는 이야기의 반전이 거듭되는 구조를 갖추고 있다. 배우이지만, 왕년에 잘 나가던 인기 배우이고, 특별하게 샐러드드레싱을 기가 막히게 만드는데, 사업에 문외한이면서도 무작정 사업을 벌이고, 그것은 또 뜻밖에 엄청난 결과를 가져온다는 것이다. 그러니 거듭된 중층적 반전으로 잠시도 늦추지 못하는 긴장이 필요한 것이고, 흥미롭게 결과를 지켜볼 정황을 만든다.

이런 구조는 ⓑ의 '벽 속의 구멍갱단'이라는 생소하고 어색한 조어형태의 제목을 거치면서 ⓒ에서부터 펼쳐지는 본 편에 그대로 펼쳐지고 있다. ⓒ에서 화자는 인기배우의 제안을 황당하고 거만한 제스츄어로 치부해 사업의 실패를 예상하지만, 그 예상은 ⓓ에 나타난 대로 '기적 같은' 성공이 펼쳐지면서 보기 좋게 반전되고, 다시 이 현실은 ⓔ에서 볼 수 있듯이 수익금 한 푼 남지 않은 기막힌 결과로 이어지면서 또 다른 반전을 만들어낸다. 연이은 반전에 예상치 못한 결과가 펼쳐지면서 자원봉사 프로그램 '벽 속의 구멍갱단'은 초미의 관심사가 되는데, 그 고조된 정서는 ⓕ의 난치병 어린이의 가슴 벅찬 고백을 통해 완결된 듯한 모습을 보인다.

하지만 다시 그것은 ⓖ에 나타난 공동설립자의 고백을 통해 시각의 전이가 일어나는데, 그것은 자선을 베푸는 자와 수혜자 사이의 역전적 현상을 통해서이다. 공동 설립자는 처음의 기대는 자신이 시혜자였지만 캠프를 운영하자마자 곧 난치병 어린이들을 통해 삶의 의미를 깨우치고 나아가서는 오히려 그들로부터 삶의 기쁨을 전달받는 수혜자임을 느꼈다는 고백이다.

바로 이런 바탕이 있었기에 ⓗ에 나타난 인기배우 폴 뉴먼의 스스로의 행위에 대한 진술을 거만함이나 작위적인 행위로 보이지 않고 진술하면서도 사려 깊은 행위로 보이게 만드는 것이며, ⓘ에 나타난 수치나 결과를 숭고하고 생명력 있게 만들고 있다.

3. 폭력의 광기

역사를 돌이켜 보면 광기어린 폭력의 시기가 늘 상존했는데, 그 광기어린 폭력의 시기는 동시대인들이 폭력의 횡행에 묵시적으로 동조했거나 혹은 한걸음 더 나아가 이념적 편향성으로 광기어린 폭력에 적극적으로 동조했다는 뼈아픈 상처를 남긴다. 특히 폭력의 광기가 매우 조직적으로 행해져 그 의도성에 따른 인간의 본성적 폭력성이 부각되거나 폭력의 광기가 보여주는 비이성적인 면모가 울분을 자아낼 만큼 감당하기 힘든 극렬함을 드러낼 때 관심의 초점이 되기 마련이다.

<지식채널 e>에서 폭력의 광기를 다룬 편들은 폭력의 실체나 속성에 대한 강조점의 차이에 따라, 이데올로기의 망상적 편집성에 강조점을 둔 경우와 광기어린 집단적 폭력에 관여되는 다수의 묵시적 방조나 간접적 참여의 책임성에 강조점을 둔 경우로 나누어 볼 수 있다. 전자

의 경우는 특정의 이데올로기가 교조적, 폭력적이 되었을 때 그 망상적 편집이 얼마나 혹독한지, 또 비이성적인 광기를 띠는지를 보여주는 것이고, 후자의 경우에는 이른바 우리가 장막에 가리워져 책임성으로부터 면제 받았다고 착각할 때 혹은 스스로 그런 환영을 만들 때 우리가 하는 행위가 얼마나 치명적인 해악이 될 수 있는지를 보여주는 경우이다.

자연히 전자의 경우에는 망상적 편집이 펼쳐지는 장을 가해자와 피해자 모두의 생생하고 절박한 몸부림 그대로 형상화하는 서사전략에 몰두하게 되고, 후자의 경우에는 커튼효과가 주는 놀라운 결과의 경험치에 일치하여 다수의 침묵과 방관자적 태도 혹은 참여가 주는 폭발적인 위험성을 <광기의 역사> → <광기의 극한치를 보여주는 특정의 사건> → <특정사건과 관련된 커튼 효과 제시>의 서사구조를 통해 보여주는 전략을 보여준다.

1) 폭력적 광기

ⓐ 나는 타락하지 않았다 / 나는 이성적인 인간이다 / 나의 열정은 순수하다 /

ⓑ '네 번째 사과'

ⓒ 역사상 유명한 사과가 셋 있는데 / 첫째는 이브의 사과요 / 둘째는 뉴턴의 사과 / 셋째는 세잔의 사과다 - 프랑스 화가 모리스드니 / 신의 명령을 어긴 이브 / 낙원에서 추방 / 신으로부터 독립하는 인간 / 사과를 땅에 떨어뜨리는 건 '어떤 힘인가?' / 중력 / 자연의 법칙을 밝혀내기 시작하는 / 인간의 과학 / 앞으로 한 달 동안 한자리에 앉아서 / 사물을 관찰해야겠어요 / 약간씩 고개만 돌려도 새

로운 모습이 / 보이니까요 - 폴 세잔 / 오랜 시간의 변화 / 변화하는 형태와 색 / 모든 방향에서 보이는 모습이 담긴 / 하나의 공간 / 자유로워지는 / 상상력 / 인간에게 / 다른 세계 / 다른 생각 / 다른 상상을 / 열어준 / 세 개의 / 사과 /

ⓓ 그리고 / 한 천재가 삼킨 / 네 번째 사과 / 그는 / 컴퓨터의 아버지 / 인류최초로 인공지능 개념을 / 생각해 낸 / 수학천재 / 앨런튜링 / 2차 세계대전 중 / 독일군의 암호통신기 / '애니그마'해독 / 조국 영국을 승리로 이끈다. /

ⓔ 그러나 1952년 / 경찰에 체포 / 죄명 '대단히 젊잖치 못한 행위' / "징역 10년 혹은 호르몬 요법" "여성 호르몬 투여로 그의 비정상적인 성적 욕망이 차단되면 동성애도 사라질 것이다" / 그러나 / 장기간의 여성호르몬 투여로 / 여성처럼 변하는 몸 /

ⓕ 사회와 격리된 / 앨런 튜링의 / 마지막 선택 / 백설 공주의 / 독사과 / 사회는 나에게 / 여자로 변하도록 강요했으므로 / 나는 / 가장 순수한 여자가 / 선택할 만한 방식의 죽음을 / 택한다. /

ⓖ 그의 죽음 12년 후 / 과학계는 앨런튜링상을 제정 / 세계 최초로 컴퓨터 / '콜로서스'를 만든 튜링이 / 인류에게 끼친 업적을 기억했다.
　　　　　　 - <지식채널 e>, 「네 번째 사과」 편의 자막 전체 -

「네 번째 사과」는 한 개인에게 가해진 광기어린 폭압성을 잘 드러내면서도 절제된 영상미와 시적 표현을 통해 정서적인 몰입을 최대치까지 끌어올린 수준작이다. ⓐ의 프롤로그에서는 광기어린 폭력에 삶이 무너져 내린 앨런 튜링의 고백이 흐르는데, <폭압성에 대한 수세적

〈지식채널 e〉, 네 번째 사과

변명>에서 시작하여 <자신의 열망을 적극적으로 찬양하는 공세적 외

침>으로 열려간다. 즉 <타락했다는 혐의에 대한 수세적 변호>에서 <자신은 이성적이라는 자존감의 회복>을 거쳐 마침내는 <자신의 열정이 순수했다는 적극적 주장>으로 확산된다. 시대적 폭압성에 오기 어린 대응을 하고자 했던 앨런 튜링의 삶 달리 말해 「네 번째 사과」편이 갖는 본 편의 서사와 정확히 일치한다.

ⓑ의 제목에서 드러난 '네 번째 사과'라는 그 추상적이고 모호한 의미가 주는 궁금증에 바로 뒤이어 ⓒ에서 시작되는 본 편의 첫 문장은 '역사상 유명한 사과가 셋 있는데'이라 상치되는 모순적 내용으로 더욱 주의를 끈다. 프랑스 화가 모리스 드니가 말한 역사상 가장 유명한 세 개의 사과론이 펼쳐지는데, 그것은 이브의 사과, 뉴턴의 사과, 폴 세잔의 사과에 대한 언명이다. <이브의 사과>－신의 명령을 어긴 이브·낙원에서 추방· 신으로부터 독립하는 인간, <뉴턴의 사과>－중력·자연의 법칙을 밝혀내기 시작하는 인간의 과학, <세잔의 사과>－모든 방향에서 보이는 모습이 담긴 하나의 공간· 자유로워지는 상상력－는 문자 그대로 '인간에게 다른 세계, 다른 생각, 다른 상상을 열어준 세 개의 사과'이다. 그래서 사과라는 물성의 공통점을 이어준 앨런 튜링의 사과가 네 번째 사과로 명명됨에 따라 이미 우리들의 시선은 앞서 세 개의 사과가 만들어 놓은 그 심오한 의미와 가치에 엘런 튜링의 네 번째 사과가 어떻게 값할지로 모아지게 된다.

ⓓ에서 앨런튜링의 사과는 전혀 고통과 아픔의 사과가 아니다. 네 번째 사과의 주인공인 앨런 튜링은 천재이자 컴퓨터의 아버지이고 2차 대전의 승리에 결정적으로 기여한 애국자이다. 하지만 ⓔ의 반전이 충격적인 것은 앨런 튜링의 불운을 감싸고도는 폭력적 광기의 기괴함과

충격성 때문이다. 동성애란 이유로 가해진 사회적 폭력은 10년 이상의 징역형이라는 어마어마한 형벌이거나 여성 호르몬을 주사바늘을 통해 인간의 정맥에 주사하는 끔찍한 형벌이다. 아울러 형벌을 내리는 시대적 이념과 사고도 여성호르몬의 투여로 동성애적 성향이 사라질 것이라는 터무니없고 끔찍한 논리여서 그 충격성이 도를 넘는다. 더욱이 그 끔찍한 형벌은 사람의 육체적 성까지 변화시켜 앨런 튜링의 몸은 점점 더 여성으로 바뀐다.[4]

결국 가증스럽고 악랄한 시대적 질곡 속에서 앨런 튜링이 선택할 수 있는 길이란 제한적일 수밖에 없었을 것인데, ⓕ는 본 편의 서두에서 궁금증을 불러 일으켰던 '네 번째 사과'의 실체를 극적으로 드러낸다. 그것은 '백설공주의 독사과'라는 명쾌한 지칭으로 던져지는데, 곧 이어 그것의 실체가 풀린다. '사회는 나에게 여자로 변하도록 강요했으므로, 나는 가장 순수한 여자가 선택할 만한 방식의 죽음을 택한다'라는 육성은 세상의 질곡에 대항하는 그의 가장 시적이면서도 슬픈 언명이었던 것이다.

이쯤 되면 특히 ⓓ, ⓔ, ⓕ로 이어지는 서사적 전개는 '한 인물의 최상의 성취와 성공'에서 '비극적 전락'으로 다시 그에 맞서는 '처연하지만 낯선 죽음'으로 이어지면서 5분 분량의 단편 다큐멘터리라는 그 짧은 호흡에도 불구하고 한 편의 완전한 극적 구성을 가진 서사적 완결성을 보여주며, 비극적 상황의 혹독함과 그로 인한 비극적 선택에 맞물려

---

4) 물론 이 장면에서 화면에 제시되는 앨런 튜링의 변화된 일굴의 충격성은 스피노자가 말했듯이 '우리가 폭력을 더욱 절실히 느끼는 것은 신체의 고유한 속성이 파괴되는 것을 볼 때'라는 지적을 상기시킬만큼 강렬한 영상의 힘을 느끼게 한다.
공진성, 『폭력』, 책세상, 2009, 22쪽.

다른 한 편으로 그의 처연하지만 낯선 저항과 몸부림이 가져다주는 비극적 황홀경이 격정적이고 생동감 넘치는 감동을 불러오고 있다.

2) 커튼 효과

ⓐ 2002년 2월 4일 / 세계 최고 컴퓨터 기업 IBM이 / 손해 배상 소송을 당했다 / 소송을 제기한 것은 / 그들이었다. /

ⓑ '그들의 이야기'

ⓒ 11세기 인도 북서부에 살던 그들은 / 박해와 탄압을 피해 유랑 길에 올랐다 / 400년 후 / 그들은 유럽 땅을 밟았다 / 영국인들은 그들이 이집트인(Egyptian)을 / 닮았다며 '집시(gypsy)'라고 불렀고 / 프랑스인들은 '보헤미안(Bohemian)' / 독일인들은 '치고이저(Zigeuener)'라고 불렀다 /

ⓓ 그러나 / 그들은 스스로를 사람, 순례자를 의미하는 'Roma'라고 불렀다 /

ⓔ 유럽인들에게 그들은 낯선 이방인이었고 / 낯선 이방인은 핍박의 대상이 되었다. / 집시의 옷, 언어, 관습은 법으로 금지되었고 / 돼지 한 마리 값에 노예로 팔렸으며 / 18세가 넘는 집시는 교수형에 처할 수 있었다 / 집시처럼 생겼다는 이유로 / 생매장 당하기도 했다 /

ⓕ 그리고 제2차 세계대전 / 그들은 유전적으로 해로운 민족이다 / 우리는 가장 먼저 그들의 번식을 / 막는 일부터 착수해야 한다. / 나치 인종 청소 시작 / 1940년 / 집시들은 가스실에서 사살 /

ⓖ 나치는 이러한 과정을 / 체계적으로 처리하기 위한 / 방법을 필요로 했고 / IBM 독일 자회사는 / 인명자료를 코드화해서 / 효율적으로 처리할 수 있는 / 펀치 카드 기술을 / 나치에게 판매했다 / 그리고 /

이 기술로 나치는 / 사람들을 더 신속하고 / 보다 많이 / 죽일 수 있
었다 / 유럽에 거주했던 집시 중 절반 이상이 / 목숨을 잃은 것이다
/ 하지만 그들은 전후에도 / 보상금을 제대로 받지 못했고 / '아우슈
비츠 해방' 50주년 기념식에도 / 입장할 수 없었다. / 전쟁이전부터
이미 / 불법체류자인 동시에 / 이방인인 / '집시'였기 때문이다 /
ⓗ 우리가 원하는 것은 보상금이 아닙니다. / 우리가 진정으로 원하는
것은 / 진실을 세상에 알리는 것입니다 – 메이 비텔(집시 단체 회
장) / 2002년 IBM을 상대로 시작한 / 집시의 손해배상소송은 지금
도 계속되고 있다 /

－<지식채널 e>, 「그들의 이야기」 편의 자막 전체－

나치의 집시에 대한 가혹한 인종말살 정책을
고발한 「그들의 이야기」 편도 역시 프롤로그에
서 '세계 최고의 기업이 소송을 당했다'는 사실
이 갖는 무게와 소송의 주체를 '그들'이라고 지
칭하는 비의성에 힘입어 관심을 불러일으키는
프롤로그 ⓐ로 시작하고, 다시 제목 역시 그 비

〈지식채널 e〉 그들의 이야기

의성을 여전히 간직하는 ⓑ의 '그들의 이야기'로 설정하는 방식은 <지
식채널 e>의 전형적인 방식을 따르고 있다.

예의 그들이 받는 박해의 상징인 유랑의 역사적 기원과 그들에 대한
유럽인들의 배타적 의식을 그들에 대한 호명을 통해 ⓒ에서 말한 후 그
러나 반대로 ⓓ에서 집시 민족 스스로는 순례자를 뜻하는 Roma로 부
른다는 사실을 명기해 핍박의 굴레가 집시 민족 스스로의 책임이 아니
라는 것을 보여준다.

다시 ⓔ에서는 유럽에서 역사적으로 진행되었던 핍박의 역사를 조명하는데, '집시의 옷, 언어, 관습은 법으로 금지'→ '돼지 한 마리 값에 노예로 팔림'→ '18세가 넘는 집시는 교수형에 처할 수 있음'→'집시처럼 생겼다는 이유로 생매장 당함'이라는 점층적인 기술순서 속에서 그들에 대한 폭력이 얼마나 지속적이고 확산적이었는지를 보여준다.

아울러 ⓕ에서 2차대전 시의 나치의 만행을 기술하는데, 집시민족을 유전적으로 해로운 민족으로, 그래서 번식을 막는 인종적 청소를 해야 된다는 끔찍한 이데올로기적 굴레를 소개한 후 곧 그것이 1940년 가스실에서의 말살시도로 이어진 역사적 사실을 기술한다. 바로 그런 역사적 사건의 전개 위에서 한 인종에 대한 폭력에 기업까지 가세하는 상황이 주는 그 가공할 위험이 ⓖ에서 제시되는데, 한 기업이 만든 효율적 관리 시스템이 한 민족에게 가해지는 폭력과 연결될 때 책임에 대한 소재는 가려진채 한 민족의 절반을 말살시키는 가혹한 결과와 연결되는 현실을 보여준다.

특히 ⓖ에서 볼 수 있듯이 나치와 IBM 독일 자회사의 정치적 신념이나 경제적 이해관계에 대한 집착은 철저히 배제된 채, '체계적', '효율적', '신속하고' 라는 표현에서 볼 수 있듯이 담담한 어조로 평범한 일상적 거래관계처럼 기술한 방식은 뒤에 오는 '유럽에 거주했던 집시 중 절반 이상이 목숨을 잃었다'라는 끔찍한 결과로 이어지는 커튼효과의 극대화를 노린 결과이다.

그래서 ⓗ에서 제시되는 집시 단체 회장 메이 베텔의 언명 '우리가 진정으로 원하는 것은 진실을 세상에 알리는 것입니다'가 진실로 절실한 소원을 담은 기술로 부각되는데, 그것은 곧 한 민족에 대한 폭력이 얼마나 많은 사람들과 조직들의 관여에 의해 일어난 것인지, 또 그들의 행동 하나하나가 얼마나 끔찍한 결과로 이어지는지를 잘 보여 주었기 때문이다.

4. 사회적 이슈

세계 경제 위기, 종교적, 인종적 분쟁, 괴질의 범람처럼 격변의 시대에 살고 있고, 특히 계층적, 이념적 대립이 격화된 한국 사회에서 특정의 사회적 이슈들은 첨예한 갈등을 불러오며, 개인의 생존과 직결된 절박한 문제로 대두된다. 따라서 개인마다 그런 사회적 이슈에 대한 지식이나 정보에 목말라하며, 매우 큰 흥미를 보이게 된다. <지식채널 e>는 지식을 전파한다는 그 본연의 사명에 걸맞게 사회적 이슈를 발 빠르고 민감하게 다루고 있는데, 비정규직 문제, 취업난, 서브 프라임 모기지 사태, 인터넷 악플 등이 그 예이다.

<지식채널 e>에서 사회적 이슈를 다룬 편들은 수용자(시청자, 독자)들의 욕구에 대한 대응의 관점에서 크게 두 부류로 나눌 수 있는데, 첫째는 TV, 라디오, 잡지, 신문 등의 시사 프로그램이 지향하는 바에서 나타나듯이 사회적 이슈에 대해 자신의 판단을 정립할 수 있는 충분하고 정확한 지식과 관점을 설득력 있게 제시하는데 초점을 맞춘 경우이고, 둘째는 이미 특정 이슈에 대한 가치의 선택은 명확한 것이어서, 그 치유책을 두고 새로운 시각을 제공하는 특히 희망적 전언을 담은 관점을 전하는데 치중하는 경우이다.

자연히 전자에서는 특정의 사회적 이슈에 대한 가치의 판단을 명확히 할 수 있도록 설득력 있는 논거를 정확한 수치와 명쾌한 현상설명 그리고 분명한 전망제시를 통해 펼쳐 보이는 서사전략에 기대는 경우이고, 후자의 경우는 우리 모두가 이미 문제적 사실의 가치판단에는 공감하고 있다는 전제아래 문제를 치유할 수 있는 대책 특히 시각의 전이나 새로운 관점을 보여주는 흥미로운 지식이나 정보의 제시를 통해 낙관적 전망을 부풀리는 서사전략에 치중하는 경우이다.

1) 위험한 거래

ⓐ 건강 / 모든 이에게 건강을 Health for All － 세계보건기구 /
ⓑ '위험한 거래'
ⓒ 미국, 한국, 유럽 / 병원에 간 세 사람/ 병원에 간 이유 / 출산 / 미국 / 고급 시설의 병원 / 병원비 2000만원 / 가입한 의료보험에서 / '출산'은 제외 / "병원비가 너무 비싸서 출산하자마자 / 바로 퇴원했어요" / 유럽 / 병원비 무료 / 대신 월급의 40% 정도 / 세금 / "충분한 의료혜택을 무료로 받으니까 / 세금 낼 가치가 있다고 생각해요" / 한국 / 병원비 36만원 / 매달 의료보험료 / 27만원의 혜택 / "보험료가 비싸다는 생각도 있지만, 병원비는 감당할만한 금액이라고 생각해요" /
ⓓ 시장형 의료체계 / 공공형 의료체계 / 의료를 통한 이윤창출 / 의료는 평등하게 / 누려야 할 권리 / 중간형인 한국의료체계 / 90% 이상이 / 민간에서 운영하는 병원 / '의료기관을 설립할 수 있는 자격은' / "의료인이거나 비영리법인체여야 한다." － 의료법 33조 / 의료인 － 개인병원, 비영리 법인 － 법인 병원 / 법인병원의 경우 / 진료를

통해 얻은 수익은 / 병원내의 재투자에만 쓸 수 있다 /

ⓔ 그러나 / 병원에서 / 더 많은 '이윤'을 남기길 / 원하는 이들 / "의료는 시장이다. 수익을 투자자에게 배분할 수 있으면 / 민간 자본 투자가 활발해지고 / 고급화된 의료서비스를 제공할 수 있다 "/

ⓕ 그리고 / 2008년 제주도 / "의료영리법인에 대해 / 허용, 개방을 추진하겠다." – 제주 특별자치도지사 / 의료관광 / 일자리창출 등 / 제주경제에 커다란 파급효과가 예상 / 제주도의 모든 공무원을 동원한 / 적극적인 홍보활동/

ⓖ 주민들을 대상으로 / 여론조사 실시 / 찬성 38.2%, 반대 39.9% / 예상을 깬 39.9%의 선택 / "돈 있는 사람들은 고급진료를 받겠지만 / 없는 사람들은…." /

ⓗ "의료는 사고파는 거래의 대상이 아니다 / 경제논리로만 생각하면, 환자가 아닌 / 환자의 질병만을 보게 된다" – 파트릭 텔루, 프랑스 의료개혁 운동가 /

ⓘ "2009년 2월, 제주특별자치도는 / 영리법인을 '투자개방형 병원'으로 / 명칭을 바꿔 / 다시 추진하기 시작했다."

　　　　　　　　－<지식채널 e>, 「위험한 거래」 편의 자막 전체 –

최근에 사회적으로 큰 파장을 일으킨 의료 민영화 문제를 다룬 「위험한 거래」는 사회적 이슈를 매우 명쾌하게 해설하면서도 특정의 입장을 설득력 있게 제시하는 다큐멘터리 프로그램의 전형을 보여 주고 있다. 객관적 자

위험한 거래 편

료와 수치를 담담한 어조로 전하지만 「위험한 거래」 편은 이미 그 제목에서 암시되었듯이 의료 민영화에 대한 비판적 입장을 분명히 하고 있

다. 다만 특정의 시각에 입각한 주장이 서사의 극적 구성에 힘입어 그 파당성을 티도 안 나게 감추고 있다.

프롤로그 성격의 ⓐ에서 세계보건기구라는 막강한 권위에 힘입어 '모든 이에게 건강'이란 구호는 실현 가능하고 당연한 진리로 우리에게 선뜻 다가선다. 평등이 두드러지게 강조되지만 그것은 세계보건기구의 위세와 캐치프레이즈의 강력한 호소력에 힘입어 천상의 미덕이자 진리처럼 다가온다. 그래서 ⓑ에 나타난 대로 제목 '위험한 거래'는 불길하고 거친 저항감을 불러온다. 이미 승패는 예고된 셈이다.

특히 ⓒ에 이르면 수용자는 도무지 한 치의 반론의 여지도 찾지 못할 만큼 그 입장을 승인하게 되는데, 그것은 무엇보다도 이 편의 ⓒ에 제시된 것처럼 논거를 매우 날렵하고 명쾌하게 제시하는 기술 태도 혹은 능력 때문이다. 특정한 예로 제시된 출산비용의 대조를 보라. 미국과 한국의 출산비용 2000만원 대 36만원의 극단적인 대조 앞에서 그 무슨 여타의 반박논리가 틈을 비집을 수 있겠는가? 또 유럽과 한국의 의료제도 대비에서 무료 대 36만원이라는 미세한 대조와 대비되어 월급의 40% 세금공제와 한달 의료보험비 27만원이라는 편차 큰 대조의 묘미를 보라.

더욱이 이미 갈라진 승부에 쐐기를 박듯이 ⓓ에서는 의료법 33조라는 제도를 조명하며 "의료인 – 개인병원, 비영리 법인 – 법인 병원 / 법인병원의 경우 / 진료를 통해 얻은 수익은 / 병원내의 재투자에만 쓸 수 있다"는 법 문구를 통해 현행의 공공보험제도가 갖는 제도적 의미까지도 부각시키고 있다. 즉 우리가 갖는 의료제도의 강점이 사소한 운영상의 차이에서 오거나 우연하고 일시적인 현상이 아니라 이념이나 철학이 든든하게 바탕이 된 법과 같은 공고한 제도상의 문제임이 강조되는 것이다.

바로 이런 기조 때문에 ⓔ에 나타나는 시장형 의료체계의 주장은 이미 이단적이고 반인본적인 주장으로 부각된다. <더 많은 '이윤'을 남기길 / 원하는 이들> 지적 속에 이미 시장형 의료체계는 사적 이윤을 도모하는 부정적 집단으로 각인되며, <"의료는 시장이다. 수익을 투자자에게 배분할 수 있으면 / 민간 자본 투자가 활발해지고 / 고급화된 의료서비스를 제공할 수 있다">라는 그들의 주장은 위선적이고 허황된 논리로 치부된다.

그런데 바로 뒤이어 ⓕ 즉 제주도 행정기관에서 벌인 의료영리법인 추진을 제시하니 그런 기도나 의도가 매우 놀랍고 수상한 것으로 치부된다. 더욱이 <제주도의 모든 공무원을 동원한 / 적극적인 홍보활동/>라는 기술에 이르면 반대논리를 음모론적 시각으로 묶어두는 익숙한 전략이 드러나며, 경계의 심리마저 불러온다.

바로 이런 이유로 ⓖ가 새삼스럽게 중요한 의미로 다가오도록 만들었는데, 그 조직적인 음모에도 불구하고 각성된 시민의식이 승리했다는 도취감을 자아내게 만들었는데, 그 때문에 수용자는 어느새 그 도취감에 함께 묻혀 의료제도에 대한 매우 분명한 입장을 견지하게 된다. 특히 ⓗ에서 프랑스 의료개혁 운동가의 입을 빌려 그런 입장에 대한 이념적 정당성마저 쐐기를 박듯이 구축한다. 또 이런 입장에 대한 영속적인 견지의 필요성을 부각시키기 위해 ⓘ에서는 "2009년 2월, 제주특별자치도는 / 영리법인을 '투자개방형 병원'으로 / 명칭을 바꿔 / 다시 추진하기 시작했다."에서 볼 수 있듯이 음모의 끈질긴 생명력을 노골적으로 드러내며, 자세를 다잡도록 독려한다.

2) 희망의 전언

ⓐ 영국의 전 총리/ 20세기를 대표하는 지도자/ 윈스턴 처칠/ 평생 그를 따라다닌/ '검정 개' 한 마리/

ⓑ 블랙 독 Black Dog/

ⓒ 블랙독이 나타나면 느껴지는 감정들/ '나른하다'/ '슬프다'/ '희망이 없다'/ '살 가치가 없다'/ 라틴어 depressio에서 유래/ depressio '파고 들어 깨뜨리다' / 1308년부터 프랑스에서 공인된 / 블랙독의 정식이름 / 'Depression' 우울증/ 슬픔, 정신운동저하, 의욕상실 등이/ 특징인 기분이나 감정상태/

ⓓ "성인 100명 중 3명 / 평생 한 번 이상 우울증 경험/ 2020년에는 우울증이 심장질환 / 다음으로 위협적인 질병이 될 것" - 세계보건기구 / 지난 4년간 국내 우울증 환자 수 / 39만 5천여 명→52만 5천여 명/ 인구의 1.1%/

ⓔ 그러나 / "우울증이 의심되는 국민 2명 중 / 1명은 치료를 받지 않는 상황" - 대한 우울조울병 학회 / 그들이 치료를 꺼리는 이유 / 정신과 치료를 받게 되면 / '국제질병분류' 기호에 따라 / 진단서에 기록되는 F로 시작되는 병명 / 일명 'F코드' / 우울증, 불면증, 불안장애 … / 가벼운 정신질환도 F코드로 분류 / 그로 인한 / 취업, 승진, 보험가입의 불이익 / 그리고 / 오해와 편견 / '우울증은 의지가 약해 생긴다.', '걸리기 쉬운 성격이 있다'/

ⓕ 하지만 / 현재까지 밝혀진 우울증의 원인 / 유전적 요인 / 뇌신경 전달물질의 이상 / 호르몬 이상 등 신경전달물질의 불균형 / '마음의 병'이 아닌 '뇌의 질환'/ 조기치료시 / 완치율 70-90% / 인류의 역

사와 함께 / 수많은 이들이 경험해 온 우울증 /

ⓖ "우울증이 단지 고통일 뿐인가" / 임상심리학자들에 의해 / 새롭게
밝혀지는 / '우울증의 긍정의 힘' / 우울증은 / '당신이 길을 벗어났
으니 방향을 바꿀 / 필요가 있음을 경호해 주는 신호' / '삶의 방향
을 재정립해 / 해결책을 찾게 해주는 선물' – 라라호노스 웹(심리학
자) / "깜깜하고 밀폐된 고치 속으로 들어가는 / 애벌레가 삶이 끝
났다고 생각할 때 / 정원사는 거기서 나비의 모습을 본다."/

– <지식채널 e>, 「블랙독」 편의 자막 전체 –

우리는 앞서 <지식채널 e>에 대한 대중들
의 열띤 반응의 근거 중의 하나로 시청충성도
(방송 중 채널을 다른 데로 돌리지 않는 충성도)가
기록적으로 84%로 나타난다는 점을 지적한
바 있다. 그것은 곧 바로 <지식채널 e>가 갖
고 있는 흥미를 불러일으키는 힘과 사회적 소

〈블랙 독〉 편

명을 다한다는 품격에 대해 시청자들이 동의하고 있다는 것에 기인한
다. 특히 사회적 이슈를 다룬 편들에서 이런 점이 두드러지게 나타난다.

OECD 국가라는 자부심의 그늘 속에는 어두운 수치들이 잠재해 있
는데 그것들 중 하나가 OECD 국가 중 1,2 위를 다투는 자살률이고, 그
자살률의 가장 중요한 원인 중의 하나가 우울증이다. 우리에게는 심각
한 문제인데, 사회적 이슈인 우울증 – 최근에 전 국민을 낭패감과 충격
속으로 몰아넣는 연예인, 기업인, 정치인의 우울증으로 인한 돌연한 자
살을 보라 –을 다룬 「블랙 독」은 흥미와 품격 모두를 지향하는 자세가
잘 제시된 편이다.

프롤로그(ⓐ) - 제목(ⓑ) - 본편의 서두(ⓒ)를 '지적인 관심유발'(주의끌기) - '주제제시'(과제제시) - '주제의 정의'(개념설명)의 기술순서에 따름으로써 흥미를 유발하는데, 무엇보다도 '영국의 총리', '20세기를 대표하는 지도자' 라는 함의에 담긴 영웅적 이미지에 반하여 '평생 그를 따라 다닌'이라는 표현에 담긴 그와의 절대적 친연성을 강조한 후의 'black dog'의 정의가 '슬프다', '희망이 없다', '살 가치가 없다'라는 우울증이라니, 충격적인 반전이 주는 몰입은 본편 내내 우울증에 관한 새로운 시각에 완전히 열린 자세로 다가가게 한다.

ⓓ와 ⓔ에서 우울증은 그 심각성과 함께 우리 사회에서 갖는 핵심적 문제점이 무엇인지를 날카롭게 찌르고 있다. 폭발적으로 늘어나는 환자 수에 비해 진단서에 주홍글씨처럼 각인되는 'F'코드가 공공연히 신분의 굴레로서 심각하게 적용되는 현실을 지적함으로써 제도적인 문제 즉 우리가 여론을 통해 문제를 함께 고민해야 될 공공의 문제임을 절실히 부각시키고 있다.

동시에 ⓕ와 ⓖ를 통해서 새롭게 도출되는 의학적 발견들을 제시함으로써 우울증에 대한 새로운 시각의 정보와 지식을 제공하여 지적 호기심을 불러올 뿐만 아니라, 의료와 관련된 명쾌한 통계수치 혹은 잠언적 경구를 통해 우울증 치료에 대한 희망을 불러옴과 동시에 우울증에 대한 국민적 인식을 새롭게 바꾸는 소명의식도 담지한다는 모습을 보여 주고 있다. 앞서 말한 흥미와 품격을 동시에 불러일으키는 대목인데, 사회적 이슈에 대한 소모적인 비판이나 허황된 처방으로부터 벗어나 진지한 문제의식이나 대안탐구가 돋보이도록 만드는 경우이다.

5. 자유의 바람

<지식채널 e>에 등장하는 인물은 많은 경우 시대와 불협화음을 일으킨 아웃사이더이거나 평상적 시각으로는 이해하기 힘든 기행을 벌인 사람들이 많다. 억압에 대해서 생래적인 저항감을 갖고 있으며, 스스로의 가치나 꿈을 쫓는 데에는 주체할 수 없는 열망을 가진 인물들이다. 늘 자유를 향한 비상을 꿈꾸며, 자유를 속박하는 모든 것을 질곡으로 여기는데, 시대의 질곡을 읽어내는 눈은 한없이 민감하고, 자유를 향한 갈망은 지독히도 강렬하다. 조르주 상드, 생때쥐베리, 샤를 빌리봉, 스피노자 등이 그 예이다.

<지식채널 e>에서 '자유의 바람'을 다룬 편들은 시대적 질곡을 읽어내는 극도로 예민한 감각과 집요한 도전정신 그리고 자유를 향한 도저한 집념을 잘 드러내기 위해 흔히 그들의 삶이 주는 파란을 빠르게 나열하는 속도감에 의존해 격정적인 정서를 만들어 내거나 그들의 이단적이면서도 삶의 의미가 농축된 경구 형의 육성적 진술을 통해 자유를 향유하는 인물의 실존감을 배가하는 전략을 쓴다. 동시에 진정한 자유란 부당한 속박으로부터의 해방이라는 의미와 함께 자신이 추구하는 가치를 소명의식을 갖고 집요하게 추구할 때 가능한 것이라고 여겨 자유를 향한 여정을 총체적이고 실천적인 대응으로, 동시에 전략적인 대응으로 보이게 만드는 전략을 보이고 있다.

1) 바람의 힘

ⓐ "나 실연했어" / 사람들 가득한 파티 / 친구에게 기대어 울고 있는 한 여인 / 듣다 못한 친구의 잔소리 "도대체 이게 몇 번째니? / 그리고 창피하지도 않니 / 사람들 많은 데서 그만 울렴" 손수건으로 / 살짝 눈물을 찍어내며 / 친구에게 속삭이는 / 조르주 상드(1804~1876) / "이렇게 소문을 내야 / 새 애인이 금방 생길 거 아냐" /

ⓑ 왕족인 아버지와 / 서민인 어머니 사이에서 태어난 / 루실 오로르 뒤팽 / 유산을 노리는 어머니에게서 벗어나 / 자유를 얻기 위한 선택 / 결혼 / 몇 년 후 / 파리에 나타난 / 남장여인 /

ⓒ "대중적으로 알려지려는 여자들은 / 모두 부끄러운 줄 알아야 해! / 책 겉장에 가문의 이름이 / 박히도록 할 수 없어" /여성이 책을 낼 수 없었던 시절 / 시어머니의 생트집 /

ⓓ 연인의 이름에서 따온 필명 / '조르주 상드' /그 이름은 나 스스로 만들었다 / 죽은 후에도 나만을 위한 것이므로 / "결혼과 사랑이 / 별개로 공존했던 19세기 / 수치스러운 계약과 / 어리석은 횡포로 세상 사람들이 / 추하게 늙어가게 되는 것은 / 안 될 말이다"/

ⓔ 소설가로서의 삶을 위해 / 모든 재산과 양육권을 포기하고 선택한 / 이혼 / 30세에 만난 / 24세의 작가 뮈세 / 36세에 만난 / 30세의 쇼팽 / 10년간의 헌신적 사랑/ 쇼팽 최고의 곡들이 작곡된 시간 / 아들의 친구 / 13세 연하의 조각가 망소와의 사랑 / 끝없이 이어졌던 / 수많은 방문객들과 연애사건 /

ⓕ 이 추잡한 여인에게 많은 남자들이 / 어쩔 줄 모르는 걸 보면 / 이 시대 남자들이 / 얼마나 굴욕적인지 알 수 있다 - 보들레르 /

ⓖ 남성도 여성도 아닌 제 3의 성을 지닌 여성학자 / 개혁가 / 사회를 증오하는 혁명가 / 정치적 영향력을 지닌 여장부 / 작가 / 그리고 / 남자들의 정신력을 / 남김없이 빨아들여 작품을 쓰는 / 늙은 매춘부

/ "상식 밖의 이야기들과 / 터무니없는 중상모략들에 대해 / 태연해야 할 필요가 있다 / 내 삶의 몇몇 상황에 침묵하고 싶을 뿐 / 감추거나 위장하고 싶지 않다" – 조르주 상드 /

ⓗ 내 삶의 이야기 /그러나 / 문학사에서의 커다란 비중과 달리 / 화제가 된 사생활 때문에 / 서점이나 필독서 목록에서 제외된 / 수많은 작품들 /

ⓘ 왜 / 적당히 사랑하지 않으십니까 / 왜 / 언제나 / 모든 것을 걸고 / 사랑을 하십니까 / 내가 원하는 것은 / 꽃을 꺾기 위해서 덤불 속 가시에 찔리듯 / 사랑을 얻기 위해 / 내 영혼의 상처를 감내한다 / 덤불 속 모든 꽃이 아름답진 않지만 / 그렇게라도 하지 않으면 / 꽃의 향기조차 맡을 수 없기에 / 사랑하기 위해서는 / 상처받는 것이므로 / 사랑하라 / 인생에서 좋은 것은 그것뿐이다 – 조 르주 상드
　　– <지식채널 e>, 「연애박사, 조르주 상드」 편의 자막 전체 –

「연애박사, 조르주 상드」 편은 ⓐ처럼 하나의 일화에서 시작된다. 여성의 인권이 공개적으로 논의되는 것조차 어려웠던 19세기에 공공장소에서 자신의 실연을 거리낌 없이 드러

내는 여인, 그것도 새로운 애인을 빨리 맞으려는 계산된 전략임을 숨기지 않는 여인, 그 일화 속의 여인은 이미 그 당당한 존재감을 유감없이 드러낸다.

이 여인의 삶에 자유를 향한 갈망이 목숨과 바꿀 만큼 강렬한 것이었음을 드러내는 전략은 그녀의 거침없는 삶의 역정에 대한 숨 가쁜 전개와 그녀의 격정적이면서도 촌철살인적인 토로 즉 육성에 바탕을 두고 있다. 비록 ⓒ, ⓕ, ⓗ 처럼 가족과 유력인사 혹은 시대적 압력이 있

다 해도 그것은 박진감 넘치는 삶의 역정이 주는 속도감과 그녀의 거침 없고 당당하면서도 설득력 있는 언어 앞에서 황급히 뒤로 물러선다.

시대의 질곡	삶의 역정	육성적 진술
ⓒ 여성의 사회적 참여에 대한 편견	ⓓ 필명을 통해 저작활동	ⓓ "수치스러운 계약과 어리석은 횡포로 세상 사람들이 추하게 늙어가게 되는 것은 안 될 말이다"
ⓕ 성적 추문으로 매도	ⓖ 여성학자, 개혁가, 혁명가적 삶을 영위	ⓖ "상식 밖의 이야기들과 터무니없는 중상모략들에 대해 태연해야 할 필요가 있다 내 삶의 몇몇 상황에 침묵하고 싶을 뿐 감추거나 위장하고 싶지 않다"
ⓗ 위상 및 존재에 대한 원천적 부정	ⓘ 도발적 삶의 지속	ⓘ "내가 원하는 것은 꽃을 꺾기 위해서 덤불 속 가시에 찔리듯 사랑을 얻기 위해 내 영혼의 상처를 감내한다 덤불 속 모든 꽃이 아름답진 않지만 그렇게라도 하지 않으면 꽃의 향기조차 맡을 수 없기에 사랑하기 위해서는 상처받는 것이므로 사랑하라 인생에서 좋은 것은 그것뿐이다"

ⓒ, ⓕ, ⓗ로 이어지는 시대의 질곡은 그 점층적 구성이 갖는 함의 그대로 갈수록 공격적이고 격해지는데 따라, 그 세파의 일렁거림마다 그것에 정확히 대응되어 ⓓ, ⓖ, ⓘ에서는 우선 그녀의 거침없는 삶의 역정이 소개된 후 다시 그런 삶을 가능케 하는 그녀의 사유를 들여다볼 수 있는 육성적 진술이 이어진다. 특히 그녀의 삶의 역정을 제시하는 장면을 보면, <자유결혼> - <남장여인> - <이혼> - <30세에 만난

24세의 작가 뮈세> - <36세에 만난 30세의 쇼팽, 10년간의 헌신적 사랑> - <아들의 친구, 13세 연하의 조각가 망소와의 사랑> - <끝없이 이어진 수많은 방문객들과의 연애사건>이 간명하게 타이틀만 나열되며 빠르게 전개되는 속도감은 그 굴곡진 삶이 주는 충격성과 결합되어 격정적인 열망과 정서를 만들어낸다.

동시에 육성적 진술은 타인의 두려움을 조장하며 설득력을 확보하는 호소력 있는 질타("수치스러운 계약과 어리석은 횡포로 세상 사람들이 추하게 늙어가게 되는 것은 안 될 말이다")나 자신의 당당함과 침묵 사이의 틈을 메꾸는 예리한 변명("상식 밖의 이야기들과 터무니없는 중상모략들에 대해 태연해야 할 필요가 있다. 내 삶의 몇몇 상황에 침묵하고 싶을 뿐 감추거나 위장하고 싶지 않다"), 그리고 시련과 아픔 속에서도 사랑을 쫓는 그 주체할 수 없는 불가해한 열망을 그 떨림 그대로 전하는 솔직하고 설득력 있는 호소("덤불 속 모든 꽃이 아름답진 않지만 그렇게라도 하지 않으면 꽃의 향기조차 맡을 수 없기에 사랑하기 위해서는 상처받는 것이므로 사랑하라 인생에서 좋은 것은 그것뿐이다")의 다양한 형태로 이어지는데, 그 다양한 변주 속에서 세상을 굽어보는 성숙한 시선에서부터 선과 진리에 대한 단호한 의지나 격정적 열망까지 총체적으로 드러낸다는 점에서 그 자체로 호소력과 힘을 갖추게 된다.

2) 진정한 자유

오늘 한 가지를 분명히 해두지요 / 소크라테스가 녹이 든 / 술잔을 들이키기는 했지만 / 악법도 법이라며 실정법을 인정했다는 얘기 / 그거 가짜입니다 / 나도 사과나무를 심겠다는 / 얘기를 한 적이 없어요 / 내일 세상의 종말이 온다 해도 / ⓒ1)난 렌즈를 깎고 있을 사람이라구요 /

'two jobs, 스피노자의 이유'

바야흐로 종교개혁의 시대 / 신교도, 구교도가 얽힌 논쟁의 중심지 / 네덜란드로 이민한 / 유태인 가정에서 태어난 스피노자(1632 - 1677) / 당시 암스테르담은 해상무역이 활발 / 유태인 공동체에서 학교를 다녔지만 / ⓐ1)만병의 권원, 호기심이 너무 많았다 / 신에 대한 다른 의견을 가졌다는 이유로 / 부계상속을 비난하는 글을 썼다는 이유로 / 대부분이 동인도 회사의 주주들이었던 / ⓑ1)장로들은 그를 파문한다 / 당시, 그의 나이 24세 / 때문에 무역업에 종사하던 아버지의 / 재산을 한 푼도 물려받지 못한다 / 은둔과 단절을 택한 스피노자 / ⓒ2)당시 최첨단 인기 직종인 렌즈 깎는 일을 배운다 / 대신 고립을 피하기 위해 / 도시 근처에 머물면서 / ⓐ2)자유사상가들과 친교모임을 가진다 / 프랑스 혁명이 있기 100여 년 전인 이때 / 왕당파와 공화파를 가리지 않고 / 혁명적 사상이 스며들 정도로 혼란의 도가니 / ⓒ3)스피노자는 렌즈를 갈고 깎으며 / ⓐ3)밤에는 저작에 전념 / "비록 불확실할지라도 / 온 힘을 다해 / 길을 찾으려 애썼다" / 1663년, <데카르트의 철학원리> 출간 / ⓑ2)카톨릭교도, 루터파, 유대인, 칼뱅주의자, 데카르트주의 / 모든 모임에서 비난과 모략이 극에 달한다 / ⓐ4)곧이어 <신학정치학 논고> 익명으로 출간 / 폭압적인 지도자는 파탄 난 영혼들을 필요로 한다 / 마치 파탄 난 영혼들이 / 폭압적인 지도자를 필요로 하듯이 / 그리고 / ⓑ3)광신도들의 암살 기도가 잇따랐기에 / 이리저리 옮겨 살아야 했다 / 1675년 <애티카(윤리학)> / 하지만 출간은 포기 / 린스부르크로 옮겨 / 집을 빌려 살며 방랑은 이어지지만 / ⓐ4)그가 선택한 것은 부를 멀리하는 것 / 스피노자의 겸손과 청빈 / 그리고 검약은 계속된다 / 하이텔베르크 대학에서 교수로 초빙했지만 / 정중히 거절한다(41세) / 철학자 라이프니쯔가 전한 / 당시 교수사회 풍경 / "공식 교수들은 기존의 감정, 도덕성의 질서, 정치체제를 결코 어지럽히지 않는다" / 대신 스피노자는 가치를 전복하고 / 망치로 때리듯이 철학을 구성하는 / (ⓐ5)재야 사상가 계열로 이름을 드높인다 / 그가 평생을 두고 고민한 문제 / 어떻게 인간의 잠재적 힘을 / 높일 수 있을까? / 어떻게 대중을 노예들의 무리대신 / 자유로운 인간의 집단으로 바꿀 수 있을까? / 스피노자가 부른 제3의 눈 / "모든 허위적인 겉모습, 장님, 죽음들을 넘어선 / 삶을 바라보는 눈이 있어야 한다 / (ⓐ6)그러나 그는 확신시키거나 / 명령하지 않았다 / 오로지 삶의 즐거움과 / 미래의 전망을 믿었다 / (ⓒ4)단지 안경알을 만들고 렌즈를 깎으며… /
  ─<지식채널 e>, 「two jobs, 스피노자의 이유」 편의 자막 전체─

스피노자는 종교개혁의 시대 신교도와 구교도가 첨예한 대립을 시작한 시기로 이념적 충돌의 거친 소용돌이로 사람들이 투쟁에 민감한 시기여서, 시대를 거스르는 주장을 편다는 것이 매우 위험한 때임에도 불구하고, 자신의 신념이나 가치관에 대해 끈질기고 정직하게 발언함에 따라 격랑처럼 굴곡진 삶을 살게 된다. 하지만 자신이 믿어온 지고한 가치관, 즉 '어떻게 대중을 노예의 무리 대

〈스피노자의 이유〉 편

신 자유로운 인간의 집단으로 바꿀 수 있는가'는 한 순간도 포기해 본 적이 없다. 그래서 '자유'를 노래하기 좋아하는 <지식채널 e>의 성향에 딱 들어맞는 경우인데, 그의 삶의 역정을 다큐멘터리 특유의 사실적 보고를 그대로 따라가더라도 자유에 대한 열정과 실체를 온전히 드러내는 성과를 누릴 수 있다.

사상적 대응	시대의 질곡	생업의 가치
ⓐ1 신에 대한 이견, 부계상 속 반대	ⓑ1 장로들은 스피노자를 파 문한다	ⓒ1 난 렌즈를 깎고 있는 사 람이구요
ⓐ2 자유사상가들과 친교모 임을 가진다 ⓐ3 저작에 전념한다	ⓑ2 카톨릭교도, 루터파, 유 대인, 칼뱅주의자, 데카 르트 주의, 모든 모임에 서 비난과 모략이 극에 달한다	ⓒ2 당시 최첨단 인기 직종 인 렌즈 깎는 일을 배운 다 ⓒ3 스피노자는 렌즈를 갈고 닦는다
ⓐ4 신학정치학논고 출간	ⓑ3 광신도들의 암살 기도가 잇따른다	ⓒ4 단지 안경알을 만들고 렌즈를 깎으며

표에서 볼 수 있듯이 「two jobs, 스피노자의 이유」편은 당대의 역사적 사실과 스피노자의 개인사를 자료나열식으로 전개할 따름이다. 그만큼 시대적 질곡과 그의 삶이 갖는 무게가 '자유'의 의미와 실체를 드러내는데 부족함이 없다는 믿음에서 비롯된 것인데, 그럼에도 서사의 전개에서 드러나는 세심한 배려는 돋보일만하다.

ⓐ1-ⓐ2-ⓐ3의 전개에서 드러나는 스피노자의 사상적 대응은 자유에 대한 사상적 맹아와 각론적 탐구에서 출발하여 점차 총체적이고 실천적인 대응으로 고양되는 과정을 거침에 따라 그것과 연결되어 시대적 질곡은 ⓑ1-ⓑ2-ⓑ3를 거치며 그 폭압성을 강화하여 가는데, 재산을 물려받지 못하고 생활에 지장을 주는 파문에서 시작하여, 교파를 망라하여 모든 종교가 그를 핍박하기 시작하고, 결국에 가서는 광신도들의 암살기도가 잇따르는 광기의 돌출로 이어진다.

그런데 이런 시대적 질곡과 스피노자의 사상적 대응에 맞물려 스피노자가 보여 준 '자유'에 대한 열정과 시각은 매우 중요한 화두하나를 강조하게 되는데, 그것은 곧 그의 삶에서 평범하게 보이는 '렌즈 깎는 일'이란 생업에 대한 강조이다. 무려 4번에 걸친 지속적인 언급이나 시대적 질곡과 사상적 대응이 고조되어 가는 치열한 다툼의 서사적 전개에 정확히 대응하여 배열하는 계산된 의도를 보면 '자유'를 지켜내는 힘이 '렌즈를 깎는 일'이라는 생업이 지탱해 준 생활의 여유와 직결된다는 점, 달리 말해 생존의 어려움에 따른 신념의 포기를 막아 준다는 것이 얼마나 중요한 것인지, 또한 자유 혹은 신념을 지키기 위해서는 얼마나 세심하고 전략적인 노력이 필요한 것인지를 강조하는 것이다.

아울러 이 점은 또 다른 중요한 의미를 내포하게 되는데, 그 점은 현재 한국 사회현실이 갖는 좌와 우의 격렬한 대립이라는 치명적인 문제점을 감싸 안는 자세를 보여준다는 점과 관련된다. 즉 본 편의 결미에 가장 핵심적인 결론처럼 제시된 "그러나 그는 확신시키거나 명령하지 않았다. 오로지 삶의 즐거움과 미래의 전망을 믿었다. 단지 안경알을 만들고 렌즈를 깎으며…"에서 볼 수 있듯이, 자신의 이념에 대한 광신적인 믿음으로 타인의 신념에 대한 무자비한 공격으로 이어지는 우리의 현실에 대한 반성적 시각과 함께 이념적 대립을 넘어 우리가 꾸려가는 성실하고 근면한 생업적 삶의 소중함을 강조한다는 것이다. 바로 그 점이 <지식채널 e>가 매우 균형 잡힌 시각과 바람직한 사회를 일구려는 소명의식을 갖추고 있다는 인식으로 이어지고 있다.

제 4 장

코믹저널리즘, 르포만화의 세계

코믹저널리즘, 르포만화의 세계

1. 조사코의 『안전지대 고라즈데』 – SAFE AREA GORAZDE

1) 홈통과 완결성 연상 효과

만화는 정지된 영상을 담은 칸들의 연속인데, 그 칸들 사이에는 빈 공간이 존재하고 그것을 홈통(gutter)이라 부른다. 이 홈통이라는 빈 공간 안에서 인간의 상상력이 두 개의 별개 장면을 하나의 발상으로 변화시키는데, 이것은 부분들을 목격하면서도 그것들을 전체로 인지하는 현상 즉 완결성 연상(closure) 효과와 관련된다. 다양한 완결성 연상 효과들 중 어떤 방식의 완결성 연상 효과들은 여러 매체의 스토리텔러들이 수용자들에게 긴장감이나 호기심을 일으키기 위해 의도적으로 발명해

낸 것들인데, 만화의 경우도 칸 사이의 홈통을 통해 완결성 연상 효과를 적극적으로 구축한 경우이다.[1]

『안전지대 고라즈데』는[2] 이 칸 사이의 홈통에 대해 매우 자의식적인 태도를 보인다. 홈통의 효과에 대해 민감한 태도를 보이며, 그것은 다양하고 새로운 기법의 활용으로 나타난다. 분명 코믹 저널리즘(comic journalism)[3]이나 르포만화[4] 혹은 논픽션(다큐멘터리)과 관련된 사실로서, 사실의 충실한 보고에 대한 진지한 고민의 결과이다.

가　　　　　　　　　　　　　　　나

---

1) 스콧 맥클라우드, 『만화의 이해』, 김낙호 역, 비즈앤비, 2008, 71쪽.
2) 조 사코, 『안전지대 고라즈데』, 함규진 역, 글논그림밭, 2004.
3) 코믹저널리즘(comics journalism)은 만화를 뜻하는 comics와 활자나 전파를 매체로 하는 보도나 그 밖의 전달활동 또는 그 사업을 뜻하는 journalism의 합성어로서 만화로 저널의 기능을 대신한 경우라 할 수 있다.
4) 취재와 고발이 중심이 되는 저널리즘에 바탕을 둔 만화를 뜻하며 현지로부터의 보고 기사란 의미의 르포에 방점을 둔 경우이다.

『안전지대 고라즈데』의 모든 페이지는 두 가지 변별적인 특질로 확연하게 구분되는데, 그 하나는 가)의 경우처럼 페이지 전체의 배경색이 특별하게 없는 경우로 칸마다 밝은 흰색이 중심이고 홈통은 매우 뚜렷하게 인지되며, 또 다른 하나는 나)의 경우로 페이지 전체의 배경색이 짙은 검은색으로 칸마다 어두운 검은 색이 주조이고 홈통은 검은색에 묻혀 그 존재가 부각되지 않으며 칸 사이에 묻혀버린 형태가 된다. 『안전지대 고라즈데』는 이 두 변별적 특질들을 매우 의도적으로 구분하여 사용하고 있는데 그런 태도는 각 장마다 이 두 가지 형태 사이에서 한 가지 형식을 배타적으로 사용한데서 확인할 수 있다.

장제목	검은 배경색	내용
프롤로그	무	카페에서 휴전을 기다림
없어지면 좋을 마을	무	기자들 고라즈데에 들어감
붉은 카펫 1	무	취재시작
붉은 카펫 2, 3	무	취재를 위해 가이드 에딘과 가정 방문
가이드	무	가이드 에딘의 가치
형제애와 일치	유	티토 집권 이전의 잔혹한 투쟁사
리키 1	무	리키의 증언
가까이	무	간호사와 노인의 증언
분리, 바흐라	유	세르비아의 도발, 보스니아 내전 전야
암흑의 심연	무	무슬림계의 피폐해진 일상
철없는 아가씨들 1	무	무슬림계 처녀들의 일상적 욕망
푸른 길	무	고라즈데의 유일한 탈출로 푸른 길의 의미

푸른 길 : 이탈	무	푸른 길로 고라즈데에 다시 들어감
사라진 이웃들	유	전쟁발발
예술과 여가	무	고라즈데의 예술과 여가 현실
이웃	무	에딘 어머니의 고단한 삶
첫 번째 공격	유	세르비아계의 공격과 잔혹한 살육
15분	무	고라즈데의 교육현실
리키 2	무	리키를 통해 본 무슬림계 청년의 우울한 삶
드라나	무	드라나가 상징하는 무슬림계인들의 피폐한 삶
고라즈데 주변 1	유	세르비아계의 잔혹한 살륙
고라즈데 주변 2	유	세르비아계의 성폭력, 무슬림계 여인들의 잔혹사
총력전 1	무	전투 비디오 시청
총력전 2	무	고라즈데 병원의 참담한 현실
총력전 3	무	세르비아계 포격의 피해
총력전 4	무	암울한 의료현실
총력전 5	무	무슬림계 아이들의 현실
백색의 죽음	유	식량을 구하려는 죽음의 행렬
철없는 아가씨들 2	무	무슬림계 처녀들의 일상에 비친 암울함과 일상적 욕망
세르비아계 사람들	무	무슬림계 지역에 남겨진 세르비아계 사람들의 수난
세르비아 사람들과 다시 살아갈 수 있을까요?	무	세르비아계에 대한 증오심
94년 공세, 사디야 데미르 간호사	유	94년 전쟁의 참혹함과 국제정세

부츠라니!	무	물자부족의 현실
미국살람	무	무슬림계의 미국사람에 대한 반감
철없는 아가씨들 3	무	무슬림계 처녀들의 일상적 욕망
학살과 구원	유	나토의 공습과 세르비아계의 무자비한 공격
평화 1	무	평화협정 소식
평화 2	무	평화협정의 내막
평화 3	무	평화협정에 대한 무슬림계의 착잡한 반응
리키 3	무	종전 분위기
에필로그 1, 2	무	새로운 일상

상기의 표에서 볼 수 있듯이 검은 배경색이 없는 경우는 조사코의 취재일정, 역사적 사실, 일상사, 전쟁의 피해에 대한 소회를 담은 회고, 피폐한 현실 등에 국한되고, 검은 배경색이 있는 경우는 전쟁 중에 벌어진 잔혹한 살육과 수난사를 그리는 경우에 국한된다. 『안전지대 고라즈데』는 이 구분을 매우 명료하고 자의식적으로 활용하고 있다. 검은 배경색을 활용한 장면과 그렇지 않은 장면을 구분한 이유는 무엇인가? 또한 검은 배경색을 페이지 전면에 걸쳐 사용하여 칸의 존재를 더욱 명료하게 부각시키고 반면에 홈통의 존재를 배면으로 잠복시키는 의도는 무엇인가?

첫째는 고라즈데의 현실과 고라즈데 시민들의 삶을 다루는데 있어 전쟁 중의 참혹한 살육에서부터 사랑을 나누고 세속적 욕망을 드러내는 일상사까지 두루 다루려는 의도 때문이다. 『안전지대 고라즈데』는 1992년부터 벌어진 보스니아 내전 기간 동안 고라즈데에서 벌어진 역사적 사실에 대한 총체적 보고서임을 잊지 않는다. 당연히 참혹한 살육전에서부터 소소한 일상사까지 그 다양한 스펙트럼을 빠짐없이 보여주려는 의도가 다분하다. 조사코가 고라즈데에 대한 네 차례의 방문을 통해 인상적으로 받아들인 사실 중의 하나는 고라즈데에서 벌어진 전쟁의 참혹한 현실과 함께 여전히 그 속에서 일상적 삶을 영위하는 생명력을 동시에 보았다는 점이다. 진실된 보고서라면 그 모든 현실을 두루 담아야한다는 인식이 분명하다.

그래서 조사코는 독자들에게도 참혹한 살육전과 세속적인 일상사로 대비되는 이질적 성격의 삶이 엄연히 혼재한다는 분명한 메시지를 전달하고 싶었으며, 그것이 바로 검은 배경색의 유무로 명백하게 구별되는 두 세계의 대비를 강조하게 만들었던 것이다. 이런 이유로 모든 잔혹한 수법을 동원해 살육하는 장면과 미제 청바지를 두고 호들갑을 떠는 고라즈데 처녀들의 일상적 욕망은 극단적으로 대비된 배경색 속에서 각자의 엄연하고 의미 있는 존재감을 각인시키는 것이다. 참혹한 살육이 벌어지는 장면은 고라즈데 시민들이 보이는 건강한 일상적 삶을 강조하기 위한 디딤돌이 결코 아니며, 반대로 고라즈데 시민들이 보이는 일상적 욕망의 장면은 전쟁의 참혹함을 역설적으로 강조하기 위한 매개체도 아닌 것이다.

둘째로 특별히 검은 배경색이 있는 장면과 관련된 사실로서, 칸에 대한 강조를 통해 잔혹한 살육의 참상을 두드러지게 보이려는 효과와 함께, 참혹한 살육이 집단적 광기 속에서 벌어졌다는 상상하기 힘든 불가해한 현실에 대해 몽환적이고 암울하며 기괴한 분위기의 연출을 도모하고 있는 것이다. 특히 후자와 관련하여서는 고라즈데에서 벌어진 무슬림계에 대한 소위 '인종청소' 수준의 잔혹한 살육을 벌인 세르비아계가 전쟁 전에는 서로 평화롭게 지낸 선량한 이웃이었다는 점이 각별하게 강조되는데, 바로 그런 불가해하고 믿기 힘든 비극성 때문에 암울하고 몽환적이며 기괴한 분위기의 연출은 필연적인 것이다.

셋째로 『안전지대 고라즈데』가 코믹저널리즘 혹은 논픽션(다큐멘터리)이라는 사실과 관련된 것으로서 검은 배경색이 페이지의 전체에 깔릴 경우 홈통의 존재가 미미해짐으로써, 완결성 연상 효과에 변화가 생긴다는 점이다. 만화에서 칸 사이의 홈통이 갖는 변별적이고 중요한 의미는 칸과 칸 사이에서 홈통의 존재로 인해 독자는 상이한 두 칸 사이에서 하나의 연결된 장면을 상상하는 상상력을 발휘하게 되는데, 그 빈 장면의 메움이 갖는 연상작용에 대한 반성적 사고와 관련된다.

앞서 지적하였듯이 검은 배경색이 페이지 전체에 깔린 경우는 모두 전쟁의 참혹한 살육과 수난사를 현장감 있게 그린 경우이다. 장면마다 끔찍한 살육의 실상과 수난사가 노골적으로 그려지는데, 그 때 가장 문제시 되는 것이 문자 그대로 '상상하기 힘든' 사실의 진실성을 독자가 몰입하여 받아들이도록 만드는 것이 중요하다는 점이다. 특히 참혹한 살육의 현장을 조사코가 직접 목격하며 중계한 형식이 아니라, 증언자들의 회고적 증언을 통해 간접적으로 인지하게 되는 경우여서, '상상하기 힘든' 참혹한 사실들은 자칫 일방적이거나 왜곡된 사실일수도 있다는 혐의에 시달릴 수도 있다.

바로 이런 우려의 한 끝에 홈통의 의미에 대한 반성적 사고가 존재하는데, 만일 홈통의 존재가 명료하다면, 독자는 통상적인 만화의 독서법 그대로 홈통을 거치는 상상력의 융기, 혹은 그로 이루어지는 완결성 연상 효과로 인해 '믿기 힘든' 참혹한 폭력의 사실에 대한 회의나 지연적 사고가 꿈틀거릴 수 있는 것이다. 그래서 조사코는 검은 배경색이 페이지 전체를 덮는 작화를 통해 홈통의 존재를 베일 뒤로 미뤄둠으로써, 독자가 한 흐름으로 칸마다의 참혹한 장면들을 빠른 흐름으로, 그래서 누적적인 효과를 누릴 수 있도록 배려하는 한편으로, 홈통에서의 머뭇거림이나 회의 없이 장면마다를 눈앞에 펼쳐지는 실사의 이미지 그대로 실체적 사실로서 받아들이도록 만드는 것이다.

2) '주인공 – 나레이터'와 전기

『안전지대 고라즈데』에는 중요한 한 인물이 등장한다. 교사이자 외국 언론인들에게 가이드 역할을 하는 에딘이다. 조사코 역시 그의 안내를 받아 고라즈데의 현실을 취재하는데, 조사코는 에딘을 이렇게 평한다.

'이 만화의 주인공 격'이고, '위성전화와 맞먹는' 가치를 지녔으며,

'웃음을 선사하는 만화경'이다. 동시에 '무시무시한 또는 감동적인 이야기들을 성실하게 안내해줄 최고의 가이드'이며 '마당발'이고 '경찰과 시청을 상대로 우리가 원활하게 다닐 수 있게'할 능력이 있으며, '어디서든 꼭 필요한 설명을 제공'한다. 아울러 '눈에 보이는 진실의 조각'과 '숨겨진 진실의 조각', 그리고 '때로는 자기 자신이 갖고 있는 조각'을 보여준다.

그에 대한 조사코의 수많은 평가와 상찬은 다른 수많은 등장인물에 비해 예외적으로 각별히 다루어지는 셈인데, 그의 가치와 중요성을 명시적으로 드러낸다. 전쟁 전에는 사라예보 대학에서 기계공학을 전공했고, 전쟁 중에는 전사로서 또 기술중등학교 교사로서 활동한 다양한 이력과 지적 활동이 명민한 처신과 폭넓은 교류를 가능케 한다는 점에서 이해되는 일이다. 특히 조사코의 취재 전(全) 과정이 사실상 에딘의 계획과 안내에 따라 전적으로 이루어짐으로써, 단정적으로 말하면 현장취재와 인터뷰로 이어지는 『안전지대 고라즈데』의 전경(全景)은 에딘의 작품이라 말할 수 있다.

하지만 에딘은 두 가지 점에서 코믹저널리즘 혹은 논픽션으로서의 『안전지대 고라즈데』에 독특하고 각별한 면모를 구축한다. 첫째는 에딘의 지적이고 균형 잡힌 시각 때문에 전쟁터로 변하게 된 고라즈데의 현실 즉 고라즈데에 불어 닥친 전쟁의 참상이 갖는 핵심적 의미를 두드러지게 파악할 수 있다는 점이며, 동시에 이런 결과로 인해 특히 자막설명으로 펼쳐지는 '고라즈데의 역사와 현실에 대한 지적인 설명'이 가능케 되었다는 점이다.

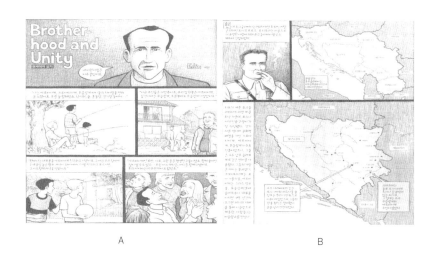

A   B

『안전지대 고라즈데』가 본격적으로 고라즈데의 비극을 말하기 시작하면서, 또 에딘의 첫 번째 본격적인 증언이 시작되면서 전개되는 첫 일성을 보라. 그는 전쟁 전에는 세르비아계, 크로아티아계, 무슬림계가 서로 잘 어울려 전혀 갈등이 없었다는 점을 강조한다.(A) 오히려 우애로운 관계가 주였다고 강조한다. 이 말은 보스니아 내전의 비극성 특히 가장 큰 피해자인 고라즈데 무슬림계가 받은 충격성을 핵심적으로 지적한다. 따뜻한 인간관계로 어우러졌던 선량하고 평범한 사람들이 전쟁의 광기에 휩싸이면서 벌였던 끔찍한 폭력과 저주가 왜 벌어졌는지, 지옥같은 전쟁터에서 그 광기들이 어떤 끔찍한 살육을 벌였는지에 대해, 『안전지대 고라즈데』는 전편을 통해 그것들을 가장 중요한 의미로 부각시키고 있기 때문에, 에딘의 시각과 판단은 매우 중요한 의미를 갖는 것이다.

동시에 바로 그런 시각과 진술이 있었기에 B)와 같은 지적 설명이 가능케 된 것이다. 특정한 사실과 상황에 대한 에딘의 명민한 판단과 분석을 발판으로, 그에 조응하고 화답하는 설명자막 속의 나레이터의 설명이 자연스럽고 흥미롭게 개진될 수 있었던 것이다. 즉 에딘의 증언에 상응하여 자연스럽게 나레이터의 설명이 이어지면서도, 에딘의 증언이 질문이 되고 이어지는 설명자막 속의 설명이 답이 되어 풀리는 구조로 서사적 긴밀감을 확보하는 계기가 되는 것이다.

둘째로 에딘 스스로 자신의 '삶의 조각'들을 펼쳐 보임으로써, 『안전지대 고라즈데』가 수많은 증언자들의 단편적 증언의 만화경적 집합체를 넘어서, 한 인간의 충실한 삶의 보고서로도 읽히는 것이다. 수많은 증언자들의 인터뷰들이 모이는 수평축과 함께 에딘 한 인간의 삶에 대한 깊이 있는 관찰이라는 수직적 축이 더해짐으로써 『안전지대 고라즈데』는 넓이와 깊이를 갖춘 코믹저널리즘이 된 것이다.

한 평범했던 인간이 전쟁의 한 복판을 거치게 되면서 겪는 경험의 누적과 그로 인한 삶의 변모를 그릴 수 있게 됨으로써, 한 인물의 삶에 대한 전기적 관찰로도 읽힐 수 있는 것이다. 전쟁 전 사라예보에서 대학을 다니던 한 대학생이 전쟁에 휩싸이게 되어 전쟁의 광기 속에서 행해지는 잔인한 폭력을 경험하며 충격과 분노로 전율하다가 결국은 가족과 함께 총을 들고 전선에서 싸우게 되고, 자신 역시 총상으로 한 쪽 눈을 실명하는 비극적 경험을 다루는 한편으로, 여전히 그 전장 속에서도 삶을 영위해야 하는 엄연한 현실-식량을 구하는 일에 전전긍긍하고, 농장일과 밭일을 돌보며, 학교교사로서 가르치는 일상을 동시에 치러내야 하는 현실-을 견뎌내야 하는 비극적이고도 극적인 삶이 펼쳐져 보일 수 있게 된 것이다.

3) 증언의 방식과 설명자막

(1) 증언의 병렬적 전개와 몽타주적 구성

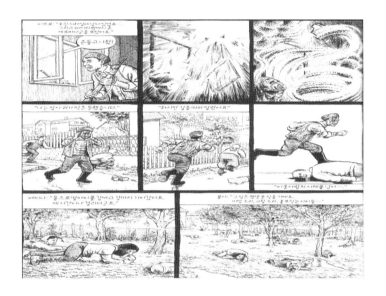

고라즈데의 도심에서 벌어진 치열한 시가전을 그려보자. 도심 한복판에서 벌어지는 절박한 생존의 몸부림, 허망하게 벌어지는 생과 사의 갈림길, 끝없이 펼쳐지는 잔혹한 살육과 폭력, 이 모든 사실들을 꿰뚫는 한 가지 핵심은 '돌발적인 절체절명성'이다. 인과성이나 시간적 누적 같은 익숙한 삶의 문법들은 온데간데없고, 동시다발적으로 벌어지는 우연적이고 돌발적인 선택과 상황들이 삶과 죽음을 치명적으로 결정짓는 혼돈, 그것이 도심 시가전이 준 충격이다.

『안전지대 고라즈데』는 수많은 증언들에서, 한편으로는 한 증언자의 회고적 진술로 특정한 사건에 대한 일관되고 정연한 시각과 이야기의 맥락성이 두드러진 기술을 제시할 수 있지만, 또 다른 한편으로는 앞서의 도심에서의 치열한 시가전을 그릴 경우처럼 그 긴박감과 혼돈성을 치열하게 그리기 위해 다중적 증언자의 다양한 증언들을 만화의 페이지나 칸을 다양하게 배치하며 몽타주 형식으로 병렬적으로 전개하는 경우가 빈번하다. 사건이 벌어졌던 시공간의 현장성을 최대한 살리면서도 빠르게 전개되는 속도감을 동시에 살리려 한 경우이다.

보이스오버로 남겨지는 증언자의 증언이 나레이터의 해설처럼 남겨지며 증언 속의 장면들이 칸마다 현시되는데, 한 증언자의 증언은 5~6개의 칸을 넘지 않으며, 심지어는 한 칸마다 증언자와 장면들이 다르게 전개된다. 조사코가 지금 대면하고 있는 여러 명의 증언자들이 동시다발적으로 뿜어내는 증언들의 엇갈림 속에서 그들의 절제하기 힘든 분노와 공포의 정서를 그대로 읽을 수 있게 함과 동시에, 시가전 속에서 벌어지는 살육과 공포가 펼쳐 보이는 끔찍한 혼란성과 찰라성을 생생하게 재현한다.

(2) 다중화자적 증언방식

보스니아 내전이 갖는 참혹성 중의 하나는 인종청소라는 이데올로기가 작용했다는 점이다. 서로 다른 이해관계의 충돌에 따른 전쟁의 양상을 넘어 세르비아계, 크로아티아계, 무슬림계 사이에 특정 인종의 씨를 말려야 한다는, 역으로 그렇게 하지 않으면 자신이 속한 인종이 흔적도 없이 사라질 것이라는 광기가 작용했다는 점이다. 『안전지대 고라즈데』

에서는 주로 세르비아계에 의한 무슬림계에 대한 인종청소의 살상행위
가 그려지는데, 그것은 매우 집요하고 잔혹하며 무차별적인 살육행위로
나타난다.

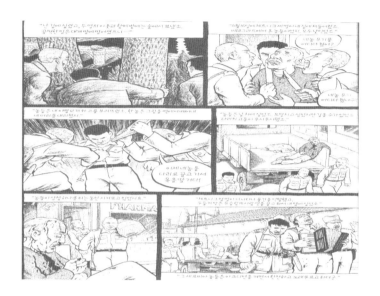

『안전지대 고라즈데』가 주목한 보스니아 내전의 잔혹성 즉 인종청소
의 이데올로기를 그리는데 있어, 가장 중요한 점은 특정한 한 증언자가
겪은 체험의 진실성을 확보하는 일과 함께, 한 증언자가 진술하는 사건
이 갖는 이야기의 완결성을 통해 증언에 대한 극적 몰입을 고양시키는
것이다. 그 바로 핵심이 특정 증언자를 코믹저널리즘의 나레이터처럼
내세워 전달하고자 하는 사건(scene) 전편을 맡기는 경우이다.
　상기의 예처럼 라심이라는 증언자를 내세워 그가 직접 겪은 잔혹한
인종청소의 광란을 진술하게 하는데, 라심이 직접 당하고 목격한 사실

들을 지속적으로 진술함으로써 살육현장의 현장성을 고조시킴과 동시에, 증언자 라심의 진술만을 배타적으로 그림으로써 진술하는 사건자체의 서사적 완결성을 높이는 역할을 한다. 다른 증언자의 증언들은 말할 것도 없이 조사코의 해설조차 배제되며 오로지 라심이라는 증언자의 진술만이 끝없이 이어지는데, 칸마다 펼쳐지는 충격적인 폭력성과 함께 단일한 증언자의 배타적인 진술이 진실성의 환영과 함께 극적 몰입을 형성하며, 인종청소의 끔찍한 광기에 전율하게 만드는 것이다.

(3) 설명자막의 다양성

A   B

『안전지대 고라즈데』는 보스니아 내전에 대한 역사적 사실들과 함께 취재과정에서 알게 된 사실들을 충실하게 전달하려는 자세 때문에 설명자막의 분량과 비중이 압도적이다. 그런데 설명자막은 상기의 예처럼 두 가지 다른 방식으로 나타난다. A)의 경우처럼 반듯한 직사각형 모양으로 칸의 모서리에 평행하게 정치된 경우와 B)의 경우처럼 변의 길이나 크기가 각기 다르고 위치도 칸을 넘나들며 던져지듯 자유롭게 놓여진 경우이다.

A)의 경우는 규칙적이고 엄정한 느낌을 주는데 반해, B)의 경우는 우연적이고 자유로운 느낌을 준다. 마치 A)가 서적의 인쇄글자를 연상시킨다면, B)는 자유로운 낙서 같은 연상을 준다. 이런 배치는 그것이 반복적이고 규칙적이라는 점에서 저자의 의식적인 의도를 느끼게 하는데, 그것은 바로 설명자막이 전달하려는 내용 또는 내용의 엄정한 객관성에 대한 판단과 관련이 있다.

A)의 경우에서 볼 수 있듯이 역사적 사건이나 보스니아 내전과 관련된 구체적 사실들은 그 엄연한 사실성에 기대어 중립적이고 객관적인 시각에 대한 고민 없이 코믹저널리즘(논픽션)의 표현방식 그대로 정자체의 느낌을 주며 사실성을 담보하고 있고, B)의 경우는 구체적 사실이라도 개인적인 일상사라 (코믹)저널리즘의 범주에 포섭하기 힘든 사실이거나 혹은 조사코 개인의 상상, 추측, 개인적 판단 등과 관련되니, 우연적이고 자유로운 형식을 동원하여 그 양식적 특징 그대로 독자들이 중립적이고 객관적인 사실보다는 개인의 입장이 반영된 특수한 시각으로 간주하여 반성적으로 돌아보아 주기를 바란 경우이다.

(4) 강렬함의 표현방식

코믹저널리즘은 특히 구체적이고 실체적인 사실의 전달과 흥미로움을 동시에 추구하기 때문에, 코믹저널리즘의 변별적 자질로서 명확성, 설득력, 그리고 강렬함이 문제가 된다. 특히 이중에서 『안전지대 고라즈데』가 저널리즘의 매체로서 만화를 택한 점과 관련하여 보스니아 내전의 잔혹성을 극적으로 드러내고 싶은 욕망은 '강렬함'에 대한 방점으로 이어졌고, 실제로 '강렬함'의 창출에 성공하고 있다. '강렬함'의 정의를 '칸의 대비', '역동성', '그래픽적인 흥분 또는 긴박감'을 부여하는 시각 기술 전반을 칭하는 것으로5) 정의할 수 있다면, 『안전지대 고라즈데』는 단 한 페이지도 프레임이 동일하지 않다는 프레임의 다양성, 충격적이고 자극적인 장면의 직설적인 표현, 번다한 제4의 벽의 파괴, 사실적 묘사에서 추상적, 상징적, 표현주의적 표현에 이르기까지 다양한 작화방식, 역동적인 사건전개, 고라즈데의 현실과 전쟁묘사 간의 유려한 전환 등을 통해 '강렬함'을 적극적으로 창출하고 있다.

2. 조사코의 『팔레스타인』

1) 코믹저널리즘의 나레이터

인티파타를 중심으로 팔레스타인의 역사와 삶을 그린 조사코의 『팔레스타인』은6) 코믹저널리즘(comic journalism)이라는 매체명에 걸맞게 만화와 저널리즘의 매체적 특성을 뚜렷하게 보여주고 있으며, 작자인 조

---

5) 스콧 맥클라우드, 『만화의 창작』, 김낙호 역, 비즈앤비, 2008, 45쪽.
6) 조사코, 『팔레스타인』, 함규진역, 글논그림밭, 2002.

사코는 코믹저널리즘의 매체적 특성에 대해 자의식적 태도를 갖고 있고, 그것을 구현하는 자신의 제작방식에 대해 직접적으로 언급하기도 한다. 사실보도와 현장취재를 강조하고 기자신분으로서의 자세와 사명감을 잊지 않는다. 동시에 자극적이고 역동적인 움직임과 치열한 갈등 그리고 인상적인 장면을 현시하는데 특장을 지닌 만화의 강점을 살리는데도 노골적인 집착을 보인다.

『팔레스타인』의 성과는 취재대상인 팔레스타인의 전모를 사실적으로 그려내면서도, 만화가 주는 재미를 잘 보여준 점에서 나오고 있는데, 사실 코믹저널리즘이라는 매체명에서 이미 드러나듯이 사실보도가 생명인 저널리즘과 과장성이 두드러진 만화의 결합이라는 것이 결코 쉽지 않다는 점에서 그야말로 성과라 부를만하다. 사실 『팔레스타인』의 성과에 대한 탐구는 바로 그 어색한 조합을 다듬어 재미와 충실한 보도를 아우른 기법이나 기술에 있다 하겠다.

『팔레스타인』은 팔레스타인들의 현실과 삶을 그리는데 충실성과 핍진성을 이우르려, 팔레스타인들의 정치적, 문화직, 일상적 삶 등을 빠심없이 다루려 하고 있으며, 계층과 연령을 불문하고 다양한 인터뷰를 진행하고, 현장취재를 강조한다. 작자이자 나레이터인 조사코는 한결같이 저널리즘이자 다큐멘터리로서의 리얼리티를 강조하며, 특히 팔레스타인의 삶에 놓인 인티파타를 중심으로 한 정치적 이슈에 대해 객관적 시각의 중요성을 잊지 않고 있다.

하지만 조사코는『팔레스타인』에서 저널리즘이나 다큐멘터리의 가장 선호되는 '전지적이고 중립적인 환영을 창출하는 나레이터'를 만들지 않았다. 엄숙하고 엄정한 태도로 대상에 대한 올바르고 총체적 이해를 갖춘 전지적 해설자가 보이지 않는다. 만화라는 매체의 선택이 말하듯 만화의 극적 재미를 잃지 않으려는 의도는 '생동감 넘치고', '개성적이며', '흥미로운' 캐릭터로 이어지고, 코믹저널리즘에서 가장 두드러진 캐릭터인 나레이터를 통해 그려진다.

그래서『팔레스타인』의 나레이터 조사코는 전지적이지도 엄숙하지도 엄정하지도 않으며, 통상적인 기자상 – 엄정하고 직설적이며 자기절제적인 풍모 – 과 한참이나 거리가 멀다.『팔레스타인』의 조사코는 특정의 정치적 시각에 편향되어 있기도 하고, 어수룩한 면이 있으며, 사실 보도자로서의 투철한 사명감이나 용기도 부족한 인물로 그려진다. 취재 대상인 증언자들에게 빈번하게 휘둘리고 자신의 생각을 감추기에 급급하며 일상적인 욕망을 자주 드러낸다. 하지만 끝까지 참아내는 재주로 남과 마찰을 일으키지 않으며, 겸손하다는 인상으로 친근감을 만들고, 스스럼없이 어울리는 소박함으로 타인의 마음을 여는데 능하다. 동시에 겁이 많고 머뭇거림이 많아 재미있는 장면을 많이 연출한다.

바로 이런 각별함이 나레이터 조사코의 독특하고 개성적인 면모를 만들고 있으며, 그런 면모가 만화로서의 재미나 저널리즘 혹은 다큐멘터리로서의 충실성을 함께 아우르는 기제로 작용하고 있다. 좀 더 확대해서 말하면 코믹저널리즘이자 다큐멘터리인『팔레스타인』의 핵심적 경쟁력을 만들고 있다.

첫째로 나레이터인 조사코는 스스로 정치적으로 편향된 시각을 갖고 있음을 숨기지 않는다. 유대인과 팔레스타인의 대립에서 미국과 유럽의 정치적 시각인 친유대적 사고의 편향성을 자신도 역시 보지하고 있음을 감추지 않는다. 『팔레스타인』의 서두에서 조사코는 자신의 정치적 성향에 영향을 준 두 개의 일화를 말하는데, 매우 극적이다. 하나는 유람선에서 휠체어에 탄 채로 팔레스타인에 의해서 바다에 떠밀려 죽은 유대인 클링호퍼 사건이고, 다른 하나는 수년전 자신의 연인이었던 클로디어를 팔레스타인 무장단체 PLO의 대원인 야세르에게 빼앗긴 경험이다.

친유대계 일색인 미국언론에 의해 철저히 세뇌된 사실과 자신의 사적인 연정까지 들먹이며, 자신의 정치적 편향성을 두드러지게 드러낸다. 여자들도 징집대상인 이스라엘의 현실을 두고 '나처럼 오른쪽으로 다소 기울어진 사람에게는 좋은 광경이다'라고 할 정도로 친유대적이며, '나는 편견을 몰아낼 수 없었다. 테러는 팔레스타인 사람들이 밥 먹듯 벌이는 짓이었다'는 고백처럼 팔레스타인의 과격 이미지에 대한 거부감은 뿌리 깊다.

사실 통상적인 시각에서 보자면, 도대체 팔레스타인의 현실을 사실 그대로 드러내려는 의도를 관철시키려 할 때, 중립적 시각을 가진 관찰자의 시선을 통해 독자들에게 신빙성의 환영을 만들어주어야지, 정치적 편향성을 가진 나레이터의 존재가 가당키나 하는가? 더욱이 나레이터의 정치적 편향성을 처음부터 각인시키는 모험을 강행하는 것이 가당키나 한가? 만화의 극적 재미를 위해 다소간 일탈적이고 친근한 이미지가 필요하다는 사실을 넘어, 저널리즘 혹은 다큐멘터리로서의 경쟁력을 위해서도 필요한 것인지부터 살펴보자.

i) 첫째는 팔레스타인의 현실을 정확히 아는 데 첩경이 되는 사실은 서방언론에 의해서 각인된 반팔레스타인적 시각을 반성적으로 돌아보아야 한다는 믿음 때문이다. 자신이나 팔레스타인을 읽는 독자의 거의 모두가 서방언론의 여론조작에 의해 편향된 시각을 갖고 있다는 판단 아래, 나레이터 스스로에게 각인된 반팔레스타인적 시각을 반성하고 '고백'하는 길이야말로 독자들의 동류의식에 따른 반성적 사고를 이끄는 길이라 믿는 것이다. '고백'의 형식이 갖는 진실성의 환영에 기대어 반팔레스타인적 사고가 갖는 편향성, 위험성에 대해 자연스럽게 돌아보고 인정하게 만드는 것이다.

서방 언론의 이미지 조작의 실상, 이미지 조작이 개인의 의식에 각인되는 효과, 팔레스타인의 폭력적 이미지의 구체적 사실 등을 정확히 드러내어 독자들의 동의와 각성을 이끌어내며, 개인의 사적 경험의 압도적 영향력에 대한 강조를 통해서는 인식의 변화가 가능함도 인정하게

만들고, 감성적·격정적 어조를 통해서는 경험적 사실의 진실성에 대한 환영을 만들고 있다.

ⅱ) 둘째는 『팔레스타인』이 팔레스타인이 겪는 참상을 그리면서 주로 팔레스타인들의 증언에 의존한다 할 때, 증언과 기록의 신빙성을 높이는 역할을 다하고 있다. 나레이터 조사코는 회견자(interviewer)로서 '참상을 겪은 피회견자(interviewie)로서의 팔레스타인들의 증언'을 듣고 기록한다. 팔레스타인들은 자신과 가족 그리고 이웃이 겪은 끔찍한 폭력에 대해 증언하는데, 사실 그 증언의 신빙성을 검증할 기제는 없다. 단지 정황적 사실로서 그 신빙성이 전달되는 셈인데, 나레이터 조사코가 갖는 반팔레스타인적 이미지가 역설적으로 팔레스타인들의 증언을 신빙성 있게 만들어 주고 있다. 즉 전혀 팔레스타인들의 증언을 과장하거나 미화할 가능성이 없는 나레이터의 기록이니 믿을 만하다는 인식을 만들어 주고 있는 셈이다.

끊임없이 이어지는 팔레스타인들의 회고적 증언은 문자 그대로 그 참상이 상상하기 힘든 사실일 뿐만 아니라, 상당부분 목격자가 수반되지 않는 증언이어서(기록자인 조사코가 짧은 기간의 체류동안 인티파타를 중심으로 한 광범위한 증언 및 역사적 사실을 기술하려는 의도 때문에) 사실 엄밀한 의미에서 보면, 그 증언의 사실성에 대한 믿음은 『팔레스타인』이 만든 진실성의 환영에 크게 기대어 있다. 바로 여기서 『팔레스타인』의 서두에서 깊이 각인된 나레이터의 편향적 성격은 오히려 과장이나 미화와는 절대적 거리를 둔 기록자로서의 믿음을 주게 되는 것이다.

날카로운 풍모, 도전적인 언사, 직설적인 화법, 투철한 사명감, 우리가 흔히 그리는 이상적인 언론인상, 기자상은 팔레스타인의 나레이터이자 언론인인 조사코에게는 결코 어울리지 않는다. 아니 오히려 반대로 그는 미국인으로서는 두드러지게 작은 키에 허술한 풍모, 시위현장만 봐도 긴장하는 소심함, 자신의 본의를 잘 드러내지 않는 완곡어법, 수동적인 인터뷰 자세, 취재대상에게 주도권을 넘겨주는 무능 등으로 설명된다. 그는 스스로 이런 부족한 자질을 숨김없이 드러내는데, 그것에 대한 자책감도 없다. 여기에 더해 분수 모르는 우쭐거림을 보이며, 특종에 목마른 세속적인 욕망은 강하다.

나와 사부로는 프로다. 우리는 마주보고 고개를 취재모드로 들어갔다(72면)
그럴지도 하지만 나는 다르다. … 이제 조금 있으면 내 사진이 전 세계에 퍼질 거다. 1면 머리기사에 '특종왕 사코의 사진'이라는 설명을 덧붙여! 보도사진의 기린아가 될 기회가 아닐까? (75쪽)
그리고 까놓고 말해서 내 만화가 뜨려면 갈등이 필요하다. 평화는 돈이 되지 않는다.(94쪽)
나는 의심스러웠다. 언론인은 의심이 많아야 한다. 확실한 사실을 추구해야 한다. 남의 상처를 아예 뒤집어 놓는 걸 꺼리면 안 된다.(95쪽)

그러면 이런 비상식적인 풍모와 자질의 나레이터이자 기자가 필요한 이유는 무엇인가? 그것은 팔레스타인 증언자들의 솔직한 내면세계를 적나라하게 드러내고자 한 의도 때문이다. 조사코가 수많은 팔레스타인들의 증언을 들으면서 가장 공격적으로 들었던 말은 자신들의 증언이 무슨 의미가 있느냐는 질문이다. 어차피 자신들의 의견은 서방언론의 입맛에 맞게 조정될 것이고, 그만큼 정치적 영향력도 미미할 터인데 자신들의 증언과 기록이 무슨 의미가 있냐는 의문이다. 이런 사고를 가진 증언자가 정확하고 충분한 증언을 할 수 있겠는가?

바로 그런 자리에서 조사코의 비정상적 풍모와 자질이 팔레스타인들의 마음의 문을 열게 하고 있으니, 우선은 위압적인 존재로 다가오는 서방인이 아니라 '미국사람 중에도 당신처럼 작은 사람이 있소'라는 힐문처럼 특별한 거부감이 없이 친근한 존재처럼 느껴지며 자신들의 남루한 집에서도 잘 버텨내고 유흥을 벌일 때는 어설프지만 앞장서서 노는 모습이 자신들의 이야기를 들어줄만한 벗처럼 느껴지게 만드는 것이다. 특히 지적인 풍모로 상황을 재단하고 도전적인 언사로 자신의 입장을 강요하는 존재가 아니라 오히려 피회견자에게 압도되어 수동적 자세로 하염없이 듣기만 하는 그 소심한 자세가 오히려 팔레스타인들이 마음을 열고 자신들의 울분을 마음껏 토해내는 장을 만들고 있는 것이다.

그림에서 볼 수 있듯이 고문의 참상을 증언하는 팔레스타인은 쌓였던 울분을 마음껏 토해내며, 어수룩해 보여 고문을 받는 약자로서의 지난날의 자신의 모습을 투영할 수 있는 조사코를 향해 솔직한 증언을 시

작한다. 마치 고문자에 의해 빙의된 듯 마음껏 울분을 토해낸 다음 그는 지난날 고문대에 앉아 있던 자신으로 빙의된 조사코를 향해 거침없는 솔직한 증언을 시작하는 것이다. 거기에는 한 점의 위선이나 꾸밈이 없을 것 같은 상황인데, 그런 사실성의 환영은 조사코의 허술한, 그러나 그래서 친근하고 약자로서의 연민을 만들어내는 조사코의 풍모와 자질이 만들어낸 결과이다.

아울러 조사코의 풍모와 태도는 만화의 극적 재미를 만드는 데에도 크게 기여한다. 사실 팔레스타인의 설명자막이나 생각자막에도 빈번하게 등장하듯이 팔레스타인들의 수많은 증언은 이스라엘의 폭력과 팔레스타인들의 육체적, 정신적 피해를 그린다는 점에서 동어반복적인 면이 강하고, 그로 인한 지루함은 우려될만한 사실이다. 바로 여기서 팔레스타인들의 증언들 사이로 빈번하게 얼굴을 내미는 조사코의 풍모와 제스처가 재미있고 역동적인 장면을 연출한다.

겁에 질려 황망해하고, 직설적으로 표현하지 못하면서도 선선히 받아들이지도 못하는 소심함 때문에 이중적인 태도를 보이고, 어수룩해 당하기만 하는 모습, 세속적 욕망을 감추지 못하는 치기와 순진함 등이 열등한 자의 실수에 대한 우월적 감정에서의 웃음, 부산하고 역동적인 움직임으로 인한 장면의 역동성, 그리고 개성적인 캐릭터가 주는 흥미로움을 만들어 내고 있다.

2) up close and nearly personal

조사코는 팔레스타인을 첫 대면하고 본격적인 취재에 들어가면서 자신의 자세를 다잡으며 여러 단상들을 펼쳐 보이는데, 그 중 자신의 취재자세에 대한 근본적인 생각을 드러낸 말을 한다. '업 클로즈 앤 니얼리 퍼스널'('up close and nearly personal')인데, 이 말은 '직접 참여하여, 몸소 참여하여'라는 뜻이다. 로버트 레드포드와 미셸 파이퍼 주연의 영화 <업클로즈 앤 퍼스널>이란 영화에 빗대어 농담식으로 표현한 것으로, '거의(nearly)' 퍼스널 이라는 건 미국인인 자신이 팔레스타인 사람의 고통을 직접 체험하지 않는다는 뜻이다.

조사코는 A)와 B)에서 '진실'을 본다는 것의 의미에 대해 매우 직설적이고 단정적으로 자신의 견해를 드러낸다. 그의 어수룩하고 소심하며 내성적인 평소의 태도와 사뭇 다른 경우인데, 그만큼 자신의 주장에 대한 강한 소신을 드러내 보인 셈이다. 가자지구의 팔레스타인 난민촌을 취재하기 시작하면서 그의 취재관을 단적으로 드러냈다 할 수 있는데, 그것은 좀더 확대하여 말하면 다큐멘터리의 진실성에 대한 그의 입장

과 상통하는 것이다.

B)에서 조사코는 말한다. 당신이 설령 중립적이라 생각할 수 있는 UNRWA(UN 팔레스타인 난민기구)에 도움을 요청해 그들의 안내를 따라 팔레스타인 난민촌을 돌아보게 된다면 '오물'과 '이스라엘 군인' 뿐만 아니라, UNRWA의 알뜰한 배려가 담긴 부흥센터(팔레스타인 농아들이 말하기를 배우도록 설립된 자선기관)를 보게 될 텐데 틀림없이 이미 뽑혀져 있는 특출난 '스타학생'의 놀라운 성과를 보게 될 것이고, 그 결과 '여기 희망이 보이지 않습니까'라는 UNRWA의 소망적 사고에 침윤될 것이라는 것이다.

이스라엘이나 팔레스타인은 말할 것도 없고, 우리가 이들로부터 중립적이라고 통상적으로 생각하는 UNRWA조차 자신들이 팔레스타인 난민촌에서 이룩한 성과를 두드러지게 보이려는 욕망에 사로잡혀 있으니, 특정의 단체나 기관 그리고 인종, 국가에는 특정의 정파적 입장과 시각이 태생적으로 배태되어 있고, 우리가 그들의 입장과 시각에 따라 세상을 보게 되는 순간 진실 달리 말해 다큐멘터리의 진실성은 사라지고 말 것이라는 주장이다. 특히 이런 반성적 사고는 우리가 통상적으로 진실, 객관이라 평가하는 통념에 더욱 필요하다는 지적이다.

그래서 조사코는 B)에서 말한다. '난민촌을 제대로 살펴보고 싶으면' '혼자 가는게 좋다', '그들에게 사진을 찍고 싶다', '난민들과 이야기 하고 싶다고 말하라', '잠깐 둘러 보고 싶다면 언제든지 세워달라고 말하라' 라고 매우 직설적으로 충고한다. 만화의 언어가 갖는 간결성, 평이성 등에 걸맞게 소박하게 표현되어 있지만 그 함의는 다층적이고 중요한 의미를 담고 있다.

실상을 들여다보려면, 피회견자의 진술한 증언을 들으려면 회견자와 피회견자 사이에 개인적 친분과 신뢰가 전제되어야 한다는 것이다. 팔레스타인들이 증언을 하다가 불쑥 내뱉는 '대체 당신이 여기 앉아설랑 그런 걸 끄적여 나아지는게 뭐요?'에서는 증언의 정치적 실효성에 대한 불신이, '지난 번에 기자들 앞에서 그 이야기를 했다가 2년 동안 감옥에서 있었습니다'에서는 비밀이 누설되어 처벌받는데 대한 공포 달리말해 정치적 음모에 대한 공포가 깔려 있다.

그러니 증언의 정치적 실효성에 대한 불신이나 정치적 음모에 대한 공포라는 치명적인 장벽을 거세하고 팔레스타인의 진실을 밝히려면 그들의 솔직한 증언을 이끌어 내기 위한 믿음이 있어야 할 터인데, 그것이 바로 회견자와 피회견자 사이의 개인적인 친분과 믿음이라는 것이다.

동시에 팔레스타인들이 자신들의 치부라 여겨 말하기를 꺼리는 그래서 숨겨진 진실로 남게 되는 문제 역시 그 해결의 열쇠는 개인적인 친분과 믿음이다. 팔레스타인들의 삶에 대한 진실을 모두 담으려는 의도라면 팔레스타인들의 정치적, 문화적 결함 역시 적나라하게 드러내는 것이 필요할 터인데, 그런 진실의 토로는 결코 쉽지 않은 일이며, 문자 그대로 참회와 자책, 그리고 자괴감이 담긴 고백이 될 터이다. 그래서 아픔을 공유할 수 있다는 믿음이 전제된 관계가 필요한 것이고, 그 관계의 장 위에 팔레스타인의 치명적 치부가 드러난다.

『팔레스타인』에서 그려진 팔레스타인들의 치부가 '치명적'이라 부를 수 있는 이유는 팔레스타인들이 이스라엘을 향해 던졌던 근본적인 분노와 항의에 그 맥이 닿기 때문이다. 즉 이스라엘의 폭력성과 인권의 무시에 대한 고발이 놀랍게도 자신들의 삶에도 드리워진 사실 때문이다. 『팔레스타인』에서 그려진 팔레스타인의 치부란 '여성의 열악한 인권'과 '동족간의 폭력성'이다.

팔레스타인에 엄연히 존재하고 있는 남존여비의 현실, 억압적인 부권과 함께 팔레스타인 내 3개의 파당 사이의 권력투쟁, 그리고 정치적 정의를 앞세운 무자비한 처결 등이 팔레스타인에 드러난 치부인데, 그것들은 한결같이 그들의 투쟁과 주장에 드리운 명분을 거스르는 것이다. 폭력적, 반인권적이라는 비판이 다시 그들의 삶속에도 드리워 있다는 오명이 가능한 것인데, 그래서 그만큼 팔레스타인들에게는 자괴적인 것이고, 감추고 싶은 치부로 남게 되는 것이다. 그러니 당연히 팔레스타인의 다큐멘터리로서의 진실성을 위해서도 팔레스타인의 열악한 삶에 대한 동조적 이해를 위해서도 솔직한 고백이 필요한 것이며, 피회견자의 숨김없고 치열한 고백은 회견자와 피회견자의 개인적 친분과 믿음이 전제되어야 가능한 것이다.

그러면 조사코를 만난 팔레스타인들이 자신의 증언의 정치적 실효성에 대한 불신과 증언이 노출되어 보복당하는 공포를 벗어던지고 어떻게 조사코에게 생생한 증언을 성심을 다해 하는가? 특히 가족과 이웃의 비참한 죽음과 피해에 대해 다시 떠올리는 고통을 감수하면서까지 증언에 임하는가? 조사코에 대해 마음의 문을 열고 믿음을 갖고 증언을 하는 이유는 무엇인가?

이제 나는 여행자 모드가 되어 다문화를 체험할 준비를 한다
나는 그녀들을 이해할 수 없었다. 우리는 역시 다른 세계 사람인가보다. 나는 모르겠다. 무엇을 믿는다는 것하고 … 믿고 싶다는 것하고의 차이를 말이다.

"우리는 동물로 전락한 기분이었습니다." 유수프가 말했다. 그리고 그는 내가 이미 다른 수형 경험자들에게 들었던 몇 가지 악조건을 열거했다. 사막지역의 극단적인 일교차, 벌레들, 절대적으로 부족한 물 공급 때문에 식수로밖에 물을 쓸 수 없는 상황, 무미건조하고 영양 균형이 무시된 식사, 항상 같은 옷, 의료시설은 거의 없고 … 말하자면 만화의 소재가 될 놀라운 이야기들이 풍부하게 있었다. 하지만, 철조망 저편에 슬픔이…'식의 이야기에 너무 빠져들지는 말자. 시간과 저항에 의해 조금씩 개선은 되었으니까. 예를 들면, 물 공급은 보다 쉬워졌고 … 필기구도 사용할 수 있게 되었고 … 신문도 들어왔다. 그리고 91년 10월 (안사르Ⅲ 감옥이 세워진 지 3년 반이 지난 후였다)에는 정기 가족면회도 가능해졌다. 하지만 그 동안 인티파타 검거자들이 급증했기 때문에 감옥도 계속 확장됐다.

조사코는 말한다. 자신은 '여행자 모드'가 되어 '체험'하고 싶다고 말한다. 그는 냉철한 비판자나 엄정한 관찰자로서 팔레스타인들을 접하지 않는다. 그는 '체험'에 걸맞게 호기심을 갖고 팔레스타인을 겪으며 자신이 직접 경험하는 즐거움을 누리려 한다. 그래서 팔레스타인의 집에 며칠씩 묵으며, 그들이 그들 방식대로 벌이는 파티에 몸을 흔들며 함께 참여하고, 그들이 가자는 곳 어디라도 그들의 행보 그대로 쫓아다닌다.

특히 조사코는 자신이 체험한 문화에 대해서는 이해와 적응이 놀라울 정도로 빠르고 수용적인데, 그의 그런 태도는 천성적이라 부를 만큼 자연스럽고 지속적이다. 도저히 수용할 수 없을 것 같은 문화적 충격에도 그는 곧잘 적응하며, 받아들이는데 가식적인 작위가 없다. 때로 그런 적응력은 그냥 견뎌내는 참을성을 넘어 팔레스타인의 문화와 일상에 만족감을 느끼기까지 한다. 일례로 사명감을 갖고 영어를 가르치러 팔레스타인에 온 미국인 래리조차도 팔레스타인의 난민촌에 대해서는 '나 거기서 이틀 이상을 지내지 못해요. 정말 끔찍한 일이죠' 라고 말하는데 반해 조사코는 가이드 사메의 집에서 세찬 비와 바람이 집안으로 들이치는 것을 경험했으면서도 일순간 소박하게 장식된 실내를 보고

'나는 원래 이곳을 불편하게 여겼지만 알고 보니 이처럼 편하고 운치 있는 곳도 드물었다'라고 말할 정도이다.

동시에 그들의 증언에 대해서는 늘 인내심을 갖고 경청한다. 판단을 유보하고 놀랄만한 참을성으로 그들의 토로와 푸념을 묵묵히 들어주며, 평범한 일상처럼 느끼고 받아들인다. 예민한 정치적 화제까지도 증언자와 마주 선 그의 태도에는 정치적 입장에 따른 반응보다는 오랜 지인을 대하는 듯한 평상적이고 일상적인 행동이나 반응이 앞선다. 큰 소리에 깜짝 놀라고 그들이 내주는 설탕물의 맛에 온 신경을 곤두세우며, 그들의 외모와 행동에 감각적으로 반응한다.

바로 그러한 일상적 차원의 반응과 처세가 팔레스타인들로 하여금 조사코를 이방인으로서 혹은 관찰자나 평가자로서 낯설게 대하도록 만드는 것이 아니라, 늘 일상적 차원에서 부대껴야 하는 평범한 이웃처럼

느끼도록 만들고 있으며, 팔레스타인들이 조사코에 대해 느끼는 친근함이나 믿음 역시 그런 조사코의 처신과 반응에서 오는 것이다. 늘 험악한 팔레스타인들의 현실 속에서도 어쩔 수 없이 삶을 영위해야 하는, 달리말해 가혹한 폭력적 상황에서도 일상적 삶을 영위해야 하는 팔레스타인들로서는 오히려 심각한 정치적 증언 속에서도 일상적, 평상적 태도나 관심을 보이는 조사코에 더욱 동류의식을 느꼈을 것이며, 바로 그 동류의식이 친근감과 믿음의 바탕이 되었던 것이다.

3) 설명자막, 프레임, 샷

(1) 설명자막

『팔레스타인』의 2장 '썩 나오쇼, 의사 양반'의 5절 '나를 기억해 줘요'는 만화의 한 칸에 설명자막이 삽입돼 있는 형식이라기보다는 설명자막이 소설의 지문처럼 이야기를 주도해 나가고, 그림이 삽화처럼 삽입된 형식이다. 문자 그대로 그래픽 노블에서 방점이 '노블'에 놓여 있는 셈이다.

『팔레스타인』이 설명자막이 빈번하고 글의 양이 별나게 많은 점은 전편에 걸쳐 지속적으로 드러나는 사실이지만, '나를 기억해줘요' 절은 『팔레스타인』이 택한 만화라는 매체의 특성에 비추어볼 때 대단히 모험적인 시도라 하겠다. 조사코는 '만화는 시각적 매체이다'라는 주장을 여러 번 반복하는데, 그의 그런 인식에 비추어보면 더욱 도전적인 시도라 하겠다. 스산하고 폐허 같은 낯 선 풍경, 자극적이고 폭력적이며 역동적인 스펙터클, 자극적인 진술과 기묘하게 어우러지는 증언자들의 표정, 이 모든 그림들의 현란한 전개를 밀쳐두고 소설의 지문처럼 글로 압도된 설명자막을 내세울 시도가 가능했는가? 바로 그 비결은 그런 설명자막 속에 담겨진 서사적 전략 속에 숨어 있다. 그 구체적 예들을 보자.

(1)

'우리는 저 변경지대에 사는 무일푼의 사람들을 잘 달래야 할 것이다. 그들이 과도기의 국가에서는 일자리를 구하되, 우리의 새로운 조국에서는 발을 붙이지 못하게 해야 한다' '이제 팔레스타인 아랍인들은 한 가지밖에 할 일이 없소. 도망치는 것이지'
'스스로 팔레스타인 사람이라고 인식하는 사람들이 있는 상황에서 우리가 나타나서 그들의 나라를 뺏지는 않았다. 그런 민족은 존재하지 않았다'

1948년 시온주의가 태동되는 시기의 역사적 사실을 짚어보는 대목을 보면 그 해설의 축은 시온주의자 리더들의 사고와 언어에 배어 있는 맹신적 이데올로기를 볼 수 있는데, 인터뷰 기사를 원용하는 방식을 통해 육성적 실제감을 통한 충격성을 강화하며, 동시에 음모론적 시각이 주는 긴장감을 활용하고 있다.

(2)

> "여섯 채의 집이 다이너마이트로 산산조각이 났죠." 마침내 아부 아크람이 정리를 했다. "그 중 하나는 제 친구의 집이었습니다. 그는 푸주간을 하고 있었고 부자였어요. 그의 집에 살던 사람이 모두 열 한명이었는데, 한 시간 내로 집을 비우라는 명령을 받았죠." 그 푸주간 주인은 어떤 음모의 공모자로 지목되었다. 그런데 그들은 푸주간 주인에게 눈감아 주는 대신 더 위험하게 여겨지던 다른 공모자 둘을 죽이라는 지시를 했다. 그는 두 동지를 죽였다. 하지만 이스라엘 정부는 그에게 종신형을 선고하고 그의 집을 부숴버렸다. 그 밖에 다섯 명의 공모자들이 발라타에서 살해되었다고 한다.

  이 설명자막의 경우는 지문과 대사가 동원된 한 편의 소설적 서사와 흡사한 형식을 띠는데, 한걸음 더 나아가 사건의 전개를 보면 <혐의를 벗겨준다는 미끼로 동료를 살해하라는 음모를 꾸미고, 그 제안에 따라 푸주간 주인이 동료를 살해하자, 다시 자신들의 의도대로 살인을 한 용의자를 배신하여 종신형을 선고하는> 사건이 전개되니 음모와 반전이 거듭되는 극적인 사건전개가 담보된 온전한 서사적 사건전개라 하겠다. 그런 서사적 구성에 힘입어 팔레스타인에서는 일상사가 된 비극적 현실이 긴 분량의 설명자막에도 불구하고 흥미롭게 다가오는 것이다.[7]

---

7) 설명자막을 한 편의 서사물처럼 구성하는 방식은 통금에 묶여 지루한 시간을 보내는 팔레스타인들이 영화 <델타포스>를 보는 장면에서도 등장한다.

(3)

> 밖으로 나온 우리는 '그린 카드의 사나이(어제 만난 열혈 인티파타)'와 그의 친구를 만났다. 그들은 우리를 끌고 어딘가로 가자고 했다. 왜? 그들의 짧은 영어로는 제대로 설명이 되지 않았다. 어쨌든 따라가 보기로 했다. 발라타의 큰 길에는 익숙해져 있었지만 그들은 우리를 골목길로 데려갔다. 어깨 넓이 정도로 붙어 있는 골목길은 뒷골목으로 이어졌다. 우리는 자갈을 갖고 놀고 있는 꼬마들을 지나치고 … 방향을 바꾸고, 돌아가고 … 개천을 껑충 뛰어넘고 … 이리로, 저리로, 어느 방향인지도 모르는 길을 계속 걸었다. 이따끔 그린카드의 사나이는 우리에게 멈추라는 손짓을 했다. 그리고 골목 안을 살펴보고는 따라오라는 신호를 보냈다. '경찰—위험' 그가 우리 몸을 수색하기 시작했다. 그린 카드의 사나이는 내 여권을 살펴보고, 카이로에서 쓴 영수증 내역을 보고, 항공권과 카메라도 훑어보았다. 내 노트도 빠트리지 않았다. 그는 진지하고 음산한 얼굴이었다. 내 노트에는 에어리얼 샤론과 욕실에서 인터뷰한 내용이 있었지만 그는 눈치채지 못했다. 마침내 그린 카드의 사나이는 우리가 믿을 만하다고 판단한 모양이었다. 다시 골목길을 이리 저리 빠지는 여행이 시작되었고 우리는 다시 큰 길로 나왔다 휴우…

예정에 없던 팔레스타인들과 마주치고 그들이 다짜고짜 안내하는 길을 영문도 모른 채 따라가는데, 수시로 노출을 피하기 위해 매복하듯이 몸을 숨기지만 결국은 검문을 당하게 되고 아슬아슬한 순간을 지나 위기를 넘긴다는 서사적 구성을 가진 설명자막이다. '의문의 사실 발생' – '위기' – '비밀과 위기의 풀림'의 구조이니 긴장감과 흥미로움이 앞서는데, 서사적 구성의 핵심에 극비리에 감행하는 자신의 비밀(이스라엘 수상과의 인터뷰)이 들킬 경우 잔혹한 처벌이 가해질 거라는 두려움이

자브릴은 통역을 하느라고 지쳐 있었으나 아직도 이른 밤이었으며 그는 우리를 '즐겁게 해줄' 의무가 있다고 생각하는 것 같았다. 그는 비디오를 틀었는데 처크 노리스와 리 마빈 주연의 '델타포스'였다. 이 영화는 80년대 중반의 여객기 공중 납치사건을 토대로 한 것으로 당시 미군병사 한 명이 죽었고 몇 사람이 베이루트에서 볼모로 잡혔다. 결국에는 인질이 석방되었다. 하지만 이 영화에서는 델타포스가 엔테베 작전을 방불케 하는 과감한 작전으로 인질들을 무사히 구출하고 몇몇 팔레스타인 테러리스트들을 구둣발로 뭉개버린다. 또 미국인들은 고문에도 아랑곳하지 않고 당당하게 맞서는 것으로 묘사된 반면, 비열한 팔레스타인 테러리스트들은 자기자신이 위험하게 되자 대의고 뭐고 꽁무니를 빼버린다. 자브릴과 그의 형제들은 침착하게 비디오를 보았다.

놓이니 여기서도 긴 분량의 설명자막이 불러올 수 있는 장황함이 상쇄된다.

(2) 프레임과 샷의 다양성

롱샷으로 잡은 집안풍경이 내화면처럼 들어서 있고, 익스트림 롱샷으로 잡은 난민촌 풍경이 외화면 형식으로 둘러싼 칸이다. 난민촌의 한 가정을 근접한 높은 위치에서 본 샷에서 극단적으로 멀리 그리고 높이 물러서며 잡은 샷으로 이동함과 동시에, 비좁은 공간에 갇혀 사는 팔레스타인들과 도랑과 길이 넓혀져 있는 팔레스타인 난민촌 전경이 대조적으로 그려지며 팔레스타인의 비극적 현실을 말해주니 '두 가지 이상의 이야기 요점을 시각적으로 연결시킬 때 활용되는 클레인 샷이라 하겠다. '밀집된 공간의 인간들' → '팔레스타인 난민촌 전체의 분위기'로

시야가 확장되는데, 팔레스타인들의 궁핍한 삶을 그리려는 목적이 그 극적 의도에 맞게 강렬하게 제시된다.

좌에서 우, 위에서 아래 칸 순서로 A, B, C, D, E

　조사코와 팔레스타인 소년이 각각 인터뷰 진행자(interviewer)와 인터뷰 대상자(interviewee)가 되어 인터뷰를 진행하는 두 사람간의 대화 장면인데, C의 외부리버스와 A,E의 내부리버스의 위치결합을 보여준다. 자연스럽게 단독으로 잡히는 인물이 더욱 주목을 받게 되는데, 무장투쟁의 필연성이나 자신이 총에 맞거나 폭행당한 사실, 그리고 부모도 자신을 자랑스럽게 생각한다는 사실 등을 담담히 말하는 팔레스타인 소년을 더욱 강조하고 있다. 특히 A와 E에서 조사코의 목소리는 보이스오버로 남는데, 그것은 그런 질문들이 얼마나 상투적이고 반복되어졌는지를 보여준다. 동시에 B와 D는 '상황 재설정샷'이 되어 두 사람이 처한 현실,

즉 팔레스타인의 폭압적 공간과 현실을 끊임없이 상기 시켜주며, B, D
에서 팔레스타인 소년의 대사를 자막처럼 처리한 것은 보이스오버가 되
어 인티파타 시절의 참상과 현재의 회한을 함께 보여 주고 있다.

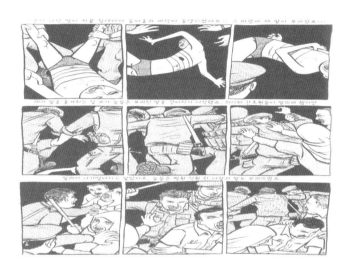

　　칸과 칸 사이의 홈통 그것도 가로로 칸 사이를 잇대어 한 팔레스타
인 소년의 진술이 자막으로 제시되는데, 그것은 "다섯 명이 저를 참대
에서 들어올려 바닥에 동댕이쳤어요 … 그 바람에 제 팔이 부러졌어요.
제가 팔을 움켜쥐는 걸 보자 놈들은 부러진 팔을 걷어차기 시작했죠.
의사와 간호원들이 말리려 했지만 밀려서 나가떨어지고 말았어요. 놈들
은 병원 직원 한 사람의 팔도 부러뜨렸죠"처럼 광기어린 폭력에 대한
증언이다. 자연히 자막과 어우러진 그림도 자극적이고 역동적인데, 여
기에서는 샷의 변화가 갑작스럽게 이루어지는 시간전환의 점프커트(점
프커트가 경우에 따라 한 장면에서 다른 장면으로 혹은 같은 장면내에서의

시간전환을 위해 사용되는)로서 커트순간의 화면을 시각적으로 매우 두드러지게 강조하는 효과를 거두고 있다.[8]

  팔레스타인이 수많은 인터뷰를 통해 증언의 다양성과 진실성을 확보한다 할 때, 증언의 생생함과 구체성을 살리면서 유사한 증언방식이 반복되는 단조로움을 피하고자, 증언자의 그림과 진술을 한 칸으로 설정하고, 그 칸을 전체 화면 속에 일부로 삽입하면서 증언 속의 가장 인상적인 장면을 구현한 그림을 전체 화면으로 제시하는 방식을 빈번하게 사용하고 있다. 중요한 진술을 여러 개의 말풍선으로 나누어 속도감을 살리면서도 사건의 전말을 모두 담아내는 완결성을 확보한다. 동시에 내장이 드러난 채 수술을 받는 충격적인 장면을 클로즈업하여 큰 화면으로 강조함으로써 긴 서술에도 불구하고 긴박감을 조성하며 폭력의

8) 다니엘 아루혼, 『영화언어의 문법』, 최하원 역, 집문당, 2002, 702.

끔찍함에 대한 자극적인 현시를 지속시키고 있다.

『팔레스타인』의 가장 뛰어난 점 중의 하나는 팔레스타인을 그리는데
있어 세밀함과 깊이 그리고 사실적 디테일과 질감과 공간감을 탁월하
게 살린 '구축샷'을 뛰어나게 잘 그렸다는 점이다. 황량하고 질척거리
며 빈곤함과 음산함이 깔린 팔레스타인의 음울한 분위기를 실감나게
그려내는 '구축샷'은 독자들의 몰입감을 최고조로 이끌고 있다. 대부분
칸의 크기를 페이지의 모서리까지 확장시킨 '블리드'로 처리하여 칸 경
계선에 묶이지 않고 글자 그대로 우리들의 세계로 '흘러들어오는' 느낌
을 만들어 줌[9]과 동시에 끝없는 시간 속에 있는 느낌이 계속 떠돌아다
니도록 만들어서, 장면 전체에 분위기나 현장감을 살려주고 있다.[10] 바

9) 스콧 맥클라우드, 『만화의 창작』, 김낙호 역, 비즈앤비즈, 2005, 163쪽.
10) 스콧 맥클라우드, 『만화의 이해』, 김낙호 역, 비즈앤비즈, 2006, 111쪽.

로 이런 자신감이 있었기에 블리드로 처리된 구축샷의 옆 홈통에 조사코의 머리에 떠오르는 온갖 단상들을 긴 호흡의 자막으로 처리할 수 있었던 것이다.

조사코가 취재를 위해 처음 이집트로 떠나는 날의 충격적인 만남을 그린 이 장면은, 낯 선 곳에 떨어진 이방인의 이질감, 혼란, 소란스러움 등을 극적으로 그리기 위해, 매우 실험적인 기법을 시도하는데, 제4의 벽도 철저히 무시되고, 구도와 크기의 실제성도 완전히 사라지며 대사나 지문도 매우 산발적으로 의미의 연결이 고려되지 않는다. 하지만 이집트의 시끌벅적함과 무질서가 서방에서 온 기자에게는 얼마나 충격적인지, 조사코가 받은 문화적 충격이 얼마나 큰지와 함께, 이집트인들이 갖는 무슬림으로서의 정체성에 깃든 혼란스러움 등이 그 새로운 기법의 실험 속에 온전히 살아나고 있다.

3. 파올로 코시의 『메즈예게른』

1915년 터키에서 아르메니아인에 대한 대학살이 벌어졌다. 20세기 최초의 조직적 대학살로 불리는 이 참극을 아르메니아인은 『메즈예게른』이라 부른다. 19세기 초 군주제 폐지를 제안하는 청년 투르크 당은 쿠데타를 일으키고 세 명의 정치인에게 독재적인 권력을 맡겼다. 1909년 봄술탄 하미드 2세를 폐위시킨 그들은 정부의 직접적인 책임을 맡았는데, 1911년 테살로니카에서 열린 비밀 회의에서 터키에 거주하는 아르메니아들을 절멸시킬 계획을 세웠다. 그 계획이 현실화 되면서 수많은 아르메니아인들이 살육되고 박해를 받았다. 파올로 코시는 이 참극을 만화 『메즈예게른』[11]을 통해 그렸는데, 『메즈예게른』은 1915년에서 1918년까지 벌어졌던 아르메니아인 학살을 강렬한 정서적 환기, 선명한 서사적 전개, 상징성이 풍부한 그림 등을 통해 성공적으로 그려냈다. 『메즈예게른』은 2009년 벨기에에서 <콩크르세―아롱상 출판부문>을 수상했다.

『메즈예게른』은 매우 강렬하고 선명한 인상을 준다. '강렬함'은 가해자의 잔혹함과 피해자의 처참함을 그들의 과장된 얼굴 표정과 거친 몸동작 그리고 상징적, 표현주의적 작화를 통해 격정성을 고조시켰기 때문에, '선명함'은 특정 인물의 삶에 나타난 대학살과 관련된 사실만을 중심으로 간결하게 그려낸 서사방식 때문에 창출된다.

『메즈예게른』은 이야기의 구체적 공간이 뚜렷하고 상세하게 제시되는 구축샷이 부재한다. 클로즈업 샷, 미디엄 샷, 롱샷 등이 다양하게 제

---

11) 파올로 코시, 『메즈예게른』, 이현정 역, 미메시스, 2011.

시되지만 칸을 채우는 것은 늘 인물뿐이다. 배경은 극도로 축약된 채 단순한 몇 개의 선화만으로 완성되며, 사건이 벌어지는 장소의 공간감 만을 구축해 주는 소도구 정도의 역할에 머무른다. 따라서 인물들이 펼치는 삶의 극적 파노라마만이 선명하게 구축된다.

가해자의 잔혹성, 피해자의 공포감, 간접적인 관여자들의 분노감 등이 뚜렷하고 과장된 형태로 극화되는데, 늘 클로즈업 된 강렬한 얼굴표정과 미디엄 샷과 롱샷으로 제시된 충격적인 몸짓으로 나타난다. 악인들의 잔혹한 눈빛과 교만한 웃음은 소름끼치는 그 과장적 형태로 인해 전율을 가져오며, 피해자들의 커진 동공과 핼쑥한 볼은 예외 없이 강조되어 공포감을 한껏 조장한다.

특히 집단적 광기 속에서 벌어지는 폭력의 참혹성과 상상하기 힘든 폭력성의 불가해함은 일반적인 작화로는 표현이 힘들 정도여서 흔히 몽환적, 괴기적 분위기를 연출하는 상징적, 표현주의적 작화로 연출되

곤 한다. 우리의 일상적 삶이 벌어지는 세계에서는 도저히 상상하기 힘든 충격적 사실들이기에 그 불가해함과 충격성을 강조하기 위해 변형되고 추상적이며 꼴라주 형태의 상징적, 표현주의적 그림들이 등장하는 것이다.

　동시에 상기의 그림에서 볼 수 있듯이 아르메니아인들에 대한 잔혹한 살상행위의 현실성을 담보하기 위해 사진을 이용하는 경우가 있는데, 이 경우도 상징적, 표현주의적 작화를 더해 특정의 분위기와 정서를 차별적으로 강조하는 전략을 취하고 있다. 사진을 그대로 전사할 경우 우리의 시선이 시간이 흐를수록 모든 디테일에까지 미치는 것을 감안해, 사진의 명징한 사실성이라는 성과의 그늘 아래로 디테일 속으로 분산되는 시선의 분산을 막고자 사진에 덧씌워진 상징적, 표현주의적 작화는 목매달아 살해된 시신이나 끔찍하게 살해된 유아의 그림에서 확인할 수 있듯이 밧줄에 걸린 한 인간의 온 몸의 무게나 유아의 고통

스런 마지막 순간의 얼굴표정을 두드러지게 강조함으로써 끔찍한 폭력의 가혹함과 고통의 무게를 극적으로 전하고 있다.

다음으로 『메즈예게른』이 매우 뚜렷한 서사를 갖고 있다는 점과 관련된 사실인데, 아람, 무라트, 소나, 니콜라이 등의 중심인물이 벌이는 삶의 극적 전개가 매우 뚜렷한 서사적 골격을 갖추고 있다는 것이다. 이들 중심인물들과 이들이 벌이는 사건들은 물론 역사적 개연성을 갖고 있지만 실존인물과 사건의 재현이 아니라는 점에서 평상적인 논픽션의 형태는 아니다.

아르메니아인 아람이 터키인 뮤라트를 만나 생명을 지켜주는 동지적 관계로 묶이고 급기야는 터키인 뮤라트가 아람을 지키기 위해 검문중인 터키 병사 2명을 살해한다거나, 전선에서 교전 중 수세에 몰린 아르메니아인들을 갑자기 나타난 프랑스 함선이 극적으로 구해주고, 터키인 뮤라트와 아르메니아인 여성 소나가 함께 구출되어 부부가 된다든지 하는 사건의 극적 전개는 허구적 사건이 주는 특유의 이야기의 밀도나 극성이 느껴지며, 때로는 우연성과 작위성이 느껴지기까지 한다.

하지만 그럼에도 불구하고 『메즈예게른』이 논픽션이 갖는 역사적 사실의 재현에 따른 충실한 설득력을 잃지 않는 것은 몇 가지 미덕 때문이다. 물론 집단적 광기에 따른 대량학살이 주는 자극성과 충격성이 쓰나미처럼 밀려오는 형국이라, 개연성에 대한 머뭇거림은 지극히 소소하거나 사치스러운 것으로 쓸려가버릴 모양새가 된 것이니, 『메즈예게른』의 극적 서사는 어지간히 우연성과 작위성을 넘나들어도 큰 표가 안날 판이다.

그러나 더욱 중요한 것은 『메즈예게른』이 허구적 사건의 극적 전개

의 모양새가 갖추어 질 때마다 『메즈예게른』 전편에 깔린 논픽션 특유
의 역사적 사실의 재현성을 잃지 않기 위해 항상 특별한 전략을 보인다
는 점이다.

62 A

63 B

65 C

A)의 예에서 볼 수 있듯이 특정 사건에 대한 서사적 전개를 갑작스럽게 단절하고 다른 중요한 장면으로 전환하여 개연성의 생략이 갖는 의문을 차단해 버리다든지, B)의 예에서 볼 수 있는 것처럼 회고적 진술로 '벌어졌던 즉 이미 실재하였던 과거'로 규정해버리거나 편지가 주는 내밀함 혹은 그것에 기댄 진실성의 환영을 창출하는 방식이다. 아울러 C)의 경우처럼 전투에서 일방적으로 수세에 몰린 아르메니아인들이 갑자기 그리고 우연히 나타난 프랑스 군함에 의해 구원된다는 껄끄러운 우연성을 해결하는 방식을 보면 프랑스 군함의 출현에서 아르메니아인의 구조에 이르는 신(scene)을 이루는 각 칸의 샷 중간에 돌연 파도가 치는 해안가와 날갯짓을 하며 멀리나는 새가 어우러진 이질적인 그림과 함께 '귀샹이라는 이름의 배가 나타났다. 예고된 종말을 피해 달아나는 새의 날개처럼'에서 볼 수 있듯이 비유와 시적 상상력의 세계로

비상하는 설명자막으로 된 샷을 삽입함으로써 페이드인－아웃 효과를 보이는 돌연하지만 자연스러운 장면전환 달리말해 우연성의 탈각효과를 노리고 있다.

제 5 장

애니메이션과 에듀테인먼트

― 공포, 엽기, 모험, 음모의 세계와 에듀테인먼트

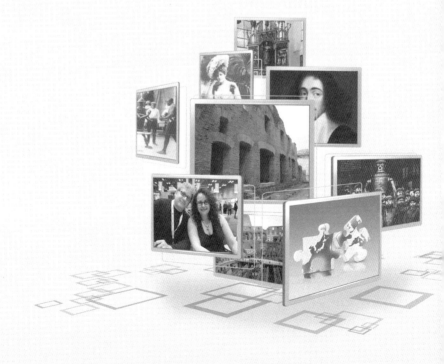

애니메이션과 에듀테인먼트

- 공포, 엽기, 모험, 음모의 세계와 에듀테인먼트

1. 공포와 엽기, 에듀테인먼트 -『Horrible Histories』

Scolastic 사의 『Horrible Histories』 시리즈[1]는 역사적 지식을 재미있는 스토리가 담긴 애니메이션으로 전달하는 에듀테인먼트(edutainment= education 교육+entertainment 오락)이다. 스티치와 모가 현실에서 부딪치는 어려움에 대한 해법을 찾고자 시간여행을 통해 과거를 경험한 뒤 현

---

[1] Tamar Simon Hoffs, 『Horrible histories』, Scholastic Inc., 2011.
『Horrible Histories』는 책, 잡지, 오디오 북, 무대 쇼, TV 쇼 등을 포함한 여러 미디어를 포괄한다. Horrible Histories book series(1993) · Horrible Histories TV series(2001) · Horrible Histories TV series(2009) · Gory Games(2011)
2010년 영국 인터랙티브 미디어 협회상, 2010년 PromaxBDA 수상, 2011년 PROMAX 영국 수상, 2012년 유로 비전 쇼케이스 수상 등을 수상하였다.

실로 복귀한다는 서사구조가 반복된다. 이 과정에서 고대로부터 근세에 이르는 역사적 사실이 그려지고, 그 역사적 사실에 담긴 의미가 전달된다. 아동을 위한 에듀테인먼트라는 성격에 맞춰 특정한 역사적 시기의 역사적 사실이나 인물에 대해 가장 핵심적인 사실과 의미를 간결하게 그려내고 있다. 물론 지식의 흥미로운 전달이라는 목적에 맞춰 '재미'라는 틀 속에 온전히 녹아든 지식의 전달방식이 매우 중요한 시사점과 교훈을 준다. 앞으로도 여전히 개인적, 국가적 경쟁력은 중요할 것이기에, 지식전수나 교육을 '재미를 중시하는 신세대의 정서'나 '멀티미디어 기술의 발전'이라는 시대적 변화에 맞추려면 『Horrible Histories』같은 성공적인 에듀테인먼트가 던져주는 의미와 전략은 매우 중요한 탐구대상이라 하겠다.

『Horrible Histories』, 시간여행(좌)을 거쳐 역사의 특정시기로 모험여행(우)을 떠나는 서사구조

논점 편명	시대	역사적 교훈	공포	엽기	역사 시간 여행의 계기
못된 튜터왕조 이야기	1558년 튜터왕조 시대	엘리자베스 여왕의 리더십	▸헨리 8세의 왕후 처형	▸오물지천 의 세계 ▸변기를 모자로 사용 ▸토끼 스튜	축구 팀 리더 자리를 지키기 위한 해법 찾기

				・비소와 납을 화장품으로 사용	
무서운 바이킹 이야기	1000년경 바이킹 시대	바이킹의 탐험가적 면모	・바이킹 지도자 에릭 더 레드의 살인 ・바이킹의 잔혹한 형벌	・망아지의 사투를 즐김	역사 과제를 두고 벌어진 경쟁에서 이기는 법 찾기
타락한 로마인 이야기	BC 44년 로마 시대	로마시대 시저와 위정자들의 권력욕	・로마 군대의 잔혹한 군율 ・가정 내에서의 가혹한 체벌	・동물의 뇌요리 같은 인간의 탐욕이 담긴 음식 탐닉 ・구토하며 음식을 탐닉하는 식습관	학생회장 선거에서 이기는 법과 시저의 부츠에 담긴 비밀 찾기
중세 암흑시대 이야기	1215년 영국 존 왕 시대	마그나 카르타에 담긴 민권투쟁	・지배계층 의 가혹한 착취 ・전염병의 창궐	・오물투성 이의 세계 ・죽음에도 세금 부과	권리의 진정한 의미 찾기
놀라운 아즈텍 문명 이야기	1520년 아즈텍 왕국 시대	아즈텍 왕국의 몰락과 미신숭배	・인간 제물과 심장 절제	・인간풍차 형식의 블라도르 의식	지구의 날 포스터 그리기 대회에서 이기는 법과 미신의 위험에 대한 교훈 찾기

1) 시간여행의 계기와 몰입

『Horrible Histories』에서 매 편마다 반복되는 기본적인 서사구조는 현재-과거-현재의 이야기 진행이다. 현재의 학교생활에서 부딪히는 문제가 발생한 후, 그 문제에 대한 해결의 실마리를 찾고자 과거의 특정 역사시기로 시간여행을 떠나 해법과 교훈을 갖고 다시 현재로 돌아온다는 서사구조를 갖는다. 그런데 이 과정에서 『Horrible Histories』가 역사적 지식을 재미있게 전달하려는 에듀테인먼트임을 감안해 본다면, 역시 가장 중요한 관건은 감상자들이 흥미를 갖고 특정 역사 시기로의 여행에 동참하여 역사적 탐구 즉 역사 지식의 습득에 적극적으로 참여하는 것이 될 것이다. 그러려면 특정 역사시기로의 시간여행에는 아동들의 호기심과 몰입을 불러올 적절한 계기가 주어져야 한다. 이 점은 아동들의 욕구와 정서를 정확히 반영해야 한다는 말과 동궤일 터인데, 그 점에서 『Horrible Histories』는 매우 성공적이다.

상기의 표에서 수확인할 있듯이 스티치와 모가 부딪히는 학교생활에서의 문제란 아동들의 입장에서는 가장 절실하고 중요하면서도 보편적인 문제들이다. 이 점에서 공감도가 크다 하겠는데, 이것들은 크게 보아 세 가지 축으로 구성된다.

시간여행의 계기 중 가장 흔한 경우가 라이벌과의 경쟁에서 이기기이다. 학교생활 중 운동부나 학생회에서의 리더 자리를 두고 혹은 과제 발표에서의 평가를 두고 벌어지는 경쟁에서 이기기 위한 승리의 비결과 방법을 찾으려는 욕구와 맞물린 경우이다. 자연스럽게 감상자들이 일상의 생활 특히 학교생활에서 마주치는 가장 절박한 문제인 셈이라 시간여행을 통해 얻으려는 승리의 해법과 비결은 초미의 관심사가 된

다. 특히 스티치와 모의 라이벌인 대런 동글이 인격적으로 결함 있는 인물로 그려지니, 경쟁에서 이겨야 한다는 경쟁심은 도덕적 권위까지 얹히는 셈이라 한층 절박하다 하겠다. 그만큼 승리의 비결을 찾으려는 시간여행에 대한 몰입은 극대화 되는 셈이고, 그 몰입에 힘입어 지식의 전달은 수월해 지는 셈이다.

두 번째로 들 수 있는 시간여행의 계기는 금기의 위반에 대한 징벌이라는 유년의 강력한 정서적 충격에 기댄 경우이다. 「중세 암흑시대 이야기」 편이나 「놀라운 아즈텍 문명 이야기」 편에서 볼 수 있듯이, 아동들이 자신의 욕구나 의지대로 벌였던 일들 때문에 받았던 제재에 대한 두려움에 편승한 셈이다. 자신들의 행동이나 사고가 특별한 잘못이라 생각되지 않고, 때로는 자신들의 당연한 권리라 여겼던 것이어서, 징벌이나 제재를 받는 한편에는 늘 억울함과 분노라는 강력한 정서적 반향이 남았던 것들이다. 그만큼 그런 화두에 대한 언급은 아동들의 집중적인 관심을 일으키게 되는데, 문면에 등장하는 해설자의 경고적 언술 — '그게 억압이라고? 중세 영국을 생각해 보자. 그 땐 더러울 수밖에 없었어. 그런데 네 권리? 어디 보자', '현실 감각이 필요하겠다. 고대 멕시코의 아즈텍 사람들이 미신을 믿다가 어떻게 됐는지 봐' — 은 금기의 위반에 대한 징벌이라는 익숙한 경험에서 오는 공포심과 맞물리면서 시간여행에 대한 주시 혹은 몰입을 이끄는 것이다.

세 번째로 의문의 비밀을 유발하는 형식이다. 「타락한 로마인 이야기」 편을 보면, 악행을 일삼는 대런 동글이 학생회장을 뽑는 선거에 의도적으로 빨간 부츠를 신고 나오는데, 상징적인 의도를 담고 있다는 점에서 숨은 비밀이 담긴 것이고, 학생회장 자리를 두고 치열한 경쟁을 벌이는 중이라 스티치와 모는 그 숨은 비밀을 푸는 데 강한 집착을 보인다. 자연스럽게 시간여행은 빨간 부츠가 담고 있는 숨은 비밀을 푸는 목적으로 진행되니, 숨은 비밀과 관련하여 로마시대의 시저가 신은 빨간 부츠의 목적이 밝혀질 때까지 감상자는 전적으로 이야기에 몰입하게 된다. 흔히 추리물의 형식 그대로 '의문의 비밀발생' – '사건조사' – '의외의 비밀 폭로'라는 구조를 밟게 되는데, 시간여행은 '사건조사'에 해당되고 시저의 빨간 부츠가 담고 있는 비밀이 밝혀지는 순간은 '의외의 비밀폭로' 장면이 되는 셈이다. 당연히 시간여행 속에서 전달되는 지식은 추리물 형식이 주는 긴장감과 흥미 속에서 전달되는 셈이다.

2) 공포와 엽기

「Horrible Histories」에서의 'Horrible'이 암시하는 것처럼 「Horrible Histories」는 공포와 엽기라는 정서를 바탕에 깔고 있다. 폭력과 죽음에

〈공포와 엽기의 세계〉

대한 공포와 함께 오물과 기행이 범벅이 된 엽기가 늘 시간여행 속의 역사탐험에 주조가 되고 있다.

헨리 8세의 잔인한 왕후 처형, 바이킹의 잔혹한 살인과 형벌, 로마군대의 잔혹한 군율, 로마시대 가정 내에서의 가혹한 체벌, 영국 존왕 시대 지배층의 가혹한 착취, 전염병의 창궐, 인간제물 등 폭력과 죽음의 그림자가 늘 전편에 깔리며, 동시에 오물 천지의 세계, 비소와 납 같은 인체에 치명적 독의 일상적 사용, 구토와 폭식을 반복하는 로마시대

식습관, 아즈텍 시대의 인간풍차 형벌 등과 같은 엽기의 세계가 지속적으로 펼쳐진다.

『Horrible Histories』가 공포와 엽기에 주목하는 것은 두 가지 사실과 관련이 있다. 첫째는 에듀테인먼트로서의 흥미를 위한 서사전략이기도 하고, 둘째는 지식전달과 관련된 교육적 관점에서의 새로운 지식의 탐구 및 새로운 세계관(역사관)의 정립이다.

첫 번째 사실과 관련해서 시간여행 속에 펼쳐지는 역사적 사건의 전개, 달리말해 서사의 진행 속에는 늘 공포와 엽기가 산재해 있어 긴장감과 자극성을 만들고 있다. 잔혹성과 혐오감, 폭력과 기행은 생래적으로 느슨함이나 지루함과는 어우러질 수 없는 것이고, 온 신경을 곤두세운 채 집중하고 반응하게 만든다. 역사적 인물을 관찰하는 경우도 그들의 품성과 역사적 행위가 만들어 내는 공포 때문에 인물이나 정책 그리고 역사적 사건들에서 문자 그대로 '역사적' 의미와 성격을 강렬하게 주목하게 만든다.[2]

가)
에릭 더 레드 : 너희 색슨 스파이를 처리해야겠다.

---

[2] 물론 공포가 『Horrible Histories』가 그린 특정의 역사적 시기의 역사적 사실을 객관적으로 반영한 결과라는 사실도 부인할 수 없다. 일례로 중세시대를 그린 편들에서 자주 등장하는 '참수'의 경우 참수가 그 시대의 시대적 필연성과 관련되었다는 점도 사실이다.
"푸코가 말했듯이 참수를 포함한 공개처형의 목적 중의 하나가 '권력이 죄인에게 분노를 쏟아내는 스펙터클을 통해 공포의 감정을 불러일으키는 것'인데 반해…"
Michael Foucault, Discipline and Punish: 『The Birth of the Prison』, trans. Alan Scheridan (London:Penguin, 1977), 57쪽.
김현진, 「고딕문학과 고딕적 상상력: 참수의 윤리」, 『안과 밖』 3권 0호, 2013, 14쪽에서 재인용.

해설 : 큰일 났다. 너희를 색슨이라고 생각해. 색슨 스파이는 사형이야.

스티치 : 사형? 우린 그냥 이야기 중인데?

에릭 더 레드 : 맞다. 이게 무슨 짓인가 / 폭력이 모든 걸 해결하지는 않는다.

전체 : 폭동이다! 날 죽이려고 한다.

에릭 더 레드 : 늪에 던져 넣어라!

모 : 뭐?

해설 : 두 가지 바이킹 처형 방법이 있었어. 하나는 처벌할 대상 너희가 되겠지. 대상을 타르나 유사에 던져 버리는 거야. 그러면 너희는 천천히 질식해서 죽겠지.

스티치 : 다른 방법은?

스티치, 모 : 정말?

해설 : 아니, 다른 하나는 참수형이야.

(「무서운 바이킹 이야기」편 중)

나)

신하 : 몬테주마께서는 너희들의 실력에 감탄하셨다. 많은 패배 끝에 너희가 승리를 안겨주었다. 작년에는 시즌 초반에 훌륭한 베테랑 선수들을 많이 잃긴 했지만… 하지만 열심히 해서 전국 경기에 참가할 수 있었지. 올해는 떼노츠띠뜰란이 승리할 것이! 그래 위대한 몬테주마께서 너희에게 아즈텍 최고의 영예를 수여하시겠다.

모 : 상을 받나 봐!

스티치 : 샌달 계약이라도 받나?

모 : 폭 - 아 - 톡 명예의 전당에 얼굴이 새겨지나?

신하 : 아니, 심장을 제물로 바치게 된다.

모 : 그냥 장식품을 줘도 괜찮은데. 심장을 자르는 게 좋은 것처럼 말하네.

스티치 : 그러게, 무슨 뜻이지?

해설 : 아즈텍에선 매일 그들의 신 위칠로포츠틀리에게 인간 제물을 바
쳤어. 뽑히는 건 특혜라고 생각했지.

모 : 처형 관습이 특혜라고? 그럼 여기서 벌은 뭐야? 발 마사지?

스티치 : 또 걸음아 나 살려라 시간이 돌아왔는데? 경비병들이 쫓아와!

「놀라운 아즈텍 문명 이야기」 편 중)

특히 「무서운 바이킹 이야기」 편의 가)의 장면이나 「놀라운 아즈텍
문명 이야기」편의 나)의 장면처럼 스티치와 모가 사건의 한복판에 휘말
리는 경우에서는, 공포는 스릴러의 경우처럼 중심인물의 죽음과 연결되
며 현재성을 띠는 감각적 체험으로 다가오기까지 한다. 「무서운 바이킹
이야기」 편에서는 바이킹의 우두머리인 에릭 더 레드에 의해 스티치와
모가 색슨 족의 스파이로 몰리며, 「놀라운 아즈텍 문명 이야기」 편에서
는 아즈텍의 왕 몬테주마에 의해 스티치와 모가 인신제물의 희생양으
로 지목된다. 결국 그들에게 다가온 폭력은 그들의 참혹한 죽음을 요구
하는 것이고, 그들이 겪는 사건이란 목숨을 건 사투가 될 수밖에 없는
데, 그에 따라 그들이 펼치는 시간여행 즉 역사탐험은 역동적이고도 치
열하고 긴장감이 돌 수밖에 없는 것이다.

두 번째로 주목할 사실은 『Horrible Histories』의 교육관, 역사관과 관
련된 문제로서, 에듀테인먼트로서 전하려는 지식의 범주와 내용 및 성
격과 관련된 교육관, 역사관의 문제이다. 폭력과 엽기의 관점에서 취택,
조명된 역사적 사실들은 통상적인 역사기술 특히 아동을 대상으로 한
규범적 역사기술에서는 비교적 소홀히 다루어졌던 것들이라, 새로운 역
사적 사실들에 대한 소개 혹은 그것들을 바탕으로 한 새로운 역사적 관

점의 수립에 기여하게 된다. 그 몇 예들을 보자.

가)

엘리자베스 여왕 : 왕이라면 실수를 용서할 줄 알아야 하지. 하지만 앞
　　으로 조심하도록 하라, 해링턴. 선물이 네가 말한 대로가 아니라면
　　용서는 없다. 엄중한 처벌이 내려질 것이다. 너의 심부름꾼들에게
　　도

모 : 머리가 잘리고 싶진 않아.

존 해링턴 : 여왕 폐하. 물 내리는 제이크!

엘리자베스 여왕 : 존!

스티치 : 변기?

모 : 우린 죽었다.

엘리자베스 여왕 : 선물이 아름답구나! 너에게 먼저 사용할 영광을 주겠
　　다.

궁정1 : 영광입니다, 폐하.

월터 롤리 경 : 멋지군. 나 월터 롤리만큼 위대해 내가 망토를...

존 해링턴 : 폐하, 제 선물이 모자로서도 손색이 없기는 하지만 이건
　　물 내리는 제이크입니다. 변기지요. 스스로 깨끗해지는 변기입니다.

궁정1 : 알고 있었어요! 정말로요

엘리자베스 여왕 : 그만! 존 해링턴 이 물 내리는 제이크는 어떻게 작동
　　하는가?

존 해링턴 : 폐하께서 일을 보시고 난 후 여기 손잡이를 누르시면 탱크
　　안의 물이 그릇으로 흘러 그것들을 씻어냅니다.

모 : 뭐지? 변기를 본 적 없는 사람들처럼 말하네?

해설 : 이게 세계 최초의 변기니까! 이때까지 사람들은 구멍 난 의자에
　　앉아서 볼 일을 봤어. 그러면 그것들은 구덩이로 떨어져서 일 년 내
　　내 있게 돼. 부자들은 집 안에 변소가 따로 있었어. 궁전 안에는 수

백 명의 사람이 사니까 그것들이 쌓이고 또 쌓였지. 그걸 다 치우기 위해서 여름 내내 휴가를 떠났던 거야. 물론 휴가를 가서도 변소를 이용했지! 그들이 궁전을 비운 동안 운 나쁜 사람들은 변소 구덩이를 파냈어. 그러니 물 내리는 변기야말로 영국 여왕에게 최고의 선물이지!

스티치 : 그렇게까지 자세한 설명은 필요 없었는데

엘리자베스 여왕 : 놀라운 발명이로구나. 다시 궁정 출입을 허락한다. 오늘 밤 널 위해 연회를 열겠다.

(「못된 튜터 왕조 이야기」 편 중)

나)

할머니 : 내가 병에 걸렸다고 생각하는군.

해설 : 중세의 전염병은 심각했어. 아무도 안전하지 못했지.

모 : 이게 체험 학습이야?

스티치 : 살균 비누를 좀 써봐요

할머니 : 비누? 미쳤어? 눈이 먼다고! 역겨워! 게다가 세금도 붙어!

모 : 역겨워? 나도 그렇게 생각해본 적은 없는데.

해설 : 중세에 안 살아봤으니까. 중세의 비누는 양잿물과 재와 동물 지방으로 만들었어. 양잿물은 화상을 입히거나 피부를 트게 했어. 하지만 어쨌거나 목욕은 잘 안했으니까.

모 : 밥 먹기 전엔 안 씻어?

스티치 : 안 씻었어, 그래서 병균이 빨리 퍼진 거고, 젊은 나이에 죽은 사람이 많은 거고

해설 : 그래, 스티치

스티치 : 저게 전염병을 퍼뜨린 거야.

해실 : 일단, 가리키는 건 예의에 어긋나. 둘째, 쥐가 페스트를 퍼뜨렸다는 건 잘못된 속설이야. 사실 쥐에 있는 벼룩 때문이었지.

모 : 안 씻고, 더럽고, 병균에… 이런 걸 좋다고 했다니. 이게 최악인 거지?

(「중세 암흑시대 이야기」 편 중)

다)

해설 : 설명이 좀 필요하겠구나. 아즈텍 전설에 따르면 고대 신들은 테오티우아칸이라는 신들의 장소에서 만나. 캄캄한 곳이지. 신들은 태양을 원했는데 태양을 얻으려면 신 하나가 불길에 뛰어들어야 했어. 현명한 신 나나우아친이 불로 뛰어들어 태양이 되었는데 어째서인지 움직이지 않는 거야. 나나우아친은 다른 신들도 목숨을 바치라고 했어. 그래서 신들은 깃털이 난 뱀 신인 케찰코아틀에게 가서 심장을 꺼내주었지. 초기 아즈텍 사람들은 신들도 태양을 움직이게 하기 위해 심장을 바쳤다면 인간도 똑같이 해야 한다고 여겼어. 그래서 인간 제물을 바치는 거지.

스티치 : 이유는 선하네.

모 : 말도 안 돼. 태양은 원래 안 움직여 지구가 움직이지! 기초 과학이잖아!

해설 : 고대 종교를 무시하는 건 시간 여행에선 금물이야.

메자 : 기초 과학?

모 : 아니요. 저는 거인이 태양을 던져야 움직이는 건 줄 알았어요.

메자 : 아니야. 거인들은 홍수 때 다 죽었어. 너희는 학교도 안다니니?

스티치 : 이해가 안 돼요, 메자. 태양이 움직이는 게 그렇게 중요하다면 우리를 왜 신고하지 않죠?

메자 : 너희를 희생하는 건 실수야. 너희는 도망쳤잖아. 약한 심장을 바치면 태양이 더 느려질 거야!

(「놀라운 아즈텍 문명 이야기」 편 중)

가)는 엘리자베스 1세 시대에 존 엘링턴이 세계 최초로 발명한 변기를 두고 벌어지는 사건을 그린 것이다. 「못된 튜터 왕조」 편의 서두에서부터 오물로 덮인 영국의 분위기를 강조한 것에서 드러나듯, 하수처리가 전혀 없는 16세기 영국에서 오물 혹은 오물로 덮인 거주지가 영국인들의 삶에 끼친 결정적 영향을 보여 주고 다른 한편으로 변기의 발명이 갖는 중요한 역사적 의미를 돌아보게 만든다. 오물의 정화를 위해 왕을 비롯한 궁정의 모든 사람들이 여름 내내 피신을 떠나야 했던 사정이나 변기의 발명을 두고 왕을 비롯한 대신들이 그 심대한 가치를 선선히 인정하는 풍경 속에는 이 시기 역사를 돌아보는데 가장 중요한 점 중의 하나가 무엇인지를 여실히 깨닫게 한다. 그간 엽기의 세계, 일상의 세계라 치부되어 역사적 논의에서 비켜서 있던 사실들이 새롭고 의미 있게 평가되는 대목이며, 이 시기 역사적 사실들을 돌아볼 때 중요한 지식이 무엇인지에 대한 새로운 시각을 제공한다.[3]

나)는 중세를 암흑시대라 부를 수 있는 중요한 관점의 하나가 무엇인지를 깨닫게 하는데, 흔히 인간중심적 사고의 쇠퇴나 계속된 전쟁으로 인한 민생의 피폐라는 관점 외에도 '위생'이 이 시대에 갖는 치명적, 결정적 의미를 돌아보게 한다. 질병으로 인해 외형상 엽기적인 모습으로 변해버린 캐릭터의 극적인 묘사와 어우러지면서, 이야기는 중세에 4년

---

3) 엽기는 폭력성과 유머 감각을 동시에 드러낼 수 있는 기제라는 점 역시 주목해야 하는데, 이 점은 동물의 뇌요리 같은 음식을 탐닉하거나 구토하며 음식을 탐닉하는 식습관에서처럼 인간의 폭력성과 기행의 역사를 드러낸다는 점과 함께 엽기가 현대사회의 폭력성과 유머감각을 동시에 드러내는 코드라는 점에서 공감도가 크다는 점과 관련된다.
최성민, 「그로테스크와 엽기의 주제사」, 『현대문학이론연구』 39권 0호. 2009, 12, 287쪽.

동안 지속되며 유럽인구의 3분의 1인 2500만 명을 몰살시킨 흑사병의 창궐이 보여주듯, 중세시대에 질병의 범람과 그 저변에 깔린 위생의 문제가 얼마나 중요한 삶의 문제이자 역사적 문제인지를 심각하고 생생하게 증언한다. 현대인의 시각에서 너무도 당연하고 사소하게 여겨지는 세척이나 세제의 문제 즉 위생의 문제가 삶과 역사를 결정짓는 절체절명의 문제였음을 보여주는 것이고, 이는 달리 말하면 이 시기 역사를 돌아보는 중요한 관점의 하나가 무엇인지를 절실하게 보여주는 것이다.

다)는 신에게 인간을 제물로 바치는 풍습 즉 인신제물이 아즈텍 문명 시기, 더 나아가서는 고대문명 시기에 존재했던 이유와 함께 그 인신제물을 두고 당대인들이 품었던 사고를 명쾌하고 설득력 있게 보여주고 있다. 단순히 가혹한 폭력성과 우둔함 즉 야만으로 치부되거나 근대의 과학적 사고와 대비된 열등한 미신으로만 가름되어서는 안되는 제 3의 시각이 필요하다는 점을 일깨워 준다. 고대인들의 삶에서 자연이 갖는 치명적 의미와 가치 그리고 종교적 차원까지 고양된 인신제물의 신앙적 믿음이 얼마나 절실하고 내면화된 문제인지를 보여준다.

3) 나레이터(해설)의 기능

가)
모 : 스티치, 나 에릭 더 레드를 알아. 유명한 바이킹 모험가 말이야. 우
　　리 과제를 도와줄 거야!
스티치 : 좋은 생각 같다, 모
해설 : 조심하는 게 좋을 거야. 에릭은 성격이 불같아. 982년에는 이웃
　　과 시비가 붙었는데 친절하지 못한 행동을 했거든.

스티치 : 정원 도구를 안 돌려줬어?

해설 : 아니, 살인죄를 선고 받고 추방당했어. 그의 가족과 친구와 항해
를 하다가 그린란드를 발견했지.

나)

해설 : 팀을 이끌 더 좋은 방법이 있을 거야 다른 곳에 가서 진정한 지
도자의 모습을 보지 않을래?

모 : 좋아요!

스티치 : 저녁 시간 전에만 돌아온다면 월요일은 미트로프 먹는 날이잖
아!

해설 : 즐거운 여행이 되길 나의 꼬마 여행자들!

다)

모 : 시장으로 갔어? 넌 건물을 맡아 난 시장을 맡을게. 10분 후에 여기
서 다시 만나.

스티치 : 우리가 떨어지면 안 될 것 같은데… 언제나 내 말을 잘 들어
줘서 좋다니까.

로마 경찰 : 이만한 여자애 봤소?

모 : 경찰이 아직도 날 쫓고 있네. 숨어야겠다. 어디에 숨지?

해설 : 양탄자 안에 숨어.

모 : 빠져나가지 못할 것 같아. 여긴 어둡다.

라)

로마 병사 : 난 퍼레이드가 좋아. 왜 군복을 안 입은 거지?

스티치 : 저, 전…

로마 병사 : 이탈에 대한 처벌이 뭔지는 아나?

스티치 : 모릅니다.

해설 : 로마 군인들에겐 여러 처벌이 있었어. A) 돌에 맞아 죽거나 B) 몽둥이로 맞아 죽거나 C) 하인들에게 포도를 받아먹거나.

스티치 : C가 좋겠어.

해설 : C는 장난이었고 A나 B 중에 골라야 해.

스티치 : 정보 고마워.

해설 : 언제든지

마)

에릭 더 레드 : 색슨 스파이다! 잡아라!

스티치 : 색소폰 그만둔 지가 언젠데! 입술이 부었었다고요!

해설 : 아니야, 색슨은 지금의 영국에 살던 사람들이야. 바이킹의 적이었지. 오딘은 고대 스칸디나비아 신 중의 왕이야.

모 : 30초 전에 가르쳐줬어야지!

해설 : 미안, 벽에 있는 것들을 보느라…

바)

선원 : 색슨이다! 색슨의 배다!

해설 : 알다시피 바이킹이 무뎌진 칼보다 싫어하는 건 숙적 색슨이었어! 바이킹의 정복의 시대에 대해서 말할 때가 된 것 같아. 색슨과의 싸움은 늘 있는 일이었거든. 787년에 3척의 배에 탄 바이킹들이 영국 해안에 상륙했을 때 색슨의 세금 관리가 나서자 그를 죽여버렸지. 그리고 식은 죽 먹기라고 생각했을 거야. 6년 후 793년에 바이킹은 처음으로 색슨 수도원을 공격해서 그 안을 전부 뒤지고 값나가는 건 모조리 훔치고 수도자들을 노예로 삼거나 죽여버렸지. 793년에 바이킹 군대는 패배하여 그 왕의 시신은 노르웨이로 돌려보내졌어. 바이킹은 40년간 물러나 있었어. 하지만 851년에 복수를 하러 돌아왔지. 바이킹의 습격은 아주 생산적이지만 몹시 피곤했어. 865년에

는 똑똑한 바이킹들이 금을 달라는 아이디어를 냈는데 영국을 공격
하지 않는 대가로 돈을 달라고 한 거지. 878년엔 덴마크 왕 구스럼
이 영국을 차지하려 했지만 색슨 왕 알프레드가 그를 해치웠다. 치
픈햄 조약이 체결되었고, 영국을 둘로 나뉘어 바이킹이 북쪽을, 영
국인이 남쪽을 차지하기로 했다. 이는 싸움을 멈추기 위함이었다.
리프 : 돛을 올려라! 전투 준비!

『Horrible Histories』에서 해설자는 두 가지 역할 및 기능을 담당한다.
첫째는 서사의 조절자로서의 역할(기능)이고 둘째는 에듀테인먼트로서
의 성격과 관련하여 지식의 전달자로서의 역할(기능)이다. 해설자는 스
티치와 모를 시간여행으로 보내주는 역할도 하고 역사적 체험의 경로
를 안내해주며, 벌어질 사건들에 대한 추론을 통해 스티치와 모의 적절
한 전략구사를 가능케 한다. 이 점에서 해설자는 서사의 진행방향과 속
도에 결정적 영향을 미치는 '조절자'로서의 역할을 한다. 동시에 해설
자는 역사적 지식을 해설하고 전달하는 지식전달자로서의 역할도 담당
하고 있다. 사실『Horrible Histories』에서 역사적 사실에 대한 가장 깊
이 있고 충실한 전달은 해설자에 의해 이루어진다. 역사적 사실 뿐만
아니라 역사적 의미와 평가에 이르는 역사적 지식의 총체적 전달자는
바로 해설자이다.『Horrible Histories』의 해설자는 그런 역할을 성공적
으로 수행하고 있는데, 에듀테인먼트에서 해설자를 통한 깊이 있고 충
실한 지식전달을 의도하는 경우라면,『Horrible Histories』의 해설자의
성격 및 기능에 대한 탐색은 적절한 시사점을 던져준다.
　① 가), 나), 다)에서 볼 수 있듯이 해설자는 중심인물이 갖고 있는 문
제를 해결할 수 있는 방안을 능숙하게 적시해주고, 시간여행을 가능케

해준다는 점에서 전지적, 전능적 조력자의 위상을 보여줄 뿐만 아니라, 다른 한편으로 중심인물과 동행하고 대화를 주고받는 것에서 볼 수 있듯이 서사 내의 분명한 캐릭터로 존재하면서도 다른 인물과는 절연된 상태라 중심인물에게는 자신들만을 위해서 존재하는 각별한 조력자의 모습으로 나타난다. 당연히 중심인물에게 해설자는 가장 신뢰할만한 조력자로 다가서고, 성인들의 세계 특히 권력자들과의 관계에서 갈등적 상황까지도 견뎌내는 버팀목으로 달리말해 그런 갈등(서사)까지도 가능하게 하는 기능자로서 역할을 하는 것이다. 특히 그런 사실은 『Horrible Histories』가 역사적 체험에서 자주 권력자를 중심으로 한 역사적 사실의 기술에 치중한다는 점에서 더욱 중요한 의미를 갖는다 하겠다.

② 라), 마)에서 볼 수 있듯이 해설자는 생명이 위협받는 위급한 상황에서도 철없이 장난을 하거나 터무니없는 실수를 하기도 한다. 앞서의 전지적, 전능적 풍모와는 사뭇 다른 모습을 보인다. 이 점은 두 가지 사실과 관련이 있다. 첫째는 역사적 사실과 흐름을 허구적으로 바꿔놓거나 왜곡시키는 역사의 변조자로서는 결코 존재하지 않겠다는 의도이다. 『Horrible Histories』가 에듀테인먼트로서 역사적 지식의 충실한 전달에 목적이 있기 때문에 해설자가 전지적, 전능적 위상으로 역사적 전개에 개입하여 자신의 뜻을 관철하면, 더욱이 역사적 사실을 왜곡하면, 그것은 잘못된 역사적 지식의 전달이라는 점에서 에듀테인먼트로서의 본래의 취지와 정면으로 어긋나기 때문이다. 그래서 스티치와 모와 함께 역사 시간여행을 하면서도 구체적인 역사적 인물이나 사건 등에 개입하는 경우는 실수나 장난을 앞세워 인위적 조작의 위험으로부터 기술적으로 한발 물러서는 것이다.

둘째로는 에듀테인먼트에서의 한 가지 축인 '재미'와 관련된 사실로서 에듀테인먼트에서 기본적인 인물간의 관계 축인 지식전수자-지식수용자의 문제이다. 『Horrible Histories』에서 지식전달자-지식수용자의 관계축은 해설자-스티치, 모의 관계축으로 드러난다. 이 때 지식전달자는 '재미'와 관련하여, 달리말해 재미있는 지식전달과 관련하여 친근한 혹은 수평적 인간관계의 구도에 놓이게 된다. 엄격하고 고압적인 권위적 지식전달자가 아니라 친근하고 수평적 관계의 지식전달자라야 흥겹고 재미있는 환경에서의 지식전달이 가능하기 때문이다. 그래서『Horrible Histories』에서 해설자는 실수도 하고 장난기도 많은, 우리와 너무도 친근하고 비슷한 풍모의 인간으로 그려진다. 친근감과 자애로움이 감도는 지식전달자가 만들어내는 자연스럽고 흥겨운 또 때로는 유쾌한 분위기 속에서 지식전수가 이루어지는 것이다.

③ 바)에서 볼 수 있듯이 역사적 사실, 역사적 의미, 역사적 평가 등에 관한 지식은 주로 해설자의 설명을 통해 이루어지는데, 그것은 때로 충실한 역사지식의 전달을 위해서 나레이터의 구술로는 어울리지 않을 만큼 긴 분량인 경우가 나타나고, 그로 인해 사건의 극적 전개를 다소간 희생하는 부담까지 떠안으면서 구현된다. 바로 이 때 앞서의 여러 사실들과 관련된 해설자의 위상과 풍모 그리고 역할이 순기능을 하게 되는 것이다. 전지적, 전능적 풍모를 갖고 있어 중심인물의 전적인 신뢰를 구축하였으면서도, 실수와 장난기가 몸에 배인 친근하고 유아적 풍모로 재미와 동류의식을 불러오며, 능숙하고 흥미로운 지식전달자로서 능란하고 효과적인 지식전수를 수행하는 것이다. 동시에 역사적 사실이나 흐름을 거스르지 않는 엄정한 기술적인 자제력은 충실한 역사

지식의 전달을 위한 진지한 노력의 결과인 것이다. 그만큼 『Horrible Histories』는 해설자의 역할과 기능을 효과적이고 전략적으로 설정함으로써 역사지식의 충실한 전달이라는 역사교육형 에듀테인먼트로서의 목적을 성공적으로 수행하고 있는 것이다.

2. 환상과 음모 – Mona the Vampire 『뱀파이어 소녀 모나』

〈뱀파이어 소녀 모나〉

Mona the Vampire 『뱀파이어 소녀 모나』는4) 스스로 뱀파이어라 믿으며, 세상에서 벌어지는 모든 일들을 기발한 상상력으로 음모론적 시각에서 들여다보고, 용기와 기지 그리고 힘으로 문제를 해결한다는 모험담이다. 한 마을을 중심으로 펼쳐지는 평범한 일상사에 스며든 크고 작은 소동들을 다루는데, 알 수 없고 기괴하며 몽환적인 점에서 현실과 환상의 경계를 넘나든다. 음모론, 현실과 환상의 빠른 변주, 기발한 상상력이 어우러져 매우 흥미로운 장면을 끊임없이 연출하며 코믹한 공포를 만든다.

편명 \ 화소	도발자	계략악행	비밀의 문지하세계	상이한 시각·오해
Sam & Ella Infiltration 샘과 엘라의 침입	살모렐라균	세균감염	신체 속	샘과 엘라의 신분

---

4) Hiawyn Oram, <Mona the Vamphire>, M&V, 2010.

The Boogyman Cometh 부기맨	부기맨	자신과 같은 불면의 고통을 전파	침대 밑 부기맨 공간	부기맨의 존재
Yak the Yammering Yam 고구마 괴물	고구마 괴물	무력으로 정복	온실, 발전소	고구마 괴물의 정체
The Subhuman Substitutes 외계인 대리 선생님	외계인	지구인을 외계로 납치	학교지하실, 우주선	대리 선생님의 정체
Spitting Image 닮은 사람 소동	사자(死者)	사자를 위해 지구를 암흑으로 만듦	사진 속	모리스 삼촌의 정체
Fourth Dementia Funhouse 4차원의 유령의 집	유령	이익을 위한 속임수	유령의 집	유령의 집의 실체
Brainwash Boogie 세뇌시키는 음악	외계인	지구인을 세뇌하여 노예로 만듦	무대 공간	브레인 웨이브 음악의 실체
Von Kreepsula's Return 돌아온 폰 크립슐라	뱀파이어	뱀파이어 세계로 지구인 납치	만화 칸	뱀파이어 세계의 존재

1) 『뱀파이어 소녀 모나』에서 모나의 일상과 마을의 평화를 깨트리는 도발자는 그 신분이 다양하다. 살모렐라균, 부기맨, 고구마 괴물, 외계인, 사자(死者), 뱀파이어 등이다. 과학적 지식과 상상 속에서 만들어진 모든 것들이 망라된 느낌인데, 그것들은 유년에 그 불가사의함과 이질성 그리고 압도적인 힘 때문에 공포로 다가왔던 것들이다. 그런데 이제 그 모든 것들이 물활론의 상상력 속에서 우리들과 공존하고 다툼을 벌이게 된다.

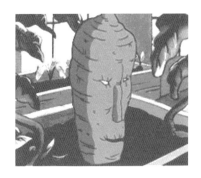

〈고구마 괴물〉 편

도발자들은 원래 모습을 벗어나 괴기스럽고 위협적인 인물로 변신하는데, 불가시→가시, 상상적 존재→현실적 존재, 식물→동물, 사자→생자 등으로 바뀌니 그 충격적 혼동성은 극적 변전으로 강렬하며, 무한대로 열려진 가능성 때문에 공포감은 예측불허의 긴장감과 어우러진다. 바로 이런 점 때문에 세상 만물에는 영혼이 있고, 그 영혼이 우리에게 영향을 미친다는 유년의 물활론적 상상력이 만개한다.

그런데 이들 도발자들은 매우 흥미로운 특징을 갖는다. 그것은 음험한 의도와 과장된 제스처, 엉성한 전략과 선선한 체념 그리고 치명적 약점이다. 그들은 한결같이 자신들이 가공할 적의와 공격성을 갖고 있다고 허세를 부리며 거친 행동을 과시하지만[5] 어색함을 숨길 수 없다. 실제로 힘이 보장되지 않아 위세를 한껏 강조할 수밖에 없었던 유년의 전략적 허세가 한껏 묻어나는 장면이다. 경고와 위협을 남발하는 그 습관적 제스처에도 불구하고, 스스로 뱀파이어 소녀라 상상하는 모나에게는 아무런 두려움을 주지 못한다. 오히려 부기맨의 경우에서처럼 그들의 거친 몸짓은 웃음거리로 조롱받기까지 한다.

아울러 그들은 집요하거나 승부사적인 기질이나 전략을 보이지 못한

---

5) 본 크립슐라 : 이제 그 오래된 만화책으론 내게 통하지 않아. 난 옛날보다 더 강해졌어. 난 저 만화책에 갇혀서 많은 훈련을 했다. 이제는 나의 새 힘을 네게 보여줄 기회가 왔다. 이젠 네가 저 비닐에 싸여진 만화책 안에 갇힐 차례다. 널 영원히 추방시키겠다!
(Von Kreepsula's Return 「돌아온 봅 크립슐라」 중에서)

다. 모나 일행이 거칠게 공격하면 적절한 대응책을 마련하지 못하며 스스로 당황하여 무너지기 일쑤이다. 특히 모나 일행에 대한 각별한 적대감이나 공격성이 두드러지지 않기 때문에 거칠게 힘이 충돌하는 살벌한 투쟁은 감당하지도 못한다. 동시에 아동의 말썽에는 예민하게 반응하며 위축되거나 불면의 고통에 한없이 심약해지는 약점을 스스로 드러내기도 하고[6], 지구인이 가진 세균에 가공할 공포심을 보이는데, 그 결과 스스로 생존만을 고대하거나 일방적으로 위축된다는 점에서 치명적인 약점이라 하겠다.

동시에 이 애니메이션이 아동물임을 감안하여 살벌한 투쟁이나 정서적 앙금이 보이지 않음은 도발자들의 신분설정이 갖는 특성 때문이다. 즉 유령, 뱀파이어, 외계인, 사자, 부기맨의 경우 현실과 절연된 자신들만의 고유한 삶의 영역으로 선선히 복귀할 수 있기 때문이다. 그들은 그들의 고유한 터전인 외계, 만화 칸 속, 놀이공원의 4차원 세계, 오래된 사진 틀 속으로 언제든 물러설 수 있기에 대결에서 힘으로 밀리는 경우 문자 그대로 선선히 자신들의 본향으로 돌아간다. 황망한 그들의

---

6) 모나 : 기분이 좋아? 넌 내 친구를 겁주고 있어.
　찰리 : 그렇다고 할 수 …
　부기맨 : 기분 좋다고는 할 수 없지. 난 내가 하는 일에 만족하는 거야. 난 부기맨이야. 애들을 겁 주는 게 나의 일이야.
　모나 : 우릴 겁주진 않아. 우릴 깜짝 놀라게는 해. 그건 다른 거야. 알지?
　부기맨 : 내가 다시 할 수 있어.
　모나 : 넌 못해. 그가 피곤해질 때까지 기다리자. 계속 저렇게는 못 할 테니.
　부기맨 : 거기서 넌 틀린 거야. 뱀파이어 소녀, 난 절대 안 지쳐. 난 절대 안 자. 절대 절대로! 흑흑 절대로 …
　모나 : 애기하고 싶어?
　부기맨 : 기의 3백년이나 됐어. 내가 잠을 푹 못 잔지.
　모나 : 그래서 심술 맞구나.

(The Boogyman Cometh「부기맨」 중에서)

회귀 장면은 역설적으로 언제든 돌아갈 수 있는 그들의 본향이 주는 안락감과 연결될 수 있고, 반대로 만일 현실이 그들의 마지막 생존처였다면 목숨을 다한 사투였을 상황을 역으로 떠올리게 한다.

2) 『뱀파이어 소녀 모나』가 극적 긴장감을 갖는 이유는 도발자들의 계략이나 악행이 갖는 함의의 무게 때문이다. 그들의 계략과 악행을 보면 교내 급식의 세균감염, 자신이 느끼는 불면의 고통을 남에게도 전파, 사자의 세계에 생자를 가둬둠, 지구인을 외계로 납치, 사자를 위해 지구를 암흑으로 만듦, 지구인을 세뇌하여 노예로 만듦, 뱀파이어 세계로 지구인 납치 등이다. 지구를 암흑으로 만드는 계략·악행에서 볼 수 있듯이 가공할 위험성을 갖는 것이거나, 지구인 납치나 생자를 사자의 세계에 가둬둠 같은 계략·악행에서 볼 수 있듯이 분리불안을 자극하거나, 교내급식의 세균감염에서 볼 수 있듯이 아동들의 일상에서 벌어지는 일상적 치명상의 공포, 자신의 불면의 공포를 남에게도 전파하겠다는 몰염치 등으로 공포감과 불안감 그리고 분노와 같은 극적 긴장감을 만든다.

그런데 도발자들의 계략·악행이 극적 긴장감을 갖는 또 다른 이유는 계략·악행의 의도를 숨은 비밀로 처리하는 서사구조 때문이기도 하다. 도발자들이 모나와 친구들에게 위협적이고 이상한 음모를 진행한다는 혐의가 있기는 하지만 그 근본적 의도는 베일에 가려진 채 진행되니, 사건의 서사적 전개에 쏠리는 관심은 그 숨은 비밀 즉 숨은 의도가 밝혀질 때까지 팽팽하게 이어지는 것이고, 바로 그 점이 또다른 극적 긴장감을 만드는 것이다. 물론 숨은 비밀, 숨은 의도가 밝혀지는 장면은 「Spitting Image 닮은 사람 소동」에서 볼 수 있듯이 '사자가 자신이

빛을 싫어하여 세상을 암흑으로 만들려 한다'는 숨은 의도의 의외성이나 「뱀파이어 세계로 지구인 납치」에서 볼 수 있듯이 뱀파이어가 자신의 은신처인 만화의 칸 속으로 지구인을 납치하려 한다는 숨은 의도에 담긴 상상력의 기발함으로 주목을 끈다.

3) Mona the Vampire 『뱀파이어 소녀 모나』의 서사와 화면구성이 입체감을 갖는 이유 중의 하나는 현실세계와 지하세계가 명확히 대조를 이루며 각별한 세계를 구축하고 있기 때문이다. 모나 일행과 도발자들은 두 세계를 넘나들며 갈등의 장을 만들게 되는데, 그것은 특히 지하세계에서의 최후의 대결을 통해 정점을 이루게 된다. Mona the Vampire 『뱀파이어 소녀 모나』에서 지하세계는 현실세계와 대비되어 어둠의 공간이고 폐쇄된 공간이며, 현실의 중력이 미치지 않는 음산하고 기괴한 이미지로 그려진다.

동시에 지하세계의 사건과 경험이 특히 중요한 이유는 모나의 경우에서 볼 수 있듯이 아동의 공적 영역에서의 각성을 들 수 있다. 모나는 용기와 명민함을 가진 인물로 현실세계에서도 거의 유일하게 가장 먼저 도발자들의 수상한 용모와 거동을 눈치채며, 그 배후에 숨겨진 혐의에 의심의 눈길을 보낸다. 또한 친구들을 독려하여 도발자들의 실체를 파악하는데 주도적으로 나선다. 그런데 특히 지하세계로 들어서 도발자들과 최후의 대결을 감행하는 장면은 도발자들의 음모가 갖는 치명적 위험성에 대해 인지하는 순간이기도 한데, 바로 그 장면에서 한 점의 망설임도 없이 나서고 더 나아가 공적 의무까지 다한다는 사명감에 불탄다. 불의와 부당함에 대한 진지하고 헌신적인 자세를 보이는데, 이는 세상의 복잡한 이치에 대한 깨달음이자 공적인 헌신에 대한 각성인 것이다.

아울러 판타지에서 현실과 환상을 이어주는 비밀의 문처럼 현실세계와 지하세계를 관통하는 비밀의 문이 있는 경우는 입사장면이 주는 극적인 스릴까지 겹쳐 낯선 세계로의 진입이 주는 긴장감이 고조된다. Spitting Image 「닮은 사람 소동」에서는 사진/사진틀이 비밀의 문이 되는데, 사진틀이 깨어지는 순간 100여 년 전 사자가 현실세계로 환생하고, 반대로 현실세계에서의 모나가 슬로비디오처럼 사진 속의 인물로 각인되는 장면에서는 지하세계로 박제된다는 위기감과 현실감이 극적으로 고조된다. 아울러 Von Kreepsula's Return 「돌아온 봅 크립슐라」에서는 아동이 만화지면을 물어뜯어 침으로 녹아내리자 만화 칸 속의 뱀파이어가 현실세계로 스멀스멀 기어 나오며, 반대로 다시 지하세계로 쫓겨나는 뱀파이어가 분풀이도 하듯이 아동을 끌고 들어가는 장면에서는 칸을 통과하는 캐릭터 신체의 물리적 변형의 과장성을 한껏 부풀리며 역동적인 장면을 연출한다.

4) Mona the Vampire 『뱀파이어 소녀 모나』에서 도발자들을 상대하는 중심축은 아동의 세계이다. 애니메이션 속 현실세계에서는 부모, 교

비밀의 문을 거쳐 현실에 환생한 사자

사, 상인 등 다양한 직종의 성인이 등장하고, 또 그들이 도발자들이나 아동들과 밀접한 관계를 갖지만, 여전히 도발자들을 상대하는 적극성이나 중심사건에 휘말리는 정도는 아동들과 비교가 되지 않는다. 애초에 아동들의 모험담인 셈이니, 성인들의 세계는 관련을 갖되 도발자들

과의 대결이라는 중심서사에는 개입하지 말아야 한다. 여기에 동원된 전략이 바로 도발자들의 신분이나 정체에 대한 '상이한 시각과 오해'이다.

시각 / 편명	상이한 시각의 대상	성인의 시각	아동의 시각
Sam & Ella Infiltration 샘과 엘라의 침입	샘과 엘라의 신분	식품점검원	살모렐라균
The Boogyman Cometh 부기맨	부기맨의 존재	인간의 육성	부기맨의 소리
Yak the Yammering Yam 고구마 괴물	고구마 괴물의 정체	고구마	괴물
The Subhuman Substitutes 외계인 대리 선생님	대리 선생님의 정체	대리선생님	외계인
Spitting Image 닮은 사람 소동	모리스 삼촌의 정체	모리스 삼촌	사자
Fourth Dementia Funhouse 4차원의 유령의 집	유령의 집의 실체	테마파크	4차원 세계
Brainwash Boogie 세뇌시키는 음악	브레인 웨이브 음악의 존재	무인지	인지
Von Kreepsula's Return 돌아온 봅 크립슐라	뱀파이어의 존재	가상적 존재	현실적 존재

도발자나 지하세계가 현실세계에 들어와 적극적으로 뒤섞이면서도, 아동들만이 도발자나 지하세계와의 대결에 나서도록 하려면, 성인들이

도발자나 지하세계의 존재나 성격에 대해 아동들과 상이한 시각을 가져야 한다. 아동들이 도발자나 지하세계의 잠입에 대해 예민한 감각으로 탐지하고 적극적인 응전을 할 때도, 성인들은 그것들에 대해 일상적이고 평상적인 시각으로 오인하거나 견고한 현실세계의 안전성을 추호도 의심하지 않는다. 그래서 도발자나 지하세계와의 대결에서 자연스럽게 성인들의 개입이 저지된다.

Sam & Ella Infiltration 「샘과 엘라의 침입」에서 아동들은 새롭게 나타난 주방장들의 어색한 몸놀림을 보고 수상한 기색을 살피기 시작하는데 비해, 성인들은 그들을 관습적 시각으로만 들여다보며 한바탕 소동 끝에 그들의 신분이 주방장이 아님을 인지한 후에도 여전히 '두 대리 주방장이 진짜 주방장이 아니었어요. 그들은 몰래 음식을 검사한 검사원들이었어요'라고 말하는 것에서 볼 수 있듯이 여전히 현실세계가 주는 선입관, 고정관념 속에서 헤어나지 못한다. 또한 The Subhuman Substitutes 「외계인 대리 선생님」에서도 모나는 도발자들의 신체적 특징과 언행 속에서 수상한 점을 찾아내고, 그들의 음모를 파헤치려 하는 데 반해, 성인들은 대리선생님이라는 고정관념 속에서 그들을 재단하고 해석한다. 그들의 비정상적인 언행은 원거리 여행의 후유증이거나 성실한 선생님의 수업 준비 때문이라고 자연스럽게 변호되고 미화된다.[7]

---

[7]
고토선생님 : 조용히 해! 내가 병이 완쾌되기 전에 왔어요. 작은 몬스터가 모든 대리선생님을 쫓았기 때문에.
교장선생님 : 여러분, 드라마 클럽의 과제인 "우주선 안의 맥베드"가 취소 됐어요. 우주선 모형이 사라졌기 때문이에요.
안젤라 : 다시 돌아오셔서 기뻐요. 고토 선생님. 대리선생님은 그야말로 최악이었어요.
고토선생님 : 근데 그 선생님은 착하셨어. 수업계획표를 빌리러 오셨는데 내 언니 집까지 태워주셨어. 그래서 며칠 동안 잘 쉬었지. 에취!

자연히 현실세계 속에서 성인들과 아동들은 공통의 공간과 시간을 함께 누리면서 살아가지만, 도발자들과 지하세계의 출현 앞에서는 또한 그들과의 대결에서는 각각의 상이한 시각에 따라 독자적인 세계를 경험하고 생활하는 형국을 보이게 된다. 바로 그런 점 때문에 Mona the Vampire 『뱀파이어 소녀 모나』는 우리들의 현실세계에서 벌어지는 일상적인 일들을 실감나게 그리면서도 도발자들과 지하세계의 잠입에 맞선 아동들의 투쟁을 여전히 일상적인 삶의 현장 속에서 그려내는 미덕을 발휘할 수 있었던 것이다. 즉 아동들과 성인들의 상이한 시각과 사고를 두드러지게 설정하고, 그런 시각과 사고에 따른 삶의 궤적을 명확히 그려냄으로써 현실세계 속에서의 삶의 총체적인 모습과 함께 도발자들과 지하세계에 맞선 아동들의 삶의 세계를 또 달리 온전하고 역동적으로 그려낼 수 있었던 것이다. 매 편마다 종결의 장면에서 그려지는 삶의 안온하고 풍족한 풍경은 성인들의 무관심과 방임 속에서 아동들만의 험난하고 희생적인 헌신으로 만들어진 것이어서, 우리들의 평상적인 일상에서는 용인되거나 경험하기 힘든 현상이자 인식이다. 그만큼 역전적이고 파격적인 세계이자 상상력이라 할 수 있고, 동시에 아동들에게 자부심과 만족감을 주는 서사이자 장면이라 하겠다. 특히 숨은 비밀을 자신들만이 공유한다는 은밀한 동류의식과 결사의식은 그런 만족

모나 : 그들은 우주 외계인이었어요.
고토선생님 : 그들은 외계인이 아냐. 아주 먼 나라에서 와서 적응하느라 힘들었던 거야. 자, 저번 주에 배운 것부터 책을 펴요.
찰리 : 선생님은 아무 기억도 못하시네.
모나 : 외계인들이 선생님의 기억을 지운 거야. 하지만 항상 증거는 남기지.
(The Subhuman Substitutes 「외계인 대리 선생님」 편 중에서)

감과 자부심을 더욱 고조시킨다.

3. 미스터리와 모험물의 세계 - ⟨Geronimo Stilton⟩

⟨Geronimo Stilton⟩

⟨Geronimo Stilton⟩은[8] 챕터북과 애니메이션으로 제작되었는데, 챕터북이 2000년 cenacolo상, 2011년 andersen상을 수상하였으며, 챕터북과 애니메이션 모두 세계적인 인기를 끌었다. 쥐들의 나라인 Mouse Island의 수도인 뉴 마우스 시티에서 ⟨로텐드 가제트⟩ 지의 편집장이자 베스트 셀러 작가인 제로니모 스틸턴을 중심으로 여동생 티아 스틸턴, 조카 벤자민 스틸턴,

사촌 트랩 스틸턴 등이 모험과 미스터리의 세계를 펼친다.

⟨Geronimo Stilton⟩이 전편에 걸쳐 박진감과 긴장감이 가진 재미를 유지하는 비결은 그 서사에 미스터리와 모험담이 결합되어 있기 때문이다. 의문의 사건이 일어나고 그것을 조사하는 과정이 벌어지다가 결국은 의외의 비밀이 밝혀지는 미스터리적 성격과 함께, 주인공이 기원하는 바를 이루고자 미지의 이계(異界)나 그것을 향한 여정에서 벌어지는 모험에서, 적대자나 장애물과 맞서는 어려움을 이겨내고 결국은 보상을 얻는 모험담을 아우른다. 그래서 박진감과 긴장감이 넘치고, 몰입을 이끈다.

일례를 들면 「Mask of the Rat－Jitsu(무술 경연 대회의 비밀)」 편에서

---

8) ⟨Geronimo Stilton⟩, TM & Atlantyca Entertainment S.P.A, 2011.

도조에서 벌어지는 무술대회의 우승자가 번번이 현장에서 실종되는 의문이 사건이 벌어지고, 제로니모 스틸턴 일행이 그 범죄적 사실을 추적하는데 마침내 밝혀진 비밀은 과거에 무술경연대회에서 추방된 자가 그 원한을 품은 채 우승자들을 납치하여 도조의 지하세계에서 무술시합을 벌이면서 강한 자들을 자신의 군대로 편입한 다음 도조에 대해 복수하고 마침내는 마우스 아일랜드를 정복하려는 야욕이라는 것이다. 바로 이 스토리라인이 미스터리가 된다. 동시에 제로니모는 국제 무술대회에 참석하고 그것을 취재하는 세계 최초의 기자가 되려는 욕구를 갖는데, 그것에 더해 현장에서 벌어지는 유술가들의 납치사건을 단독 취재하려는 욕망이 더해지니, 기원하는 욕구는 매우 강렬한 목표가 되고, 그것을 이루려는데 적대세력과의 대결은 필수적이라 킹킹포를 중심으로 한 강력한 유술가 집단과 치열한 싸움을 벌이고, 그 다툼의 공간은 도조의 지하에 구축된 비밀의 공간, 이색적 공간으로서의 지하세계가 되며 결국은 그 시련을 거쳐 마침내 자신이 원하는 보상을 받게 된다는 것이다. 전형적인 모험담의 세계이다.

바로 이런 미스터리의 세계와 모험의 세계에서 '의문의 사건 발생'이 미스터리적 성격과 함께 그것을 해결하고 탐사하고자 하는 강력한 기원이라는 모험물의 동기로 함께 작용하며 서사의 문을 열게 되고, 이후 '의문의 사건발생─사건조사─의외의 비밀폭로'라는 미스터리적 구조와 '강력한 기원의 탄생─이계로의 모험─보상'이라는 모험물적 구조가 뫼비우스의 띠처럼 뒤엉켜 진행된다.

서사구조 편명	미스터리	사건조사/대결	단서/이계 (異界)	의외의 비밀/보상
Going Down to Chinatown(보물지도)	40년 전에 보낸 편지형태의 보물지도	‣제로니모,벤자민, 트랩, 티아, 판도라 : 보물지도의 경로탐색, 보물지도에 명기된 인물의 정체 조사	‣112, 37 숫자의 비밀, 노래하는 새의 의미, 이름의 비밀 ‣중국의 병마용갱, 자금성	‣보물 찾기 모험 클럽의 안내 지도 ‣모험의 가치에 대한 깨달음
Mask of the Rat-Jitsu(무술 경연 대회의 비밀)	승자의 연쇄 실종	‣제로니모와 티아가 스스로 실종자가 되어 탐색 ‣킹킹포를 중심으로한 도조 불만세력	‣무술대회 우승자의 실종과 빨간 망토의 의문의 유술가 ‣도조(무술학교) 지하 비밀의 공간	‣무술경연대회에서 추방된 자의 음모 ‣특종기사 단독취재
Blackrat's Treasure(해적의 보물)	해적선과 해적의 출몰	‣제로니모, 티아, 트랩, 벤자민 모두 해적선을 타고 보물을 찾아나섬 ‣해적선 선장 블랙잿의 폭력	‣보물지도, 블랙잿의 독백 ‣해적선	‣해적 모험 크루즈 ‣가족과의 여행이라는 진정한 행복의 가치 깨달음
Intrigue on the Rodent Express(로덴트 익스프레스 사건)	판도라의 실종	‣알리바이로 용의자 추적 ‣경쟁신문사 사장과의 대결	‣실종사건 이후로 사라진 인물 ‣로덴트 익스프레스	‣신비의 유명인사 마우사리쉬와의 인터뷰를 가로채려한 경쟁 신문사의 음모 ‣마우사리쉬와의 인터뷰를 통해 알게 된 정의와 이해심의 메시지

Mouse House of the Future(로봇 가사 도우미)	로봇 집사의 범죄적 행동	‣ 기계의 우월적 힘의 과시와 기술의 이용한 기지 ‣ 경쟁 신문사 사장과 그의 사주를 받은 로봇의 횡포	‣ 기계라는 속성 ‣ 폐쇄적 공간이 된 집	‣ 경쟁신문사 사장인 샐리는 스틸턴이 까망베르 비행선 취재를 못하도록, 과학자 치즈휠은 비행선을 훔칠 목적으로 로봇 집사를 이용 ‣ 범죄를 막고 특종기사를 단독 취재
Reported Missing(사라진 탐험가의 비밀)	박물관에 출몰하는 아프리카 혼령	‣ 의식용 탈을 원 고향인 아프리카에 돌려 놓음 ‣ 소동을 일으킨 니키와의 대결	‣ 사라진 탐험가의 반지, 니키의 집에서 찾은 아프리카 부족 의상 ‣ 전시물 기부자의 행방, 아프리카 부족 마을	‣ 20년 전 사라진 탐험가는 외부세계로부터 부족을 지키기 위해 실종사건을 만듦, 그의 손자인 니키는 할아버지의 업적을 기리고 할아버지를 만나기 위해 혼령사건을 꾸밈 ‣ 사라진 탐험가의 소망을 지켜주면서도 특종기사 단독 취재
The Gem Gang(보석 절도단)	세상에서 가장 큰 다이아몬드 도난 사건	‣ 제로니모와 트랩은 체스 대회 참가를 통해, 벤자민과 티아는 범죄현장에 떨어진 체스말의 행방을 추적 ‣ 체스 챔피언 구도브의 음모	‣ 체스말 숫자와 분실된 다이아몬드 숫자의 비밀, 체스 말에 대한 체스 챔피언 구도브의 집착 ‣ 찍찍섬	‣ 체스 챔피언 구도브의 체스 경기를 이용한 범죄 행각 ‣ 범죄의 해결과 특종기사 취재

Clean Sweep(티아의 실종)	티아의 실종, 마우시 백화점 도난	・제로니모 일행은 티아의 구조신호에 따라 반델 정글의 궁성에 잠입 ・정략결혼을 위해 납치범죄를 일으킨 노구다 왕자와의 대결	・법에 얽매이는 범인 노구다 왕자의 습성을 이용 ・반델 정글 속의 궁성	・파산을 벗어나고자 티아와의 결혼을 이용하려 납치 범죄를 일으킴 ・범죄의 해결과 특종 기사 취재
The Bad Luck of Team Fromage(프로마지 팀의 불운)	사이클링 선수 재와 그의 팀 프로마지에 생기는 일련의 사고	・스틸턴은 범죄 관련 증거물을 파헤치며 범죄를 추적하고 티아는 사이클링 대회에 출전해 경쟁을 벌임 ・경쟁신문사 사장의 음모와의 대결	・공구박스의 행방 ・자전거 경주 대회 투어 드 마우스	・경쟁 신문사 생쥐일보의 사장이 자신의 후원팀이 우승하도록 조작하기 위해 범행 ・정의의 실현과 특종 기사 취재

① 런닝타임 20~25분 사이인 매 편마다 서두에는 의문의 사건이 벌어지는데, 그것은 특종 기사를 노리는 제로니모 일행의 직업적 성격상 더욱 그 의미가 증폭되기 마련이고, 늘 호들갑스러운 제스처와 대화로 분위기가 한껏 들뜬다. 그런데 의문의 사건에서 그 의문성은 두 가지 점에서 특징적 성격을 갖는다. 첫째는 <Geronimo Stilton>이 아동물임과 관련하여 아동들의 호기심과 공포심이 정점에 이를만한 미스터리가 발생한다는 점이다. 300년 전 해적선과 해적두목의 출현, 박물관에 나타나는 아프리카 혼령의 출몰, 벤자민 스틸턴과 티아 스틸턴의 실종이 의문의 사건들인데, 한결같이 죽은 자들의 혼령이나 유령이 재림한다거나 가장 가까운 혈육의 실종된다는 것이다. 죽은 자들의 귀환이라는 유령이야기에 대한 공포와 분리불안에 따른 원초적, 본능적 공포에 관계

된 것이다. 둘째로 제로니모 스틸턴 일행이 모두 <로텐드 가제트> 지와 관련이 있고, 그들 모두 특종을 간절히 바란다는 점에서 의문의 사건은 사회적 파장이 큰 사건들이란 점이다. 유명 백화점인 마우시 백화점에서의 강도들의 강탈사건, 트림플 크림 쇼핑 지역의 고급 쇼핑가에 대한 강도들의 습격사건, 세계에서 가장 큰 다이아몬드 도난 사건, 시민 모두가 이용하는 박물관에 출몰한 아프리카 혼령 사건, 전 국민의 관심을 끄는 무술대회나 자전거 경주대회에서의 범죄적 사건, 미래 교통에 한 획을 긋게 될 비행선 등이어서 사회적 불안감과 호기심을 일으키는데 가장 큰 휘발성을 갖는 사건 일색이다.

② '의문의 사건발생-사건조사-의외의 비밀폭로'라는 미스터리 구조는 매 편에서 반복되는데, <Geronimo Stilton>에서도 미스터리나 추리물의 묘미인 사건조사에서의 사건조사자 즉 탐정역 인물의 지적 추론에 의한 추리는 여전히 존재한다. 의문의 사실을 풀어가고 범인을 찾는 과정에서 탐정 역(사건조사자)을 맡은 인물은 결정적인 실마리와 증거를 찾아내 사건을 해결하는 데 명민하고 기발한 추리에 의존한다. 결국 범죄적 사실과 연관된 경우, 미궁에 빠져 버린 미스터리나 범죄의 진실을 밝히는 과정에서 용의 선상에 오른 인물들의 범죄 가능성을 추론해내고, 숨어 있던 작은 실마리를 날카롭게 포착하여 의외의 범인을 밝혀내고 승복시키는 지적 게임이 드러난다.

「Going Down to Chinatown(보물지도)」 편에서, 사건조사의 과정을 들여다보면 우체통에서 우연히 40년 전의 우편물 속의 보물지도를 발견하는데 그 보물지도에 담긴 의문의 사실을 풀어가는 과정에서 112, 37 숫자는 위도와 경도를 나타내는 숫자이고, 루이스 케나라고 추측되는 이름은 사실은 왼쪽부터 읽게 되는 중국 문자의 전통으로 보면 앤케이 씨엘임이, 그리고 그녀는 40년 전에 제로니모 스틸턴의 집에 살았던 실존인물임을 추론해 낸다. 특히 「Intrigue on the Rodent Express(로덴트 익스프레스 사건)」에서는 사건조사 과정에서 흔히 미스터리와 추리물에 나타나는 '탐정'과 '미숙한 사법관'의 익숙한 구도까지도 등장하니, 열차 내에서의 판도라의 의문의 실종을 두고 흥분을 잘하고 논리적 사고가 미숙하며 음식에 대한 탐욕으로 지적 추론이 어려운 트랩 벤자민이 엉뚱하게도 역무원을 범인으로 모는 '미숙한 사법관'('진짜 범인'과 '가짜 범인'을 두고 혼선을 일으키는 역)의 역할을 하는 반면에, 제로니모 스틸턴은 '탐정' 역을 맡아 역무원과 몬태규의 동선을 두고 지적 추론을 해 진짜 범인과 가짜 범인을 가려낸다. 그만큼 <Geronimo Stilton>은 미스터리와 추리물로서의 서사구조 특히 탐정의 사건조사라는 서사구조의 일반적 특질이나 묘미를 여전히 중시하고 있다.

하지만 여기에 더해 주의 깊게 살펴볼 점은, 제로니모 스틸턴이 <로텐드 가제트> 지의 편집장이고, 그의 누이 티아 스틸턴은 <로텐드 가제트>의 편집을 맡고 있고, 조카 벤자민 스틸턴 역시 도우미 역할을 하고 있어, 사건조사가 특종기사의 취재와 보도에 전력을 기울이는 그들의 신분적 속성에 결정적인 영향을 받고 있다는 점이다. <Geronimo Stilton>은 매 편이 런닝타임 20~25분량인 모험물이고, 아동을 수요층으로 하고 있다는 점에서 지적 추론에 기반한 서사구조가 한계를 가질 수밖에 없다는 점이다. 바로 그 점 때문에 사건조사를 맡은 탐정 역의 인물이 신문사에 종사하는 인물이고, 직업적 성격상 특종에 매달릴 수밖에 없다는 사실은 매우 효과적인 선택이 된다.

기자란 사건현장을 누비며 사회적 이슈인 사건을 취재하고, 사건의 전말을 객관적 사실 위주로 일반인들이 알기 쉽게 보도해야만 한다는 사실, 그러면서도 타 신문사와의 경쟁에서 이기기 위해 충격적인 사건을 신속하게 보도해야 한다는 중압감에 놓여 있다는 현실이 <Geronimo Stilton>의 미스터리 구조의 '사건조사'에 그대로 투영된다. 그들은 지적인 추론에 의지하기 보다는 신속하게 사건현장을 누비고 사건에 관련된 인물을 만나 증언을 듣고, 범죄현장이나 범죄행각을 눈앞에서 목격하는 데 전력을 기울인다. 「The Bad Luck of Team Fromage(프로마지 팀의 불운)」에서는 자전거 경주대회에서 유력한 우승 후보자의 자전거가 손상되어 승부가 조작되는 범죄적 사실을 두고, 제로니모 스틸턴과 벤자민 스틸턴은 자전거 경주대회 현장을 누비면서, 범죄의 결정적 단서인 연장가방의 행방을 두고 몸으로 뛰는 탐문 끝에 범인과 관련된 밴에서 그것을 발견하며, 곧 그 밴을 운전하는 범인 앤더스을 현장에서 목격한다. '탐문하고 목격하는' 현장성이 중요하며 발로 뛰어 사실을 밝혀내는 기자 특유의 속성이 그대로 배어나온다. 바로 이 점이 미스터리나 추리물에서의 사건조사 과정이면서도 모험물 특유의 현장성이나 속도감을 만들어 주고 있다.

　마지막으로 결미의 '의외의 비밀폭로'에서는 그 비밀의 실체나 의외성과 관련하여 다음의 사실을 지적할 수 있다. 첫째로 '의외의 비밀폭로'에서 사건이 범죄적 사실이면서 범인이 경쟁신문사인 <생쥐일보>의 사장이자 기자인 샐리 래스마우슨인 경우인데, <로텐드 가제트>지와의 특종경쟁에서 이기기 위해 음모를 꾸민 것이다. 그런데 이런 사실은 두 가지 점에서 효과적인 선택이다. 하나는 두 신문사 간의 특종을 사이에 둔 사활을 건 경쟁에서 이기기 위한 것이니 경쟁은 늘 상존하고 집요할 수밖에 없다는 사실과 관련하여, <Geronimo Stilton>에서 일상적 사건 수준에서도 음모를 개입시키는 극적인 면모를 갖출 수 있다는 것이다. 「Mouse House of the Future(로봇 가사 도우미)」 편에서는 가사에 부담을 느낀 제로니모 스틸턴이 가사 도우미를 고용해 문제를 해결하려 한다는 일상적 사건이 다루어지지만, 곧 그 가사도우미가 벌이는 소동이 세간의 화제인 까망베르 비행선 취재라는 특종을 방해하려는 음모로 드러나는 순간 범죄적 사건으로 극적으로 변하게 되며, 마찬가지로 「The Bad Luck of Team Fromage(프로마지 팀의 불운)」에서도 자전거 경주대회에서의 소동에 경쟁신문사 생쥐일보의 특종경쟁에 대한 병적 집착이 개입하는 순간 매우 격렬한 대립이 잠재된 범죄적이고 극적인 분위기가 조성된다. 그만큼 일상사의 수많은 사실들이 미스터리의 소재로 들어올 수 있던 것이며, 그것은 곧 <Geronimo Stilton>이 보여준 서사의 다양성을 가능케 한 것이라 하겠다. 또 다른 하나는 경쟁신문사 <생쥐일보>의 사장이자 기자인 샐리가 범법까지도 각오하며 집요하게 생사를 건 특종경쟁을 벌인다는 사실이 상존하고 그것이 자주 서사에 개입됨으로써 감상자는 늘 샐리가 등장하건 등장하지 않건 간에 의외의 비밀이 폭로되기 전까지 늘 의문의 사건 배후자로 샐리를 상상하고 주시하게 된다는 것이다. 자연스럽게 미스터리에서 범의가 있는 다수의 인물이 있어야 한다는 사실, 달리 말해 진짜 범인과 가짜 범인이 혼재 되어야 한다는 사실에 비추어 보면 늘 가상의 비중 있는 용의자가 잠재 되어 있는 셈이니, 그야말로 다중의 용의자가 펼치는 흥미진진한 긴장감을 태생적으로 갖게 되는 셈이다. 특히 작자는 이런 사실을 더욱 증폭시키고자 특정의 편에서는 인물의 정체성의 혼란을 의도적으로 생성하기도 하는데 실례로 「Intrigue on the Rodent Express(로덴트 익스프레스 사건)」 편에서 열차라는 좁은 공간 속에서 제로니모 스틸턴에게 접근하여 자신이 그의 팬임을 자랑하고 자신 역시 추리작가임을 내세워 동류의식을 불러일으킬 뿐만 아니라 판도라의 실종사건을 같이 해결하고자 애쓰는 인자한 할머니 아가사 마우스티는 사건조사가 정점에 이른 시점에서 샐리가 할머니로 변장한 것임이 밝혀지는데, 이쯤 되면 설령 서사의 진행과정에서 샐리가 등장하지 않더라도 여전히 특정의 등장인물이 샐리이지 않을까 하는 의심을 품게 되니, 경우에 따라서는 가짜 범인에 대해 그럴듯한 혐의를 애써 부여하지 않아도 잠재적인 용의자로 부각시킬 수 있는 효과를 누리게 되는 것이다.

둘째로는 '의외의 비밀폭로'에서 절도나 납치 같이 사건의 범죄성이 가장 두드러지게 나타나는 경우를 들 수 있는데, 「Mask of the Rat−Jitsu(무술 경연 대회의 비밀)」에서는 무술 경연 대회에서 추방된 자가 범죄집단을 만들어 무술 대회 우승자들을 납치하고, 그들 중 강한 자를 뽑아 군대를 만들어 마우스 아일랜드를 정복하려는 야욕을 꿈꾼다든지, 「The Gem Gang(보석 절도단)」에서 세계 체스 챔피언 구도브가 사실은 보석 절도단 두목이고, 경기 장소를 오갈 때마다 체스 말 속에 훔친 보석들을 담아 빼돌리는 악행이라든지, 「Clean Sweep(티아의 실종)」에서는 반델 정글의 왕자가 무일푼이 된 자신의 처지를 벗어나고자 절도를 일삼고 급기야는 여인을 납치해 그녀에게 결혼을 강요하는 반인륜적 범죄를 저지르는 경우이다. 이럴 경우 그 의외성이란 범인이나 범죄에 얽힌 '숨은 사연'의 절박성과 기발함에서 온다. 「Mask of the Rat−Jitsu

(무술 경연 대회의 비밀)」에서는 가공할 힘을 갖춘 유술가 킹킹포가 굳이 지하에 비밀공간을 만들고 도조의 경기와 똑같은 경기를 다시 재현하는 수고로움이 사실은 그의 한 맺힌 사연 즉 도조에서의 경기가 금지된 자신의 처지를 비관하고 그것에 대한 증오심에서 비롯되었다는 사실이, 「Clean Sweep(티아의 실종)」에서는 부의 상징인 아랍의 왕자가 납치라는 범죄를 일으키면서까지 동시에 백화점에서 여인에게 줄 선물을 훔치는 치졸한 범행을 일으키는 이유가, 아무도 짐작할 수 없었던 그의 재정적 파산 때문이고, 별이 제자리를 찾기 전에 공주를 찾아야만 왕궁과 재산 그리고 왕자의 지위를 지킬 수 있다는 절박한 의외의 비밀이 밝혀지며, 「The Gem Gang(보석 절도단)」에서는 세계 체스 챔피언 구도브가 컴퓨터와의 세기의 대결이라는 극히 화제성이 큰, 그래서 승패에 서사에 몰입하게 만드는 기대서사와는 달리, 그 원정경기들을 악용해 체스 말에 훔친 보석들을 교묘하게 담아 자연스럽게 세상을 누빈다는 충격적이고 놀라운 반전적 비밀이 밝혀진다.

셋째로 의문의 사건이 사건의 진기성으로 인해 부각되는 경우인데, 「Blackrat's Treasure(해적의 보물)」에서는 300년 전 실종되었던 해적선과 해적 두목이 나타나고, 「Reported Missing(사라진 탐험가의 비밀)」에서는 박물관에 아프리카 혼령이 출몰한다. 환상적이고 주술적인 분위기가 만들어지는데, 이 경우 의외의 비밀폭로에서의 의외성은 범죄의 악의성에 반한 인간애의 호의가 만드는 반전에 기댄다. 즉 「Blackrat's Treasure(해적의 보물)」에서는 사건조사까지의 기대서사를 통해 잔인한 해적두목이 제로니모 일행을 납치해 보물을 찾는데 이용하다 제거해 버린다는 범죄의 악의성이 두드러지지만, 결국 드러난 의외의 비밀이란 일중독에 빠진 제로니모를 구하고자 티아 스틸턴과 벤자민 스틸턴 그리고 트랩 스틸턴이 꾸민 '해적 모험 크루즈' 여행이었다는 가족애적인 호의로 반전되며, 「Reported Missing(사라진 탐험가의 비밀)」에서는 사건조사까지의 기대서사에서 펼쳐졌던 '사라진 탐험가'라는 범죄나 사고와의 관련성 혹은 박물관에서의 혼령의 출현이라는 저주의 분위기가 '의외의 비밀폭로' 시점에서 원시성을 그대로 간직한 아프리카 부족을 외부의 탐욕으로부터 보호하고자 탐험가가 자신의 실종을 꾸민 것이고, 혼령의 출몰은 그 탐험가의 업적을 기리고 보고 싶은 할아버지와 재회하고자 손자인 니키가 꾸민 연극임이 밝혀지는 인간애적 호의로 바뀌는 반전에 기대게 되는 것이다.

③ <Geronimo Stilton>의 주요한 서사축의 하나는 의문의 사건 해결 같은 특정한 목적을 이루기 위해 이계(異界) 즉 이색적 세계를 향해 나아가는데 흔히 적대자나 장애물을 만나 역경에 부딪히면서도 그것을 헤쳐 나가 목적을 이루고 보상을 받는다는 서사인데, 그 과정이 스틸턴 일행의 모험과 일치하니 모험물로서의 성격이 두드러진다 하겠다. 의문의 사건을 쫓아 특종을 취재하려는 목적을 이루고자 모험을 나서는데, 모험의 역동성, 박진감, 특이함 등의 재미를 살리고자, 이계는 아프리카나 중국 같은 공간적, 문화적 격차가 큰 이국성이 두드러지며, 로텐트 익스프레스 같은 속도감이나, 해적선, 도조의 지하 비밀 공간, 반델 정글 속 같은 환상적 세계가 주는 신비감에 의존하게 된다.

위로부터 〈보물선〉은 중국이, 〈무술 경연대회의 비밀〉은 도조 지하의 비밀 공간이, 〈해적의 보물〉은 300년 전에 실종된 해적선이 이계의 공간으로 제시된다.

아울러 인물들의 개성이나 이들의 조합이 만들어내는 인물구도 상의 특징도 모험물로서의 성격을 보강하는 역할을 하게 된다. 제로니모 스틸턴은 특종에 대한 강박적 집착이 있고 지적 호기심이 왕성할 뿐만 아니라 모험을 즐기기도 하는데 반해 종종 어수룩한 모습으로 적대자들의 준동을 본의 아니게 부추기게 된다든지, 티아 스틸턴은 오토바이나 무술 그리고 하늘을 나는 것을 즐기는 데에서 볼 수 있듯이 모험과 액션을 생래적으로 즐기며 뛰어난 무술실력과 용기로 두려움과 일의 어려움에 구애받지 않고 주저 없이 도전하고, 벤자민 스틸턴은 늘 에너지가 넘치고 성격도 급하면서도 항상 휴대하고 있는 정보기능과 탐색기능을 갖춘 '밴패드'(전자장치)로 늘 새로운 돌파구를 만들며, 트랩 스틸턴은 익살스런 장난을 즐기고 낙관적 성격과 다소간 무딘 성격 탓으로 생각보다 행동이 앞선다. 결국 사건조사나 모험의 전 과정을 통해 이들 인물들은 도전적 기질이나 행동형적 성격, 그리고 낙관적 성향과 기지적 역량으로 인해 늘 역동적이고 빠르게 반응하고 움직이며, 계속 누군가는 앞선 반응을 촉발한다는 점에서 서로를 부추기고 모험과 도전을 도모하게 만든다. 특히 적대자나 장애물 역시 그들의 돌발적이고 저돌적인 성향으로 인해 대결의 장에서 역동적인 액션을 수반하며 빠른 리듬감의 서사적 시간과 공간을 만들어낸다.

<Geronimo Stilton>의 모험물적 구도에서 좁혀 말해 중심인물들과 적대자나 장애물과의 대결에서 역시 가장 압권인 점은 대결의 장에서 펼쳐지는 빠르고 역동적이며 스릴 넘치는 추적신이나 액션신에서 발생한다. 「The Gem Gang(보석 절도단)」에서는 티아 스틸턴 일행과 보석 절도단 사이에 서로 쫓고 쫓기는 오토바이, 비행기, 헬리콥터가 동원된

추적신이 벌어지며, 「Mask of the Rat-Jitsu(무술 경연 대회의 비밀)」에서는 무술대회 우승자와 유술가 사이에 현란한 무술 격투기가 벌어지고, 「Going Down to Chinatown(보물지도)」에서는 중국산시성에서 수십 미터 크기의 8000여기 병마용이 일순간에 도미노처럼 파괴되는 장면이 연출(물론 이것은 파장을 우려하여 진짜 병마용갱은 아닌 것으로 수습된다)된다. 늘 야단스러운 분위기 속에서 활달한 육체적 움직임이나 스펙터클하고 스릴 넘치는 장면이 산재하며, 신(scene)의 구성에서도 역동적 움직임과 빠른 장면전환으로 이루어진 속도감은 열띤 장면을 연출한다.

아울러 이국적이고 미지의 세계이며, 상상의 공간으로서의 이계는 모험물이 가져야 할 체험의 신비성과 환상성 그리고 긴장감을 한껏 고조시키고 있다. 「Reported Missing(사라진 탐험가의 비밀)」에서 찾아간 아프리카 부족마을은 세상과 절연된 채 원시적 삶이 그대로 이어지는 곳이며 한번 들어간 자는 다시 나올 수 없는 금단의 땅으로 그려지고, 「Blackrat's Treasure(해적의 보물)」에서 300년 전 실종된 것

위로부터 제로니모 스틸턴, 벤자민 스틸턴, 티아 스틸턴

으로 알려진 해적선이 홀연히 나타나지만 백골만 남은 300년 전의 해적과 함께 여전히 생생하게 살아있는 해적 두목이 같이 출몰하는 불가사의한 신비의 공간으로 그려진다. 특히 이계가 갖는 미지의 신비한 공간으로서의 형상화에는 작자의 의도성이 매우 선명하게 드러나는데, 실례로 「Going Down to Chinatown(보물지도)」에서 모험을 떠나게 된 중국산시성의 병마용갱은 '흙으로 만든 전사 조각상이 8000여 개나', '흙병

사들이 기원 전 209년에 진시황과 함께 묻혔다'처럼 역사적, 문화적 격차가 확연한 선별적 사실만을 매우 의도적으로 부각시킨다는 점이나, 「Mask of the Rat−Jitsu(무술 경연 대회의 비밀)」편에서 도조의 지하 비밀의 방이 성처럼 큰 규모로 기암괴석으로 이루어진 동굴인데 원색의 강렬함으로 채색되어 있으며 동굴의 중심부에 자리한 절망의 구덩이에서는 끊임없이 연기가 피어오르는 몽환적이고 공포스러운 일러스트레이션의 강조에서도 확인할 수 있다. 심지어는 「Mouse House of the Future(로봇 가사 도우미)」에서의 집처럼 너무도 익숙하고 일상적인 공간조차도 첨단시스템이라 이름 지어진 프로그램 때문에 기계가 완벽하게 통제하는 공간, 기계가 인간을 통제하는 공간으로, 즉 일상적 경험과 지식이 전도되는 불가해한 공간으로 바뀌어 있다.

마지막으로 모험물에서 모험이 끝난 자리에 들어서는 '보상'은 대부분 특종의 취재, 기사화를 바탕에 두고, 정의나 따뜻한 인간애의 실현 그리고 올바른 삶에 관한 교훈을 얻는 것으로 정리된다. 서사의 전반에 깔리는 속도감에 걸맞게 '특종'이 자리를 잡고 있는 개연성이 돋보이며, 아동물이 필연적으로 가질 수밖에 없는 '교훈성'도 의외의 비밀이 갖는 흥미로움과 충격성과 어우러지니 매우 자연스럽게 자리를 잡는 셈이다.

4. 음모의 세계와 천부적 천재의 전기 −『Little Amadeus』

스크린 에듀케이션 사의 『Little Amadeus』는[9] 모차르트의 유년 시절

---

9) 『Little Amadeus』(일명 "The Adventures of Young Mozart") 2008년 미국의 공영방송인

을 그린 애니메이션인데, 모차르트가 작곡한 음악
이 전편에 깔리며, 모차르트의 천부적 재능을 그리
고 있다. 천재적 인물의 전기적 사실과 모차르트
음악의 실체를 전달한다는 점에서 역사와 예술에
대한 충실한 교육적 목적을 달성하고 있어 위인의
전기와 관련된 에듀테인먼트로서의 전범을 보이고

Little Amadeus

있다. 모차르트의 천부적 재능을 시기한 자가 음모를 꾸미고, 그 음모
를 모차르트와 그의 벗들이 해결한다는 구조가 반복되며 한 편의 런닝
타임은 25분 정도이다.

『Little Amadeus』는 가장 인상적인 점이 모차르트의 음악을 각 편마
다 배경음악과 애니메이션 속 모차르트의 연주장면으로 들려주는데, 특
히 서사의 전개에 맞춰 모차르트의 음악을 소개하는 섬세한 배려를 보
이고 있다. 한마디로 모차르트 음악의 서사적 구성이라 하겠는데, 실례
로 「Kidnappers」 편의 서사적 구성과 어우러진 모차르트 음악을 보면
다음과 같다.

Ein Mädchen oder Weibchen wünscht Papageno sich 아리아로 에피소
드가 시작되며 여기에서 액션이 발전되어 "Magic Flute" KV620. As the
action develops, we hear the Rondo of the Horn Concerto No. 4 in E Flat
Major KV 495, "Rondo alla Turca" of the Piano Sonata No. 11 in A
Major KV 331를 듣게 됩니다. 마지막으로 2nd Movement of the

PBS의 PBS Kids Go! 프로그램을 통해 등장했으며, 독일의 KIKA에서도 방영되었다.
2008~2009년까지 방영된 season 1에는 「Solo for Amadeus」 편을 포함해 총 26편이 발
표되었다.

Serenade No. 13 "Eine kleine Nachtmusik" in G Major KV 525로 마무리
가 됩니다.[10]

　여기에서는 『Little Amadeus』의 서사에서 가장 주목할 만한 사실로서
음모의 성격과 구조, 천부적 천재의 재능의 의미, 위기의 극복과 관련
된 선인의 기지와 악인의 실언, 음모가 해결되는 시점에서의 선인에 대
한 보상과 악인에 대한 징벌의 문제를 다루려고 한다.

논점 편명	음모	재능의 화소	기지와 실언	보상과 징벌
Solo for Amadeus	모차르트 후원가의 경제권을 무력화	지기문디스의 날 음악회를 위한 작곡과 독창	음모 가담자의 경로를 추적, 위기 극복의 관건이 된 초콜릿의 수송에 대한 묘안 실행. 음모가담자인 마부가 범행을 누설.	모차르트의 후원자는 왕실과의 계약에 성공하고, 모차르트는 대주교로부터 상찬 받음. 음모 주도자가 물통에 스스로 빠지게 함.
The Stolen Watch	모차르트에게 표절과 절도의 누명을 쓰게 함	대주교 주관 잘츠부르크 황금상 수상을 위한 작곡	귀신 소동을 꾸며 음모 가담자의 자백을 이끔. 음모가담자인 마리오는 자신들이 꾸민 음모를 토설	모차르트는 잘츠부르크의 황금상을 받게 됨.음모가담자인 마리오를 공포에 빠지게 함, 궁정 청소의 벌.
Pumperl in Trouble	모차르트의 여자친구 부모의 은혼식을 망치게 하려함	여자친구의 부모의 은혼식을 위한 작곡	음모자를 속이기 위해 가짜 악보를 미끼로 던짐. 대주교 앞에서 모차르트에 대한 질투심을 토설	모차르트는 카티의 사랑을 얻음. 음모가담자가 혐오하는 일을 강제로 하게 만듦.

10) 『Little Amadeus』의 「Kidnappers」 편에 대한 애플리스 외국어사 소개에서 발췌.

Kidnappers	모차르트를 납치	뮌헨 궁전에서의 연주를 위한 작곡	음모 가담자인 유괴범들 사이에 분쟁이 일도록 유도 데빌리우스는 자신의 범행이 무산된 것에 대한 불쾌함을 토설	음모가담자가 추위와 두려움에 떨게 함.
The Bird Seller	모차르트를 새도둑으로 몰아 감옥에 가둠	새들까지 감동시키는 작곡과 연주 재능	피리 연주로 새들을 불러 모음	대주교의 신뢰를 다시 얻고 잃었던 카나리아를 되찾음. 새의 놀림을 받는 수모와 새장 청소.
Mixed up Violinens	바이올린을 훔쳐 선제후와 대주교를 농락했다고 꾸밈	낡은 바이올린으로도 감동적인 연주	음모가담자 마리오가 데빌리우스의 음모를 누설	선제후로부터 그가 받은 바이올린을 선물로 받는 모차르트. 음모가 드러나 상들리에를 닦는 위험을 겪는 데빌리우스.
Rumours	모차르트의 작곡이 속임수라고 꾸밈	천부적인 변주능력	특수잉크의 존재를 밝혀냄	대주교로부터 의심을 받는 데빌리우스.
The Bet	대주교와 데빌리우스의 내기를 두고 승부의 관건인 작곡시한을 어기도록 계략을 꾸밈	천부적인 작곡재능과 연주재능	백작부인의 쾌유를 위해 만든 곡을 내기를 위한 곡으로 포장	경제적 지원을 약속받는 모차르트 일가. 궁전 청소를 떠맡는 데빌리우스.

① 천부적 천재를 향한 노력형 재인이나 범인(凡人)들의 부러움과 좌절, 그리고 시기와 질투는 인간의 존재에 대한 근본적인 의문과 본능의

격렬한 요동을 불러온다는 점에서 매우 극적이고 격정적이며 흥미로운 화소이다. 이제는 명화의 반열에 오른 1984년작 영화 『아마데우스』에서 천부적 천재인 모차르트와 궁정악장이자 노력형 재인인 살리에르 사이에 벌어지는 치열한 갈등과 파국은 스케일이 크면서도 본능과 감정이 분출하는 격정적인 장면을 연출한다.[11] 특히 노력형 재인이나 범인들이 겪는 시기와 질투는 넘어설 수 없는 천부적 천재의 재능이라는 탄탄한 벽에 막혀 끝내는 범죄적이고 비윤리적인 '음모'로 귀결된다는 점에서 매우 매력적인 화소임에 틀림없다.

스토리텔링에서 '음모'란 한 사람의 삶을 반전적으로 파국으로 몰아갈 수 있다는 점에서 충격적인 것이고, 그만큼 서사에는 긴장감과 입체감을 가져올 수 있다는 점에서 매력적이다. 악인이나 안티고니스들에게 음모란 천부적 천재의 넘긴 힘든 재능의 벽을 일거에 무너뜨리며 분노와 욕망을 성취할 수 있는 사실 유일한 길이기도 하다. 『Little Amadeus』에서도 천부적 천재인 모차르트를 중심에 두고 대주교의 비서이자 궁정음악가를 꿈꾸는 데빌리우스는 늘 음모를 꾸민다. 데빌리우스가 음모 주도자가 되고, 조카인 마리오와 쥐(몬티)는 음모가담자가 되어 모차르트를 파멸시킬 음모를 실행한다.

그 음모란 모차르트의 후원자의 경제권을 무너뜨리거나, 모차르트에게 절도의 혐의를 덮어씌우고, 모차르트의 음악적 재능을 사기로 포장하는 것 등이다. 모두 후원에 의지해 살 수 밖에 없는 모차르트 일가의 처지에서 보자면 생계를 위협받는 것이거나, 음악적 재능이 사기로 알

11) 천부적 천재와 노력형 재인(천재) 간의 대결이라는 매력적인 화소는 한국과 일본에서 크게 성공한 인포테인먼트 『신의 물방울』에서도 확인할 수 있다.
강현구, 『문화콘텐츠의 서사전략과 인문학적 상상력』, 글누림, 2008, 157쪽.

려져 음악가로서의 생을 포기할 수밖에 없고, 절도나 사기 등의 범죄자로 전락한다는 점에서 치명적이다. 음모로 인한 삶의 치명적인 전락의 노골적인 제시는 「The Bird Seller」편의 경우에는 남의 재물을 손괴했다는 음모로 인해, 「Romors」편에서는 부친의 작곡을 자신의 작곡으로 위장했다는 사기혐의로 어린 모차르트가 감옥에 갇히는 장면이나, 「kidnappers」편에서처럼 감옥에 있는 죄수를 꾀어 모차르트를 유괴하게 하는 범죄적 성격의 심각한 장면을 곧잘 연출한다는 점에서 여실히 확인된다.

특히 음모가 간교한 술책에서 범죄적 사건으로 넘어가는 과정에서 지적 능력이나 과단성이 부족한 데빌리우스와 마리오를 쥐(몬티)가 특유의 간교함과 전략적 사고로 부추기며 음모의 음험성과 심각성을 고조시키는 역할을 하게 된다. 한마디로 '음험한 모사가'의 전형적인 모습이다.

음모가담자로서의 쥐(몬티)와 마리오

쥐(몬티) : 이봐 데빌리우스
데빌리우스 : 다 소용없게 됐어. 주교님은 아마데우스의 곡이 시계 곡이
　　랑 같다는 것도 모른다고!
쥐 : 정말 운 좋은 녀석이군! 그럼 다음 계획으로 넘어가야지.
데빌리우스 : 다음 계획?
쥐 : 선반 위에 시계가 있던데 내 말이 맞지!
데빌리우스 : 잘도 봤구나!
쥐 : 망설일 게 뭐 있나? 그걸 훔쳐!

데빌리우스: 뭐라고? 제 정신이야?

쥐: 당연하지. 아마데우스를 물리치고 마리오가 황금상을 받게 할 생각
　　아니야?

데빌리우스: 물론이야.

쥐: 그럼 어떻게 할 거야? 그 시계의 음악이 아마데우스가 주교를 위해
　　만든 곡이랑 똑같지?

데빌리우스: 내 말이 그 말이야.

쥐: 생각해 봐! 자네가 시계를 훔치고 아마데우스에게 덮어씌우면 모두
　　그가 증거를 없애기 위해 시계를 훔쳤을 거라고 생각할 거야. 그러
　　면 그는 끝장이지. 네가 시계를 훔쳤다고 해도 주교는 아마데우스
　　가 훔쳤다고 생각할 거야. 똑똑하지?

데빌리우스: 그래!

쥐: 좋아, 어서 가!

(「The Stolen Watch」 편 중)

음험한 모사가로서 쥐를 선택한 점은 음모가 이루어지는 시점마다
음험한 모사를 꾸미는 인물의 현장적 임재감을 유연하게 충분히 살릴
수 있고, 음모주도자 데빌리우스나 음모가담자 마리오와의 뚜렷한 외모
적 차별성으로 인해 짜임새 있는 화면구도를 만들 수 있다는 점에서 성
공적이다. 즉 정황과의 어울림이라는 제약을 벗어두고 늘 출현할 수 있
는 이점과 함께, 세 인물의 대조적인 외모와 액션이 역동적이고 다양한
리듬감의 미장센을 만들어낸다.

『Little Amadeus』란 제명에서 드러나듯이 모차르트의 '어린 시절'을
초점으로 '한 천부적 천재의 재능에 대한 현시와 함께 노력형 재인이나
범인들의 시기와 질투 그리고 음모'를 다루려면 성인의 세계에서도 여

전혀 범접하기 힘든 천부적 재능에 좌절하고 분노하는 음모주도자로서의 성인이 있어야 하고, 여기에 더해 '어린 시절'을 그린다는 점에서 유년 세계에서의 재능을 둘러싼 갈등 역시 현시되어야 한다는 점에서 음모가담자로서의 아동 역시 필요하며, 천부적 천재에 대한 라이벌 의식으로부터는 거리감을 두면서 냉정하게 음험한 모사를 꿈꾸는 자 역시 필요하니, 음모주도자로서의 데빌리우스와 음모가담자로서의 마리오 그리고 몬티(쥐)의 인물 설정은 탁월한 선택이었다 하겠다.

② 『Little Amadeus』에서 한 천부적 천재의 탁월한 재능은 가장 핵심적인 화소로 부각된다. 매 편마다 그의 재능은 완벽하고 범접하기 힘든 탁월성으로 표출된다. 작곡능력, 연주능력, 성악능력 등 음악의 모든 분야에서 천부적 재능을 보이는데, 『Little Amadeus』에서는 그의 재능을 그릴 때 노력의 과정보다는 즉흥적인 재능의 분출을 곧잘 그리곤 한다는 점에서 그의 재능이 천부적임을 강조한다. 일례로 「Rumours」 편에서는 짧은 주제부만 던져주고 즉흥적으로 작곡을 완성해야 하는 미션이 주어지는데, 모차르트는 그 자리에서 한점 망설임 없이 완벽하게 작곡을 완성한다는 식이다.

동시에 그의 재능이 천상이 내려준 천부적인 탁월성을 보이는 점은 그의 음악이 갖는 감화력이 지상의 인간적 상식으로는 이해하기 어려운 천상적 면모를 갖기 때문이다. 그의 음악이 흐르면, 그 소리를 들은 인간들은 영혼의 울림으로 흥분하며('너의 그 한계를 뛰어넘은 재능에도 굉장히 탄식, 아니 감탄했단다' – 「Solo for Amadeus」), 병을 치유하는 영적 힘을 보이고(「The Bet」), 심지어는 새와 같은 자연을 감화시키기까지

한다('이건 정말 기적 같은 일이에요. 새들이 전부 돌아왔어요' - 「The Bird Seller」).

모차르트는 스스로의 재능에 대해 모호한 의심을 전혀 갖고 있지 않고, 항상 자신감이 넘치며 확신에 차있고('새로 작곡한 내 곡이면 황금상을 충분히 탈 수 있어' - 「Solo for Amadeus」), 스스로의 재능을 탁월한 천상의 재능임을 숨기지 않는다('다 낡은 바이올린이지만 세상에서 가장 아름다운 음악을 연주할 수 있어요.' - 「Mixed up Violinens」). 동시에 그의 음악을 들은 모든 사람들은 모두 황홀감을 갖고 그의 음악을 상찬하는데, 종종 모차르트에 대한 시기와 질투로 음모를 꾸미는 자들조차 그의 음악을 우연히 듣게 되면 스스로의 황홀감에 빠져 상찬의 말을 부지불식간에 토로하게 된다('멋진 음악이에요. 정말 부럽네요' -. 「The Stolen Watch」).

『Little Amadeus』에서 그린 천부적 천재의 재능은 사실 음모주도자와 음모가담자가 그리는 천부적 천재의 재능에 대한 갈망과 질투와 시기 그리고 분노에서 더 강렬하고 파괴력 있는 삶의 인자로 등장한다.[12] 그들은 모차르트의 천부적 재능에 대해 여러 장면에서 부지불식간에 감탄사를 연발하다가 곧 황급히 자신의 어처구니없는 모습에 진저리를 치고는 하는데, 그것은 곧 모차르트가 보여 준 천부적 재능이 삶과 사회에서 얼마나 크고 압도적인 위력으로 다가오는지에 관한 처절한 경험치에서 유래한 것이다. 사람들의 영혼을 순식간에 흔들어놓는 마력, 인간의 경험치를 뛰어넘는 천상적인 완벽함은 음모주도자나 음모가담

---

12) 이런 사실과 관련하여 '음모'가 음모의 올가미에 갇힌 인물의 진실한 가치, 진정한 성격을 드러내는 기회를 제공하는 기능을 한다는 지적은 의미 있는 논의이다.
심재민, 「전통적 음모 희극의 한계 및 새로운 희극 유형」, 『뷔히너와 현대문학』 22권 0호, 2004, 76쪽.

자의 삶을 뒤흔들어 천부적 천재에 대한 광적인 증오심을 유발하는 한 편으로 천부적 천재와 자신들에 관한 착란적인 인식까지 초래한다.

특히 후자와 관련하여 음모주도자와 음모가담자는 모차르트의 음악에 대해 생래적인 저주를 퍼붓기도 하며, 자신들과 자신들의 음악에 관해 과대망상적인 집착을 보인다. 그런 착란적인 사고나 자세는 경쟁에서 밀린 자의 승자 혹은 라이벌에 관한 질투심이나 자기위안적 변명에 그치지 않고, 처절한 좌절감이 잉태한 망상적인 행태에 가깝다.

> 데빌리우스 : 뭐가 또 문제냐?
> 마리오 : 제가 솔로를 맡게 됐어요.
> 데빌리우스 : 그거 잘 됐구나! 정말 좋은 기회야.
> 마리오 : 솔로 파트는 너무 어려워요. 그 높은 음이라니!
> 데빌리우스 : 귀족들은 모두 나의 작곡에 푹 빠져서 내 발아래 엎드릴 거야. 나의 음악적 재능으로 그들 모두를 정복하는 거야.
> 마리오 : 그럼 삼촌이 부를실래요?
> 데빌리우스 : 말도 안되는 소리! 네 노래로 아마데우스와 그의 추종자들의 콧대를 꺽는 거야. 그러면 완전히 무너지겠지.
>
> （「Solo for Amadeus」편 중）

데빌리우스는 몇 시간째 '도' 음도 제대로 내지 못하는 조카 마리오를 타박하면서도, 모차르트를 의식하는 순간 망상적 사고에 빠져 마리오가 훌륭한 음악적 재능으로 사람들을 감동시키고, 자신은 작곡으로 사람들의 영혼을 흔들 것이라고 토로한다. 순간순간 모차르트의 위상으로 자신과 조카 마리오를 치환해 놓는데, 그것은 망상적 사고가 빚는 절규에 가깝다. 그는 어느덧 환영적 세계를 부유하는 망상가처럼 보인다. 그런 사실은 달리 말하면 천부적 천재의 재능이 갖는 가공할 무게와 힘을 반증하는 것이며, 노력형 재인이나 범인들이 갖는 처절하고 질시어린 시선이나 인식을 말해주는 것이고, 그만큼 '저주와 망상'의 세계가 그리는 극적인 장면과 서사를 만드는 힘이 되고 있다.

③ 음모주도자와 음모가담자에 의해 만들어진 음모는 결국 결미에 이르러 음모의 실체가 파헤쳐지고 선의 세력에게는 보상이, 악의 세력에게는 응징이 주어져야 할 텐데, 음모의 실체가 드러나는 과정은 두 가지 계기에 의해 만들어진다. 하나는 모차르트 편의 기지에 의한 선의 세력의 승리이거나 다른 하나는 음모주도자나 음모가담자의 실언에 의한 악행의 드러남에 의한 악의 세력의 패배이다.

『Little Amadeus』에서 선의 세력의 기지는 음모의 실체를 추적하는 과정에서 명민함으로 음모주도자와 음모가담자를 압도하는 것으로 나타나는데, 예의 미스터리물의 탐정 역 그대로 범인들이 남긴 사소한 단서를 예리하게 잡아내고, 범인의 실체도 한 치의 흔들림 없이 정확하게 짚어낸다. 여기에 더해 음모로 불거진 곤궁한 상황을 극복하는 데에도 기발한 상상력으로 묘안을 만들어낸다. 특히 음모주도자와 음모가담자의 지적 미숙을 이용하여 그들 사이에 내분을 만들거나, 두려움으로 범행을 스스로 고백하게 만든다. 한마디로 선과 악의 세력의 대결은 달리 말해 음모의 전말의 드러남은 지적 게임에서의 승리라는 공식으로 항상 귀결된다.

그런데 음모의 실체가 드러나는 계기에서의 흥미로운 설정은 여러 편에 걸쳐 반복되는 음모주도자와 음모가담자의 실언(失言)에 의한 비밀의 폭로 혹은 악인의 실체에 대한 폭로이다. 「Mixed up Violinens」편에서는 대주교가 선제후에게 선물로 전달하려는 귀한 바이올린을 음모주도자 데빌리우스가 자신의 낡은 바이올린으로 바꾸고, 그것을 모차르트가 탐욕으로 훔쳤다는 음모를 꾸미는데, 그 낡은 바이올린으로 모차르트가 멋진 연주를 선보이자 음모가담자 마리오가 부지불식간에 그 바이올린이 데빌리우스의 것임이라고 실언하여('오 삼촌 들어보세요, 삼촌 바이올린이 정말 멋진 소리가 나고 있어요.' ― 「Mixed up Violinens」편 중) 음모를 폭로하게 된다. 또한 「Kidnappers」편에서는 데빌리우스가 수형자를 사주하여 모차르트와 그의 친구를 납치하지만 대주교에 의해 그들이 구원되자, 부지불식간의 실언으로 대주교에 대한 원망과 모차르트에 대한 증오심을('대주교: 그게 바로 운명이지. 주님께서 나를 이끄신거야. 데빌리우스: 퍽도 그러셨겠네요. 그러니까 여기 계셨던 게 잘 된 일이라고요.' ― 「Kidnappers」편 중) 드러낸다.

음모주도자나 음모가담자의 실언에 의한 비밀(범행이나 악인의 실체)의 드러남은 『Little Amadeus』에서 음모로 인한 시련을 헤쳐나가고 음모의 실체를 밝히는 주체가 모차르트나 그의 친구인 키예탄과 키티 등 아동이어서 공격적인 대응이 어렵고, 지적 추론에 의한 명백한 증거의 제시와 그에 따른 범인의 지목 또한 어렵다는 점과 함께, 악인이 동일인물로 계속 진행되는 시리즈물의 성격상 범죄의 전모와 범인에 대한 형벌적 응징이 어렵다는 점과 모두 관련된다. 하지만 여기에 더해 실언이 악인들의 지적 미숙이나 부주의와 관련된 말실수로 자신들에게 치명적인 결과로 이어진다는 점에서 허풍과 힘의 과시로 무장된 알라존적 인물의 어리석음과 몰락이 주는 통쾌하고 우월적 감정의 웃음의 기능을 한다는 점도 함께 주목해야 한다. 물론 그것은 음모주도자가 성인이어서 모차르트 편의 승리는 아동의 성인에 대한 승리이기도 하다는 점에서 아동들의 억눌린 감정의 해소라는 소망적 사고의 실현이나 충족과도 관련이 되는 웃음이기도 한 것이다.

④ 악인의 음모가 평정된 후 선인에 대한 보상과 악인에 대한 징벌이 이루어진다. 먼저 선인에 대한 보상은 음악가로서의 삶을 보장받기 위한 경제적 지원을 다시 얻게 되거나 음악가로서의 지위를 계속 유지하기 위한 대주교로부터의 신뢰를 회복하거나 혹은 음악가로서의 명예와 작곡 재능을 재확인 받는 것 등이다. 모두 천부적 천재의 재능이 사장될 위기에 처했다가 다시 명예롭게 인정되고 꽃을 피울 수 있는 계기를 마련하는 것이어서, 천부적 천재의 재능에 대한 찬미가 핵심인 셈이다.

또한 악인에 대한 징벌은 궁정청소의 벌을 받거나 물통에 빠지고 추위에 떨며 거리를 헤매게 되는 것 등인데, 음모의 성격에 비해 징벌은 신분적 불이익이나 신체적 구속 같은 것과는 거리가 멀어 가벼운 편이다. 그 이유는 『Little Amadeus』가 아동물이어서 징벌의 고통을 심하게 다루기 어렵고, 악인형 인물이 동일한 시리즈물의 성격상 악인의 제거가 어려운 점과 함께 무엇보다도 아동의 입장에서 힘들고 싫었던 벌의 경험치와 가장 유사해 공감도를 높일 수 있기 때문이다.

특히 악인의 징벌에 대한 대목에서 흥미로운 점은 징벌의 권한을 쥔 대주교나 백작부인, 모차르트의 부 등이 보여 주는 '오해'의 설정이다.[13)]

이들 징벌 권한자들은 대부분 음모주도자나 음모가담자들의 악행을, 단순히 그들 성격상의 결함 즉 소심함이나 주의력 결핍 혹은 엉뚱함 등으로 가볍게 치부해 버리며 넘긴다는 점이다. 바로 이 오해 때문에 모차르트와 친구들의 영특함과 용기가 더욱 돋보이게 되고, 악인의 징계는 '징벌과 복수'와 같은 살벌한 국면을 연출하지 않고 한바탕 소동에 가까운 해프닝으로 끝나 아동물 특유의 활달하고 화평한 세계를 만드는 데 일조하게 되는 것이다.

---

13) 역사지식을 전하는 에듀테인먼트 형 아동용 애니메이션『Gadget Boy's Adventures in History』에서도 적대자들의 악의와 공격성을 자신에 대한 호의로 판단하는 '오해'의 설정이 드러날 만큼, 아동용 애니메이션의 특수성을 감안한 '오해'의 설정은 효과적인 트릭이 된다.
강현구,「멀티미디어 형 에듀테인먼트 개발을 위한 문화콘텐츠 창작론」,『한국문예비평연구』23집, 2014.4, 410쪽.

제 6 장

에듀픽션

에듀픽션

에듀픽션(edufiction)은 교육(education)과 소설(fiction)의 합성어이다.[1] 경성문화인 교육과 연성문화인 소설을 합성한 것인데, 교육의 수월성 제고를 위해 소설적 재미를 활용하는 것이다. 소설형식을 활용하여 역사, 수학, 지리 등의 특정분야에 대한 지식을 전한다. 교육이 흥미나 몰입을 이끌기 힘든 경성문화인 점을 감안하여, 또한 신세대의 연성문화에 대한 기호를 감안하여, 소설이 주는 재미와 몰입의 효과를 적극적으로 도입하는 것이다.

---

[1] 에듀픽션(edufiction)는 에듀테인먼트(edutainment＝교육 education ＋ 오락 entertainment)의 하위장르로 볼 수 있는데, 에듀픽션의 장르를 별도로 설정하는 이유는 '소설이 갖는 서사적 기법이나 특성에 대한 두드러진 활용과 자의식적 태도' 때문이다. 즉 지식의 흥미로운 전달에 있어 '소설의 가능성'에 대한 천착이 두드러지기 때문이다. 동시에 소설에 대한 문학적 이해에서 새로운 영역의 탄생이라 할 에듀픽션을 별도로 설정할 때 소설에 대한 장르론적 이해를 심화할 수 있을 것이다.

소설의 서사가 갖는 재미와 긴장감을 유지하면서도, 특정분야에 대한 지식을 온전하게 전달한다는 것은, 분명 그 이질적 성격으로 인해 어려운 일일 뿐만 아니라 최근에 들어 새로이 개척된 영역이라는 점에서 축적된 기법이나 방법론도 적다. 따라서 에듀픽션이 재미와 긴장감이 깃든 서사를 유지하면서도 특정분야의 지식이나 정보를 자연스럽고 효과적으로 전달하기 위한 서사전략에 대한 탐색은 매우 중요하다 하겠다.

지식이나 교육의 중요성은 개인적, 국가적 경쟁력을 위해서도 여전히 주목해야 할 것이고, 갈수록 신세대의 연성문화에 대한 기호는 심화될 것이기에 에듀픽션은 가장 주목받는 문화콘텐츠·대중서사 장르가 될 것이다. 따라서 경쟁력 있는 에듀픽션의 산출을 위한 노력이 중요하다 하겠는데, 역시 그 핵심은 효과적인 서사를 만들기 위한 서사전략에 대한 탐색이 되어야 할 것이다.

에듀픽션이 취할 수 있는 서사전략은 i) 추리물의 활용, 영웅모험담 서사구조의 차용, 가상역사담의 활용, 팩션의 활용, 가족복원기 수용 같은 서사구조, ii) 영웅형 인물, 동식물 의인형 인물, 탐정형 인물 같은 인물설정 iii) 부자대결구도, 상이한 천재상의 대결구도 같은 갈등구조 iv) 영웅의 아킬레스 건, 역설적 선택 같은 트릭의 설정 v) 서간체 서사의 활용, 보고서 형식의 수용, 2인칭 서사 같은 다양한 스토리텔링방식 발굴 등의 다양한 방식으로 나타나게 된다.

여기에서는 에듀픽션 중 교육적 수월성이나 대중적 기호에서 주목할 만한 성과를 보인 귄터 벤텔레의『소설로 만나는 근대이야기』와 알베르토 안젤라의『고대 로마인의 24시간』2편의 출판물을 중심으로 에듀픽션의 제작에서 고려해야할 서사전략을 살펴보려 한다. 상기 2편의 출판물을 택한 이유는 에듀픽션에서 역사교육을 담지하는 콘텐츠가 가장 두드러진 성과를 보인다는 점과 함께, 실제로 2편의 에듀픽션이 중요하고 전범적인 서사전략을 다양하게 보인다는 점 때문이다.

1. 『소설로 만나는 근대이야기』

『소설로 만나는 근대이야기』[2]는 근대의 역사적 사실을 중심으로 근대역사에 대한 지식을 소설로 꾸민 에듀픽션이다. 근대 역사에서 중요한 역사적 사실 즉 근대적 자본과 소유개념의 형성, 지구관과 우주관의 변화, 르네상스의 대두, 신교와 구교의 대립, 제국주의 도래 등을 망라하여 근대의 총체적 모습을 조망하면서도, 영웅이나 군주 혹은 그들이 펼친 특정의 역사적 사건을 사료 중심으로 드러내

권터 벤텔레의
〈소설로 만나는 근대이야기〉

지 않고, 군주나 귀족 그리고 교황 같은 상류층은 물론이고 특히 평민계층, 하층계층에 두드러진 관심을 두면서 그들의 실제의 삶 특히 일상적 삶에 스며든 역사의 실상과 무게를 진지하고 흥미롭게 그렸다. 『소설로 만나는 근대이야기』가 에듀픽션으로 만들어진 이유가 흥미롭게 지식을 전달하려는 목적과 함께, 전달하려는 지식의 내용 달리말해 저자의 역사관과 직결된다는 점을 보여주는 대목이다. 『소설로 만나는 근

---

2) 권터 벤텔레, 『소설로 만나는 근대이야기』, 안미라 역, 살림Friends, 2010.
   (이하 인용시는 쪽수만 기입)

대이야기』는 총 14장의 개별적 이야기로 구성된 옴니버스 형식인데, 서
사전략에 대한 탐색은 각 장별로 그 장의 내용과 서사방식을 검토한 후
주목할 만한 서사양식을 선정하여, 그것에 나타난 서사전략을 탐색하는
데 모아져야 한다.

장 제목	스토리텔링방식	내용
제1장 스물 세 개의 베틀	1인칭 주인공 시점 서사	흑사병과 근대적 자본 및 소유개념
제2장 미로	3인칭 전지적 시점의 서사	바이트츠탄츠 질병과 근대의 여명기 사조
제3장 세계를 상징하는 사과	1인칭 관찰자 시점의 서사	현존하는 가장 오래된 지구의 제작자 마르틴 베하임과 근대적 교역의 융성
제4장 아름다운 베네치아 소녀	3인칭 전지적 시점의 서사	화가 알브레히트의 여인의 초상화와 르네상스
제5장 둥근 아치 천장	보고서, 청원서, 편지	교회건축 양식과 근대 여명기의 의식세계
제6장 융커 외르크	서간체 서사	루터와 신구교의 대립
제7장 킨델브뤼크의 농민들	3인칭 전지적 시점의 서사	독일농민전쟁의 실상
제8장 교수의 악몽	가상역사소설	유럽의 식민지 침탈을 빗댄 가상역사
제9장 시계공	1인칭 주인공 시점의 서사	황제 카를 5세의 재위와 종교갈등
제10장 뇌르틀링겐에 사는 아름다운 마겔로네의 운명	1인칭 관찰자 시점의 서사	마녀사냥과 종교적 광기 그리고 민중의 삶
제11장 세 사람이 창밖으로 떨어지다	보고서 형식의 서사	프라하 창문 투척 사건을 통해 본 개신교와 카톨릭의 갈등
제12장 바바라	3인칭 전지적 시점의 서사	30년 전쟁과 민중들의 삶
제13장 왕의 주제 선율	1인칭 관찰자 시점의 서사	프리드리히 2세와 요한 제바스티안 바흐를 통해 본 근대의 풍경
제14장 쿠네르스도르프 전투	3인칭 전지적 시점의 서사	프리드리히 2세의 정복전쟁

1) 가상역사소설 서사

『소설로 만나는 근대이야기』의 제 8장 「교수의 악몽」은 가상역사소설 형식이다. 가상역사소설이란 대체역사를 활용한 소설 형식을 말한다. 대체역사란 육안으로 확인 가능한 과거를 괄호 속에 넣은 다음, 현재의 역사는 많은 잠재적 가능성 가운데 하나가 현실로

유적으로 남은 아즈텍 문명

나타난 것이며, 역사는 다른 방향으로 흘러갈 수 있다는 역사의 복수성 이념에 기초한 것이다.3)

제 8장은 16세기 초 아즈텍 인들과 잉카인들이 유럽을 비롯한 세계를 지배한다는 가정하에 그 가상적 역사를 그리고 있다. 실제 역사에서 벌어지지 않았던 가상의 역사를 설정하여 역사를 재구성했다는 점에서 대체역사이고 가상역사소설이라 부를 수 있다. 『소설로 만나는 근대이야기』가 근대의 역사적 사실을 충실하고 재미있게 전달하려는 목적에서 제작된 것임을 감안한다면, 의문시 되는 점은 가상역사소설 형식으로 인해 역사적 사실에 대한 왜곡된 이해를 불러올 가능성과 함께 가상역사소설 형식의 수용 이유이다.

첫째로 근대에 펼쳐진 특히 16세기에 정점을 이룬 스페인의 아즈텍과 잉카에 대한 침략사를 실제의 역사적 사실에 대한 충실한 재현을 통해 그려야 한다는 목적, 달리 말해 독자들에게 당대의 역사적 사실을

---

3) 송승철, 「가상역사소설론 : 허구적 역사구성과 실천적 관심」, 『실천문학』32, 1993,11, 294쪽.

충실하게 이해할 수 있도록 도모해야 한다는 목적이 어떻게 달성될 수 있는가 하는 점이다. 가상역사소설 형식이라 실제의 역사적 사실을 벗어난 대체역사에 의존한다면 구체적인 실제의 역사적 사실들은 허공으로 잠적해 버리는 것이 아니겠는가? 자연히 독자는 16세기 스페인의 남미 침탈사에 대한 왜곡된 혹은 편협한 지식만을 전달받지 않겠는가?

하지만 제 8장은 가상역사소설 형식이지만 16세기 스페인의 남미 침탈사에 대한 구체적이고 실제의 역사적 사실들을 독자에게 명료하게 각인시키는데 소홀치 않고 있다. 제 8장 교수의 악몽은 구체적인 실제의 역사적 사실들을 매우 뚜렷하게 각인시키고 있으며, 중요한 역사적 사실들은 역사에 대한 충실한 지식의 토대가 된다. 이것이 가능했던 이유는 제 8장 이 대체역사의 가상성을 분명히 드러냈다는 점과 함께 무엇보다도 그려진 대체역사가 실제의 역사적 사실과 정확히 역대칭성을 이루기 때문이다.

> 가) 나이가 지긋한 사학과 교수 에발트 에른스트는 2004년 10월 27일로 넘어가는 26일 밤에 심각한 꿈을 꾸었다. "식민지 – 사망과 권력"이라는 주제의 역사학회 일정 중 셋째 날에 일어난 일이었다. 다시 정신을 차리고 일어나기까지 꽤 오래 걸렸다. 그는 깊이 잤는데도 나쁜 꿈을 꾸었다.
>
> 그런 꿈을 꾸게 된 이유는 쉽게 설명할 수가 없었다. 확실한 것은 아주 피곤한 날에 꾼 꿈이라는 것이다. 늦은 저녁에 한 식사가 과하기는 했다. 술을 마시기도 했다. 하지만 에른스트 교수가 취했던 것은 아니었다. 그는 절대 취하는 경우가 없었다.
>
> 그는 꿈이 밤새도록 이어진 듯 했다. 매우 끔찍하면서도 아주 자세

하고 또렷한 꿈이었다. 마치 그가 직접 경험을 한 듯 하면서도 동시에 멀리서 지켜 본 느낌이었다. 꿈에서는 이러한 묘한 상황이 가능하다. 몇 년이 지난 후에는 그날 밤 꿈을 이야기할 수 있을 정도로 생생한 꿈이었다. 하지만 그는 꿈 따위는 이야기하지 않는 학자였다.(253~254 쪽)

나) 나이 든 황제도 붙잡혔다. 황제는 일반 군인과 함께 밧줄로 묶인 채 마구간에 감금되었다. 그들은 황제를 인질로 몸값을 요구했다. 적어도 드디어 협상을 할 준비가 된 것이다. 하지만 그들이 요구하는 몸값은 보통 사람들이 상상하기조차 힘들 정도로 너무나도 컸다. 그들은 수만 톤의 금과 보석, 은, 호박 보석을 요구했다.

사람들은 몇 주 동안 유럽 각국으로부터 금으로 된 유물함, 보석으로 치장된 책 덮개, 상아, 성체 현시대, 금으로 된 제단 장식품, 화려한 술잔, 성수기, 그릇, 왕관, 띠, 목걸이, 팔지, 진주, 에머랄드, 루비, 다이아몬드 등을 가득 실은 수레들을 가져왔다. 침입자들은 그렇게 모은 아름다운 예술품들 중에서 금이나 금으로 도장된 은 동상과 같은 것들은 그 자리에서 부수거나 녹였다. 그들에게 예술품은 큰 의미가 없었다. 금과 은은 모두 사각형의 덩어리로 녹여 배에 실었다. 보석도 모두 깨뜨려 가죽 주머니에 담아 갔다.

"충분한가요"

하지만 그들은 아직 멀었다는 대답만을 하였다. 그렇게 몇 달이 흘렀다. 보물이란 보물은 전부 다 갖다 바쳤다. 침입자들은 자신들을 원망해서는 안 된다고 했다. 이 모든 것이 황제의 책임이라고 했다. 그들은 늙은 황제를 재판대에 세워 사형을 선고했다. 한 사형집행수가 나와 황제를 끈으로 졸라 죽였다. (260~261쪽)

가)에서 에발트 에른스트는 사학과 교수로서 역사학회의 학술대회에 참석하였는데, 그 주제가 '식민지-사명과 권력'이다. 그 일정 중 셋째 날에 에른스트 교수가 꿈을 꾸었는데, 그 꿈의 내용이 역사학회의 주제와 일치하는데, 그 꿈은 수년이 지나도 뚜렷이 기억될 만큼 충격적인 것이다. 이 서두는 역사란 화두와 함께 매우 의도적인 반복을 통해 꿈임을 주지시키고, 그 꿈의 기이성을 강조하는데, 그것은 대부분의 가상역사소설들이 대체역사의 그럴듯함을 애써 강조하는 것과는 사뭇 다른 태도이다. 그만큼 꾸며진 이야기임을 인지해주기를, 또는 반성적 사고로 제 8장에 그려진 역사적 사실들을 들여다보아 주기를 요구하고 있는 셈인데, 『소설로 만나는 근대이야기』가 단순히 대체역사를 활용한 가상역사소설로서 재미만을 추구하기보다는 에듀픽션의 성격도 있어 역사에 대한 충실한 이해를 도모해야 하기 때문이다.

동시에 나)에서 볼 수 있듯이 기술된 역사적 사실은 i) 침략자들이 점령된 국가의 왕을 납치하였고, ii) 점령지의 사람들에게 왕을 풀어주는 대가로 막대한 금을 요구하였으며, iii) 무자비하게 그들의 문화와 예술품들을 파괴하였고, iv) 요구한 막대한 금을 받았으면서도 그들의 왕을 처형했다는 것이다.

이런 사실들은 16세기 아즈텍과 잉카에서 실제로 벌어졌던 역사적 사실과 정확히 역대칭성을 이룬다. 즉 실제의 역사에서 침략국인 스페인과 식민국가인 아즈텍, 잉카의 구도를 맞바꾸기만 하면, 그 뒤바뀐 구도 그대로 벌어진 역사적 사실은 정확히 역대칭성을 이루는 것이다. 구체적으로 지적하면 다음과 같다.

역사적 사실	대체역사
스페인의 아즈텍, 잉카 침공	아즈텍, 잉카의 유럽 침공
스페인의 무자비한 살육, 협상거부	아즈텍, 잉카의 무자비한 살육, 협상거부
스페인, 잉카 족 아타우알왕과 아즈텍의 몬테수마 왕을 납치	아즈텍, 잉카족, 유럽의 왕을 납치
스페인, 막대한 금을 요구	아즈텍, 잉카, 막대한 보물을 요구
스페인, 문화와 예술품을 파괴	아즈텍, 잉카, 문화와 예술품을 파괴
아즈텍이나 잉카에는 없는 동물인 말에 대한 공포	유럽에는 없는 동물인 낙타에 대한 공포
스페인, 약속을 어기고 왕을 처형	아즈텍, 잉카, 약속을 어기고 왕을 처형
스페인인들이 옮긴 전염병으로 아즈텍, 잉카인 몰살	아즈텍, 잉카인들이 옮긴 전염병으로 유럽인 몰살
아즈텍, 잉카 문명이 유물로만 남음	유럽 문명이 유물로만 남음

실제 역사에서 침략국이 스페인이고 식민지국이 아즈텍, 잉카인 점을 대체역사에서 반대로 침략국이 아즈텍, 잉카이고 식민지국이 유럽으로 바꾸어 놓기만 하면 대체 역사에서 구체적으로 벌어진 역사적 사건들은 실제역사와 그대로 역대칭성을 이룬다. 그러니 대체역사 속의 역사적 사건을 이해하고 지식화 하는 것은 곧 16세기에 유럽과 남미에서 벌어졌던 실제의 역사적 사건에 대한 온전한 이해 및 지식화가 되는 셈이다. 『소설로 읽는 근대이야기』가 가상역사소설이고 그려진 사건들이 대체역사 임에도 불구하고, 16세기 역사적 사실에 대한 충실한 학습이 되는 이유가 바로 그것이다.

동시에 『소설로 만나는 근대이야기』가 가상역사소설 형식, 특히 <침

략국과 식민지국이 뒤바뀐 채 역사적 사건은 실제 역사와 대체 역사에서 정확히 역대칭성을 갖는다는 점>은 <역사에 대한 이해에서 감성적, 심정적 동조를 이끄는 힘의 중요성을 인식한다는 것>과 같은 맥락으로 작용하는 효과를 가져오기도 한다. 유럽인이 쓰고, 유럽인 독자를 상정하는 이 역사서에서 가상역사의 내용 그대로 유럽인들이 식민지 국가로 전락한 채 참혹한 학대를 당하고, 자신들의 문화와 정체성을 잃어버린 채 흔적도 없이 사라져버린다는 사실은 견디기 힘든 고통과 자극을 주게 되는데, 이로 인해『소설로 만나는 근대이야기』속의 가상역사소설 형식의 장을 읽는 독서의 전 과정은 식민지국의 사람들이 느꼈을 고통에 대한 감성적, 심정적 인지라는 새로운 역사학습의 영역을 만들었을 뿐만 아니라, 반향이나 몰입이 각별하게 커졌다는 점에서 역사적 사실에 대한 보다 충실하고 효과적인 학습을 이끈다 하겠다.

2) 다중화자 형식의 서사

『소설로 만나는 근대이야기』의 제 5장「둥근 아치 천장」과 제 11장「세 사람이 창밖으로 떨어지다」는 모두 여러 편의 보고서를 묶은 서사 형식이다. 보고서는 입장을 달리하는 여러 사람이 특정한 사안에 대해 사실에 대한 보고와 함께 자신의 입장에서의 견해를 담고 있다. 유독 두 장 모두 종교적 신념이 다른 사람들의 보고서로 이루어졌다는 점에서 보고서 형식의 서사는 의도적인 선택의 결과임을 알 수 있다.

제 5장은 독일 작센 지방에 있는 성 안나 교회가 신축 당시 천장이 무너졌다는 가상적 사건을 담고 있고, 제 11장은 1618~1648년 독일을

무대로 신교와 구교 간에 벌어진 30년 전쟁의 시발점이 되었던 프라하 창문 투척사건을 다루고 있다.

중세의 '교황중심의 카톨릭 신앙'이나 '고딕식 건축'이 그 한계를 노정하면서 '신교'나 '르네상스에 영향을 받은 후기 고딕 양식의 건축'과 치열한 각축을 벌이는 사정을 담았으니, 필연적으로 종교적 신념을 둘러싼 갈등이 핵심적으로 그려진다.

이 경우 신교와 구교로 나뉘어져 치열한 다툼을 벌였던 실상은 무엇보다도 신교도와 구교도의 치열한 대립상을 그들의 종교적 신념과의 관련하에서 그려내는 것이 가장 적합한 것이 될 것이다. 전쟁까지 이끈 신교도와 구교도의 대립의 근저에는 결국 그들의 종교관과 신념이 자리 잡고 있음이 가장 중요한 사실이기 때문이다.

그러면 그러한 실상을 가장 잘 그려내는 서사양식은 무엇인가? 특정의 시각과 입장을 지닌 화자를 통해 전쟁과 죽음까지 불사한 그들의 종교관 혹은 종교적 신념의 아득한 격차를 동시에 그려낼 수 있겠는가? 바로 그러한 문제의식이 특정의 시각과 세계관을, 그런 입장을 담지한 인물의 직설적이고 솔직한 고백과 주장을 통해 직접적으로 드러내는 것으로 나타난다. 즉 특정의 종교관과 종교적 신념을 가진 사람들이 저마다 화자로 나서 자신의 시각과 입장에서 특정의 사안에 대해 발언케 함으로써 종교를 둘러싼 치열한 대립상을 적나라하게 보여주자는 의도이다.

성 안나 교회 성 안나 교회는 1525년 이후 개혁교회가 되었으며, 독일에서 건축된 최초의 르네상스식 교회이다.

```
                    ┌──────────────────────────┐
                    │   성 안나 교회 천장 붕괴사건   │
                    └──────────────────────────┘
                      ╱                    ╲
             ╭──────────────╮      ╭──────────────╮
             │  보수적 구교도   │      │  진보적 신교도   │
             ╰──────────────╯      ╰──────────────╯
```

　제 5장에서는 성 안나 교회 천장의 붕괴 사건을 두고 보수적 구교도들은 중세의 고딕 양식을 저버리고 인본주의인 르네상스의 영향을 받은 후기고딕 양식의 건축이 신의 징벌을 부른 것이라고 주장하며, 진보파는 이탈리아의 새로운 건축술이 훌륭하니 그것을 적극적으로 도입하자는 입장이다. 또한 제 11장에서는 신교도들에 의해서 창문 밖으로 던져진 구교도이자 황제편인 세 사람의 귀족과 비서관이 생존한 사실을 두고 구교도인 황제측 인사들은 신의 은총을 거론하며, 신교도들은 단순한 자연현상으로 폄훼한다.

　그런데 이러한 상이한 시각차는 그것이 자신의 해석과 의견을 자유롭게 담을 수 있는 보고서 형식에 담기게 됨으로써 자신들의 종교관과 세계관을 무차별적이고 적나라하게 담을 수 있는, 특히 편협하고 광적이기까지 한 극단적 시각까지도 드러내 보일 수 있는 기제가 된다. 제 11장에 드러난 그 첨예하고 적나라한 대립상을 보자.

　가) 성모 마리아의 은총과 도움은 슬라바타 백작에게도 임했습니다. 피를 흘리며 높은 탑에서 떨어지던 슬라바타 백작 역시 성모 마리아의 모습과 음성이 또렷이 보이고 들렸다고 합니다. 수많은 천사들과 함께 모습을 보이신 성모마리아는 부드러운 음성으로 천사들에게 슬라바타

```
```

백작을 안아 안전하게 바닥에 도달하게 해 주라고 명하셨답니다. 장미향이 느껴졌고 천사들은 백작이 땅에 안전하게 착지하도록 해 주었답니다. 거룩한 성모와 천사들이 지켜보는 가운데 백작은 자기 하인들이 낮은 쪽에 있는 창문으로 내려 준 사다리를 타고는 폭군들에게 저지당하지 않고 안전한 곳으로 피할 수 있었습니다.(336쪽)

나) 그러나 우리는 그들이 주장하는 바를 본 적이 없음을 맹세도 할 수 있습니다. 성모 마리아와 수많은 천사는 커녕 천사 한 명도, 장미향이나 기이한 현상도 전혀 보이지 않았습니다. 오히려 반대입니다!

그들이 생존할 수 있었던 건 어쩌면 그들이 걸치고 있던 두꺼운 옷이나 그들이 떨어진 바닥의 질퍽질퍽한 특성 때문이었는지도 모릅니다. 또는 착지할 때 경사진 비탈을 구르면서 충격이 완화되었는지도 모릅니다. 하느님께서 그렇게 악한 사람들에게 기적을 베풀었다는 의문점을 해소해 주는 설명입니다. 다행히 우리는 현장에서 두 눈으로 모든 것을 보았습니다. 그들이 주장하는 기적과 같은 일은 결단코 일어나지 않았습니다.

한 가지 확실한 건 페르디난트가 보헤미아의 왕위에서 내려와야 한다는 것입니다. 새 왕을 골라야 하며 좋은 일을 위해 싸워야 합니다! 황제와 왕이 원치 않는다면 전쟁이라도 감수해야 합니다!(343쪽)

구교와 신교의 극단적인 입장 차이에도 불구하고 가)와 나) 모두 공통적으로 중요한 것은 구체적인 사실이 아니라 자신들의 종교관에 따른 입장과 해석이다. 신의 뜻과 하나님의 기적이 임하였는지에 관한 자신들의 판단만이 중요시되며, 객관적인 사실을 파헤치려는 노력은 아무런 의미가 없다. 그래서 신의 편과 악마의 편만이 존재하며, 성모마리아와 천사의 모습과 음성이 임하고 장미향이 진동하는 낙원의 도래나 그것의 철저한 부정만이 강조되는데, 그것은 거듭된 맹세에서 볼 수 있듯이 자신의 입장과 의지가 중요시되는 신념의 세계, 종교의 세계인 것이다. 물론 바로 그런 세계를 가감 없이 전달하는 최적의 수단은 자신들의 신념을 관철하는 것이 목적인 보고서 양식임은 두말할 나위가 없는 것이다.

결국 제 11장의 보고서 형식은 동일한 사안을 두고 각자가 자신의 시각에서 자신의 언어로 자신의 판단과 믿음을 전달하는 다중화자의 형식이 될 수밖에 없었던 것이며, 특히 종교관과 종교적 신념이 극단적으로 상이한 대립상을 극적으로 드러내기 위해서는 한 사람의 시각과 언어로만 제기될 수밖에 없는 단일화자의 한계를 넘어, 다중화자의 그 다양한 스펙트럼의 편차 그대로 그들의 시각과 언어로 표현된 세계를 그릴 수밖에 없었던 것이다. 근대의 문턱에서 구교와 신교의 첨예한 대립상은 그만큼 치열했던 것이고, 그 치열한 갈등 속에서 삶을 영위할 수 있는 방식이란 자신의 종교관과 종교적 신념에 전적으로 매몰되어 생존하는 방식이 될 수밖에 없는 것이다. 바로 그런 점에서 다양한 화자가 각자의 육성으로 증언한 보고서들이 어우러진, 그래서 다중화자 형식으로 나타나는 보고서 형식의 서사는 가장 충실한 근대의 기록이 될 수 있는 것이다.

동시에 우리가 주목해야 할 점은 여러 편의 보고서를 묶어 한 편의 서사로 만들었을 때 그 형식이 갖는 단조로움, 이야기의 분절적 성격이 갖는 한계 등에 대응하여 『소설로 만나는 근대이야기』가 적절한 서사 전략을 갖고 있다는 점이다. 즉 여러 편의 이질적 보고서를 관통하며 이야기의 맥락과 흥미를 지속시키는 서사구조를 갖고 있다는 말이다.

제 5장과 제 11장은 모두 '의문의 사건'과 '비밀의 폭로'라는 추리물적 구조를 갖고 있다. 제 5장에서는 교회 천장의 구조물이 무너져 3명의 사망자가 발생하는 참사가 벌어지는데, 그 붕괴의 원인이 미궁이며, 제 5장에서는 20미터 높이의 창문에서 세 사람이 떨어지는데, 별다른 상처 없이 멀쩡하니, 도저히 납득하기 힘든 희한한 의문의 상황이 벌어진 셈이다.

이 의문의 사건을 두고 이어지는 여러 편의 보고서는 비록 각자의 입장에 따라 자신만의 해석을 내어놓지만 공통적으로 흐르는 맥락 중의 하나는 그 비밀을 풀겠다는 사건조사자로서의 입장이다. 스스로 비밀을 밝히겠다는 적극적인 자세를 보이며, 나름대로의 논거를 밝히며 유추하고 추리한다. 예의 그 익숙한 사건조사자의 태도이다.

아울러 사건조사가 정점을 향해 치달은 끝에 의문의 비밀이 폭로되는 결정적인 마지막 보고서가 등장하는데, 그 비밀폭로는 '의외성'을 담고 있어 영락없는 추리물의 서사구조('의문의 사건 발생' – '사건조사' – '의외의 비밀폭로')를 따라가는 셈이다.

> 저는 사고의 원인을 밝혀냈습니다. 누군가가 견고한 늑골의 끝 부분을 돌가루와 회반죽 찌꺼기로 채운 다음 끝을 다시 늑골에 사용한 돌로 막고 기둥에 대충 고정시켰던 게 분명했습니다. 그렇게 하면 겉에서는 그 사실을 전혀 알 수 없었습니다. 범인이 누구든 간에 그 범인은 무너진 아치에 깔려 죽은 세 사람의 목숨을 앗아간 죄를 범했습니다. 그들의 영혼을 하느님께서 굽어 살피시길 바랄 뿐입니다.(178쪽)

> 한참 똥을 모으고 무더기를 만들고 있는데, 갑자기 창문이 열리더니

누군가가 크게 소리를 질렀습니다. 올려다보자마자 누군가가 똥 무더기 위로 떨어지는 게 보였습니다. 그러더니 더 큰 소리가 들리면서 또한 명이 창문에 매달렸고 많은 사람들이 인정도 없이 그 매달린 사람을 마구잡이로 때렸습니다. 그 사람도 곧 또 다른 똥 무더기 위로 떨어졌습니다. 똥 무더기에 몸이 꽂혀 목만 간신히 나와 있었습니다. 그래도 똥 덕에 살았지 안 그랬으면 죽었을 겁니다.(345쪽)

추리물의 서사구조에서 의문의 사건이 갖는 비밀은 비밀폭로의 시점에서 놀랄만한 의외성을 드러내야 하는데, 제5장의 경우 천장 붕괴사건이 신의 섭리의 유무라는 기대서사와는 달리 범죄적 사건임이 드러나며, 제11장의 경우 역시 추락한 사람들의 생존이 신의 섭리의 유무라는 기대서사와는 달리 성에 무더기로 쌓여 있던 인분 때문이었다는 (이런 설정은 16세기 궁정이나 성의 현실에서 개연성이 있는 설정이다) 기상천외한 사실이어서 골계적이고 반전적인 비밀폭로라 하겠는데, 그만큼 '의외의 비밀폭로'라는 추리물 결미의 구조를 성공적으로 갖추고 있다하겠다.

3) 팩션 형식의 서사

『소설로 만나는 근대이야기』의 제3장 「세계를 상징하는 사과」는 역사적 사실과 지식을 전하는 매우 흥미로운 방식 한 가지를 보여준다. 미스터리와 1인칭 관찰자적 시점의 적절한 교합이다. 특정한 시기의 역사적 사실이 기존의 통념적 사고를 뿌리 째 흔드는 것이어서 동시대인들에게 충격적이고 흥미로운 것일 경우, 그런 역사적 사실의 가장 중요한 의미 중의 하나인 새로운 세계관의 탄생은 지식전달을 목적으로 한 에듀픽션에서는 절실하게 부각되어야할 사실이다.

바로 그런 경우의 역사적 사실이나 지식의 전달에서는 동시대인들이 겪은 충격적인 사고의 전환, 세계관의 변화가 주는 그 혼란스러움과 충격성을 가장 잘 살리는 서사방식이 중요할 것이다. 미스터리의 혼란스러움과 비의성, 1인칭 시점의 제한적인 지식과 앎의 수준의 활용이 적절한 대응책이 된다.

제 3장은 원거리 항해가 열리고, 자연과학적 사고가 확립되면서, 평평하고 넓은 평면의 지구관에서 둥근 구형태의 지구관으로 변환되는 시대를 그리고 있다. 수 천 년을 내려오던 통념적 사고에서는 도저히 납득할 수 없는 새로운 지구관은 자연과학적 탐구정신의 확산과 함께, 전 지구적 교역의 상업적 필요성이라는 인간의 욕망과 관련된 것이어서, 거스를 수 없는 도도한 흐름이 되는데, 그 흐름은 필연적으로 혼란스러움과 충격을 가져오는 것이다.

제 3장은 15세기의 <지리학자이자 탐험가인 마르틴 베하임과 뉘른베르크의 석학 피르크하이머라는 역사적 실존인물>과 함께 <현존하는 최고의 지구의(地球儀)인 마르틴 베하임의 지구의라는 역사적 유물>이 실제의 '역사적 사실'(fact)로 등장하고, 마르틴 베하임의 지구의를 만든 특정의 목공소를 중심으로 벌어진 <지구의 제작담>과 <범죄담>이 '가상적 허구'(fiction)로 꾸며져 있으니, 최근에 유행하는 팩션(faction=사실 fact+허구 fiction)의 형식을 보이고 있다.

바로 여기서 지구의를 제작하는 과정을 그린 허구적 이야기가 미스터리 형식을 보이는데, 비밀에 붙여진 지구의 제작과 함께 의문의 인물

마르틴 베하임의 지구의. 세계 최초의 지구의
로 직경 51㎝의 금속제로 현재 뉘른베르크 박
물관에 소장되어 있음.

이 제작자를 협박하여 지구의의 비밀을 캐내
려는 범죄가 어우러진다. 팩션에서 흔히 등장
하는 비밀과 갈등의 대상이 되는 비기(秘器)로
지구의가 등장하는데, 이 비기에 그려지는 그
림을 두고 대립과 각축이 벌어진다.

　　가) "그리고 이 항해는 당신을 위한 것이요?
아니면 포르투칼 왕을 위한 것이요? 그것도 아
니면 뉘른베르크 상인들을 위한 것이요?" 두 사람은 팔짱을 끼고 서로
의 얼굴을 바라보며 침묵했다. 갑자기 서로에게 달려들 기세였다. 잠시
후 피르크하이머 씨가 말을 꺼냈다. "지구의를 만든 게 학자와 학문을
위한 것은 아니었군요" "땅, 바다, 강, 산지 … 그런 것만 있는 지구의
는 쓸데가 없소"(111쪽)

　　나) 그는 나를 바짝 쫓아왔다. 그러더니 허리춤에서 칼을 꺼내 내 배
에 갖다 댔다. "전 견습공입니다. 가진 돈이 없습니다." 나는 벌벌 떨며
간신히 말했다. "돈? 내가 돈 때문에 이러는 것 같나? 잘 들어라. 네가
일하는 목공소에서는 조만간 구를 만들 것이다. 그 구와 관련된 모든
정보를 나에게 알려 주도록 해라. 알았나?"(79쪽)

　　자구의, 특히 지구의에 그려지는 그림이 비기인 셈인데, 그 비기의
비의성은 지구의 제작에 함께 참여한 피르크하이머조차 배신감을 느낄
정도로 오리무중이고, 그려질 그림에 대한 갈등은 서로에게 적의를 느
낄 만큼 첨예하다. 동시에 낯선 인물이 갑자기 나타나 생명을 위협해가
면서까지 비기가 간직한 비밀을 캐내려 하는데, 그 의문의 인물이 앞으

로 벌어질 일에 대해 예언자적 풍모를 풍기는 등 미스터리는 심각하고 날카롭다.

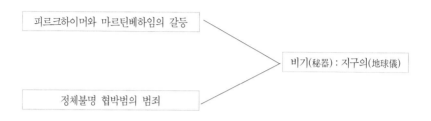

정체불명의 협박범의 출현은 서사의 고비마다 출현하며 긴장감을 만드는데, 비기인 지구의가 제작될 것임을 알려주는 예고의 시점에서는 그 정보를 누설하는 기능으로, 제작 과정이 제시되는 시점에서는 제작 방식과 지구의에 그려질 그림의 중요성을 부각시키는 기능으로, 제작이 마무리되는 시점에서는 지구의에 그려질 그림의 가치에 대한 세인들의 탐욕을 부각시키는 기능으로 작용한다. 갈수록 협박범의 격정적 욕망과 폭력성이 거칠게 증폭되어 나타남으로써 비기가 갖는 비의성에 따른 미스터리 구조는 완벽한 틀을 갖춘다. 동시에 협박범의 범죄가 탄로되고 그 비의적 수명이 다해가는 시점에서는 비기인 지구의에 그려진 그림의 비의성을 더욱 극적으로 고조시키고자, 이제껏 같은 생각과 입장으로 동지적 관계였던 피르크하이머와 마르틴베하임의 관계가 반전되어 서로에게 적의를 느낄 만큼 대립관계로 바뀌는데, 그 대립이 지구의에 그려질 그림에 대한 실체를 두고 벌어짐으로써 미스터리의 긴장감을 최후까지 지속시키려는 의도와 함께 비기가 가진 비밀의 비의성을

최후까지 임계치로 끌고 가려한 집요한 의도를 느끼게 한다.

아울러 시점을 이제 열세 살이 된 견습공을 화자로 한 1인칭 시점으로 설정함으로써, 성인들의 세계, 세속적 탐욕의 세계, 상류층의 세계에 대한 무지로 인해 비기인 지구의 혹은 지구의에 그려질 그림에 대한 의문과 혼란스러움을 확장시키고 있다. 화자인 마르틴은 늘 그의 제한적인 지식과 경험으로 인해 마주치는 일마다 경이로움과 혼란스러움을 느끼며, 그에 따른 찬탄과 경악의 제스처는 항상 미스터리의 긴장감을 증폭시키는 역할을 한다. 동시에 화자인 '나'가 죽음을 위협받을 만큼 사건의 한 복판에 휘말리는 '스릴러'적 특성을 통해 팩션의 긴장감은 한층 고조된다.

바로 이런 팩션의 미스터리의 서사구조에서 가장 중요한 점이 비기가 갖는 비밀, 비의성의 무게감이 지금까지의 서사구조가 갖는 긴장감의 증폭에 따른 무게감과 정확히 상응해야 한다는 것인데, 그것은 『소설로 만나는 근대이야기』가 지식전달의 수월성을 담보해야 하는 에듀픽션임을 감안할 때 한층 어려운 문제이다. 그러면 제 3장 「세계를 상징하는 사과」에서 팩션, 미스터리의 숨겨진 비밀은 무엇인가?

지구의에 달라진 게 있었던가?

나는 지구의를 찬찬히 살펴보며 손가락으로 둥근 표면을 더듬었다. 갑자기 뭐가 달라졌는지를 알아차렸다. 원래 없었던 글씨가 새겨져 있었다. 섬, 산, 바다, 강마다 글씨가 씌어 있었다.

이것이 그 비밀이었나보다! 나는 호기심에 차서 글씨를 읽었다. 그런데 이상했다. 아시아나 아프리카 같은 이름이 씌어 있는 줄 알았는데 아니었다. 그 대신 이렇게 씌어 있었다. "이 숲에는 포도, 계피, 카네이션이 자란다.", "향신료와 알로에가 있는 곳이다.", "보석, 진주가 많이 나는 곳이다", "이 섬에서 루비, 녹섬석, 황옥, 사파이어, 진주가 대량으로 발견되었다." 등의 문장만 눈에 들어 왔다. 지구의에는 온통 이런 글씨가 새겨져 있었다.

눈에서 비늘이 벗겨지며 갑자기 밝고 또렷하게 보이는 것 같은 기분이었다. 이것이 지구의를 만든 이유였구나! 나는 잠시 배, 대포, 깃발, 군인, 칼, 그리고 낯선 해안, 무서운 기세로 소리를 지르며 달려드는 사람들, 그들의 보물을 빼앗고 있는 내 모습이 상상되었다.(114~115쪽)

팩션과 미스터리의 예의 최후의 장면에서 밝혀지는 의외의 비밀은 지구의에 그려진 그림이 아시아, 아프리카, 유럽 같은 지명이 아니라, "이 숲에는 포도, 계피, 카네이션이 자란다.", "향신료와 알로에가 있는 곳이다.", "보석, 진주가 많이 나는 곳이다", "이 섬에서 루비, 녹섬석, 황옥, 사파이어, 진주가 대량으로 발견되었다." 같은 특정 지역의 자원, 특산물이었던 것이고, 그것은 곧 지구탐험과 지구의 제작이 인간의 물질적 욕망과 제국주의적 침탈과 관련된다는 것이다.

팩션, 미스터리가 만든 비밀이 갖는 비의성과 그것의 의외성은 그것이 서사의 과정에서 만들어진 기대서사 특히 화자인 마르틴의 각성이 갖는 기대치를 반전적으로 현저하게 뛰어넘는다는 점에서, 동시에 독자인 우리의 통상적인 상식적 이해를 현격하게 벗어난다는 점에서 설득력과 개연성을 갖춘 무게감을 보여준다. 동시에 에듀픽션인『소설로 만나는 근대이야기』의 제 3장이 전달하고자 했던 역사적 지식 즉 근대의 지구관, 지리적 담험의 실상, 지구의 제작의 중요성과 목적, 제국주의의 확산 등과 같은 근대에 관한 지식 중에서 특히 강조하고자 했던 점이 무엇인지와 그런 사실을 가장 효과적으로 전달하려한 전략이 무엇인지를 여실하게 보여준다.

2.『고대 로마인의 24시간』

알베르토 안젤라의
『고대 로마인의 24시간』

『고대 로마인의 24시간』[4]은 고대 로마의 역사를 다루고 있다. 로마가 가장 번성했던 시기인 기원후 115년의 어느 하루를 가상하여 그리고 있는데, 가장 특징적인 면모는 그 가상의 하루에 역사적 실존인물과 무명의 가상인물 그리고 '우리'라 지칭된 현대인들이 함께 어우러져 살아가고, 그런 모습들이 생생하게 그려진다는 점이다. 일군의 현대인들이 시간여행을 통해 고대 로마의 시기로 넘어가는데, 특히 나레이터는 그 존재감을 뚜렷이 드러낸 채 고대 로마인과 어우러져 그들의 일상적 삶에 동참하는 형식이다. 동시에 역사적인 대사건보다는 당대 로마인들이 겪었던 일상사를 치밀하게 재구성하려는 노력이 가장 돋보인다. 한마디로 고대 로마 번성기의 로마인들의 일상사에 대한 다큐멘터리적 복원이다. 이런 특이성에 기대어『고대 로마인의 24시간』은 이탈리아에서만 40만부의 판매부수를 기록한 베스트셀러가 되었다.

---

4) 알베르토 안젤라,『고대 로마인의 24시간』, 주효숙 역, 까치, 2012.
  이하 인용문은 페이지 수만 기입.

1) 일상사 재현을 위한 전제

(1) 일상의 힘

> 사실 이러한 유적지를 통해서 당시의 실상을 이해하기 위한 "비책"이 있다. 그 세세한 특징들을 살펴보는 것이다. 허물어진 계단, 굉장히 두껍게 회칠을 한 벽에 새겨진 낙서(특히 폼페이에는 낙서들이 많다), 길을 오가던 마차의 흔적, 지금은 사라지고 없는 문이 움직일 때 집의 대리석 문지방 위에 남긴 긁힌 자국 같은 세밀한 특징에 주목하는 것이다.(11쪽)
>
> 고대 로마의 비밀은 일상을 살아가는 방식에 숨어 있었다. 집을 짓는, 옷을 입는, 식사를 하는, 가정 안팎에서 다른 이들과 어울리는 등의 방식들은 사회법규와 정확하고 체계적인 범위 안에서 질서 정연하게 유지된다. 이러한 특징은 점진적인 변혁을 거치면서도 수 세기 동안 근본적으로 변함없이 남아 있었다. 이것이 로마 문명을 오랫동안 존속시킨 특징이다.(13쪽)

『고대 로마인의 24시간』이 역사서로서 자신만의 각별한 특징으로 삼은 것은 단연 당대 로마인들의 일상사[1]에 대한 치밀한 복원이다. 의식

---

1) "일상사는 1980년 이래 독일을 중심으로 구미학계에 정착한 역사 연구와 서술의 새로운 흐름이다. 일상사의 출현은 주로 대학을 중심으로 활동하는 직업적인 전문 역사가 집단뿐만 아니라 일반 대중의 관심과 주목도 아울러 받았는데, 이는 일상사의 주제로서 일상이 주는 친밀감과 무관하지 않다. 일상의 역사는 종종 '역사 인류학'이라고 부를 정도로 역사의 인류학적 측면에 강한 관심을 갖는다. 즉 일상의 역사는 주로 일반 대중에 초점을 맞춰 의식주를 비롯한 기본적 물질생활, 노동과 여가활동, 생로병사, 가족 및 공동체 생활, 신앙과 주술, 도덕과 규범, 관습과 의례 등 일상적 삶의 온갖 다

주를 포함한 문화전반에 걸쳐 로마인들의 일상적 삶을 완벽하게 복원한다는 목표는 역사적 기록과 유적·유물에 관한 정치사회적, 지배층 중심적 역사뿐만 아니라, 낙서, 묘비명, 유골함, 일상용품 등에 관한 세밀한 고증과 부각을 통해 귀족에서부터 하층민에 이르기까지의 모든 계층을 아우르며 그들의 일상사와 문화사를 문자 그대로 '일상'적 관점에서 혹은 달리말해 '일상'적 관점이어서 고른 관심과 가치를 갖고 의미 있는 역사적 사실로서 조명하게 만든다.

특히 상기의 예문에서 볼 수 있듯이 관찰과 고증의 대상에서 언급되는 '허물어진', '새겨진', '흔적', '자국' 등을 보면, 일상사와 관련된 사물이나 사건들일수록 보존의 노력으로부터 멀어져 쇠락이나 소멸의 길을 걷기 쉽다는 현실적 인식이 반영된 결과이기도 하고, 또 다른 한편으로는 역사적 기록으로부터 멀어지기 쉬운 일상사의 복원은 이제는 사라져 흔적으로만 남은 역사의 공백을 적극적으로 상상하고 채워주는 노력이 필수적이라는 것이다. 동시에 '세밀한 특징'에서 볼 수 있듯이 관찰과 고증 그리고 상상과 복원의 노력들은 대상의 범위를 국소화 할수록, 탐구의 수준을 심화할수록 주목할 만한 역사적 탐색이 될 수 있다는 것이다.[2]

양한 측면에 관심을 가지고, 이를 역사연구와 서술의 대상으로 삼는다. 이처럼 역사에서 평범한 사람들의 일상적 세계와 경험을 재구성함으로써 그들의 실제 삶의 모습이 어떠하였는지 구체적으로 보여준다는 점에서, 일상사는 역사의 전문화보다는 대중화를 원하는 이들에게 매력을 준다."
안병직, 「한국생활사 연구의 성과와 과제−구미학계의 일상사 연구경향과 비교의 관점에서」, 『역사학보』 213집, 409~410쪽.
2) 이러한 사실의 일례를 『고대 로마의 24시간』에서 로마인들이 사용한 커튼의 실체와 사용처에 대한 추론에서 확인할 수 있다.
"이 귀족적인 저택의 정원을 둘러싸고 있는 기둥들 중에서, 나란히 서 있는 회랑의

『고대 로마인의 24시간』이 보여주는 이러한 역사기술의 자세는 단순히 다른 역사서와의 차별성만을 염두에 둔 것이 아니라, 일상사, 문화사에 대한 치밀한 복원이야말로 가장 올바르고 의미 있는 역사재현의 길이라는 명백한 역사관의 실천이다. 로마사에서 가장 중요한 핵심중의 하나는 '로마문명을 오랫동안 존속시킨' 힘에 대한 기술이라 하겠는데, 그 힘은 바로 '점진적인 변혁을 거치면서도 수 세기 동안 근본적으로 변함없이 남아 있었던' 존재와 동일하다. 그것이 바로 '사회법규와 정확하고 체계적인 범위 안에서 질서 정연하게 유지'되었던 '집을 짓는, 옷을 입는, 식사를 하는, 가정 안팎에서 다른 이들과 어울리는 등의 방식'이라는 생각이다. 로마인들이 음식을 먹는 방식, 여가를 즐기는 방식, 의복을 입는 방식, 성욕을 발산하는 방식, 주거문제를 해결하는 방식, 다툼을 해결하는 방식 등의 일상적 삶에 녹아들고 일상적 삶을 통해 표출되는 일상사와 문화사가 바로 로마사에 대한 이해의 첩경이라는 역사인식이다.

(2) 하루의 여정

> 당연히 이 고대 로마를 방문했을 때, 여러분의 눈앞에 펼쳐진 광경은 상상에 의한 것이 아니라, 이미 언급했듯이 고고학 연구와 발굴의 결과로 그리고 유물과 유골에 대한 분석, 고대문서의 연구를

한 기둥과 다른 기둥 사이에 커튼을 걸어두려고 청동으로 만든 봉 장치의 잔해가 아직 남아 있는 기둥을 볼 수 있다. 커튼으로 기둥 사이를 가려 놓은 탓에, 에페소의 뜨거운 여름 동안에도 시원하고 그늘진 회랑을 지나다닐 수 있다. 문설주 위에 걸린 또 다른 청동 봉은 커튼이 다용도로 사용되었음을 분명히 드러낸다. 마치 오늘날 발 혹은 상점 출입구에 걸린 것과 같은 쓰임새이다."(35~36쪽)

> 통해서 직접 얻은 내용들이다.
>
> 이 모든 정보를 정리하는 최고의 방법은 하루의 여정을 따라가는 것이다. 제각각의 시간에 각양각색의 활동이 영원한 도시 로마의 특정 장소와 광경에서 펼쳐진다. 그렇게 함으로써 한순간도 놓치지 않고 고대 로마의 일상생활을 발견할 수 있을 것이다.(13쪽)

『고대 로마인의 24시간』은 서기 11년의 로마제국의 어느 하루를 그리면서 역사상의 실존인물 혹은 가상인물을 등장시키고 있다. 로마 거리의 곳곳에서 구체적인 사건을 일으키며 그 존재감을 뚜렷이 드러내는데, 흔히 역사상 정치사회적으로 중요한 인물들은 당대 로마사회에 대한 배경적 지식을 전달하는 설명에 정태적으로 갇혀 있는 반면에, 이제껏 거시사의 큰 시각에서는 외면되었던 일반 민중들은 '고고학 연구와 발굴의 결과로 그리고 유물과 유골에 대한 분석, 고대문서의 연구를 통해서 직접 얻은 내용'을 통해 그 실명 그대로 자신이 살던 공간으로 호명된다. 즉 그들은 필자의 일방적인 상상이 아니라 새롭게 발굴된 혹은 조명된 역사적 사실을 근저로 서기 115년의 삶으로 환생한 형국이다. 동시에 무명의 가상인물의 경우도 필자의 상상력에 의한 가상적 삶의 공간은 극히 제약된 채, '고대문서와 고고학적 발굴 혹은 유의미한 역사성이 인정되는 소소한 개인적 기록물' 등에 의해 엄격히 규정된 삶의 공간과 방식 속에 존치된다.

바로 이런 방식으로 역사성을 확보한 지식과 정보들을 로마사를 그리는데 활용하는데, 필자는 역사기술의 구체적 방식으로 '하루의 여정을 따라가는' 기술방식을 택한다. 로마인들의 일상사를 가장 완벽하게 재현하는 방식은 문자 그대로 일상사이어서 로마인들이 하루의 시간과 공간에 따라 일정하게 영위하는 삶의 양태를 그대로 체현하는 방식이 가장 적합하다는 것이다. 일상사를 들여다 볼 때 그 반복성이 가장 두드러진 시간단위는 자연스럽게 하루가 될 터이니 하루를 대상으로 특정의 시간대에 특정의 공간에서 가장 두드러지게 펼쳐지는 일상적 삶의 궤적들을 그리면 된다는 것이다. 이런 기술방식은 로마의 시간과 공간을 한 치의 중복 없이 늘 역동적인 운동성을 거느린 채 흥미로운 장면을 연출하게 되는 효과까지 만들게 된다.

(3) 일상의 역동성

> 고대 세계를 지배하며 최고의 영화를 누리던 시기에 로마 제국의 수도에서 매일 벌어지던 일상의 삶이 어떠했는지 이 책이 밝혀주기를 바란다.
> 제국에서 사는 수천만 명의 삶은 결국 로마의 결정에 달려 있었다. 그렇다면 로마인의 삶에서 중요한 것은 무엇이었을까? 바로 그 물망처럼 얽힌 사람들 사이의 관계였다. 역사적으로 믿기 어려울 정도로 어마어마하고 반복될 수 없는 세계를, 그곳에서 벌어지는 일상의 하루를 탐험함으로써 알게 될 것이다. 말하자면, 지금으로부터 1900년 전의 어느 화요일이다.(17쪽)

『고대 로마인의 24시간』은 1900년 전인 서기 115년의 어느 화요일 하루를 다룬 역사시인데, 필자는 서두에서 감성적인 어조로 상징적인 진술을 한다. "안개가 엷어지기 시작하더니 마치 150만 명의 배우와 엑스트라가 등장하는 공연의 시작을 알리는 무대의 막처럼 천천히 걷힌다. 트리야누스 황제가 집권하는 로마에서의 하루라는 공연이다. 때는 기원 후 115년이다." 트리야누스 황제 집권기라 로마가 가장 번창한 시기라는 점, 로마의 일상을 공연이라 표현한 것처럼 로마가 고대사회라고 믿기 어려울 정도로 극적이고 경이로운 사회라는 점이 강조되지만, 무엇보다 주목할 만한 사실로 강조되는 것은 '150만 명'이라는 인적 규모이다. 기술과 자원이 풍부한 현대사회에서도 150만 명 규모의 도시를 유지하는 것이 쉽지 않은 일인데, 하물며 1900년 전 서기 115년의 고대사회에서 150만 명 규모의 도시를 번창시킨 것이 어떻게 가능했는가? 서기 115년의 동시기나 근대 이전의 그 어느 시기를 보아도 150만 명 규모의 도시를 유지하는 예가 보이지 않는데, 로마는 그 엄청난 일을 어떻게 실현했는가? 『고대 로마인의 24시간』은 바로 그런 의문점에 두드러진 방점을 두고 로마의 역사를 살핀다.

『고대 로마인의 24시간』에서 가장 주목하여 관찰되고 있는 '인슐라', '제국의 포럼', '콜로세움', '공중목욕탕' 등에 대한 기술을 보면 역시 그 규모, 특성, 독창성 등에 대한 세밀한 재현에 있어, 늘 그 근저에 역사상 유례가 없는 고대사회에서의 150만 명 규모의 도시의 탄생이라는 관점이 완강하게 자리를 잡고 있다. 로마의 공동주택(현대의 아파트에 해당)인 인슐라에 대한 기술을 보자.

우리 앞에 솟아 있는 공동주택 인슐라의 높이를 가늠하기란 쉽지 않다. 아우구스투스 황제는 주거 건물의 높이가 21미터를 넘지 않도록 정했다. 이는 현대의 기준으로 볼 때도 상당한 높이로 7층 건물에 가까운 높이에 해당한다. 우리가 지금 둘러보고 있는 트리야누스 황제 치하의 시대에는 높이 규제에 관한 법률이 한층 더 엄격하다. 최대 18미터 높이로 제한하고 있다. 즉 평균적으로 6층 높이에다 진정한 펜트하우스에 해당하는 다락방을 더한 건물을 의미한다. 그런데 이 높이 제한이 늘 지켜지지 않는 탓에 피할 수 없는 구조적인 허술함과 붕괴 위험이 분명히 존재한다.(78쪽)

건축기술이나 장비가 현대에 비해 비교할 수 없을 만큼 저열한 고대사회에서 7층 높이의 공동주택을, 그것도 당시에 4만 6천 여 채를 건설하고 주거하였다는 사실이 강조되는데, 그것은 고대사회에서 150만 명 규모의 도시가 어떻게 가능했는지, 또한 그로 인한 특성과 문제

로마의 인슐라

점이 무엇인지에 대한 적극적 해명의 결과물에 다름 아니다. 이후의 포럼, 콜로세움, 공중목욕탕에 대한 기술도 고대사회라는 시기와 150만 명 규모의 대도시의 탄생이라는 역사적 사실이 맞물리는 지점을 해명하려는 목적과 늘 그 궤를 같이 하고 있다.

동시에 우리가 하나 더 주목해야 할 점은 상기의 예문에서 볼 수 있는 "그렇다면 로마인의 삶에서 중요한 것은 무엇이었을까? 바로 그물망처럼 얽힌 사람들 사이의 관계였다"란 구절이다. 로마의 일상을 세밀하게 재현하려는 목적의 핵심이 '그물망처럼 얽힌 사람들 사이의 관계'에 있다는 지적인데, 이 점은 『고대 로마인의 24시간』의 문면에서 확연하

게 확인된다. '150만 명 규모의 인구가 한 도시에 거주한 고도의 밀집성', '스텝지역의 사르마트인, 소아시아의 실리시아인, 이집트인, 아랍인, 독일 원주민인 시캄부리 부족, 에티오피아인 등 다양한 인종의 혼종성', '황제에서 노예에 이르는 다양한 계층성' 등으로 인해 다양한 인간관계 군이 빚어내는 갈등과 대립 그리고 군집성이 매우 독특하고 복잡하며 의미 있는 특성을 만들어 냈다는 것이다. 자연스럽게 로마의 일상을 세밀하게 재현하려는 『고대 로마인의 24시간』 입장에서는 그런 사실을 집요하게 파고들 수밖에 없다는 사실로 귀결된다.[3]

그래서 인슐라에 대한 기술에서는 높은 임대료와 임대료의 인상을 둘러싼 갈등, 열악한 주거환경과 위협받는 건물안전 등이, 콜로세움에 대한 기술에서는 밀집된 군중이 분출하는 폭력에 탐닉하는 집단적 광기가 집요하게 그려진다. 로마사회가 갖는 다양하고 다층적인 인간관계가 갖는 특수성이 익명성, 밀집성, 공격성 등의 특질을 통해 복잡하고 첨예한 일상적 삶의 투쟁과 집단적 광기 표출 그리고 역동적이지만 위험스런 도시군중의 행동양식을 만들어내는데, 『고대 로마인의 24시간』은 바로 그런 점들을 로마의 일상이 보여주는 핵심적인 특징으로서 주

---

3) 바로 이러한 사실이 일상사에서 '일상'이 갖는 각별하고 중요한 의미를 상기시킨다. "즉 일상은 의식주처럼 인간의 가장 기본적인 물질생활이 매일매일 반복되고 지루하게 지속되며, 별다른 성찰없이 습관적으로 이뤄지는 정적인 세계가 아니다. 다시 말해 일상이란 사람들이 신분이나 계급 등 사회적으로 속한 집단별로 특수한 '문화적 생활방식에 따라 사회적 삶의 현실을 끊임없이 경험하고 해석하면서 지속적으로 파생되는 긴장과 갈등 속에서 현실에 대한 변화를 부단히 모색하는 세계다. 달리 표현하면 일상은 사회적 현상을 개인 혹은 집단의 사회인식 및 경험으로 매개하는 장으로서, 문화적으로 형성된 삶의 방식과 전략을 통해 현실을 변화시키고 재구성하려는 시도가 나타나는 세계이다." 안병직, 앞의 글, 415쪽.

목하고 있는 것이다.[4]

동시에 이러한 사실은 『고대 로마인의 24시간』의 세계를 늘 역동적이고 생동감 넘치는 세계로 만들고 있으며, 기술되는 문면 전체에 긴장감과 흥미를 불러 넣는 효과를 만들고 있다. 나레이터를 포함한 현대인들의 시간여행을 통한 고대 로마의 하루 동안의 여정은 늘 신이하고 격정적이며 충격적이어서 가치 있고 흥미로운 지식의 축적과 함께 긴장감을 갖고 흥미로운 여정에 동참하게 만드는 서사적 효과를 만들고 있는 것이다. 『고대 로마인의 24시간』이 역사서로서 역사적 지식의 전달의 충실성과 함께 재미를 두루 갖추게 되는 미덕이 돋보이는 국면이다.

2) 나레이터와 몽타주

(1) 나레이터의 기능

> 이 책은 일상생활에 대한 이야기를 통해서 유적과 유물로만 남아 있는 고대 로마를 마치 눈앞에서 보는 것처럼 생생하게 재현하는 데에 그 목적이 있다.
>
> (중략)
>
> 어떤 의미에서 나는 비디오 카메라를 들고 2000년 전의 그때 그 장소를 그 모습 그대로 탐색하듯이 전하고 싶었다. 독자들이 고대 로마의 거리를 걷고, 거리에서 풍기는 냄새와 향기를 맡고, 사람들

---

4) 『고대 로마인의 24시간』은 고대 로마사회의 사회적 특징을 주거문화, 오락문화, 의복문화, 음식문화 등의 '문화적 설명'을 통해 제시하려 했다는 점에서 문화사라 부를 수 있다. 경제적인 현상이나 정치적 사건 등을 '문화적 설명'으로 해석하는 문화사는 '문화'라는 제국의 확장에 기여했다.
피터 버크, 『문화사란 무엇인가』, 조한욱 역, 길, 2012, 64쪽.

> 과 시선과 웃음을 교환하고, 가게와 집 그리고 콜로세움에 들어가
> 는 듯한 느낌을 가지도록 하기 위해서 말이다. 이런 경로와 방법을
> 통해서 우리는 제국의 수도에서 "당당한" 로마시민이 실제로 어떻
> 게 살아가는 지를 체험하고 이해할 수 있을 것이다.(12쪽)

『고대 로마인의 24시간』이 갖는 가장 독특한 서사적 특징은 현대에 사는 일군의 인물들이 고대 로마 트리야누스 황제 집권기인 서기 11년에 로마에 들어가 스스로의 존재감을 드러낸 채 하루 동안 로마시민들의 일상을 들여다보고 체험한다는 기술방식에 있다. 로마의 일상을 체험하고 설명하는 데 있어 가장 중요한 인물이 나레이터이다. 서사를 이끌어가는 화자이면서도, 『고대 로마인의 24시간』이 역사적 지식을 전하는 역사서이기에 지식전달자인 나레이터로서의 성격이 분명하다. 시간을 거슬러 고대 로마를 체험하는 현대인들이 '우리'로 지칭되며 복수화 되어 있지만, 나레이터만이 그 뚜렷한 존재감을 드러내며, '우리'라는 호칭과 존재는 독자의 몰입을 이끌어내는 기술적 장치로서 기능하며 익명의 가상적 실체에 불과하다.

첫째로 나레이터는 동서고금의 역사적 사실과 지식에 통달한 완벽하게 해박한 역사학자의 풍모로 나타난다. 로마에서의 하루 동안의 여정을 이끄는 안내자로서 그는 눈앞에 펼쳐지는 모든 로마의 일상에 대해 그 실체와 차별성 그리고 역사적 의미를 거침없이 설명해 내는데, 그 해설 속에는 최근까지의 역사적 연구와 고고학적 발굴 그리고 역사적 사료가 모두 망라되어 있다. 『고대 로마인의 24시간』이 주는 재미의 원천 중 하나는 역시 그런 해박함이 주는 매우 흥미로운 관점의 제공과

지적 충실도에 대한 충만한 만족감에서 온다.

둘째로 나레이터의 감성적, 감각적 체험의 전달자로서의 역할이다. 서문에 제시되어 있는 필자의 의도를 보면 독자들이 로마 역사에 대한 지적 이해와 함께, 그보다 더 우선시하여 현장감을 갖고 로마 역사에 대한 생생한 감성적, 감각적 체험까지도 보장하고 싶다는 포부가 느껴진다. 특히 고대 로마의 일상사를 재현하려는 목적에서 보면 소소한 모든 일상사에 대한 이해는 역시 감성적, 감각적 체험이 핵심적 사실이자 묘미가 될 수밖에 없기 때문이다.

필자가 그런 의도를 관철하고자 설정한 전략은 나레이터의 서술과 묘사 속에 감성적, 감각적 체험을 일깨우는 장면을 풍부하게 담아두는 방식이다. 나레이터는 로마의 일상을 끊임없이 관찰하고 기술해가면서 로마의 일상에서 벌어지는 사건들이 우리에게 어떤 감성적, 감각적 체험을 불러올 수 있을지를 끊임없이 환기시킨다. 이른바 나레이터의 해설 속에는 감성체험이라 부를 수 있는 로마에서의 역사탐방이 자주 나타나는 것이다. 로마에서의 일상적 사건이나 사물들이 당대 로마인 혹은 우리의 감각기관을 통해 어떤 느낌과 반향을 불러오는지, 당대 로마인 혹은 우리의 감성적, 감각적 체험이 삶에 있어서 갖는 의미와 가치는 무엇인지를 생생하게 재현하는데 힘을 기울이고 있다.

셋째로 나레이터의 '시간여행자'로서의 풍모와 관련된 문제로서 상이한 역사시간대의 병렬 즉 역사의 몽타주적 시각 혹은 구성과 관련된 사실이다. 나레이터는 시간여행을 통해 고대 로마의 일상으로 들어가지만 여전히 현대인으로서의 자신의 시각과 의사를 적극적으로 드러낸다. 단순한 관람자로서 고대 로마의 유물과 유적 그리고 생활상을 들여다보는 소극적 감상자가 아니다. 그의 기술 속에는 고대 로마의 역사적 사실과 이후의 모든 역사 혹은 현대의 시각과 지식이 끊임없이 충돌한다. 그래서 흥미로운 관점과 심도 있는 역사적 지식이 부각된다.

(2) 시간여행과 몽타주

가)

> 그러나 이 상태가 계속 유지되지는 않는다. 150년의 시간이 흐르는 동안 로마인들은 바지의 편리함에 정복당한다. 그러면서 바지가 로마패션의 대부분을 장악하게 된다.(46쪽)
>
> 초콜릿에 대한 이야기는 커피 이야기와는 다르다. 로마인들은 초콜릿을 알지 못했다. 카카오가 아메리카 대륙에서 자랐기 때문이다. 1,300년이 훨씬 지난 후에 크리스토퍼 컬럼버스에 의해서 발견될 것이다.(61쪽)
>
> 요리 재료들을 계속 관찰하다가 현대 이탈리아 요리에서는 필수적인 요리 재료가 빠져 있는 것을 발견한다. 예를 들면 토마토, 감자, 콩 종류, 옥수수, 초콜릿 등이 보이지 않는다. 이것들은 콜럼버스 덕분에 신대륙에서 들여온 재료이다.(347쪽)

나)

> 그러나 우리는 이것들을 절대 보지 못할 것이다. 수 세기에 걸쳐 모두 사라질 것이기 때문이다. 주랑 근처에서 근위병들의 발자국 소리가 반향을 일으킨다. 어쩌면 궁전의 하루 일과가 벌써 시작되

었을지도 모른다.(69쪽)

이 기병 정찰대원의 운명은 썩 좋지 않을 것이다. 3년 후에 그는 죽은 채 발견될 것이다. 우리는 그가 어떻게 죽었는지 정확한 경위는 모른다. 다만 그의 형과 아버지가 높이 쌓은 화장용 장작더미 위에 그의 시신을 화장할 것이라는 점만 알고 있을 뿐이다. 그의 묘비에는 밀라노 태생의 푸블라우스 술피치우스 페레그리누스라고 그리고 죽음을 맞이한 순간 갓 스물여덟 살이 되었고 9년 동안 군복무를 했다고 적힐 것이다.(130쪽)

묘비는 이 젊은이의 재를 담은 항아리와 함께 고고학자들에 의해서 1979년 안치오에서 발굴되었다. 현재는 디오클레티아누스 황제(245-316)가 지은 고대 공중목욕탕에 들어선 국립박물관의 소장품 전시실에 진열되어 있다.(130쪽)

사실 그는 우리가 둘러보고 있는 이 시대에 살고 있을 뿐만 아니라, 잘 생각해보면 몇 달 후인 116년에 그의 위대한 작품 『연대기』가 세상에 나올 것이다. 『연대기』는 로마 제국의 악과 쇠락을 근본적으로 다룬 그의 장편 역시 시리즈의 마지막 정점을 찍는 작품이다.(256쪽)

예문들에서 상징적으로 드러나듯이 고대 로마를 탐방하는 나레이터는 현대에서 서기 115년의 고대 로마로 시간여행을 떠난 여행자의 속성을 그대로 간직하고 있어, 기술되는 문면에서는 1900년 전 서기 115년 화요일 어느 하루와 그 이후의 시간이 같은 공간을 두고 끊임없이 충돌하고 있다.

　가)에서 볼 수 있듯이 바지, 토마토, 감자, 콩 종류, 옥수수, 초콜릿 등 의식주와 관련된 일상사의 기술에서 나레이터가 갖춘 현대의 시각과 지식은 끊임없이 개입하며 고대 로마의 일상사, 문화사 더욱 넓게 말해 로마의 역사를 재단하고 설명한다. 그래서『고대 로마인의 24시간』이 그린 서기 115년의 하루에서 존재하지도 않는, 그래서 관찰될 수 없는 바지, 토마토, 감자, 콩 종류, 옥수수, 초콜릿 등을 거명하며 설명하는 시각과 방식이 자연스럽게 존재하게 된다. 그것은 고대 로마의 역사를 시간여행자로서의 나레이터를 동원하지 않는 단순히 관찰된 사실의 보고형식이거나 역사적 사실의 해설방식으로는 가능치 않다. 또한 설령 그런 방식을 강행한다 하더라도 그 부자연스러움과 지루함으로 인해 서사의 재미나 흥미롭고 중요한 역사적 사실과 관점을 사장시킬 수밖에 없었을 경우를 역으로 상상하게 만든다.

　둘째로 나)에서 볼 수 있듯이 시간여행자로서의 나레이터의 풍모는 그의 시각과 기술 속에 역사적 시간의 경과를 경험한자로서 하루 동안의 여정에서 마주치는 인물이나 사물마다 그것이 겪게 될 소멸, 죽음, 탄생 같은 충격적인 역사적 결과를 동시에 인지하게 만드는, 동시에 그것을 통해 긴장과 놀람을 수반하는 극적 분위기를 연출하는 효과까지 누리게 만든다. 지금 눈앞에 펼쳐지는 팔라티누스 언덕의 장엄한 궁전이 수세기에 걸쳐 파괴되어 파편으로만 남게 된다거나, 현재 눈앞에서 행진하고 있는 26살의 혈기왕성한 로마병사가 3년 후 사망하게 되어 화장되고 다시 묘비가 재를 담은 항아리와 함께 고고학자들에 의해서 1979년 안치오에서 발굴되었으며, 현재는 디오클레티아누스 황제(245

―316)가 지은 고대 공중목욕탕에 들어선 국립박물관의 소장품 전시실에 진열될 것이라는 기술들에는, 『고대 로마인의 24시간』이 그린 서기 115년의 어느 하루와 그 이후 시기의 역사적 사실이 빚는 충돌 즉 몽타주적 시각과 기술이 갖는 극적 분위기와 독특한 서사가 넘치고 있다.

3) 상상과 추론

가)

> 이 빗물받이 수조는 장식용으로도 쓰인다. 집 안에 있는 작은 연못처럼 구름이 떠가는 푸른 하늘을 비추기도 한다. 바닥에 놓인 한 폭의 그림 같다. 초대받은 손님이건, 우연히 들른 방문자이건 집 안으로 들어서는 사람은 누구든지 첫눈에 무척 아름다운 시각적 충격을 경험한다.
>
> 우리 앞에 놓인 수조에는 그 이상의 뭔가가 있다. 수면에 꽃들이 떠다니고 있다. 어제 저녁 이 집에서 열린 연회의 흔적이다.
>
> 우물 안의 물은 마치 거울처럼 아침 햇빛을 고스란히 반사한다. 가벼운 산들바람이 불면서 생긴 작은 물결은 벽에 그려진 프레스코 위에 반사되며 술래잡기를 하는 듯한 빛의 파도를 만들어낸다. 잘 들여다보면 이 중정의 벽에서 색이 칠해지지 않은 곳은 전혀 보이지 않는다. 사방을 둘러싼 벽은 신화 속 인물, 상상 속의 풍경 혹은 기하학적 무늬가 그려진 사각형으로 덮여 있다. 그림은 푸른 색, 붉은 색, 황갈색으로 강렬하게 표현되었다.
>
> 이를 통해서 우리는 중요한 결론에 도달하게 된다. 고대 로마인이 살던 세상은 우리가 살아가는 세상보다 훨씬 더 컬러플하다. 집 안이나 조각상은 물론이고 중요한 일이 있을 때면 과시용으로 입는 사람들의 옷까지도 형형색색으로 화려하다. 반면에 현대의 우리

는 짙은 색상이나 회색의 옷을 우아함의 정점이라고 평가한다. 특히 흰색으로 칠해진 벽이 대부분인 우리의 집 안에서 그 모든 색상이 사라져 버린 것은 무척 안타깝다. 현대인의 집을 본 로마인은 하얀 천 위에 액자만 끼워놓은 빈 그림 같다고 평가할 것이다.

(27~28쪽)

나)

그림 옆에 또 다른 낙서가 눈에 띈다. 뭔가 수수께끼 같은 내용이다. "레스티투투스는 많은 여성들을 자주 속였다."라고 라틴어로 적혀 있다. 인슐라에 사는 세입자 중 한 명에게 유혹을 당했다가 버림받은 한 소녀가 인슐라의 다른 여성들에게 일종의 경고문처럼 적어 놓았음이 분명하다. 그리고 오늘날 공중화장실에서 볼 수 있는 것과 유사한, 수많은 외설적인 낙서도 빠지지 않는다. 아무튼 이 많은 외설스런 낙서 가운데 "마르쿠스는 도미티암을 사랑한다"라는 순수한 사춘기의 사랑의 연시가 돋보인다. 바로 옆에는 균형을 맞추려는 듯이 "아주 세련된 몸가짐의 그리스 여인 에우티키스는 2아스에 몸을 내어준다"라고 외설스런 낙서가 적혀 있다. 아스(as)는 많이 사용되는 동전으로 2아스는 굉장히 헐값에 해당한다.

고고학자들이 로마의 담벼락에 새겨진 성, 사랑, 욕설, 논쟁에 대한 낙서들을 찾아냈다. 거의 2,000년이 지난 지금도 담벼락에 적힌 낙서 내용은 전혀 달라지지 않았다!

이제 소녀는 힘겹게 다시 층계를 오르기 시작한다. 우리는 그녀의 뒤를 쫓는다. 기껏해야 열두세 살 정도 되어 보이는 소녀의 금발 머리는 그녀가 북유럽 출신이라고 착각하게 한다. 독일 어느 구석에서 왔는지 누가 알겠는가? 어린 나이에도 불구하고 그녀에게는 분명히 비극적인 기운이 감돌고 있다. 어쩌면 그녀의 부족이 로마 군대에 패하고 고향 마을의 모든 주민들이 노예 신세가 되었을지도 모른다. 그러나 더 그럴듯한 추론은 그녀가 근처 부족의 다른 독일인들에게 사로잡혀 노예시장에서 팔렸을 것이라는 것이다. 끔찍하게도 이런 일은 다반사로 일어났다. 당연히 눈 깜짝할 사이에 그녀의 인생은 영원히 바뀌었다.(86~87쪽)

가)는 『고대 로마인의 24시간』이 다른 역사서에 비해 '소소한 일상'에 관심을 두고 역사를 기술한다는 특징이 가장 두드러지게 나타나는 실례이다. 로마시대 부자들의 저택인 도무스를 방문해서 저택의 구조와 가구 그리고 거주인들을 설명하는 가운데 빗물을 받는 수조를 설명하는 장면인데, 수조의 외관과 기능을 세밀하게 묘사함과 동시에 그 역사적 가치와 의미를 문화적, 일상적 삶의 측면에서 날카롭게 잡아내는데, 그런 관점의 제시에는 역시 필자의 상상과 추론이 크게 작용하고 있다.

'시각적 충격'이라 규정된 그 놀라운 묘사를 보자. '작은 연못처럼 구름이 떠가는 푸른 하늘을 비추기도 한다. 바닥에 놓인 한 폭의 그림 같다', '수면에 꽃들이 떠다니고 있다', '거울처럼 아침 햇빛을 고스란히 반사한다', '가벼운 산들바람이 불면서 생긴 작은 물결은 벽에 그려진 프레스코 위에 반사되며 술래잡기를 하는 듯한 빛의 파도를 만들어낸다', '사방을 둘러싼 벽은 신화 속 인물, 상상 속의 풍경 혹은 기하학적 무늬가 그려진 사각형으로 덮여 있다. 그림은 푸른 색, 붉은 색, 황갈색으로 강렬하게 표현되었다'에서 볼 수 있듯이, 나레이터는 눈 앞에 펼

처지는 특정의 관점―시각적 충격―에서 지각된 풍광들을 세밀하고 생동감 넘치게 묘사한다.

그런데 이런 관찰과 기술의 끝에 놀라운 역사적 관점이 제시되니, 그것은 바로 로마시대가 형형색색의 칼라들이 화려한 색채감을 뿜어내는 '컬러풀'한 세계임이, 동시에 로마인들은 화려하고 다채로운 색감을 즐기는, 바로 그것을 삶의 기쁨으로 누렸음을 역사적 사실로서 강조하고 있다. 특히 로마 시대의 그런 특징을 현대의 우리 주택과 비교하는 관점을 제시―'짙은 색상이나 회색의 옷을 우아함의 정점이라고 평가하며 특히 흰색으로 칠해진 벽이 대부분인 우리의 집, 모든 색상이 사라져 버린 우리의 집'―하며 로마 시대 색감의 중요한 차별성을 부각시키고 있다.

물론 그 과정에서 나레이터의 상상과 추론이 적극 개입하게 되는데, 그것은 일상의 소소한 사물이나 일상적 행위들이 간직한 비밀스럽고 상징적인 의미와 가치들을 적극적으로 해석하려는 노력의 결과이다. 일상사적, 문화사적 역사기술의 관점에서 보자면 역사적 기록으로부터 소외되기 십상인 일상사의 재구성을 위한 당연한 노력이라 하겠으며, 거시사와 정치사회사 혹은 엄밀한 실증주의적 역사기술의 한계를 넘어서는 길이기도 한 것이다. 상기의 역사기술에 보이는 문학적 수사와 상상력은 바로 그런 의도의 당연한 결과물이기도 하며, 동시에 로마 시대에 대한 역사적 지식의 전달과 함께 동시대의 일상에 대한 감성적, 감각적 체험을 중시한 필자의 또 다른 목적의 결과물이기도 한 것이다.

특히 연정이나 치정과 관련되어 극적인 사건을 연상시키는 담벼락의 낙서를 설명하면서 가상인물을 등장시키는 경우는 문학적 수사와 상상

력은 더욱 확장되어 로마 역사에 대한 기술에 있어 사료적 엄밀성보다
는 문학적 개연성에 얹힌 역사적 개연성의 여부에 관심을 두게 된다.
나)의 "어린 나이에도 불구하고 그녀에게는 분명히 비극적인 기운이 감
돌고 있다. 어쩌면 그녀의 부족이 로마 군대에 패하고 고향 마을의 모
든 주민들이 노예 신세가 되었을지도 모른다. 그러나 더 그럴듯한 추론
은 그녀가 근처 부족의 다른 독일인들에게 사로잡혀 노예시장에서 팔
렸을 것이라는 것이다. 끔찍하게도 이런 일은 다반사로 일어났다. 당연
히 눈 깜짝할 사이에 그녀의 인생은 영원히 바뀌었다"를 보면 나레이터
는 '분명히', '어쩌면', '더 그럴듯한 추론'에서 볼 수 있듯이 상상이나
추론에 기대어 로마인의 일상사를 재현하고 있는데, 그 실상은 가상의
인물을 두고 그럴듯한 정황을 구축해내는 문학적 개연성의 범주에 가
깝다.

4) 공연의 세계

> 1) 드디어 검투사들이 모습을 드러낸다. 관중이 열광하는 소리가
> 너무 시끄러워서 귀를 막아야 할 정도이다. 순간 콜로세움이 수만
> 명의 관중들의 함성과 발 구르는 소리에 무너질 수도 있다는 느낌
> 이 든다. 분위기가 최고조에 이른 순간에 관중과 투기장을 내려다
> 보자. 원형투기장의 가장 위대한 이미지가 눈앞에 펼쳐진다. 그런데
> 이 모든 것이 죽음을 공연하기 위해서 만들어진 것에 불과하다는
> 생각이 들자 섬뜩해진다.
> 4세기 반에 걸친 공연으로 콜로세움이 지구상에서 가장 좁은 지

면에서 가장 많은 사망자를 낸 장소가 되었다는 생각에 전율이 인다. 히로시마도 나가사키도 이곳만큼 사망률이 높지 않았다. 저 평범한 투기장 위에서 수십만의 사람들이 심지어 혹자에 의하면 100만 명의 사람들이 죽임을 당했다.(314쪽)

2) 한편 원형투기장의 가장자리를 따라서 마차들이 지나가고 있다. 그 마차에서 생화로 만든 화환을 쓴 몇 명의 노예들이 관중들에게 빵이나 동전 등의 선물을 던진다.

선물 때문에 잠시 흥분하여 들뜬 시간이 지난 뒤에 다들 다시 스탠드에 앉는다. 원로원 의원들과 콜로세움의 가장 앞줄에 앉은 주요 인물들을 포함하여 모두들 자리를 잡는다. 로마에서 가장 부유한 집안 출신의 귀족인 공연 기획자 역시 자리에 앉는다. 그는 꽤 높은 지위에 있을 것이다. 판사인 그는 아직 공적 생활에서 경력을 쌓는 초반인지라 명성을 얻고 유명해질 필요가 있다. 이 공연 비용을 댄 그는 우리가 지켜보고 있는 이 공연의 스폰서로 로마인들은 그들을 에디토르라고 부른다. 그는 콜로세움에서 벌이는 3일간의 공연을 위해서 꽤 많은 비용을 들였을 것이다. 한편으로는 이런 행사를 기획해야 하는 법적 의무도 있다. 어쨌든 그에게 이익이 되는 투자인 셈이다. 그는 원로원의 인정을 받게 되고 시민들의 존경을 얻게 될 것이다. 그리고 이를 바탕으로 그는 향후 정치, 사회 혹은 경제 분야에서 경력을 쌓게 될 것이다. 한마디로 말해서 파넴 에트 치르첸세스 즉 빵과 서커스라고 풍자시인 유베날리스는 말했다(312쪽)

3) 관중은 뭔가 선홍색으로 반짝이는 것을 알아채고 흥분하기 시작한다. 그러나 너무 집중한 두 검투사는 사람들의 함성이 들리지

않는다. 레티아리우스는 집중을 흩트려놓기 위해서 다시 미르밀로네의 주변을 돌기 시작한다. 아스티아낙스는 시야 확보를 위해서 투구의 가장자리를 똑바로 하려고 끊임없이 애쓴다. 그는 처음 공격을 피했음을 알고 있다. 하지만 어깨에서 느껴지는 통증과 그물망의 압박을 얼마나 버틸 수 있을까? 레티아리우스는 상대편의 느린 움직임을 역으로 이용하여 또 다른 치명적인 술수를 쓴다. 미르밀로네의 방패가 위로 올라가도록 높이 공격하는 척한다. 그리고는 삼지창으로 낮게 공격하여, 정강이 보호대가 없는 부위를 찌를 것이다. 예상했던 대로 미르밀로네가 양쪽 측면 중 한쪽을 무방비로 노출시키면서 방패를 올리자 공격이 시작된다. 레티아리우스는 아래를 공격하기 위해서 삼지창을 번개같이 다시 잡는다. 이를 알아챈 미르밀로네는 옆으로 방향을 튼다. 그물망 탓에 투구를 쓴 머리와 몸의 움직임이 쉽지 않다. 그러나 방향을 바꾸었다. 삼지창은 허공을 가른다! 갑작스런 반전이다. 미르밀로네인 아스티아낙스는 뭔가 잘못 되어간다는 것을 직감한다. 레티아리우스는 앞뒤로 움직이며 여러 차례 공격을 시도한다. 순식간에 아스티아낙스는 타격을 받고 두려움에 사로잡히지만 긴장으로 아무런 통증도 느껴지지 않는다. 반면에 레티아리우스는 상대방의 살을 계속해서 찔러댄다.

(327쪽)

『고대 로마인의 24시간』에서 가장 생동감 넘치고 핵심적으로 그려진 공간은 콜로세움이다. 그 곳에서 벌어진 검투사들 간의 혹은 검투사들과 맹수들 간의 혈투와 로마시민들의 광적인 열광이 고대 로마에 대한 역사적 이해의 핵심적 사실이라는 식이다. 매우 역동적이고 세밀하며

콜로세움

웅대한 스케일로 그려지는 콜로세움의 스펙터클은 매우 흥미롭고 문학적 서사가 두드러진다.

먼저 상기의 예문 1)에서 보면 '공연'이라는 말이 나온다. 검투사들 간의 혹은 맹수들과의 혈투가 갖는 처절한 양상과 관중들의 열광을 극적으로 표현하여 '공연'이라는 말을 수사적으로 사용했다고 치부할 수도 있지만, 그 다음에 나오는 '죽음의 공연'이라는 말을 보면 그 함의가 매우 의미 깊고 의도적임을 알 수 있다. 고대 로마사회에서는 콜로세움이라는 거대한 구조물을 통해 '죽음의 공연'을 실행, 전파할 필연적 사연이 있으며, 뜻깊은 비밀이 내재되어 있다는 비상한 느낌을 갖게 만든다.

특히 '4세기 반에 걸친 공연'이나 '가장 좁은 지면에서 가장 많은 사망자를 낸 장소'라는 기술을 보면 콜로세움에서의 공연이 오랜 기간 지속될 만큼 고대 로마사회 체제를 유지시켜 온 버팀목이었음을 강조하고 있고, 동시에 유혈이 낭자한 죽음의 축제를 강박적으로 펼쳐야할 필요성을 내세운다. 더욱이 현대사회에서의 히로시마와 나카사키의 핵폭발과의 비교를 통해서는 '죽음의 공연'을 둘러싼 고대 로마사회의 강박적 집착을 강렬하게 재삼 부각시킨다.

바로 이런 사실들이 문화사에서 역사가들이 사회적 '대본'의 개념에서 사회적 '공연'의 개념으로 전환했던 사실을 떠올리게 만든다. 축제나 일상생활에 대한 분석에서 그것들에 스머든 '특정의 목적을 달성하기 위한 의도된 수행'을 뜻하는 '공연'5)의 의미이다. 분명 『고대 로마인의 24시간』은 콜로세움이나 콜로세움에서의 사건을 로마 사회가 특정의 목적을 달성하기 위해 매우 의도적이고 전략적으로 취택하고 이용한 '공연'으로서 강조하고 있으며, 그 사실을 들여다보는 것이 로마 사회에 대한 이해의 핵심적 첩경임을 드러내고 있는 것이다.

이런 사실은 2)에서 매우 구체적으로 나타난다. 콜로세움에서의 '공연'은 3일간의 공연을 위해 거금이 들어가는 만큼 희생을 감수하며 진행해야할 사회적 필요성이 분명히 존재하고, 그 공연비용을 전액 지불하는 한 사람의 스폰서가 존재하는데, 그가 매우 의도적인 '정치적 거래'할 만큼 전략적인 측면이 상존한다는 것이다. 원로원 의원들의 권력유지를 위해서 동시에 로마시민들의 불만해소 통로와 정치적 자기소외 즉 '배기'를 조장하기 위해 콜로세움에서의 '죽음의 공연'이 필요하고, 그것은 전사회적 차원의 행사가 되어야 할 만큼 전시민의 동참이 필요한데, 공연 전체가 피로 얼룩질 만큼 강렬한 자극과 충격이 필수적이라는 것이다. 이런 정치적, 전략적 필요성은 한 사람의 '공연기획자' 즉 스폰서의 존재를 통해 가장 상징적으로 드러나는데, 정치적 입지에 대한 확실한 보상을 두고 정치적 거래가 이뤄지고, 그 성공여부는 로마의 권력층과 시민 전체를 아우르는 사회적 안전망의 구축에 기여한다는 것이다. 콜로세움에서의 공연은 유혈이 낭자한 폭력성의 축제를 통해 대규모의 밀집된 군중의 폭력적 광기를 잠재우려는 역설적인 면을 갖는 고도의 정치적 전략이었던 것이다. 『고대 로마인의 24시간』은 고대 로마사회에 대한 역사적 이해에 대한 핵심에 콜로세움의 행사를, 또한 그 공연적 속성을 들여다보아야한다는 것을 두고 있는 것이다.

5) 『문화사란 무엇인가』, 153~155쪽.

콜로세움에서의 광기와 열기가 전 시민을 압도하고 정화하여야할 절박한 정치적, 사회적 필요성에 대한 강조에 상응하여, 콜로세움에서의 '공연'을 그리는 장면은 늘 역동적이고 섬세하며 생동감 넘치게 그려진다. 3)에서 볼 수 있듯이 두 검투사의 혈투는 세세한 몸의 움직임과 무기의 형상을 생생한 영상으로 그려내며, 긴장감 넘치는 묘사는 콜로세움에서의 공연을 극적으로 그려야 한다는 절박감과 함께, 동시에 그 광기와 열기를 전하는 것이야말로 역사적 사실의 재현에 가장 부합한다는 역사인식을 느끼게 한다.

제 7 장

콘서트류 교과서

콘서트류 교과서

최근에 화제가 되었고, 베스트 셀러인 책 중에 책 이름이 특정 학문 분야명과 '콘서트'가 조합된 경우가 여러 편 눈에 띤다. 『경제학 콘서트』[1], 『과학 콘서트』[2], 『철학콘서트』[3], 『수학콘서트』[4], 『회계학 콘서트』[5], 『논리학 콘서트』[6] 등이 그 예이다. 저자나 출판사가 모두 다르고 특히 번역본인 경우 외국 원서의 제목과 다르게 제목에 '콘서트'란 말을 붙인 경우를 보면, <학문분야명+콘서트> 류의 책들은 책의 성격을 두고 저자나 출판기획자들이 매우 분명하고 유사한 지향점을 의식

---

1) 팀하퍼드, 『경제학 콘서트』, 김명철, 웅진싱크빅, 2006.
2) 정재승, 『과학콘서트』, 어크로스, 2011.
3) 황광우, 『철학콘서드』, 웅진지식하우스, 2006.
4) 박경미, 『수학콘서트』, 동아시아, 2006.
5) 하야시 아츠무, 『회계학 콘서트』, 박종문 역, 한국경제신문사, 2012.
6) 사와다 노부시게, 『논리학 콘서트』, 고재운 역, 바다출판사, 2006.

적으로 표방하고 있음을 들여다 볼 수 있다. 바로 그런 사실 때문에 그 것들을 포괄하여 '콘서트류 교과서'라 부르겠는데, 그 새로운 장르명과 개념의 도입은 '콘서트류 교과서' 장르의 성격의 변별적인 특수성과 장 르 구분의 실효성 때문에 의미 있는 일이라 하겠다.

'콘서트류 교과서'는 한결같이 특정 학문 분야를 택해 그 학문의 핵 심적 개념과 이론을 소개하되, 통상의 교과서처럼 교육목표나 교육과정 운영을 위해 선정된 제재들의 유기적 구성물로서의 특성이나 교수·학 습 절차를 위한 부분과 교수·학습을 위한 자료부분으로 대별되는 구 성적 특성,[7] 그리고 지식전달의 충실성을 위한 학문적 개념 설명 방식 에 얽매이지 않고, '쉽고 재미있는 지식전달'과 '학문과 일상의 교합 및 학제적 관점'에 방점을 두어 텍스트 구성방식과 기술방식 그리고 내용 에 특별한 고려를 하는 경우이다. 구체적으로 그 특징들을 살펴보면 다 음과 같다. ⅰ) 우리의 일상을 통해 학문의 개념과 이론을 설명하는 방 식으로, 일상의 사건이나 인물을 동원하여 그 사례를 통해 특정 학문 분야의 개념과 이론을 설명하는 방식이다. ⅱ) 각 출판물 별로 선택된 학문영역에서 설명되는 주요 개념과 이론들은 그것들 사이의 맥락성보 다는 각기 독립된 화두로 별도의 텍스트에 담기는 형식이라 옴니버스 스타일의 구성이라 할 수 있다. ⅲ) 일상적 용어, 쉽고 평이한 설명, 구 어체적 진술 등의 다양한 조합이 재미있는 지식전달의 한 축이 된다. ⅳ) 학문과 일상의 교합성, 특정학문의 시각으로 세상을 들여다보기가 가장 중요한 지향점이 된다.

바로 그런 점에서 지식전달을 위한 텍스트들의 차별성을 두고 '콘서

---

7) 노명완 외,『국어교육학 개론』, 삼지원, 2009, 85쪽.

트류 교과서'의 위상을 가늠해 보면 다음과 같은 지점이 될 터인데, 궁극적으로 텍스트들의 차별성은 그 텍스트 내에서의 교육(지식전달)과 재미(오락성)의 비중이 다양한 비율로 조합되는 양상에서 도출될 것이다.

> 교과서(text book) – 콘서트류 교과서(concert-type textbook) – 소프트 교과서(soft textbook) – 에듀테인먼트(edutainment＝교육education + 오락entertainment)

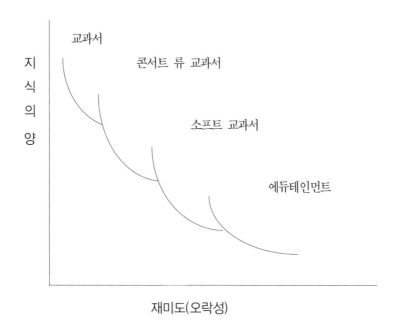

'콘서트류 교과서'는 대부분이 베스트셀러나 화제작이 된 점에서 대중적 기호를 실제적으로 가늠할 수 있고, 앞으로도 여전히 지식 및 정

보는 국가적, 개인적 경쟁력의 원천이 된다는 점과 함께, 신세대의 새로운 기호나 디지털 기술의 발전 등에 힘입은 쉽고 재미있는 지식전달의 추세 등으로 인해 경쟁력 있는 '콘서트류 교과서'의 산출은 매우 중요하다 하겠다. 따라서 '콘서트류 교과서'의 경쟁력의 실체를 들여다보고, 그 산출방식에 담긴 전략들을 정리하는 것이 중요할 터이다. 여기에서는 '콘서트류 교과서'가 각 출판물 별로 텍스트의 형식이 매우 다양하고, 단일 텍스트 내에서도 특정 학문 분야에 대한 핵심적인 이론과 지식을 분절적인 형태의 독립된 텍스트들, 혹은 독립된 화두로 조합한다는 특성 때문에, 그 다양한 텍스트의 성격 및 구조 그리고 기술방식을 총체적으로 살펴보는 것이 필요할 것이다.

1. 『경제학콘서트』

1) '비밀' – '해답' – '확산' 기술방식의 텍스트 구조

chapter1 스타벅스의 경영전략

1) 세계의 대도시 번화가의 최요지 상권에는 스타벅스가 있다
2) 스타벅스 커피의 가격은 원가와 대비해 큰 폭의 마진을 갖는다.

3) 스타벅스의 강점은 매장의 좋은 위치가 결정적이다.

4) 그러면 가게의 위치는 누가 결정할까?

5) 경제학은 그 비밀을 명쾌하게 설명할 수 있다.

6) 1817년 출간된 데이비드 리카도의 책이 그 비밀을 해명하는 열쇠가 된다.

7) 리카도의 차액지대론은 지대의 결정, 희소성의 힘, 협상력의 결정요소 등에 대한 명쾌한 해설이다.

8) 스타벅스의 매장위치, 높은 커피가격이 리카도의 이론으로 설명된다.

9) 리카도의 모델은 커피나 농사라는 주제를 넘어 세계의 많은 비밀을 해명해 준다.

10) 센트럴파크 조망권이 있는 뉴욕의 아파트나 하이드파크 조망권이 있는 런던의 아파트의 임대료 수준도 리카도의 차액지대론의 관점에서 풀 수 있는데, 그린벨트나 새로운 교통망 구축 같은 선택적 대안의 유무에 관계된다.

11) 금융업의 수익도 리카도의 이론으로 설명할 수 있는데, 경쟁을 차단하는 '독점적 지대' 창출은 주목해야 한다.

12) '독점적 지대창출'의 현상으로 석유시장을 설명할 수 있다.

13) 마피아의 비즈니스 역시 동일한 이론으로 설명된다.

14) 고용주와 노동조합의 역사, 인력시장에도 동일한 흐름이 보인다.

15) 리카도의 이론으로 세상을 설명하는 것은 경제 모델이 세상에 대한 이해에 기여한다는 것을 보여주는데, 경제학자들은 세상의 변화를 이끌 경제정책의 실행을 요구하기도 한다.

차액지대론 :

데이비드 리카도는 토지에 관한 수확체감(收穫遞減)의 법칙을 근거로 차액지대론을 전개하였다. 농산물의 가격은 최악의 조건에서 생산된 농산물의 생산비, 즉 경작되고 있는 토지 중 가장 질 낮은 토지(한계토지)에서의 생산비를 보상하기에 충분한 것이어야만 한다. 이 한계토지보다 좋은 조건의 토지에서 생산된 농산물은 한계토지에서 생산 경작할 때보다 적은 비용으로 생산되고, 이 생산비와 가격의 차액은 토지의 질이 좋아서 발생한 것이므로 지주에게 돌아간다. 이것이 차액지대이다.

리카도는 지대의 형태를 두 가지로 나누었다. 경작지가 가장 비옥한 토지에서 점점 열악한 토지로 확대되어 갈 경우, 비옥한 토지에서 발생하는 지대를 제1형태라 하고, 동일한 지대에 보다 많은 생산비를 투하해 갈 때 수확은 점점 떨어지게 되는데, 그 경우 당초의 생산비와 관련하여 발생하는 지대를 제2형태라고 하였다.

차액지대설은 한계원리에 근거한 이론으로 주위의 경제적 조건의 변화에 따라 불로소득이 발생하는 것을 설명하였다. 농민이 경작을 대가로 지주에게 주는 지대의 형성과정을 논리적으로 풀어낸 이 이론은 경제학사상 가장 뛰어난 논리체계를 가진 이론 중 하나로 평가받고 있다.(48쪽)

@ 시의성 있는 화두의 비밀

↓

ⓑ 비밀을 풀 열쇠

↓

ⓒ 만능형 열쇠가 풀어가는 세상의 비밀

‘비밀’ – ‘해답’ – ‘확산’ 기술방식의 텍스트 구조는 먼저 우리가 익히 알고 있는 시의성 있는 화두를 제시하고, 그 화두에 숨은 비밀 하나를 부각시켜 궁금증을 유발한 후, 그 해답을 제시하는데, 바로 그 해답이 텍스트 구조의 주제라 할 수 있는 최상위 명제가[8] 된다. 다음으로 그 최상위 명제가 갖는 보편성과 중요성을 해명하게 되는데, 그것은 주로 텍스트 구조상 나열관계로 나타나는 명제들로 정리되고, 그

〈경제학 콘서트〉

것들을 통해 사회의 여러 분야에 보편적으로 퍼져 있는 최상위 명제의 존재를 확인하게 된다. 물론 그 과정에서 확산의 과정은 숨은 비밀을

---

8) 김봉순, 『국어교육과 텍스트 구조』, 서울대 출판부, 57~58쪽.
    “텍스트 구조는 관계의 유형을 바탕으로 관계 대상 명제들이 점점 상위명제를 결정하고, 그리하여 위계적인 명제들의 체계가 완성됨으로써 그 구성이 결정된다. 텍스트 구조는 명제들이 위계적인 체계로 연결되어 이루는 구조적인 의미로서, 해당 명제들이 하나의 상위명제를 중심으로 집약되어야 하는데, 그 집약의 방식은 상위 명제의 자질에 의해 규정된다. 상위 명제는 하위 명제를 포함하되, 텍스트 생산자의 심적 태도의 영향을 받는다.”

확인하는 수준의 놀라움을 보여야 효과가 크다.

콘서트류 교과서는 경제학, 철학, 수학 등의 특정 분야에 대한 지식을 설명하는데, 언제나 해당분야에 대한 지식 중 가장 중요하고 흥미로운 주제를 선정하여 각기 독립된 화두로 설명하는 방식을 취하고 있다. 이른바 옴니버스 형 기술방식이라 하겠다. 『경제학 콘서트』의 제 1장을 보면 '스타벅스의 경영전략'이라는 제목 아래 경제학자 리카도가 말한 '차액지대론'을 설명하고 있다.

먼저 우리의 일상에서 친근하고 시의성 있는 화두를 던지는데, 최근 붐을 일으키고 있는 스타벅스 커피숍을 대상으로 1), 2)를 통해 누구나 공감하는 화두를 던지면서 그 공감에 기대어 몰입을 이끈다. 즉 도심의 최고 번화가에 포진한 매장의 위치와 함께 원가에 대비한 큰 폭의 마진 즉 높은 커피가격을 문제 삼는다. 우리가 궁금해하고 문제시했던 화두를 제기하며 공감과 흥미를 이끄는 방식인데, 다)에서 볼 수 있는 것처럼 1), 2), 3)를 통한 삼단논법의 활용을 통해 스타벅스 매장위치가 갖는 경제적 의미를 논박할 수 없는 자명한 사실로 자연스럽게 주지시킨다.

다음으로 4), 5)를 통해 의문의 사실을 부각시킨 뒤 다시 그것을 '비밀'이라 지칭하니 이제 풀어야할 의문의 비밀이 생긴 셈이고, 경제학이 그 의문의 비밀을 풀 열쇠라니 경제학은 자연스럽게 관심의 중심에 서게 된다. 바로 6)을 통해 리카도가 그 문제를 해결하였다고 강조하니 추리구조의 서사에서 의문의 비밀을 풀 열쇠 즉 결미의 비밀폭로에 해당할 의외의 사실이 강조되는 셈이다. 당연히 몰입된 주의를 끌 계기를 마련한 것인데, 다시 7)에 이르러 리카도의 이론이 자세하고 명쾌하게 해설된다. 단순하면서도 적절한 예화의 활용과 일상적 용어중심의 평이

한 설명방식에 힘입음과 동시에 추리구조의 서사전개와 같은 방식의 기술로 몰입의 효과를 활용하게 된다.

이제 필자가 경제학의 주요 이론으로 설정한 차액지대론을 분명하게 설명한 셈인데, 필자는 여기서 한걸음 더 나아가 9)에서 볼 수 있듯이, 이 이론이 많은 '세상의 비밀'을 해명할 수 있다고 단정한다. '비밀'이라는 어휘에 강조점을 둔 것에서 볼 수 있듯이 필자는 이제까지 독자들이 생각하지 못한 매우 흥미롭고 유용한 지식을 설명하겠다는 의도를 보임과 동시에 이 경제학적 이론이 세상의 수많은 현상을 설명할 기제임을 강조한다. 10), 11), 12), 13)을 통해 차액지대론은 뉴욕과 런던의 아파트 임대료에도, 금융업의 수익에도, 석유시장에도, 마피아의 비즈니스에도 잠재해 있음이 강조되는데, 그만큼 차액지대론이 우리의 삶과 세상을 움직이는 큰 힘임을 보여주는 것이고 동시에 경제학과 우리의 일상적 삶의 교합성을 강조하려는 의도를 드러낸다. 아울러 <뉴욕과 런던의 아파트 임대료> → <금융업의 수익> → <석유시장> → <마피아의 비즈니스>의 전개순서에서 드러나듯이, 후자로 갈수록 사업성, 정치성, 범죄성이 강조되는 즉 비밀의 음험함이나 심각성이 강조되는 점층적 구성은 흥미와 몰입을 지속시키려는 의도를 여실히 보여준다.

마지막으로 15)를 통해 필자는 결론적 사실을 말하는데, 그것은 앞서 기술된 모든 사실을 관통하는 핵심적 의미로서 세상을 읽고 변화시킬 힘을 가진 경제학의 유용성을 강조한다. 동시에 이제 차액지대론에 대한 다층적이고 깊이 있는 이해를 마친 상태이니, '경제학노트'라는 항목을 마련하여 문자 그대로 차액지대론에 대한 학문적 정의를 경제학 교과서에 실린 내용과 방식 그대로 전사하여 보여준다.

2) '개념·전략 설명' - '예시' - '음모론' 기술방식의 텍스트 구조

chapter2 슈퍼마켓이 감추고 싶어하는 비밀

1) 런던의 코스타 커피점이나 스타벅스는 가격차별화 전략으로 이윤을 극대화한다.
2) 가격에 대한 고객의 민감도를 발견하는 데에는 첫째로 개별표적화 전략이 쓰이는데 아마존이 사용한 전력이 있고, 두 번째로는 그룹표적화 전략이 있는데 디즈니월드가 이 전략을 활용하였다
3) 커피숍의 다양한 메뉴 구성이 가격표적화 전략을 보여준다.
4) 슈퍼마켓은 고객의 특성을 감안하여 제품가격과 진열방식을 결정한다.
5) 유기농 제품의 유행에는 슈퍼마켓의 이윤최대화 전략이 숨어 있다.
6) 세이프웨이와 홀푸즈 같은 유명 슈퍼마켓들 사이에는 이윤극대화를 위한 다른 판매전략이 존재할 따름이다.
7) 슈퍼마켓의 세일행사, 다양한 제품구성은 이윤극대화를 위한 가격혼란 의도와 관련이 있다.
8) 상점의 희소성이 가격의 차별화를 가져온다.
9) 고가판매를 위해 기업이나 상점은 비행기 좌석이나 기획상품의 경우에서 볼 수 있듯이 싼 물건을 의도적으로 조악하고 불편하게 만든다.
10) 제약회사의 에이즈 약 판매가에서 볼 수 있듯이 폭넓은 고객확보를 위해 가격차별화 정책이 시행된다.

11) 가격표적화가 고객의 이탈을 방지하고 이윤의 증대를 가져온다.

‖ 경제학자의 노트 ‖

가격차별화

동일한 상품에 대하여 지리적·시간적으로 서로 다른 시장에서 각기 다른 가격을 매기는 일을 뜻하며, 이렇게 하여 설정된 가격을 차별가격이라고 한다. 동일한 상품에 별개의 가격이 매겨지는 경제적인 이유는 뚜렷이 구별할 수 있는 몇몇 시장에서 수요의 가격탄력성의 크기가 서로 다르기 때문이다.

일반적으로 가격탄력성(가격민감도)이 상대적으로 큰 시장에서는 낮은 가격이, 탄력성이 보다 적은 시장에서는 높은 가격이 설정된다. 지리적인 차별가격에는 자동차 등 내구소비재(耐久消費財)에 대한 국내외 시장에서의 판매가격 차가 있고, 시간적인 차별가격에는 영화관의 조조할인 등이 있다. 지하철이나 버스요금의 학생할인은 서로 다른 시장에서의 차별가격이라고 할 수 있다.

그러나 반드시 가격탄력성의 차이에 따라 가격이 차별화되는 것은 아니다. 대량 수요가에 대한 수량 할인 등은 도리어 비용 면에서 정당화 될 수 있다. 가격차별이 가능하기 위해서는 ①시장이 명확히 구별되어 있어야 할 것 ②시장 간의 상품의 전매(轉賣)비용이 시장 간의 가격차보다 클 것의 조건이 성립되어야 한다.(89쪽)

특정의 개념·전략 설명

↓

다양한 예시

↓

전략의 음모론적 구사

    '개념·전략 설명' – '예시' – '음모론' 기술방식의 텍스트 구조는 먼저 우리에게 익숙한 사례를 들며 특정의 개념·전략을 설명하는데, 그것은 주로 우리의 일상적 이해관계와 얽힌 것이라 주목을 끌게 되며 사실상 이 부분이 텍스트의 주제라 할 수 있는 최상위 명제가 담기는 부분이 된다. 다음으로 그런 개념과 전략에 해당하는 다양한 예시를 들어 보여주게 되는데, 이 부분은 텍스트 구조상 명제들의 관계가 핵술관계(핵심–상술 관계)를[9] 보여 준다. 이 부분에서의 예시들은 우리가 평소에 일상사적으로 경험하는 익숙한 사실들이고, 제시한 전략과의 연관성이 쉽게 연상되지 않던 것들이라 반전적인 충격성을 주게 된다. 더욱이 결미에는 전략에 깃든 음모론적 비밀이 담긴 사례를 제시함으로써 그 심각성이나 중요성이 부각되고, 그로 인해 전하려는 지식이나 정보에 더욱 몰입하게 되는 효과를 만든다.

    필자는 1)에서 중요한 경제학 용어인 가격차별화를 꺼내는데, 역시

---

9) 김봉순, 전게서, 49쪽.

코스타 커피점과 스타벅스라는 유명하고 익숙한 문화아이콘을 예로 들며 설명을 전개한다. 런던의 명물이 된 세계에서 가장 큰 회전관람차인 런던아이를 떠올린 뒤, 그곳의 독점적 커피숍인 코스타 커피점의 위상을 강조하며 그 존재감에 방점을 두어 문화감상 같은 편안한 분위기를 연출한 후 그곳의 차별화된 가격과 그 의미를 설명한다.

2)에서는 1)에서 설명된 가격차별화를 위한 전제로서 고객의 민감도를 파악하기 위한 전략을 설명하는데, 개별표적화 전략과 그룹표적화 전략이 그것이고, 이런 설명 역시 세계적으로 유명한 기업인 아마존과 디즈니월드의 실례가 동원된다. 3)에서는 우리가 상식적 차원에서는 짐작할 수 없었던, 그러나 너무도 일상화 되어 익숙해진 커피숍들의 다양한 메뉴구성이 사실은 이윤극대화를 위한 가격차별화 전략임이 '숨은 비밀'처럼 은밀하게 강조된다. 여러 가지 논거를 들이대며 달리 해석할 길이 없는 사실임을 강조하는데, 그것은 의도적으로 숨은 비밀을 캐려는 '조사'의 과정과 같은 분위기를 연출하면서 이루어진다.

이제 그런 '숨은 비밀'과 '조사'라는 기술적 특징은 계속 이어지는데, 4), 5), 6), 7), 8), 9), 10)을 모두 통틀어 유기농 제품 확산, 세일행사, 다양한 제품구성, 비행기 좌석의 차별성, 에이즈 약 판매가의 차등화 등에 숨은 비밀과 그것에 대한 탐색이라는 기술방식을 통해 가격차별화의 도저한 확산과 실태를 적나라하게 드러낸다. 특히 뒤로 갈수록 항공사들이 고가좌석의 판매를 위해 일반석의 불편함을 의

커피샵의 다양한 메뉴구성에도 경영전략이 숨어 있다

도적으로 강조한다든지, 에이즈 약의 차별적 판매가 기업의 이익이라는 관점과 함께 수많은 인명에 결정적 영향을 미친다는 점이 강조되니, 가격차별화를 둘러싼 의도성, 전략적 선택이라는 정치성이 강조되어 그 의미의 심각성, 중요성 등이 힘을 얻게 되고, 이것은 고스란히 가격차별화에 대한 독자의 지적, 정서적 몰입을 가져오게 된다.

특히 일련의 예시들은 기업이나 상점들이 이윤의 극대화를 위해 소비자의 판단을 혼란시키고, 교묘한 술수를 쓰며, 조악한 서비스와 디자인을 일부러 조장한다는 등의 지적을 거듭함으로써 음모론이 주는 놀라움과 두려움 그리고 긴장감을 조성하며 가격차별화의 의미와 실상을 흥미롭고 실감나게 전달하고 있다.

바로 이러한 지식전달의 수월성에 대한 자신감이 바탕이 되었기에 필자는 마지막으로 11)에서 가격표적화의 순기능에 대한 선언적 명제를 확실히 할 수 있음과 동시에 경제학자의 노트를 통해서는 가격차별화에 대한 학문적, 교과서적 정의 및 설명방식을 그대로 전사할 수 있었던 것이다.

3) '딜레마 문제제시' – '해결책' 기술방식의 텍스트 구조

chapter3 경제학자가 꿈꾸는 세상, 완전시장

1) 영화 라이어 라이어에서처럼 진실만을 말하는 진실의 세계는 완전 효율적인 경제를 만든다.

2) 자유시장에서 가격은 진실을 말하는 가격이며, 정보를 드러내는 가격이다.

3) 완전경쟁시장은 올바른 상품생산에서 분배까지 이루어지는 효율이 극대화된 세계이며, 가격시스템은 비용을 나타내고 고객이 생각하는 가치를 정확히 드러낸다.

4) 학교나 경찰 같은 비시장 시스템은 필요하지만 정보나 비용을 왜곡한다.

5) 비시장 시스템에서는 가격신호등이 주는 정보를 사장시킬 수 있다.

6) 세금은 비효율을 만들지만 재분배의 효과 때문에 필요하다고 느끼는 딜레마를 만든다.

7) 경제학자 케네스 애로에 의해 주창된 유리한 출발이론은 출발선의 위치를 조정해서 공정성과 효율성을 확보하는 유용한 전략이다.

8) 정치철학자 로버트 노직이 말한 '공정성으로서의 정의'에서 농구선수 체임벌린의 예를 들며 소득세가 불공정한 상황을 만들 수 있다고 경고한다.

9) 독거노인의 난방비 문제도 유리한 출발이론을 활용해 해결책을 만들 수 있으며, 유리한 출발이 가미된 완전시장의 세계는 우리가 추구하는 목표이다.

‖ 경제학자의 노트 ‖

완전시장 :

완전시장이란 자본시장에 거래비용, 세금, 자산의 분할가능성과 시장성, 규제 등의 면에 있어서 어떠한 장애요인도 존재하지 않는 시장을 말한다. 또한 상품 및 자본시장에 완전경쟁이 존재하고, 정보 면에서 효율적이며, 모든 개인은 기대효용을 극대화 하려는 합리적인 인간이라는 가정을 충족한 시장이다. 경제 분석, 특히 가격이론의 영역에서 가장 중요한 시장 형태로 거론된다.

일반적으로 완전시장이 성립되려면 다음과 같은 조건이 필요하다. ①동질의 상품을 취급하는 경우, 팔 사람과 살 사람의 수가 많아 아무도 그 가격에 어떤 영향을 미칠 수 없을 것, ②팔 사람과 살 사람 모두 시장에 관하여 완전한 정보를 가지고 있을 것, 또 고객이나 공급원에 관하여 완전히 무차별일 것, ③모든 생산요소의 완전가동성이 존재할 것 ④새로운 기업이 기존기업과 동일 비용으로 그 산업에 참가할 수 있을 것 등이다.

본래 완전시장은 경제분석상의 한 모델로서, 현실적으로 이들 조건이 그대로 성립되는 일은 거의 없다. 그러나 완전경쟁의 모델은 현실의 시장 작용을 분석하는 데 중요한 단서를 제공하는 것으로 평가된다.

시장에 의한 자원배분의 효율성이 확보되지 못한 상태를 시장실패라 한다. 일반적으로 시장실패의 요인으로는 불완전한 경쟁·정보의 비대칭·공공재·외부효과·자연적 독점 등이 지적된다. 시장의 실패를 보완하기 위해 정부가 보조금을 내는 등 시장기구에 대신해서 자원배분에 개입한다.(118쪽)

특정 이론의 이상적 가치

↓

대립이론과 딜레마적 상황

↓

해결책의 제시

    '딜레마 문제제시' − '해결책' 기술방식의 텍스트 구조는 먼저 특정 이론을 제시한 후 그것의 순기능과 가치를 설명한다. 마치 그 이론이 이론의 여지없는 이상적 모델임을 강조하는 듯한 형국이다. 그런데 특정 이론의 정합성에 대한 평가가 완결된 듯한 지점에서 돌연 관점이나 효용이 반대되는 이론이 제시되는데, 이제 양자 사이에 선택이 어렵거나 불리한 딜레마적 상황 혹은 문제가 발생되는 셈이다. 하지만 대립이론의 제시를 통한 딜레마적 상황의 제시는 작위적인 조작의 인상이나 논지전개의 맥락성의 훼손이라는 인상을 주지 않기 위해 대립되는 이론의 제시는 순차성을 띤다. 즉 먼저 대립되는 이론의 제시와 함께 그 이론의 한계를 뚜렷이 지적함으로써 가장 먼저 제시된 특정이론에 대한 이상적 평가가 허구적이거나 작위적이라는 인상을 주지 않도록 배려를 한 뒤, 반성적 사고를 위한 시간적 여유를 두고 마지막으로 반대되는 이론의 이상적 가치를 설명할 수 있는 가장 적절한 예를 들이댄다. 바로 이 지점에서 딜레마적 문제제시가 가장 극적으로 절정을 이루게 된다. 자연스럽게 그 딜레마적 문제를 정리할 해결책을 갈망하게 되는 상황이 조성된 셈이니, 여기서 등장하는 해결책은 주목을 받게 되고, 구원의 힘을 가진 동시에 소망적 사고를 충족해 주는 갈망의 대상으로 떠오르게 되는 셈이다.

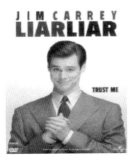

영화 〈라이어 라이어〉

필자는 1)에서 영화 <라이어 라이어>를 예로 들어 진실만이 존재하는 세계라는 이상향을 그리는데, 영화 속의 기발한 설정이 주는 흥미로움과 개연성에 기대어 완전 효율적인 경제가 진실의 세계이고, 가격은 진실과 정보를 드러내는 가장 이상적인 지표라고 선언한다. 또 2), 3)에서도 이상적 존재에 대한 기대치를 한껏 고조시키며 완전경쟁시장의 완전성을 거침없이 설파한다. 논지전개의 속도감과 이상적 존재가 주는 환영적 만족감에 기대어 완전시장경제의 유용성을 집중적으로 부각시킨 셈이다.

1), 2), 3)에서 완전경쟁시장의 긍정적 측면을 단정적으로 부각시킨 논리성과 자신감은 4)과 5)를 지나며 미묘한 변전을 겪는다. 4), 5)에서 필자는 학교나 경찰의 예를 들며 비시장 시스템의 낭비적 요소나 불투명성을 지적하여 기존의 주장을 엄호하면서도 동시에 반대편 세계인 비시장경제의 엄연한 실존과 필요성을 암암리에 인정한다. 비록 '정보나 비용을 왜곡' 한다거나 '정보를 사장' 시킨다는 알뜰한 비판을 깔고 있지만 여전히 그 행간 속에는 비시장 경제의 엄연한 필요성에 대한 수긍이 깔려 있다.

바로 이러한 변전의 계기를 토대로 여기에서 한걸음 더 나아가 '딜레마'를 강조하게 되니 6)를 통해 세금을 예로 들며 비효율적이지만 사회적 필요성 즉 공정성 때문에 받아들여야 되는 정책이나 행정이 있음을 문제로 제기한다. 효율성과 공정성 사이에 딜레마가 존재하고, 그 딜레마가 사회의 근간적 정책이나 행정으로 우리들에게 심대한 영향을 끼치니, 우리는 그것을 필연적으로 해결해야 하는 어려움에 처해 있다는 문제의식을 강조하는 셈이다.

딜레마의 심각성이 만든 긴장된 분위기 속에서 그 존재감을 확연하게 드러내며 해결책으로 등장하는 것이 바로 필자가 강조하고자 하는 '유리한 출발이론'이다. 화려한 스포트라이트를 받으며 등장하는 셈인데, 역시 7), 8)에서 볼 수 있듯이 '유리한 출발이론'은 농구선수 체임벌린과 독거노인의 난방비 문제라는 예를 통해 그 유명세와 사회적 소명의식에 대한 부채감에 힘입어 자연스럽고 감성적이면서도 지적인 공감과 이해를 이끌어낸다.

'딜레마 문제제시' ― '해결책' 기술방식의 텍스트 구조에서는 대립되는 두 선택사항이 주는 팽팽한 대립감과 존재감 때문에 두 선택사항에 담긴 경제학적 의미와 지식을 흥미롭게 탐구하게 될 뿐만 아니라, 세상의 복잡한 양상과 그것을 바라보는 시각의 유연성의 필요성에 대해 공감하게 되고, 특히 딜레마를 해결할 대안으로 제시되는 제안 즉 경제학적 해결책은 초미의 관심사로 부각되면서 지적 탐구의 대상으로 자연스럽게 다가오게 된다.

4) '임상진단' – '치유책 제시' 기술방식의 텍스트 구조

chapter4 **출퇴근의 경제학**

1) 완전시장은 현실적으로 존재하기 어렵지만 현실을 진단하기 위한 기준점으로 역할할 수 있다.

2) 출퇴근 시 발생하는 오염이 비관계인에게 영향을 주는 외부효과를 유발하며, 시장실패의 원인이다.

3) 운전자들은 시각한 대기오염과 장벽효과 등의 부작용을 낳지만, 이것을 심각하게 고려하지 않는다.

4) 교통체증은 운전자가 추가 주행을 하는데 지불하는 가격이 비례적으로 상승하지 않는 데에서 온다.

5) 외부효과에 대해 비용을 지불하게 해야 하며, 그 비용 청구를 설계할 수 있는 지식을 갖고 있다.

6) 혼잡세는 교통체증을 막을 수 있는 현실적인 대안이다.

7) 외부효과를 측정하는 방법으로 사람들의 실제 행동을 관찰하는 방식 즉 경제학의 '드러난 선호 이론'을 활용할 수 있다.

8) 외부효과에 대한 과세는 비용을 줄이는 해결책을 발견하는 계기가 될 것이다.

9) 혼잡세와 같은 외부효과 세금은 외부효과를 줄이고 사람들에게 경각심을 일깨우는 효과가 있다.

10) 미국 환경보호국(EPA)이 시행한 대기오염티켓은 유효적절한 환경대책이었다.

11) 적절한 경제적 정책이 대기오염을 줄이는데 기여한다.

12) 긍정적 외부효과도 존재하며, 그 진작을 위해 외부효과 보조금

을 생각할 수 있다.

13) 외부효과 보조금은 민간의 협상력과 과잉투여의 문제를 안고 있다.

14) 경제는 단순한 경제수치로만 측정할 수 있는 것이 아니라, 삶의 질을 높일 수 있는 수많은 대안들을 모색하는 데에서 의미를 가진다.

‖ 경제학자의 노트 ‖

외부효과 :

생산자나 소비자의 경제활동이 다른 사람에게 의도하지 않은 혜택이나 손해를 가져다주면서도 이에 대한 대가를 받지도 않고 비용을 지불하지도 않는 상태를 말한다.

외부효과는 외부경제와 외부비경제(외부불경제)로 구분된다. 외부경제는 다른 경제주체의 경제활동에 의해 소비자 또는 생산자가 무상으로 유리한 영향을 받는 것을 말한다. 과일나무를 심는 과수원 주인의 활동이 양봉업자의 꿀 생산량 증가를 가져오는 경우나 교육 및 기술혁신 활동 등이 외부경제의 효과를 갖는다고 할 수 있다. 외부불경제로는 대기오염, 소음 등의 공해가 문제시되고 있다. 외부경제효과가 있으면 시장기구가 완전히 작용해도 자원의 최적배분이 실현되지 못한다.

현실문제에 대한 임상진단

↓

치유책 제시

　'임상진단' − '치유책 제시' 기술방식의 텍스트 구조에서는 먼저 사회가 안고 있는 심각한 문제를 제시한 후 그 증상의 원인을 명쾌하고 단호하게 제시한다. 마치 사람의 생명이 걸린 문제라 증상에 대한 진단이나 원인에 대한 분석이 치밀하고 분명해야 하는 '임상'의 행태나 자세와 일치한다는 점에서 수사적 표현으로 '임상 진단'이라 부를 만하다. 당연히 이런 방식의 기술에서는 환자의 신뢰가 필수적이니 병(문제)에 대한 진단이나 처방에 이르기까지의 일련의 치유행위가 자신감과 거침 없음이 생명이라 할 수 있듯이, 사회문제의 현상, 원인 등에 이르는 진단이나 기술이 극히 단정적이고 명쾌한 어조로 설명된다. 다음으로 그런 문제를 해결할 수 있는 치유책이 제시되는데, 그 치유책 역시 완벽한 해결책임이, 동시에 실제사례를 통해 그 효용성이 충분히 검증되었음이 선언적으로 명시된다. 마치 '명쾌한 자신감'이 '제시된 치유책의 실제적 효용성'을 더 높일 수 있다는 자세이다.

　1)에서 '완전시장'이 현실을 진단하는 기제가 될 수 있다고 말하는데, 그것은 넓혀 말하면 경제적 관점이나 이론이 세상을 설명하고 재단하는 유용한 기제임을 말하고 있는 것이다. 세상을 들여다보는 창, 그것이 바로 경제라는 것이다. 이러한 선언적 명제 후에 곧바로 2)에서 반

전적 사실로 그런 가정이 깨지는 순간을 포착하니 자연스럽게 '외부효과'란 화두는 주목을 끈다. 3)에서는 우리에게 가장 익숙한 편리함이자 해악인 교통의 문제를 본격적으로 거론하기 시작하는데, 우리들의 차량 이용이 대기오염과 장벽효과라는 치명적 부작용을 낳음에도 불구하고 그것에 대한 우리의 무관심을 지적함으로써 자책감이나 반성적 시각이 주는 '주의'를 창출해낸다.

곧바로 2)에서 현실진단이 이어지는데, 교통체증은 추가주행에 따른 추가비용을 지불하지 않는 현실에서 연유한다고, 문자 그대로 경제적 관점에서의 단호하고 명쾌한 진단을 내린다. 앞서 경제가 세상을 보는 창이라는 선언적 명제를 재확인하는 셈인데, 이런 자세는 5)와 6)에서도 그대로 이어져 외부효과에 대한 비용을 지불해야 하는데, 혼잡세가 가장 현실적인 대안이라고 확정한다. 다른 대안들의 부적절성과 혼잡세에 가해지는 비난에 대한 비판이 이어지는데, 주로 논거에 대한 충분한 설명을 통해 추론하는 방식으로 기술이 이루어진다.

이제 혼잡세의 타당성에 대한 정지를 바탕으로, 효율적인 혼잡세의 시행을 위한 방안이 제시되는데, 또 다시 세상을 바라보는 창으로서의 경제학의 위용을 드러내며 '드러난 선호이론'이라는 경제학 이론이 등장한다. 이른바 세상의 문제를 능숙하게 해결하는 해결사로서의 존재감과 힘이 강조되며, 그만큼 경제학 좁혀 말해 '드러난 선호이론'은 스포트라이트 효과를 누리게 된다. 다시 7)과 8)을 통해서 경제학적 처방의 가치가 강조됨과 동시에 새로운 의미가 추가되는 가치부여의 확장성을 추구한다. 결정적으로 10)을 통해서는 혼잡세와 같은 경제적 처방의 성공사례를 구체적으로 적시함으로써 스스로 구축한 논리에 대한 결정적인 확증을 도모하고, 다시 그 토대 위에 11)에서 경제정책의 유용성을 자신 있게 설파한다.

마지막으로 세상을 들여다보는 창이라는 위용에 걸맞게 시각의 다양성 즉 세상을 보는 눈의 유연성을 드러내고자 이제까지의 일관된 논의 점이었던 부정적인 외부효과의 반대축으로 긍정적 외부효과를 12)에서 설명하는데, 세상을 보는 눈의 유연성에 대한 강조점을 더욱 돋보이고자, 그런 긍정적 외부효과의 한계점까지 13)에서 알뜰하게 지적하는 노고를 잊지 않는다. 결국 14)의 결론에서 강조하듯이 경제를 바라보는 자세를 다시금 곱씹어보는데, 그것은 경제수치에만 매몰되는 근시안적 태도를 벗어나 삶의 질을 개선시키려는 의지와 함께 수많은 대안들을 두루 살펴보는 유연한 사고의 필요성을 강조하고 있다.

결국 이런 기술방식은 현실의 문제점에 대해 그 증상을 세밀하게 들여다보고 그 증상의 원인, 실상에 대해 진단을 내리는 과정을 거치며, 그 진단에 맞게 문제를 해결할 처방을 내놓다는 점에서 '임상진단' – '치유책 제시' 기술방식의 텍스트 구조라 부를 수 있으며, 역시 그 기술방식의 효과는 임상진단과 처방에 이르는 과정에서의 자신감과 박진감 있는 진술 자세와 설득력 있는 논거의 적절하고 현란한 제시, 그리고 세상의 다면성에 대한 총체적인 인식능력의 현시에 달려 있다 하겠다.

2. 『과학콘서트』

1) '비밀' – '해답' – '확산' 기술방식의 텍스트 구조

---

1. 케빈 베이컨 게임
 – 여섯 다리만 건너면 세상 사람들은 모두 아는 사이다

1) 최근에 인기를 끈 케빈 베이커 게임은 대부분의 할리우드 배우들이 여섯 단계 만에 케빈 베이커와 연결될 만큼 밀접한 인간관계 군을 맺고 있음을 보여준다.
2) 케빈 베이커 게임의 의미는 수학적 증명으로 그 타당성을 입증할 수 있지만, 그 계산의 한계는 인간관계의 편집성을 전혀 고려하지 않은 한계를 가진다.
3) 던컨 와츠와 스티브 스트로가츠는 '작은 세상 네트워크'라는 가설을 통해, 무작위 연결이 특정 구조를 밀접한 연관관계를 가진 축소된 세계로 변화시킨다는 것을 증명했다.
4) 올라프 스폰즈는 포유류의 뇌가 '작은 세상 효과'를 이용한다는 사실을 밝혔다.
5) 제리 그로스만은 에르되스 프로젝트를 통해 수학분야에서도 '작은 세상 효과'가 있음을 보여 주었다.
6) 브루스 코컷과 고든 워커는 기업 소유에도 동일한 효과가 있음을 증명하였다.
7) 공학설계에도, 인터넷 사이트의 연결에도 동일한 효과가 적용될 수 있다.

ⓐ 시의성 있는 화두의 비밀

↓

ⓑ 비밀을 풀 열쇠

↓

ⓒ 만능형 열쇠가 풀어가는 세상의 비밀

『과학콘서트』

'비밀' - '해답' - '확산' 기술방식의 텍스트 구조는 먼저 우리가 익히 알고 있는 시의성 있는 화두를 제시하고, 그 화두에 숨은 비밀 하나를 부각시켜 궁금증을 유발한 후, 그 해답을 제시하는데, 바로 그 해답이 텍스트 구조의 주제라 할 수 있는 최상위 명제가 된다. 다음으로 그 최상위 명제가 갖는 보편성과 중요성을 해명하게 되는데, 그것은 주로 텍스트 구조상 나열관계로 나타나는 명제들로 정리되고, 그것들을 통해 사회의 여러 분야에 보편적으로 퍼져 있는 최상위 명제의 존재를 확인하게 된다. 물론 그 과정에서 확산의 과정은 숨은 비밀을 확인하는 수준의 놀라움을 보여야 효과가 크다.

필자는 1)에서 '케빈 베이컨 게임'을 소개하는데, 그것이 최근에 미국 대학가에서 크게 유행했었고, 게임의 내용이 우리들에게도 친근한 할리우드의 유명배우들을 등장시킨다는 점을 강조하며, 게임의 주목할 만한 속성은 모든 할리우드 배우들이 놀랄 만큼 밀접한 관계로 얽혀 있다는 것이 밝혀진다는 것이다.『과학콘서트』가 지식의 흥미로운 전달을 위해 가장 빈번하게 사용하는 방식인 서두를 예화로 장식하는 특징이 드러나는데, 그 예화는 '높은 인지도', '흥미로움', '놀라움'을 가져야 한다는 본보기를 잘 보여준다. 특히 무작위로 얽혀진 할리우드 배우들 간에도 놀랄 만한 연관성이 존재한다는 사실은 곧바로 2)에서 수학적 논리로 증명되니 진리나 진실로서 완결된 듯한 느낌을 준다. 케빈 베이컨 게임이라는 예화가 만들어낸 흥미와 함께 수학적 논리에 따른 증명이 덧붙여지니, 세계에 드리워진 관계의 밀집성은 흥미로운 진리로 부각된다.

하지만 우리가 수학적 논리에 대해 갖고 있는 선입견 또는 수용적 태도에 반해 반전적 사실이 강조되니, 그것은 그 수학적 증명이 한계를 보인다는 지적이다. 과학에 대한 반성적 사고를 주문하는 것이기도 하고, 한편으로는 반전적 성격의 문제를 제기해 다시금 새롭게 주목을 꾀하는 기술방식이기도 하다. 우리가 게임의 경험을 통해서도, 실생활에서의 경험을 통해서도 수긍할만한 과학적 판단인 것 같은데, 결정적인 결함이 있다하니, 자연스럽게 새로운 해결점을 찾으려는 노력이 갈구되는 시점이 만들어지는 셈이다.

그러면 해결점은 무엇인가? 그 물음에 대한 궁금증이 증폭된 시점에서 다시 말해 그 물음에 대한 답이 전개되기 시작하는 시발점에서, 필자는 세상을 설명하는 창으로서 부각시키고자 했던 과학적 사실 즉 '작은 세상 네트워크' 혹은 '작은 세상 효과'의 실체를 드러내기 시작한다. 세상에 존재하는 수많은 별개의 네트워크들이 '엉뚱한 가지' 하나로 연결되기만 하면 고도의 연관성을 갖게 된다는 흥미로운 사실이 개진되는데, 그것은 그 현상을 집약해 보여주는 그림의 예시를 통해 더욱 명쾌하게 해명된다.

이제 과학적 사실의 중요성을 강조하기 위해서도, '작은 세상 효과'가 이 세상을 들여다보는 중요한 창으로서 기능할 수 있다는 사실을 검증해 주어야 할 터인데, 그것은 4), 5), 6), 7)을 통해 세상의 전반에 펼쳐진 '작은 세상 효과'를 여러 예시를 통해 보여주는 기술방식으로 나타난다. 포유류의 뇌에도, 수학자들의 연관성에도, 기업소유에도, 공학설계에도 모두 '작은 세상효과'가 나타남을 설명하는데 그것은 이질성이 두드러진 여러 예를 병렬적으로 제시함으로써 작위적인 조작의 흔적을 없애고, '작은 세상 효과'의 도저한 확산을 자연스럽고 설득력 있게 제시하는 힘을 얻고 있다.

마지막으로 8)을 통해서는 과학이 세상을 재단할 때 갖게 되는 단순성의 오류를 벗어나고자 즉 과학적 사실로 세상을 설명할 때 가져야 할 다층적이고 종합적인 사고력과 상상력의 필요성을 강조하고자, 이제까지의 논지와는 상이한 시각 즉 '작은 세상 효과'가 가져올 부정적 효과에 대해서도 언급하는 것을 잊지 않는다. 특히 에이즈나 에볼라 바이러스의 창궐, 컴퓨터 바이러스의 확산 같은 치명적이고 공포스런 결과를 강조함으로써 우리가 가져야할 경각심에 대해서도 엄중한 방점을 놓는다.

2) '정의' – '반전적 부정' – '예시' – '재정의' 기술방식의 텍스트 구조

---

2. 머피의 법칙
   – 일상 생활 속의 법칙, 과학으로 증명하다

1) 일상에서 자주 부딪히는 '머피의 법칙'은 '선택적 기억'으로 해명되기도 한다.
2) 하지만 로버트 메튜스는 '버터 바른 토스트' 실험을 통해 머피의 법칙의 가능성을 과학적으로 증명하였다.
3) 슈퍼마켓의 줄서기나 일기예보에서 우리가 느끼는 머피의 법칙에도 과학적 사실이 숨어 있다.
4) 머피의 법칙은 세상의 가혹성을 말해주는 것이 아니라, 우리가 세상에 무리한 요구를 했음을 보여주는 것이다.

익숙한 화두에 대한 흥미로운 정의

↓

선행한 정의에 대한 반전적 부정인 새로운 정의

↓

새로운 정의에 해당하는 예시 제시

↓

정의를 바라보는 새로운 시각의 제시

'정의' – '반전적 부정' – '예시' – '재정의' 기술방식의 텍스트 구조는 반전적 시각이나 기술이 중첩됨으로써 서술의 긴장감이나 속도감이 느껴진다. 먼저 우리가 일상에서 자주 부딪히는 문제라 익숙하면서도 자신의 운명에 드리운 불운처럼 인상 깊은 화두를 제시하여 주목을 끈 후, 그 화두에 대한 흥미로운 정의를 내린다. 흔히 흥미로운 사실이 바탕이 되고 과학적인 논거가 뒷받침된 정의라 인상적이면서도 인정할 만하여 완결성의 느낌을 준다. 하지만 곧 선행한 정의에 대한 부정이 이어지는데, 그것은 선행한 정의의 시각이나 내용을 완전히 뒤엎는 것이어서 반전적 부정이라 할 만한데, 그런 반전적 부정이 주는 충격성 때문에 새로운 정의는 주목을 받게 되고 그 내용이나 시각이 뚜렷이 각인된다. 바로 이어지는 예시들은 새로운 정의의 타당성이나 보편성을 한껏 높이게 된다. 하지만 <우리를 둘러싼 세계의 복잡성>이나 <우리의 시각이 갖는 한계>에 대한 반성적 시각의 중요성에 대한 설파는 매우 중요한 의미로 새삼 부각되니, 결미에 다시 반전적 사실로 새로운 정의를 다시 새로운 시각으로 들여다보아야 할 필요성을 과학적 논거를 들이대며 제시한다.

필자는 1)에서 과학적 지식을 전하기 위한 화두로 '머피의 법칙'을 선택했는데, 그것은 우리의 일상적 경험에서 자주 접하는 사실이라 인지도가 높고, 불행한 일이 납득하기 어려울 정도로 빈번히 일어난다는 충격성으로 정서적 울림이 크다는 점에서 공감이나 몰입이 용이한 문자 그대로 흥미로운 지식전달이라는 목적에 걸맞은 화두라 하겠다. 그런데 그 화두를 해명할 적절한 답이 있다하니, 그 자체로서도 흥미로운 일인데, 여기에 더해 '선택적 기억'이라는 우리가 세상사에 가졌던 의

문을 명쾌하게 설명해 주는 지식을 만났으니, 흥미와 공감도가 정점을 찍은 듯한 달리말해 해결이 완결된 느낌을 준다.

하지만 2)에서 바로 '선택적 기억'이 완전한 답으로서는 불충분하거나 오류라고 지적하며 충격성을 준 뒤, '버터 바른 토스트'라는 과학적 실험을 들이댄다. 선택적 기억에 맞는 사실인 것 같은데, 버터 바른 면이 바닥에 떨어지는 현상은 우리의 키와 중력이 만들어낸 과학적 사실임이 설명된다. 과학자 로버트 메튜스의 과학적 증명을 논거로 제시함과 동시에 그 과학적 증명 안에 들어 있는 자연적 사실로서 당연하게 받아들여진 인간의 키에 대해서도 다시 하버드 대학교 천체물리학과 윌리엄 프레스의 과학적 설명을 부가함으로써 머피의 법칙에 숨은 과학적 사실을 온전하게 드러내고 있다.

이제 남은 과제는 머피의 법칙에 숨은 과학적 사실의 보편성을 보여주는 것일 텐데, 필자는 3)에서 우리가 일상에서 가장 실감나고 빈번하게 부딪히는 사건 즉 슈퍼마켓 계산대에서의 줄서기와 일기예보를 예로 들고 있다. 앞서의 버터 바른 토스트의 경우가 우리의 작위나 공적기관의 신뢰성과는 관계없는 예기치 않은 실수 같은 우연성과 관련되어 있음에 반해, 슈퍼마켓에서의 줄서기는 우리의 판단과 결정이 개입된 작위성이 크고, 반면에 일기예보의 경우는 기상청이라는 공적기관이 주는 신뢰성이 중요하다는 점에서, 우연적인 사건에도, 작위적인 사건에도, 또 달리 우리와 직접적 관련이 없는 공적기관의 공적인 사건에도, 머피의 법칙과 관련된 과학적 사실이 숨어있음을 보이니, 그 보편성과 확장성은 충분히 개진되는 셈이다.

하지만 필자는 마지막으로 4)에서 세상과 세상에 숨은 과학적 사실을 들여다보는 시각에 대해 또 다른 주문을 하는데, 세상사에 머피의 법칙이 존재하고 그 머피의 법칙에 과학적 사실이 개입되어 있다는 점을 반성적 시각 없이 수동적으로만 받아들이면, 세상사를 들여다보는 암울한 시선과 판단을 벗어날 수 없다는 지적이다. 그것은 우리가 과학을 가지고 세상을 재단하는 근본적인 목적을 잊은 셈이라는 것인데, 여기서 필자는 새로운 대안적 시각으로 그간 우리가 세상사에 바랐던 무리한 기대치 즉 행운과 즐거움에 대한 과도한 기대를 접고 세상사의 실체와 실상을 자연스럽게 받아들일 것을 주문하고 있는 것이다. 이러한 결미에서의 주안점은 제시된 제안이 잠언처럼 삶에 관한 영지(英智)와 절묘한 수사적 표현을 보여야 한다는 사실에 달려 있다.

3) '비판적·선언적 주장' – '부분적 비판의 예시' – '전면적 비판의 예시' – '비판적 정의' 기술방식의 텍스트 구조

> **3. 어리석은 통계학**
>   - O.J. 심슨 사건이 남긴 교훈
>
> 1) 통계나 확률에 대한 사건들에는 우리의 직관과 상반되는 확률의 기막힌 역설이 드러나는 예가 많다.
> 2) 미국 NBC TV의 유명한 게임쇼 'Let's make a deal'에서 부딪히는 몬티 홀 문제는 정오를 확정하기 어려운 흥미로운 국면을 연출한다.
> 3) O.J. 심슨 사건은 통계에 대한 몰이해가 살인자를 무죄로 만들 수 있다는 기막힌 사실을 보여준다.

4) 이 세상은 명확한 법칙으로 예측할 수 없는 사건들로 가득하며, 우연적인 사건을 기술하는 확률과 통계에 익숙하지 않으면 오판이나 부도덕한 행동에 빠질 수 있다.

기존의 지식·학문에 대한 비판적·선언적 주장

↓

기존의 지식·학문의 한계를 지적

↓

기존의 지식·학문의 치명적 오류의 가능성 제시

↓

비판적 정의

'비판적·선언적 주장' – '부분적 비판의 예시' – '전면적 비판의 예시' – '비판적 정의' 기술방식의 텍스트 구조는 우리가 갖고 있는 통념이나 진부한 시각이 갖는 위험성을 지적하는데 적합한데, 그것은 달리 말하면 새로운 시각과 도전적 사고가 과학이나 학문 연구에 있어, 그리고 더 넓혀 말하면 우리의 삶에 있어서 가장 가치 있고 필수적인 덕목이자 자세임을 주장하는 것이기도 하다. 먼저 기존의 지식이나 학문에 대해 비판적이고 선언적인 주장을 드러낸 후, 그 타당성을 드러내고자 예시들을 제시한다. 첫 번째 예시를 통해서는 비판하고자 하는 기존의 통념이 갖는 한계를 제시하여 비판의 토대를 마련한 후, 곧이어 순차성을 고려하여 두 번째 제시를 통해 기존의 통념이 갖는 치명적이고 근본적인 오류의 가능성을 그려내는데, 사실상 그것은 기존의 지식이나 학문에 대한 도발적이고 근본적인 비판이라 하겠다. 마지막으로 <기존의 통념이 갖는 한계에 대한 인지>와 <비판적 자세>의 필요성을 선언적으로 주문하고 경고한다.

'어리석은 통계학', 제목부터가 도발적이다. 복잡한 계산과 수치가 동원되고, 선거예측 등을 통해 그 위세를 실감하고 있는 통계학이 비과학적이라니, 아니 한걸음 더 나아가 어리석다니, 그 진술에는 통계학이 과학과 상치될 수도 있다는 주장을 도발적이고 단정적으로 개진하려는 의도가 매우 분명히 드러난다. 동시에 그런 도발적인 표현을 통해 흥미를 유발하려는 의도 역시 확인된다. 바로 이어 1)을 통해 제목의 의미를 푸는 설명이 상술 되는데, 그것은 '우리의 직관과 상반되는 확률의 기막힌 역설'로 요약된다. 직관-확률의 관계가 중요하게 조명되니 확률이 개입하는 또는 확률로 설명되는 세계는 그 확률과 우리의 직관이 상호작용을 일으킬 때 미묘하고 결정적인 문제를 만들 수 있다는 것이다. 필자는 그런 사실을 보여주는 예들이 많다고 단언하니 이제 그 관심은 그런 예들의 적시에 쏠리게 된다.

2)와 3)이 1)에 제시된 주장의 예시가 될 터인데, 그 구성은 '역설의 가능성의 현시' - '역설의 치명성과 영향력의 강조'의 순서를 밟는다. 2)를 통해 정오를 확정할 수 없는 불가해한 역설의 예를 보여주어 통계학과 과학적 판단에 대한 독자들의 선험적 믿음에 결정적인 혼돈성을

준 뒤, 3)을 통해 역설이 가져오는 우리의 삶과 세상에 대한 결정적이고 치명적인 영향력을 현시한다. 특히 O.J 심슨 사건을 예로 듦으로써 그 유명세와 함께 사건의 잔혹함을 부각시켜, 우리의 경각심과 반성적 시각을 한껏 고양시킨다. 변호인단과 배심원들의 작위성을 극적으로 그려냄으로써 음모를 도모하는 듯한 분위기를 창출하는데, 그것은 우리의 도덕적 책무감에 대한 강렬한 자극과도 같은 것이다.

희대의 OJ 심슨사건,
법정에서 무죄를 주장하는 OJ 심슨

이러한 기조 위에서 필자는 4)를 통해 주문과 경고를 덧붙이는데, 그것은 문면으로만 보면 과학의 중요성과 과학에 대한 올바른 이해의 필요성에 대한 강조이지만, 행간에 숨겨진 사실을 들여다보면 우리에게 닥쳐 올 수 있는 위험성에 대해 그 가능성과 치명성을 강조함으로써 기술된 내용과 주장에 대한 몰입과 수긍을 부풀리는 기술적 작용을 한다는 것을 알 수 있다.10)

---

10) '비판적·선언적 주장' – '부분적 비판의 예시' – '전면적 비판의 예시' – '비판적 정의' 기술방식의 텍스트 구조는 제 5장의 경우에도 유사하게 나타난다.

> 5. 아인슈타인의 뇌
>   – 과학이라는 이름의 상식, 혹은 거짓말
> 1) '만리장성은 달에서도 보이는 유일한 인공건축물'이라는 언술은 과학적으로 진실이 아니다.
> 2) 아인슈타이이 자신의 뇌를 15% 밖에 사용하지 않았다는 속설 역시 과학석으로 타당지 않은 사실이다.
> 3) 달의 주기가 사람의 감정을 조절한다는 속설에 기대어 보름달이나 그믐달에 살인 사건이 가장 빈번히 일어난다는 아놀드 리버의 가설은 니콜라스 샌덜릭에 의해

3) '사례제시' – '상위 명제 이론의 소개' – '최상위 명제 이론의 소 개 1' – '최상위 명제 이론의 소개 2' 기술방식의 텍스트 구조

---

4. 웃음의 사회학
    - 토크쇼의 방청객들은 왜 모두 여자일까?
1) 탄자니아에서 발생한 '병적 웃음' 사건은 웃음의 전염성을 보여 준다.
2) TV 토크쇼에서 사용하는 '녹음된 웃음소리'는 웃음의 전염성을 염두에 두고 있다.
3) 신경과학자들은 웃음 감지영역이 뇌에 있다는 가설을 세웠는데, 웃음에 관한 생리학적인 연구들은 그 사실을 증명하고 있다.

오류임이 증명되었다.

흔히 과학적 진술은 과학에 대한 선입견에 힘입어 그 진실에 대한 진지한 반성 없 이 무비판적으로 또 일방적으로 진실로 받아들여진다. 더욱이 그 과학적 진술이 우 리의 일상에서 빈번하게 진술되거나 인용되는 사실이라면, 대중에 대한 영향력은 한 층 강렬하게 될 것이다. 그런데 만일 그 과학적 진술이 오류라면, 대중들이 입는 피 해는 심각한 수준이 될 것이다. 그래서 과학을 생각할 때 우리가 깨달아야 할 중요 한 사실은 과학적 지식이 아니라 '논리적이고 합리적으로 생각할 수 있는 능력'이라 는 점을 명심할 필요가 있다. 『과학콘서트』가 대중들에게 과학에 대한 이해를 널리 전파할 목적을 추구한다면, 과학에 대한 대중의 태도에서 가장 중요한 점은 반성적 시각으로 과학에 대한 통설을 들여다보는 것이 될 것이다. 필자는 이 점을 분명하고 절실하게 드러내기 위해 대중들이 갖고 있는 잘못된 통설에 대해 도전적으로 문제 를 제기하는 방식을 취한다.

1), 2), 3)을 통해 잘못된 과학적 통설의 보편성을 보여주는데, 1)이 관측만으로도 진실여부의 확인이 가능한 단순명제이고, 2)와 3)을 거칠수록 진실에 대한 검증이 모 호하고 복잡한 가설이어서 잘못된 과학적 통설이 남발된 위험성이 부각된다. 자극적 이고 흥미로운 가설이어서 대중들이 관심을 가질 수밖에 없으면서도 그 진실여부를 과학적으로 엄밀하게 증명하기 어려운 경우라면, 대중들은 그 잘못된 과학적 통설을 받아들이고 전파할 가능성이 크기 때문이다.

4) 로버트 프로빈은 웃음에 관한 사회학적인 연구에서 웃음이 인간 관계를 위한 사회적 신호라는 사실을 밝혔다.
5) 조-앤 바코로프스키는 남자와 여자가 웃음을 이용하는 방식이 다름을 밝혔다.
6) '웃음이 전염된다'는 가설은 웃음이 조작될 수 있다는 사실을 강조하는 것은 아니다.

화두를 드러내는 사례제시

↓

상위명제 이론제시

↓

최상위 명제 이론 1 제시

↓

최상위 명제 이론 2 제시

'사례제시' – '상위 명제 이론의 소개' – '최상위 명제 이론의 소개 1' – '최상위 명제 이론의 소개 2' 기술방식의 텍스트 구조는 역사적 사례나 시사적 사례를 동원하고, 학문적 이론 등을 제시하는 것에 주안점을 두고 있다는 점에서 가장 객관적인 기술방식으로 포장될 수 있다. 먼저 역사적 사례와 시사적 사례를 들어 공간적으로나 시간적으로 그런 사례의 보편성을 보여주며 그 사례들의 의미를 지적한다. 당연히 지적된 의미는 이 텍스트 구조가 다루고자 하는 화두의 소개가 되는 셈이다. 다음으로 화두에 대한 주제를 포괄하는 즉 상위명제를 설명하는 이론이 제시되어 지적·학문적 이해를 도모하게 된다. 하지만 곧 이어 이 텍스트의 가장 궁극적인 주제라 할 수 있는, 즉 최상위 명제라 할 수 있는 내용을 담고 있는 이론이 제시되니 처음에 제시된 화두에 대한 가장 완전한 이해가 도모된다. 여기에 더해 '최상위 명제 이론 1'과 병렬관계라 부를 수 있는 '최상위 명제 2의 이론'이 소개되니, 좀 더 폭넓고 심화된 이해와 지식의 전달이 가능해진다.

1)의 탄자니아 '병적 웃음' 사건은 웃음이 전염된다는 사실을 보여주니 상식적인 사고를 벗어나는 희귀한 예를 보여준다는 점에서 특이성이 있고, 역사적 사건으로 실재했다는 점에서 웃음의 전염성에 대한 과학적 근거를 제시한다. 그런데 2)에서 볼 수 있듯이 웃음의 전염성이라는 충격성에 기대어 곧바로 토크쇼의 '녹음된 웃음소리'라는 익숙한 화두가 등장하니 연이어 놀라운 사실이 가중되는 효과가 만들어지는 셈이다.

3)에서 웃음에 관한 생리학적 연구가 제시되는데, 그것은 웃음의 전염성이 과학적 사실임을 밝혀주기 위한 가장 확실하고 근본적인 논거를 제시해 주는 셈이 되고, 아울러 이제 본격적으로 웃음을 과학의 장으로 해석할 수 있다는 믿음을 심어주는 역할을 한다. 하지만 이런 기술의 말미에 곧바로 그런 믿음의 한계를 보여주는 반전적 사실이 기술("웃음생리학은 웃음을 유머나 간지럼, 혹은 재미있는 상황이나 행동에 대해 인간이 보이는 즉각적이고 생리적인 반응으로 간주한다. 그러나 그것이 웃음

의 모든 것을 설명해주진 못한다. 실제로 우리가 1주일 동안 웃는 횟수를 조사해 보면 그 중에서 유머나 재미있는 상황 때문에 웃음이 터지는 경우는 10~20% 밖에 안 되기 때문이다") 된다.

반전적 사실의 기술은 곧바로 이어질 웃음의 사회학적인 접근 혹은 연구에 대한 중요성을 강조하기 위한 디딤돌 역할과 같은 것인데, 이 점은 웃음의 사회학적인 접근에 대한 기술의 첫머리에 웃음의 생리적인 특성을 부정하고 웃음이 사회적 신호라는 주장을 담은 로버트 프로빈의 연구를 제시한 데에서도 확인된다. 특히 프로빈 교수의 연구에 대해서는 그의 저서가 '가장 광범위한 주제들을 다루고 있으면서도 체계적이고 과학적인 접근이 돋보이는 책으로 평가' 된다는 기술을 덧붙이는데, 평가의 객관성에 대한 부연설명은 생략한 채 그 평가의 일반성, 객관성을 단정적으로 기술하면서 가치중립성을 강조할 만큼 그 가치와 의미를 부각시키는데 힘을 기울이고 있다. 동시에 그의 연구내용에 대한 상세한 기술과 자신의 해석을 배제한 객관적 인용 방식은 웃음의 사회학적 의미에 대한 방점을 여실히 보여준다.

아울러 웃음이 사회적 신호라는 해석에 담긴 전략성, 의도성을 강조하기 위해 필자는 5)를 통해 조-앤 바코로프스키의 연구를 다시 상술하게 되는데, 그의 연구내용이 보여주는 웃음에 대한 남녀의 차별적인 접근태도 및 전략성을 두드러지게 드러낸다. 웃음에 대한 남녀의 차별성이 '생존'을 위한 진지하고 작위적인 전략임을 강조하여 웃음의 사회학적 의미를 다시금 확정적으로 단정한다.

3. 『철학콘서트』

1) 극적 구성을 통한 인물의 재조명과 지식전달

chapter 1
소크라테스가 독배를 든 까닭은?
: 소크라테스

1) 2400여 년 전 아테나 아고라의 한 법정에서 소크라테스는 신을 믿지 않는 불경죄와 청소년을 타락시켰다는 죄로 재판을 받는데, 소크라테스는 먼저 청소년을 타락시켰다는 죄명의 부당성을 설명하였다.
2) 소크라테스의 인간됨에 대해 그와 동성애 연인관계였던 알키비아데스의 증언을 통해, 소크라테스의 타인을 배려치 못하는 무심한 태도와 함께, 그에 반해 지혜와 용기 그리고 절제의 품성을 지적한다.
3) 멜레토스와 오고간 논변을 통해 청소년을 타락시켰다는 죄의 허구성을 날카롭게 부각시킨 점을 드러낸다.
4) 아테나의 유력 정치가인 아니토스가 철학하는 일을 그만두는 조건으로 무죄판결을 제안하지만, 소크라테스는 아테네인들이 참된 명예와 진리, 고매한 영혼을 지킬 수 있도록 고언을 멈추지 않겠다고 선언한다.
5) 혼이 몸으로부터 자유로워지는 죽음에 대해 소크라테스는 두려움을 갖고 있지 않다.

『철학콘서트』의 「소크라테스」 편은 소크라테스가 신을 믿지 않는 불경죄와 청소년을 타락시켰다는 죄로 재판을 받는 시기부터 사형이 집행될 때까지의 짧은 시간을 다루고 있는데, '죽음에 이르는 격정의 시기'를 '법정과 사형장의 현장을 재현하는 방식'으로 극적인 분위기를 연출하고 있다. 주로 소크라테스가 인생의 말년에 겪었던 삶의 실상을 연극 무대처럼 재현하는 방식을 취하고 있는데, 그것은 법정과 감옥에서 벌어지는 극적인 사건들을 인물들의 육성과 몸짓을 그대로 재현하는 방식으로 나타난다.

〈철학콘서트〉

「소크라테스」 편에서 가장 두드러진 양식적 특징은 나레이터의 두드러진 존재감과 육성의 생동감이 드러나는 대화가 중심이 된 극적 분위기이다. 나레이터는 사건이 벌어지는 현장에 동참하는 임재감을 현저히 드러내며 자신의 생각과 판단을 적극적으로 드러내고 적극적인 감상을 돕기 위한 해박한 해설자로서의 역할을 구가한다. 또한 '소크라테스의 작별인사를 듣자', '다시 아고라의 법정으로 돌아가자'처럼 서사를 조절하는 담화자로서의 위상도 거리낌 없이 드러낸다. 동시에 나레이터의 해설에 이어지는 극적 장면은 전적으로 인물의 인격성이 두드러지게 나타나 육성으로서의 생동감이 넘치는 대화가 주를 이루게 되는데, 이 때문에 연극의 무대에서 펼쳐지는 육체성과 현장성 그리고 비장한 엄숙성이 넘치게 된다.

1)에서 법정의 모습과 소크라테스가 법정에 불려온 사연을 해설한 후 곧바로 소크라테스의 육성이 이어지는데, 청소년을 타락시켰다는 죄명에 대해 그 부당성을 논리적으로 해명하기보다는, 죄명을 만들어낸 자들의 위선적 태도에 대해 설득력 있게 논박하는 형식이다. 자신의 구체적 경험을 가감 없이 전달한다는 분위기를 연출하고, 상대의 치명적 약점을 날카롭게 파고드는 명민함이 바탕이 되니, 그의 웅변조의 항변은 곧바로 거부하기 힘든 진실의 힘으로 다가오게 된다.

2)에서는 1)의 극적 분위기가 만든 긴장감을 그대로 유지하고자 자극적인 상황을 설정한다. 소크라테스의 동성 연인이었던 알키비아데스를 등장시키고, 곧바로 그의 생생한 육성으로 이루어진 증언이 이어지는데, 그 증언은 소크라테스에 대한 양면적이고 적나라한 증언이어서 여전히 긴장감을 느끼게 한다. 소크라테스의 타인을 배려치 못하는 무심한 태도와 함께, 그에 반해 지혜와 용기 그리고 절제의 품성이 증언되니, 흥미로움과 함께 진실성의 환영이 만들어진다.

여기에서 필자는 소크라테스의 지혜와 용기 그리고 공격적인 단호함 등이 어우러진 그의 성품을 더욱 확연히 드러내고자 다시 법정의 현장으로 되돌아가 극적 장면을 연출한다. 소크라테스와 멜레토스 간의 논쟁을 육성 그대로 재현하는데, 소크라테스의 설득력 있는 논변과 단호하고 공격적인 힘이 생생하게 부각된다. 특히 두 사람의 육성 다음에 간간히 필자의 해설을 추임새처럼 집어넣고 있는데, 그것은 소크라테스의 인간됨과 능력에 그리고 정황에 대한 친절한 부가적 설명이자 독자의 동조적 호응을 배가시키는 추임새와 같은 역할을 한다.

이제 소크라테스의 품성, 능력, 자질은 모두 개진된 셈이니, 남은 것은 그것들의 치열함을 보여주는 것이다. 그래서 4), 5), 6), 7)은 모두 그 치열함에 대한 놀라운 증언들로 채워지는데, 그것은 죽음이라는 프리즘을 통해 소크라테스의 모든 것을 들여다보는 방식이 된다. 두려움과 경외의 정점인 죽음을 두고 소크라테스가 인생의 마지막 순간에서 보였던 의지와 사고 그리고 행동을 반추해 보는 것인데, 4)에서의 회유에 대한 거절을 넘어 5)에서의 죽음을 선선히 받아들이는 초연한 태도, 그리고 5)와 6)을 거치며 드러나는 '철학하는 자유', '영혼이 자유로워지는 삶'이라는 지고의 가치를 가능하게 하고 돋보이게 하는 '죽음의 역설적 가치'를 미화하는 숭고한 자세를 강조하게 된다. 특히 마지막으로 7)에서는 독미나리 즙을 마시고 최후를 맞는 소크라테스의 임종 순간을 그리는데, 죽음의 공포로부터 완전히 초연한 한 거인의 위대한 모습을 일상적 어조를 통해, 오히려 역설적으로 죽음조차 일상으로 받아들이게 된 초연함을 그리고 있다.

결국 소크라테스 철학의 핵심적 가치를 자유와 죽음이라는 화두로 꿰뚫어 정리하는 그 놀라운 집중력은 연극 무대의 절정부가 내뿜는 격정과 응집력에 어우러지면서 놀랄만한 '지식의 효과적인 전달력'을 갖게 되는데, 무엇보다도 한 인물의 단호한 의지와 절절한 감정이 담긴 웅변조의 대사를 통해, 그리고 절제와 설득력이 돋보이는 수사를 통해 완결된다. 특정의 지식을 한 인물의 삶에 대한 극적 구성을 통해 드러내는 전범적인 예이다.

2) 핵심화두의 서사적 구성을 통한 인물의 재조명과 지식전달

chapter 3
고통의 바다를 건너다
: 석가

1) 최초의 비구니 고타미는 자식을 잃은 슬픔에 젖었으나 부처의
   말씀에 법안이 열리면서 불교에 귀의한다.
2) 죽음의 공포에 붙들린 자에게 불교는 나에 대한 집착을 버리라
   고 가르치는데, 분별의 의식과 분별의 세계인 색을 공으로 보라
   는 색즉시공이 그것이다.
3) 불경은 집착을 버리라는 색즉시공의 세계인데, 금강경에는 강을
   건넌 후에도 뗏목에 집착하는 어리석음이 설파된다.
4) 반야심경은 '공의 세계에는 지혜도 없고 깨달음도 없는 것이요,
   깨달음을 얻지 못한 것도 없다'는 불교의 교리마저도 넘어서는
   부정의 사유의 극한을 보여준다.
5) 반야심경의 가르침, '걸림이 없는 자유로운 마음'인 '무애'를 마
   음에 새겨라.

   제 3장「고통의 바다를 건너다」편은 지식을 전하는 필자 황광우의
각별한 솜씨를 보여 주는데, 그것은 가장 핵심적인 언술 하나에 기대어
철학적 사상을 풀어가는 능력이다. 제목에 제시 되었듯이 황광우는 불

교 혹은 석가를 '고통의 바다를 건너는' 정신으로 꿰뚫어 본다. 곁가지 없는 간결한 시각으로 불교를 설명하는데, 그 간결한 시각이란 색즉시공의 교리가 유일하다. 그만큼 명쾌하고 이해하기 쉽다.

동시에 이 장의 제목이 '고통의 바다를 건너다'인 것에서 상징적으로 볼 수 있듯이 단일한 행위나 사건이 두드러지게 강조되고, 과정을 거쳐 성취와 결과가 표상되는 맥락성과 완결성이 드러나는 것처럼 불교와 석가에 대한 지적 해설은 한 편의 서사물처럼 구성되고 읽힌다. 즉 한 인물이 죽음의 고통을 자각한 후 색즉시공의 진리라는 깨달음을 갖추지만 다시 그 진리의 속박조차 벗어나야 하는데, 그것을 무애라는 세계로 뛰어듦으로써 이루자는 것이다. 그만큼 이 장에서의 불교에 대한 지식의 전달은 석가의 말과 가르침이 빚어내는 육성적 생명감과 그것들 사이의 맥락적, 극적 구성이 주는 자연스러운 흐름 속에서 재미와 몰입 그리고 지적 전달의 수월성을 확보하는 것이다.

1)은 예화의 힘을 느끼게 하는데, 최초의 비구니인 고타미의 일화를 통해 '법안이 열리는' 흥미롭고 각별한 경험을 소개한다. 자식의 죽음이라는 고통의 극치를 다루면서도, 부처가 준 깨달음의 방식은 지극히 단순한 것이어서 인지하기 쉽고, 반면에 그 일화가 담은 심오한 뜻과 그것을 현시하는 방식의 절묘함은 감탄할만한 수준을 보인다. 사실 이 예화만으로도 제 3)장이 전하고자 하는 불교의 교리가 선연하게 이해된다. 마치 곧 이어 이어질 본편의 내용을 압축적으로 소개하면서도 한 인물의 삶의 역정을 극적 구성으로 다루었다는 점에서 전형적이고 생동감 넘치는 프롤로그라 하겠다.

이제 깨달음을 위한 개안이 시작된 셈인데, 사실 2)와 3)은 모든 분별

과 집착을 버리라는 '색즉시공'에 대한 반복적 설명에 다름 아니다. 2)
와 3)에서 색즉시공을 설명하는 힘은 불경에 나오는 적절한 비유의 현
란한 제시에서 나온다. 갠지스 강물의 출렁임이 보여주는 찰나성과 강
을 건넌 후에도 뗏목에 집착하는 어리석음이라는 비유의 힘을 통해 색
즉시공은 이해하기 쉽고 실감나는 교리로 우리에게 다가온다. 특히 필
자 황광우가 덧붙이는 역사적 인물의 일화와 꽃이 피고 지는 자연의 섭
리에 대한 묘사는 색즉시공이라는 교리에 대한 이해를 문자 그대로 개
안의 느낌 그대로 살려준다.

그런데 여기에서 완결된 듯한 평상적 느
낌을 깨고 돌연 『반야심경』의 세계가 펼쳐
지는데, 그것은 '공의 세계에는 지혜도 없
고 깨달음도 없는 것이요, 깨달음을 얻지
못한 것도 없다'는 불교의 교리마저도 넘
어서는 부정의 사유의 극한이다. 색즉시공
의 깨달음으로 개안이 되는 듯한 놀라운
체험을 이제 막 누렸는데, 다시 그 깨달음

〈반야심경〉, 고려대장경 판본

조차 버리라는 가르침에 부딪히니 한편으로는 불교의 교리가 갖는 심
오함에 찬탄이 느껴지기도 하고, 한편으로는 이제껏 누려왔던 사유에
대해 근본에서부터 다시 돌아보게 되는 반성적 사유에 빠지게 된다. 그
것은 철학적 사유에 대한 설명이기도 하지만, 한편으로는 불교의 교리
에 대한 깨달음을 석가의 설법을 육성적 진술의 형식으로 인격성과 육
체성을 살려가면서 극적으로 재구성한, 달리 말해 한 편의 서사물처럼
독해토록 만든 필자의 수사의 힘이기도 하다.

3) 현란한 비유의 세계를 통한 인물의 재조명과 지식전달

chapter 10

21세기 유토피아, 동막골

: 노자

1. 프랑스가 자부하는 루소의 사상은 노자로부터 영향을 받은 인상을 준다. 노자의 사상이 제기하는 전복적 사상은 21세기의 새로운 이정표이다.
2. 노자의 『도덕경』에는 노자의 사상이나 품성과 어울리지 않는 목소리가 혼재해 있는데, 대립되는 정파에 대한 과격한 공격, 소유에 대한 욕망 등이 그것이다.
3. 노자의 반문명주의와 민중적 소박함은 백석의 시세계와 영화 <동막골>의 이상향과 닮아 있다.
3. 노자의 『도덕경』의 기본구조는 우주자연의 원리인 도에서 시작하여 자연의 이치대로 세상을 다스리라는 덕으로 마무리된다.
4. 세상의 낮은 곳으로 내려가라는 노자의 사상과 언어는 백성의 시세계에 닿아 있다.

『철학콘서트』의 저자 황광우의 각별한 저술 솜씨는 특히 유연하고 적절한 비유에서 온다. 어렵고 추상적인 철학적 사유를 쉽고 흥미롭게 풀어내기 위해 저자는 흥미롭고 적절한 세계를 끌어들여 비유의 세계를 만든다. 그것은 문학작품, 영화, 역사적 사실 등으로 다양한 비유 대상을 포괄하는데, 흔히 원관념과 보조관념으로 지칭되는 두 세계는 『철학콘서트』에서 대등하리만치 지속적이고 집중적인 관심을 받는다는 점에서 각별한 존재감과 위상을 갖는다. 당연히 원관념이라 할 수 있는 '철학'이 보조관념이라 할 수 있는 '문학', '역사', '문화'와 만난다는 점에서, 동시에 그 두 세계의 독립적 위상에 대한 고려까지도 반영된다는 점에서 생명감이 넘치고 다각적인 시각이 펼쳐진다는 점에서 '현란'하다 할 수 있다.

1에서 프랑스의 자부심이라 일컬어지는 루소의 사상이 노자의 사상의 영향을 받았을 개연성이 충분하다고 개진하니, 노자의 사상이 21세기의 새로운 이정표가 될 것이라는 주장은 힘을 받게 되고, 암암리에 동양정신의 새로운 융성을 암시한다. 곧이어 2에서 노자의 사상이 담긴 『도덕경』이 노자의 핵심적 사상이나 품성과 어울리지 않은 진술이 있음을 지적하는데, 그 주장은 구체적인 논거를 들어가며 단정적으로 펼쳐진다. 텍스트의 서두에 노자 철학의 정수가 담긴 도덕경의 결함을 치고 들어가니, 어색하고 무리한 기술 같은데, 그것은 다 뜻이 있는 전략이다. 물론 노자의 사상을 정확히 드러내고자 『도덕경』에 엄격한 주석 작업을 붙이는 태도라 해석할 수 있지만, 동시에 들여다보아야 할 사실은 곧이어 펼쳐질 백석의 시세계, 넓게 말해 문학과의 비유의 세계의 창출을 위한 사전정지 작업의 성격 또한 짙다.

2와 3에서 본격적으로 노자의 사상이 펼쳐지는데, 그것은 반문명주의, 민중적 소박함, 도덕적 가치관 등으로 정리되어 기술되면서, 백석의 시세계와 영화 <동막골>과 비유의 세계로 빠져 든다. 그런데 생각해 보라. 문학과 영화가 갖는 구체적 삶을 통한 진술방식이 철학이 갖는 추상적이고 논리적인 기술방식과 부딪히는 접점에서 그 다양한 비유적

접점의 가능성을 다 안고 간다면, 그것은 차라리 혼란이라 부를 수 있겠고, 특히 『도덕경』처럼 상이한 시각이 혼재된 경우라면, 그런 우려는 한층 더 심각한 것이라 하겠다. 따라서 저자는 비유의 세계로 접어든 시점 전에 2에서 본 것처럼 『도덕경』의 세계를 단정히 정리할 필요성이 있었고, 그것은 곁가지와 살을 엄격하게 쳐낸 채, 단단하고 정돈된 뼈만을 남겨두는 작업으로 귀결된 것이다. 특히 저자의 기술방식 대로 3과 4에서 백성의 시세계로 넘어가 그 문학적 세계까지 침잠하고 해석하는 방식이라면 더욱 그런 작업이 중요했을 것이다.

이 장의 결미라 할 수 있는 4에서 저자는 그의 비유의 세계가 단순히 철학적 지식을 쉽게 전달하기 위한 방편적, 도구적 수사에서 그치지 않고, 철학과 문학의 만남 같은 상이한 세계들이 만나고 변별되는 경지를 탐색해보는 지적 탐구의 유연성까지 느끼게 된다. 낮은 곳으로 임하라는 하늘과 만물의 이치를 받아들이라는 사상을 그리면서 노자의 도덕경과 백석의 시세

〈도덕경〉 원문, 11-20장

계를 자유롭게 넘나드는 기술방식과 비유의 세계는 사유를 일상의 삶에서 검증해보고, 삶의 지표를 일상의 실천 덕목으로 구체화할 수 있는 방식 등을 실감나고 설득력 있게 제시하는 힘이 되고 있으며, 무엇보다도 『철학콘서트』를 통해 그가 그리고자 했던 것이 철학을 향유하는 자유로운 접근방식의 실천임을 잘 드러낸다. 하늘의 이치를 삶의 태도로 받아들이라는 철학적 진술에 이어 저자는 백석의 시 <호박꽃 초롱 서시>의 전문을 게재한 후 다음과 같은 진술을 보여준다. 앞서 설명한

사실이 그대로 드러난다.

    <호박꽃 초롱 서시>는 백석 시의 백미이다. 서양인은 자연을 정복하고 이용하고 수탈하는 대상으로 보는 사고에서 빠져 나오지 못한다. 주체/대상의 이분법, 의식/존재의 이분법은 너무 뿌리가 깊어 한번 서양인의 사고방식에 빠져들면 좀체 헤어나기 힘들다. 여기 ≪도덕경≫에 출구가 있다. 사람은 땅을 따르고(人法地) 땅은 하늘을 따르고(地法天) 하늘은 도를 따르며(天法道) 도는 자연을 따른다(道法自然). 그런데 이 노자적 언어는 이해는 되는데 생동감이 없다. 여기 백석이 있어 하늘과 땅과 사람의 따스한 하나됨을 느끼게 해준다.

    한울과 땅이 어우러져 사람이 되었다는 선조들의 천지인 삼재 묘합의 사상은 백석의 <호박꽃 초롱 서시>에서 사상의 추상성을 벗고 생명력을 획득한다. 백석의 시에서 사람과 땅과 하늘과 도와 자연은 어떤 인위적인 계열이 아니라, 서로서로 사랑하는 하나가 된다. 백석에게 한울은 외로운 산골 마을 마당에서 삐약삐약 모이 주워 먹고 다니는 병아리를 돌보는 아늑한 생명의 기운으로 등장하며 이 생명의 원천은 흰구름과 개울물을 사랑하듯 가난한 시인의 마음을 채워주는 정갈한 기운으로 스며든다. 송아지와 꿀벌은 한울과 함께 시인의 벗이 되는 것이다.(278~279쪽)

4. 『회계학 콘서트』

    콘서트류 교과서는 특정학문 분야에 대한 지식을 전하되, 사회적, 역사적 사건이나 자연 현상, 그리고 과학적 사실 등을 기술하면서 그 속에 숨은 특정 학문분야의 지식을 설명한다. 자연히 우리를 둘러싼 세계에 자연스럽고 내밀하게 투영된 학문적 지식을 확인하는 흥미로움을 우선시하다 보니, 특정학문 분야의 기초적, 핵심적 지식을 총체적으로 드러내는 데는 어려움이 있기 마련이다. 특히 그런 딜레마는 수치와 계산이 복잡하게 동원되는 학문분야의 경우에는 더욱 두드러질 것이다. 수학, 과학, 논리학 등의 학문분야를 다룬

〈餃子屋と高級フレンチ〉(일본 원서)

콘서트류 교과서의 경우가 그런 경우라 하겠는데, 여기서 다루는 『회계학 콘서트』는[11] 회계학에 대한 지식전달에 있어, 그 지식의 범위를 회계업무 처리방법에서부터 회계정보를 활용하는 방법까지 두루 아우름과 동시에 단순히 현대인들에게 필요한 회계지식을 기초소양의 범위 내에서 회계의 중요성을 심정적으로 일깨우는 차원에 두는 것에 머

〈회계학 콘서트〉 1(국내 번역서)

무르지 않고, 수치를 보는 눈과 회계문서를 만들고 해석하는 활용능력까지 갖추게 하는 것을 목표로 한다.

　이런 사실 때문에 『회계학 콘서트』는 '재미'에 대한 부가적인 노력이 필요했는데, 필자는 콘서트류 교과서의 일반적 특징 위에 '셀픽션'(sel-fiction)의 서사구조를 부가하는 방식을 취택하고 있다. 셀픽션(selfiction)

---

11) 하야시 야츠무, 『회계학 콘서트 1－왜 팔아도 남는 게 없을까?』, 박종민 역, 한국경제신문, 2012.3.
　하야시 야츠무 글, 다케이 히로후미 그림, 『만화로 보는 회계학 콘서트』, 박종민 역, 멘토르, 2012.6.

이란 자기계발(self help)과 소설(fiction)의 합성어로서 명료한 자기계발의 비결을 소설적 구성에 담은 것인데, 최근에 베스트셀러가 된『누가 내 치즈를 옮겼을까』,『선택』,『선물』,『핑』,『배려』,『마시멜로 이야기』,『폰 더씨의 위대한 하루』12) 등이 그 예이다. 셀픽션은 위기에 처한 주인공 이 새로운 삶의 태도나 지혜를 받아들여 변화를 일으키고 그로 인해 성 공으로 나아간다는 서사구조를 갖고 있는데, 이런 서사구조 위에 회계학 에 관한 핵심적 지식과 이론을 수월하게 안착시키는 방식을 취하고 있다.

유키는 대학졸업 후 아버지의 회사인 한나에 취직하여 5년여를 보내 는데, 급작스럽게 부친의 사망으로 아무런 준비도 못한 채 회사를 물려 받게 된다. 한나는 빚투성이 회사임이 밝혀지는데, 유키는 회사 내부 경영진의 무시와 음모, 채무은행 지점장의 구조조정 압박에 시달리게 된다. 이런 철체절명의 위기 속에서 회계학 교수인 아즈마의 헌신적이 고 탁월한 가르침에 힘입어 회사를 위기로부터 구해낸다는 전형적인 셀픽션의 서사구조를 갖고 있다. 당연히 아즈마가 멘토이고, 유키는 멘 티인 셀픽션의 전형적인 인물구도가 두드러진데, 멘토의 가르침, 멘티 의 성장기 속에 회계학의 이론과 지식 그리고 시각이 오롯이 담긴다. 회계학 콘서트에 나타난 콘서트류 교과서와 셀픽션의 특징들을 살펴보 면 다음과 같다.

---

12) 스펜서 존슨,『누가 내 치즈를 옮겼을까』, 이영진 역, 진명출판사, 2007
호아킴 데 포사다, 엘렌싱어,『마시멜로 이야기』, 김경환 역, 한국경제신문, 2006.
한상복,『배려』, 위즈덤 하우스, 2007.
스튜어트 에이버리,『핑』, 유영만 역, 웅진윙스, 2006.
켄 블랜차드,『칭찬은 고래도 춤추게 한다』, 조천제 역, 21세기 북스, 2006.
스펜서 존슨,『선택』, 형선호 역, 청림출판, 2005.
앤디 앤드루스,『폰더씨의 위대한 하루』, 이종인 역, 세종서적, 2006.
스펜서 존슨,『선물』, 형선호 역, 중앙 M&B, 2006.

장	지식·정보	시련	역설과 오해
프롤로그 : 느닷없는 사장 취임	회계의 개념	부의 죽음, 준비 안된 사장 취임, 주거래 은행의 압박	연간 매출액 100억엔의 기업/빚투성이의 현실
제1장 : 회계는 눈속임이자 숨은 그림 찾기다	회계의 본질과 손익계산서	판매 부진, 경리부장의 농간	회계의 유용성/회계의 눈속임
제2장 : 현금제조기의 효율을 높여라	대차대조표	주거래 은행의 구조조정 요구	이익과 현금의 불일치
제3장 : 참다랑어 초밥이 돈이 되지 않는 이유	현금흐름표	방만한 경영 실태, 운영자금 차입 압박	고가품과 저가품의 이익 역전
제4장 : 채점한 시험지를 보지 않는 아이는 성적이 나쁘다	경영계획과 PDCA 사이클	과도한 은행 부채, 리더십의 상실	아버지의 위세/무절제한 차입
제5장 : 만두가게와 고급 프랑스 레스토랑, 어느 쪽이 더 돈벌이가 될까?	이익구조와 손익분기점	-	고급매장과 저가매장의 이익역전
제6장 : 샤넬이 비싼 이유	기업브랜드와 비즈니스 모델	-	-
제7장 : 성형미인을 조심하라	분식회계	임원들의 항명, 신규거래처의 부도 및 사기	회계수치의 사실성에 대한 기대/조작가능성
제8장 : 높은 이익을 내는 공장일수록 바쁘게 돌아간다	원가관리와 활동기준 원가계산	-	원가절감의 통념/원가절감의 진면목
제9장 : 경영자의 결단이 성패를 좌우한다	기회손실과 의사결정	생산관리부장의 공장 해외 이전 제안	원가절감의 통념/원가절감의 진면목
제10장 : 셜록 홈스의 예리한 눈과 민첩한 행동력을 갖춰라	손익계산서	경리부장과 생산관리부장의 항명, 거래처의 반품	회계의 유용성/회계의 한계
제11장 : 회계의 속임수에 주의하라	역분식회계	경리부장과 생산관리부장의 역분식회계 음모	회계의 유용성/회계의 한계
에필로그	이상적 경영	-	-

① 『회계학 콘서트』에서 '회계학'은 기업의 흥망을 결정하는 지고의 가치를 가지며, 회계학의 지식을 수용하고 중요성을 인식하는 것이 성공의 지름길이라는 사실이 강조된다. 특정의 지식이나 태도를 수용하면 성공이 곧바로 그리고 결정적으로 달성된다는 마술적 환상이 조성되는 셈인데, 그것은 셀픽션에서 강조되는 교훈이나 지식이 성공을 전격적으로 불러온다는 '마술적 환상'에 다름 아니고, 동시에 콘서트류 교과서에서 강조되는 세상을 움직이고 해석하는 창으로서의 특정 학문에 대한 가치부여와 궤를 같이 한다.

② 멘티인 유키가 처한 시련은 부친의 갑작스러운 사망으로 빚투성이 회사를 갑자기 맡게 되었는데, 본인은 회사경영에 대해 아무런 준비가 되어 있지 않다는 것이다. 으레 '시련이 개인의 결정적 실수에 관계없이, 또 특별한 전조 없이 어느 날 갑자기 찾아오고, 시련에 대처할 방법을 우리가 배울 기회가 없었다'는 점이 강조되는, 다시 말해 시련의 가혹함과 절체절명의 위기의식이 강조되는 셀픽션의 특징이 드러난다.

다만 『회계학 콘서트』의 경우 회계에 대해 문외한이었던 주인공이 회계에 대한 지식습득을 통해 성공한다는 서사 때문에 기초적인 이론과 지식에서부터 심층적인 지식과 이론으로 진행해 나가는 순차성을 갖추면서도, 매 장마다 '손익계산서', '대차대조표', '현금흐름', '분식회계', '역분식회계'처럼 특정의 전문 문서나 프로그램을 교육할 필요도 있어 분절적인 성격과 지루하고 난해한 성격을 갖게 된다. 따라서 매장마다 시련의 위기가 새롭게 닥쳐오고 그것을 헤쳐 나가는 극복담이 긴장감과 흥미를 배가시켜야 할 필요가 생긴다. 자연스럽게 『회계학 콘서트』에는 매장마다 새롭게 조성되는 시련이 그 성격과 수위를 달리하며 고개를 내밀게 되니, '주거래 은행의 구조조정 압박', '신규 거래처의 부도 및 사기', '회사 임원들의 범죄적 음모' 등이 끊임없이 새로운 파도가 되어 몰려오게 된다. 물론 그 시련의 내용이 전하고자 하는 회계학의 지식 및 이론임은 자명한 사실이다.

③『회계학 콘서트』는 한 인물이 어려움에 처해 있고, 시련을 헤쳐나갈 조언과 도움이 필요한데, 적절한 인도자의 도움을 받아 각성과 성장을 보인다는 점에서 '멘티의 성장기'라 부를 수 있다. 셀픽션에서 나타나는 '멘티의 성장기'가 그대로 재현되는 셈인데, 멘티는 세상을 꿰뚫어 보는 '각성'을 통해 진리를 발견하고, '자기반성적 태도와 사고'로 끊임없이 세상과 자기를 돌아보며, 세상과 삶의 다양한 가능성에 대한 열린 자세를 보이는 '사고와 태도의 유연성'을 갖추면서도, 혹독한 시련과 생존을 위한 경험을 거쳐 자신이 체득한 교훈적 진실에 대한 '신앙적 신념'을 갖게 된다. 예의 멘티가 자질과 품성을 갖춘 멘토로 성장하는 셀픽션의 서사가 전형적으로 드러나는 셈인데, 그런 점에서『회계학 콘서트』의 서사구조는 멘티의 멘토로의 성장에 필요한 자질을 획득하는 과정에 정확히 일치한다 하겠다. 물론 자질의 획득과정이 곧바로 회계학 이론과 지식의 전달과 동일한 궤적임은 당연한 사실이니, 셀픽션의 서사구조는 특정 학문의 지식이나 이론을 전수하는 천혜의 환경이라 하겠다.

④ 앞서『회계학 콘서트』가 매장마다 특정의 전문 문서나 프로그램을 전해야할 필요성 때문에 매장마다 긴장감과 흥미를 유발할 필요성이 있음을 지적했다. 그 문제를 해결하고자『회계학 콘서트』는 매장마다 '역설과 오해'라 지칭할 수 있는 서사적 장치 혹은 트릭을 설정하고

있다. 즉 역설과 오해가 유발하는 '통념적 사고가 무너지는 반전적 성격이나 세상사의 복잡한 양면성이 주는 흥미로움과 지적 호기심의 충족'이 긴장감과 흥미의 원천이 된다.

프롤로그 장에서는 유키가 맡게 된 한나 기업이 외형상으로는 연간 매출액 100억 엔의 중견기업이나 곧바로 밝혀진 실체는 빚투성이의 부실기업이라는 사실이니, 그 실체뿐만 아니라 기대에서 절망으로 바뀌는 유키의 처지 역시 반전이 주는 극적 긴장감에 싸인다. 또한 제 3장과 5장에서는 고급어종인 참다랑어 초밥과 저급어종인 전어초밥 사이에 어느 쪽이 더 큰 이익을 내는지 또한 고급 레스토랑인 프랑스 음식 레스토랑과 수수한 만두가게 사이에 어느 쪽이 더 큰 이익을 내는지를 의문의 사실로 던진 뒤 곧바로 그 답을 밝혀 가는데, 드러난 사실은 놀랍게도 저급어종인 전어초밥 쪽이 또한 허름한 만두가게 쪽이 더 큰 이익을 낸다는 것이다. 자연히 우리의 통념적 사고가 무너지는 반전적 사실이 드러나니 의외의 비밀이 밝혀지는 놀라움이 긴장감을 만든다.

이처럼 『회계학 콘서트』의 매장은 거의 예외 없이 어렵고 까다로운 지식 및 이론의 전달을 재미있고 효율적으로 전해야할 필요성 때문에, 매장마다 독자들의 몰입을 이끌 극적 긴장감과 흥미가 필요한 것이고, 그것은 곧바로 표면적 사실과 이면적 사실의 불일치, 통념적 사고의 역전, 숨은 비밀의 드러남, 인간과 세상사의 양면성 등이 주는 충격성과 긴장감 그리고 흥미로움으로 나타난다.

⑤ 『회계학 콘서트』에서 멘토 역을 맡은 인물은 아즈미 쇼이다. 공인회계사로서 상장기업 사장을 지냈고, 현재 대학원에서 회계학을 가르치며, 알기 쉽게 쓴 회계학 저서도 여러 권 저술했다. 회계에 관한 실무능

력과 교육경력을 고루 갖추었고, 무엇보다도 알기 쉽게 지식 및 이론을 전달하는 저술능력이 돋보이니, 셀픽션에서의 멘토역에는 완벽한 조건을 갖춘 인물이다.

그런데 멘토 역의 아즈미 쇼는 이러한 빼어난 자질 위에 콘서트류 교과서 혹은 셀픽션에서의 멘토로서 또 다른 특징적 면모를 보인다. 우선 우스꽝스러운 외모의 아즈미 쇼는 여성 헬스클럽에서 여자들 틈에 끼여 춤에 몰두하는 괴짜 기질을 보이며, 유키 양의 멘토를 수락하는 조건으로 강의와 맛있는 식사를 곁들이기를 원한다거나 보수는 1년 후 유키 양의 자의에 맡긴다는 식이어서, 고압적인 지식전수자의 모습은 보이지 않고, 친근하고 호감 가는 지식전수자의 모습을 보인다. 당연히 재미있고 친근감이 있는 지식전수자가 편안하고 즐거운 방식으로 지식 전수를 하는 셈이니, 지식전달의 효율성은 높아지는 것이고, 건조하고 난해한 지식은 아즈미 쇼의 현란하고 역동적인 몸짓과 언어 속에서 부드러운 속살을 드러내게 된다.

동시에 멘티인 유키가 스스로 깨닫도록 배려하는 여유와 기다림의 미덕이나 멘티의 현실에 대한 냉철한 판단을 토대로 각성을 유도하는 능숙함, 그러나 그에 반해 성공과 실패의 갈림길에서 보여주는 신념과 결단의 단호함 등은 멘토인 아즈미 쇼의 인간적 매력과 존재감을 확연히 부각시킴과 동시에, 서사에 유려한 리듬감을 만드는 역할을 한다. 동시에 멘티인 유키에게는 능란하고 자상한 지식전수자의 모습에 더해 앞길을 헌신적으로 밝혀주는 부성의 이미지까지 겹쳐져 다가오니, 지식 및 이론을 전수하는 교육적 수월성은 최고조의 빛을 발하게 된다.

제 8 장

논픽션 만화 – 역사와 비평 아우르기

논픽션 만화 – 역사와 비평 아우르기

〈미디어 씹어먹기〉

『미디어 씹어먹기』(원제 ; The Ingluencing Machine)[1] 는 미디어를 주제로 미디어의 역사와 미디어에 대한 비평을 담고 있다. 미디어 평론가이자 저널리스트인 브룩 글래드스톤이 글을 쓰고, 논픽션 만화가인 조시 뉴펠트가 그림을 담당했다. 브룩 글래드스톤의 이력을 보면 다양한 매체를 두루 거친 경력과 함께 언론계의 상위직을 맡아 권력과 한층 더 밀접한 관계를 맺을 수 밖에 없는 입장이 눈에 띠는데, 이 점은 사실 『미디어 씹어먹기』에서 가장 핵심적인 사실이자 특장으로 드러난다. 그만큼 브룩 글래드스톤이 자신의 경험과 자산을 저술에 잘 활용했다는 의미가

---

[1] 『미디어 씹어먹기』(원제 : The Ingluencing Machine), 브룩 글래스톤 글/조시 뉴펠트 그림, 권혁 역, 돈을새김, 2012.

되겠다. 동시에 그림을 저명한 논픽션 만화가가 맡았다는 점은『미디어 씹어먹기』가 만화 특유의 생동감과 위트를 잘 살리고자 한 점과 함께, 미디어의 역사와 비평에 대한 객관적 사실을 충실하게 전달하려 한 의도를 느끼게 한다. 더욱이 조시 뉴펠트의 만화가 보여주는 역사적 인물에 대한 고증적 묘사와 명료한 윤곽선과 어우러진 간결하면서도 디테일에 있어서의 섬세한 묘사라는 특징을 주목해 보면『미디어 씹어먹기』가 지향하는 객관적 사실에 대한 명증하면서도 정확한 전달에 대한 목표를 짐작할 수 있다.

『미디어 씹어먹기』가 미디어의 역사와 미디어에 대한 비평을 아우르면서도, 그것과 관련된 지식을 재미있게 전달하려는 의도와 전략을 성공적으로 수행하고 있다는 점은 흥미로운 탐구대상이라 하겠다. 당연히 역사−비평−지식−재미를 효과적으로 관통하는 기제나 방법론 등에 대한 탐구가 이어져야 할 터인데, 그것은 특정분야에 대한 본격적이고

총체적인 탐구서가 갖추어야 할 필수적인 전략이라 하겠다. 앞으로도 특정분야에 대한 역사－비평－지식－재미를 두루 갖춘 연구서, 해설서는 늘 필요한 것이기에 『미디어 씹어먹기』에 대한 연구는 동일한 맥락의 탐구에 대한 전범이 될 수 있을 것이다.

작가 조시 뉴펠트(왼쪽)과
글작가 브룩 글래드스톤

브룩 글래드스톤: NPR(미국 공영 라디오 방송) 뉴스 프로그램 <온 더 미디어>의 진행자이자 편집국장이며, WNYC(뉴욕 공영 라디오 방송) 편집국장을 역임하고 있다. NPR의 <위켄드 에디션>과 <NPR 뉴스 매거진> 수석편집장을 역임했으며, 모스크바 특파원으로 러시아의 보리스 엘친 대통령을 전담했다. 현재 <워싱턴 포스트> <보스턴 글로브> <옵저버> <슬레이트>를 비롯한 신문, 잡지, 방송 등 여러 매체에서 활발하게 활약하고 있다. 스탠퍼드 대학의 특별 연구원인 글래드 스톤은 피바디상, 머로상, 내셔널 프레스 클럽의 기자 비평상, 해외 프레스 클럽상 등 많은 언론인 상을 수상하였다

조시 뉴펠트: 미국을 대표하는 논픽션 만화가. <뉴욕 타임스>, <워싱턴 포스트>, <월스트리트 저널>에 발표하는 그래픽 노블 형식의 만화로 독자들에게 많은 사랑을 받고 있으며, <롤링 스톤>지는 그를 '섬세한' 논픽션 만화가라고 극찬했다. 경영, 금융, 세계여행, 등 다양한 주제를 망라하는 그의 책들은 유럽에서도 출판되었으며, 그중 뉴올리언스를 휩쓸었던 허리케인 카타리나를 다룬 작품 <에이디: 뉴올리언스 대홍수 이후>는 하비상과 아이너스 상을 수상하였다. 주요 작품으로는 R 워커와 공동집필한 <금융계의 거물들: 비즈니스와 재산에 대한 진실한 이야기>와 딘 해스펄과 공동집필한 <9.11 긴급 구세> 등이 있다.

(『미디어 씹어먹기』의 저자소개란 인용)

1. 역사와 비평의 교차점

『미디어 씹어먹기』는 고대 마야문명 시기의 미디어 탄생시기부터 휴대폰으로 무장된 개인 미디어의 현시기까지 미디어의 역사를 다루고 있으며, 동시에 미디어에 대한 분석과 해석 그리고 가치평가를 담고 있는 비평도 포괄하고 있다. 미디어의 역사에 대한 충실한 지식의 전달과 함께 미디어의 속성과 현황에 대한 비평적 시각을 동시에 드러내려 한다. 한마디로 『미디어 씹어먹기』를 통해 독자들이 미디어에 대한 지식을 담지한 교양인으로 태어남과 동시에 능동적이고 비판적으로 미디어를 수용할 수 있는 미디어 리터러시를 갖춘 비판적 지성인으로 거듭나기를 기원하는 형국이다.

『미디어 씹어먹기』는 이런 목표를 달성하려는 첩경으로 '필자들의 미디어관 드러내기'와 '역사와 비평 영역에서 가치체계 명료화'를 설정한다. 미디어 역사에 대한 지식의 전달과 미디어 비평을 별개의 트랙으로 두어 물리적 결합의 형식으로 두는 것이 아니라, 역사와 비평의 세계를 화학적으로 결합하여 비평적 관점이 결합된 역사적 지식, 역사적 관점이 개제된 비평의 제시가 전달된다. 그것은 역사와 비평을 두루 담은 『미디어 씹어먹기』가 매우 명료하고 효과적인 지식전달과 비평작업을 수행하는 첩경이기도 하고, 다른 한편으로는 일관된 맥락의 서사적 골격을 갖춘 이야기의 몰입효과를 만드는 첩경이기도 하다.

『미디어 씹어먹기』는 외형상 프롤로그와 본문으로 구성된 형태를 취하고 있다. '읽기 전에'와 '본격적으로 미디어 씹어먹기'란 두 장을 두고 있는데, 이 두 장이 각각 프롤로그와 본문에 해당되며, 각각의 두 장은 '읽기 전에'의 장이 3절을, '본격적으로 미디어 씹어먹기'가 15절을 두고 있다. 그런데 프롤로그에 해당되는 '읽기 전에' 장을 보면, '저자를 만나보시죠', '인플루언싱 머신 <최초의 환자>', '인플루언싱 머신 <신체전기>'를 두고 있다. 우선 '저자를 만나보시죠'에서 저자는 두 가지 사실을 매우 의도적으로 강조하는데, 그것이 바로 자신이 '관찰한 사실을 전달하는 데 강박증'이 있으며, '미디어는 생래적 속성으로 대중을 통제하려는 음모를 결코 갖고 있지 않다'고 강변한다.

자신이 '저널리스트란 냉철한 정보전달자라는 대중적 기대감'과는 어긋나게 '강박증'이라는 결함이 있고, 미디어의 속성에 대한 논쟁이 가능한 사안에 대해 객관성에 대한 의혹을 감수하면서까지 못을 박듯 자신의 주장을 관철하는 태도를 보면 그의 의지와 의도를 강하게 느낄 수 있는데, 바로 이 점이 저자가 『미디어 씹어먹기』를 기획한 핵심적 전략이자 의미이다.

미디어의 역사와 비평에 대해 치밀하고 세심하게 전달하겠다는 의도와 함께 특정의 사안에 대한 입장을 분명히 드러내는 것에 대해 회피하지 않겠으며, 미래에 대한 전망까지도 분명히 드러내겠다는 의도이다. 충실한 지식의 전달과 함께 다양한 시각과 지식의 전달을 꾀하면서도, 특정의 시각을 통한 깊이 있는 해설까지도 포기하지 않겠다는 의도이다. 자칫 엄정한 객관성에의 침윤에 빠져 미디어에 관한 사실을 나열하고 설명하는 수준에 그치는 함정에 빠지지 않겠다는 것이다.

더욱이 '인플루언싱 머신 <최초의 환자>'와 '인플루언싱 머신 <신체진기>' 절을 연이어 두어 미디어를 빗댄 특정관념으로서의 인플루언싱 머신(인간을 지배하고 통제하는 기계로서의 미디어라는 관념)을 집중적으로 조명하는데, 그것은 산업혁명 이후의 시대적 배경과 일말의 관련성이 있어 의미가 있기는 하지만, 정신병적 차원으로까지 규정될 만큼 명백한 오류로 폄훼된다. '인플루언싱 머신 <최초의 환자>'에서는 1796년 영국 하원에서 프랑스에 대한 전쟁선포를 중지시키려는 차무역상 제임스 틸리가 사람들을 감염시키는 에어룸이라는 망상을 보인 것이, '인플루언싱 머신 <신체전기>'에서는 프로이트의 제자 빅토어 타우스로부터 치료받는 환자 나탈리아 A가 상상 속에서 만들어낸 전기상치라는 피해망상을 보인 것이 제시된다. 그만큼 인간을 지배하는 기계를 상징하는 인플루언싱 머신은 망상에 불과한 것이라 단정되는데, 그 단정은 과학적 근거가 제시되며 논증적으로 이루어지는 것이 아니라, 저자의 신념적 주장이 앞세워진 단정적 기술로 이루어진다. 그만큼 객관성에 대한 오해의 소지에도 불구하고 매우 엄정하게 주장되는 셈인데, 저자는 그럴 필요성에 대해 절박하고 의도적인 선택을 한 셈이다.

바로 여기서 귀결되는 사실이 인플루언싱 머신이 망상적 관념이라면, 대안적 진실이란 미디어란 그 자체로는 중립적인 것이며, 중요한 것은 그것에 투영된 우리들의 다양하고 심각한 자화상들이고, 그것의 양상들은 앞으로 더욱 복잡하고 혼란스러울 것이기에 우리들의 섬세하고 집요한 각성이 필요하다는 것이다. 그러니 미디어를 설명하면서 중요한 점은 그것을 둘러싸고 벌어지는 권력자와 대중, 정보제공자와 수용자들의 다양한 실체들에 대한 조명이며, 동시에 그것들이 충돌하면서 벌이는 다툼의 장을 면밀하게 관찰하는 것이다. 『미디어 씹어먹기』에 드러난 비유를 들자면 미디어란 거울에 비치는 세계의 다양한 모습들, 다양한 거울들의 속성에 투과된 우리들의 자화상 등을 설명하고 평가하는 것이다.

이런 시각과 입장 속에서 자연스럽게 『미디어 씹어먹기』는 역사와 비평이 만나게 된다. 미디어 역사에 대한 기술에서는 권력과 미디어의 관련성이라는 비평적 관점이, 반대로 미디어 비평에서는 미디어 역사에서의 역사성이라는 관점이 중요하게 작용한다. 그래서 늘 『미디어 씹어먹기』는 역사와 비평을 다루는 매순간마다, 역사적 사실이 주는 흥미와 함께 비평적 관점이 주는 날카로운 평가의 긴장감이 흐른다. 그만큼 지식의 충실한 전달과 미디어 리터러시 능력의 함양이라는 양자를 두루 아우르려한, 동시에 그것의 수월성을 제고하려한 전략의 결과이다. 이제 그 구체적 실례를 보자.

우선 미디어의 역사에 대한 기술로서 역사성이 가장 두드러진 절은 본문에 해당되는 '본격적으로 미디어 씹어먹기' 장의 첫절인 '태초에 …'이다. 여기에서는 미디어의 태동기의 역사를 다루고 있는데, 할당된 면이 불과 6면인 것에서 이미 상징적으로 드러나듯이 기술되는 역사적 사실은 특정한 역사적 관점에 따라 엄격하게 선별된다. 실제로 미디어 태동까지의 역사는 '마야의 필경 매체' – '로마의 악타 디우르나(일일 의사록)' – '17세기 유럽의 일간 신문'의 축으로 명료하고 간결하게 정리된다.

시기	매체	권력층	언론 자유 옹호층
마야 문명기	필경 매체	권력층의 홍보	
로마	악타 타우르나 (일일 의사록)	홍보와 결속을 통한 통치권 강화	
17세기	일간신문	평민의 정보 지배에 대한 거부감과 견제	인쇄의 자유 주창

26면

물론 세 시기에 걸쳐 필경에서 인쇄물로의 발전에서 볼 수 있듯이 인쇄술의 발전에 따라 매체의 성격에 변화가 온다는 점도 기술되지만, 보다 더 강조되는 역사적 사실은 권력층이 미디어를 어떻게 바라보고 활용하는가와 평민이 주축이 된 언론자유 수호층이 언론의 자유에 대해 어떤 이념과 신념을 갖는가 하는 점이다. 자연스럽게 권력층의 권력 수호 의지나 언론 자유 수호층의 저항의 자세 등은 만화 특유의 강점인 코믹하고 과장된 표현의 선화로 강조되며, 미디어의 역사란 인간의 자화상이 투영된 거울로, 더욱 구체적으로는 지배권력층과 평민의 언론관 특히 언론의 자유에 관한 대립된 이념이 충돌하는 장으로 해석된다. 당연히 언론에 관한 비평적 관점이 미디어 역사의 기술에서 가장 중요하게 개입되는 장면을 연출하게 된다.

역으로 『미디어 씹어먹기』는 미디어에 대해 비평을 할 경우, 미디어 역사에 대한 역사적 관점을 역시 매우 중요하게 개입시키는 것을 볼 수 있다. 『미디어 씹어먹기』에서 저자의 미디어에 대한 비평적 관점과 기술이 가장 두드러진 장은 본문의 장인 '미디어 본격적으로 씹어먹기'의 '여러분이 활용할 수 없는 뉴스도 있습니다 – 골디락스 넘버2)'라는 절

---

2) 성장세가 지속되더라도 인플레이션 우려가 거의 없는 이상적인 경제 상황이다. 골디락스는 금을 뜻하는 '골드(Gold)'와 머리카락을 뜻하는 '락(lock)'의 합성어로, 영국 동화 '곰 세 마리'에 등장하는 금발머리 소녀의 이름이기도 하다. 동화 속에서 골디락스는

이다. 이 절은 미디어가 제공하는 뉴스 중에는 오류와 의도적인 왜곡이 분명히 존재하며, 그것은 일시적인 현상이 아니라 뉴스 제공자의 가치관과 의도에 따라 지속적으로 나타난다는 비평적 관점이 두드러진 절이다. 자연히 미디어가 제공하는 뉴스에 대한 뉴스 소비자의 비평적 자세의 필요성을 강조하는 대목인데, 실례로 든 사례들이 드러내는 명백한 수치적 오류와 함께 뉴스 제공자의 왜곡에 대한 자인적 진술을 표나게 내세운 것에서 볼 수 있듯이, 미디어 뉴스의 오류성과 의도적 왜곡 그리고 그것에 대한 비판적 자세 등에 대한 엄정한 태도가 선명하게 드러난다.

그런데 여기에서 주목할 점은 저자가 미디어에 대한 비평적 관점과 기술을 하는 이 대목에서 보여 준 미디어의 역사에 대한 강렬한 자의식이다. 우선 저자는 골디락스 넘버와 관련된 역사적 사실 하나를 든다. 미국 NBC 방송 인기 뉴스 쇼인 <데이트 라인>의 어린이 대상 성범죄 고발 리얼리티 프로그램 '투 캐치 어 프레데터(To Catch a Predator)'의 진행자인 크리스 핸슨의 뉴스 보도 — "경찰관계자는 약 5만 명의 납치범들이 온라인에 상주하고 있을 것이라고 추정했습니다" — 에 나타난 5만 명의 숫자(골디락스 넘버)의 근거를 추적하는데, 그 숫자는 NBC의 전문가가 80년대에 시중에 떠돌던 풍문을 인용한 것이고, 그것을 언론과 공직자가 메비우스의 띠처럼 순환적으로 인용한 것임을 지적한다.

숲 속을 걷다 길을 잃고 곰 세 마리가 사는 집에 도착한다. 허기가 졌던 골디락스는 곰들이 끓여 놓고 나간 세 가지 온도의 수프 중 뜨겁지도 차갑지도 않고 온도가 적당한 수프를 선택해 만족스럽게 식사를 끝낸다. 골디락스 경세는 이처럼 뜨겁지도 차갑시노 않아 먹기 좋은 수프에서 유래했으며, 고성장 속에서도 물가상승이 없는 이상적인 경제 상황을 말한다.
『시사경제용어사전』, 기획재정부, 2010.11, 대한민국정부.

74면

미디어에 대한 비평적 관점을 드러내되, 역사적 사실을 실례로 예증한 경우라 할 수 있는데, 그 예증의 방식에는 역사적 배경에 대한 두드러진 관심이 강조된다.

더욱이 이후의 기술에서는 역사적 시간의 흐름에 따라 1862년 무렵의 마크트 웨인의 기사 - 1897~8년의 윌리엄 랜돌프 허스트의 기사 - 1936년의 클로드 코번의 기사 - 2005년의 루 돕스의 보도를 차례로 언급한다. 흥미를 위한 가십성 뉴스의 조작, 가상 적국에 대한 증오심에서 오는 조작, 외국인 혐오증에서 오는 조작 등 그 내용은 다양하지만, 한결같이 그것들이 산출된 역사적 배경 특히 미디어의 역사적 배경과 역사적 의미에 대한 관심과 언급을 통해, 비평적 관점과 기술에도 역시 역사적 사실이나 역사성에 대한 고려가 중요하게 작용해야 한다는 점을 적극적으로 표출하고 있다. 한마디로 비평적 관점 역시 역사적 맥락과 위상에 따라 그 의미와 가치가 분별되어야 한다는 판단이다. 그 가장 극적인 경우가 영국의 전설적인 저널리스트 클로드 코번이 스페인의 프랑코 장군이 1936년 일으켰던 반란을 두고 펼쳤던 보도가 갖는 역사성을 알뜰히 강조한 것에서 확연하게 드러난다.

2. 지식전수자 – 저널리스트의 변주

『미디어 씹어먹기』는 미디어의 역사에 대한 다양하고 깊이 있는 지식을 만화라는 매체를 통해 전달하는 에듀테인먼트로서의 성격과 함께 특정 사안들에 대해 보도나 논평이 지속적으로 이루어지는 저널의 성격을 동시에 갖추고 있다. '지식전달'–'재미'–'보도와 논평'이라는 세 가지 축을 동시에 만족시켜야 할 필요가 있는 것인데, 언론의 역사나 미디어에 속성 등에 관한 깊이 있고 다양한 지식을 지식수용자들에게 친절히 전하자니 강연이나 설명이 주가 되는 방식이 될 수밖에 없는데 반해 저널의 성격이 두드러진 대목에서는 객관적이고 간결한 인터뷰, 해설, 보도가 주가 될 수밖에 없는 이질적 성격이 혼재한다. 자연히 이 것들을 아우르는 난제가 도사리고 있는 셈이다.

『미디어 씹어먹기』는 이 난제를 나레이터의 독특한 위상 설정으로 해결하고 있다. 이미 지적했듯이 『미디어 씹어먹기』의 프롤로그에 해당하는 '읽기 전에' 장에서 가장 공들인 사실 중의 하나는 나레이터로서의 브룩 글래드스톤이라는 인물의 선명한 부각이다. 사실을 전달하는데 강박적인 충동이 있는 저널리스트이며, 25년가량 미디어를 주제로 방송한 만만치 않은 경력과 지식을 갖춘 전문가이면서도, 객관적 사실보도라는 자세와 함께 특정의 미디어관에 대해서는 단호한 신념을 갖춘 인물임을 인상적으로 각인시킨다. 그만큼 나레이터로서의 브룩 글래드스톤의 생생한 형상화가 필요했다는 것이다. 『미디어 씹어먹기』의 나레이터는 세 가지 위상으로 자신의 존재를 적극적으로 드러낸다.

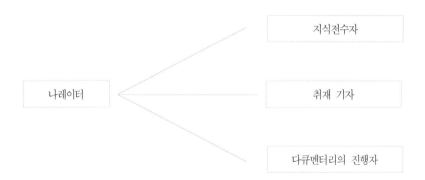

```
                                        ┌─────────────────────┐
                                        │      지식전수자       │
                                        └─────────────────────┘

                                        ┌─────────────────────┐
  ┌──────────┐                          │      취재 기자        │
  │  나레이터  │                          └─────────────────────┘
  └──────────┘
                                        ┌─────────────────────┐
                                        │   다큐멘터리의 진행자    │
                                        └─────────────────────┘
```

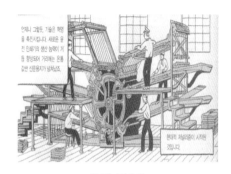

114면 4번째 칸

먼저 지식전수자로서의 면모를 보면, 나레이터는 특정 사안에 대해 보도나 논평을 하는 저널리스트의 면모를 넘어 미디어에 관한 지식을 강연하듯이 긴 호흡으로 맥락을 따라 설명한다. 역사적 사실과 시사적 사건을 넘나들며 미디어에 관한 지식과 정보를 풍성하게 전하는데, 그 풍모는 완벽한 지식을 갖춘 전문가로서 지식수용자인 독자들에게 해박하면서도 친절한 강연을 펼치는 식이다. 조리 있는 설명, 능숙한 예증 제시, 설득력 있는 논거 제시 등은 지식을 전수하는 모범적인 지식전수자의 면모를 두루 갖추었고, 핵심을 찌르는 설명은 지식수용자들에게 깊이 있고 효과적인 지식전달이라는 인상을 각인시키며 수월성을 제고하고 있다.

나레이터의 지식전수가 가장 두드러지게 나타나는 장면은 대부분 각 절의 첫 칸에 나레이터가 직접 등장해 화두를 제시한 후, 다음 칸부터 그 화두를 설명하는데 적합한 사건들을 그리면서 나레이터의 설명이 설명자막으로 제시되는 것에서 찾아 볼 수 있다. 충실한 지식전달이라는 목적 때문에 지식과 정보를 담은 설명자막은 압도적인 비중으로 등장하며, 지식과 정보의 내용에 따라 구체적인 사실과 관련된 설명자막은 실사적 그림과, 특정의 관념이나 주장과 관련된 설명자막은 희화적 그림과 어우러지면서 펼쳐진다.

특히 때로는 충실한 지식전달을 위해 상세하고 많은 분량의 지식이 필요한 경우, 더불어 빠른 호흡으로 그 맥락을 파악할 필요가 있는 경우는 칸과 홈통마저 제거한 채 통상의 출판물 지면에서처럼 한 페이지 전체를 문자서술 만으로 기술

153면 4번째 칸

하는 경우까지 나타난다. 각 절의 서두나 중간부분에 위치한 극소수의 경우를 제외하면 대부분 각 절의 말미에 위치하면서, 다음과 같은 내용과 기능을 갖는데, 구체적으로 i) 전술한 내용 중 핵심적 사실에 대해 부연설명을 할 필요가 있을 경우, ii) 전술한 내용 중 특정의 사안에 대해 세부적인 내용을 밝혀야 할 경우, iii) 전술한 내용에 더해 새로운 관점을 제시할 필요가 있을 경우, iv) 전술한 내용의 화두에 대해 저자의 주관적인

108면

생각을 밝히고 싶은 경우 등이다.

나레이터의 위상으로서 두 번째 주목할 만한 점은 취재기자로서의 면모이다. 『미디어 씹어먹기』에서 나레이터인 브룩 글래드스톤(만화 속 캐릭터는 까만 뿔테에 긴 곱슬머리, 동그란 얼굴 등 실제 모습을 빼 닮았다)은 서두에 본인의 직업 그대로 라디오 기자임을 밝히고 있지만, 매체인 만화의 특성상 그림이 두드러지니 인터뷰를 하는 장면이나 사건을 전하는 체험적 제스처 등이 두드러지게 드러난다는 점에서 TV 취재 기자를 연상케 한다. 실제로 특정인물과의 인터뷰 장면에서는 얼굴을 맞대고 대화를 주고받는 구어적 상황이 두드러져 인물의 표정변화가 강조되고, 생각을 교류하며 교감을 이끌어내는 정서적 소통이 강조되니 생동감이 넘친다. 아울러 보도 형식으로 전하려는 사건이나 지식 속에서 극적인 장면을 연출하기 위해 위험하고 공포스런 상황에 몸소 뛰어들거나(아래 가), 자신이 사물에 투영되는 판타지적 영상을 만들어내고(나), 전하려는 의미를 강조하기 위한 과장적, 희화적 포즈를 연출한다(다, 라). 자극적인 연출로 흥미와 코믹함 그리고 긴박감을 주는 체험적 제스처들은 예의 뉴스 소비자의 반향과 신뢰를 이끌어내려는 TV 속 취재기자의 그 익숙한 체험적 재현상황 그대로를 연출하는 셈이다.

마지막으로 『미디어 씹어먹기』가 각 절마다 미디어에 관한 특정의 이슈들을 각각 분절적으로 다루는 형식으로 되어 있다는 점과 관련하여, 각 절을 독립적으로 보면 나레이터는 각 절마

가) 22면 2번째 칸

다 능숙한 서사능력으로 한 편의 서사를 이끌어 가는 화자의 역할을 하게 되며, 동시에 그것은 실제의 사실을 전한다는 점에서 다큐멘터리의 진행자의 모습을 띠기도 한다. 각 절의 서두에서 문제를 제기하고, 곧 이어 그 문제의 숨은 진실을 추적하며, 결미에서 결론적 사실을 정리하니, 한 편의 서사를 책임지는 화자의 모습과 기능을 보이는데, 늘 흥미를 유발하며 화제를 도출하고 개연성과 설득력 있는 맥락을 잘 잡아가거나 날렵하게 정리된 결론을 이끌어내는 솜씨는 능숙한 화자 특히 저널리스트로서의 능숙한 화자를 떠올린다.

나)118면 4번째 칸

아울러 나레이터 블록 글래드스톤의 능력이자 다른 관점으로 보면 저자의 힘이라 할 수 있는 사실로서, 『미디어 씹어먹기』의 각 절을 관통하며 흐르는 맥락을 들여다보면 전편을 아우르는 한 편의 서사적 맥락성을 보여 주게 되는데, 그런 사실로 인해 『미디어 씹어먹기』는 유려하고도 실효적인 가독성을 만들어낸다. 구체적으로 『미디어 씹어먹기』가 외형적으로 각 절마다 미

다) 137면 1번째 칸

디어에 관한 특정의 이슈들을 개별적으로 다룬 옴니버스 형식을 띠는 것으로 보이기도 하지만, 전편의 맥락을 한 흐름으로 들여다보면 '미디어의 태동과 초기의 역사' – '근대적 미디어 탄생' – '미디어의 부정적

라) 163면 2번째 칸

67면

속성과 한계' – '미디어의 객관성과 뉴스 소비자의 자세' – '새로운 기술의 출현과 대응'의 흐름이어서, 그것을 서사적 맥락으로 풀어내면, <처음에 미디어가 이렇게 탄생되어 성장하다가 지금의 통상적인 미디어 형식을 갖추게 되었는데, 미디어는 안타깝게도 그 과정에서 이러저러한 부정적 속성과 한계를 지니게 되었다. 이제 그 한계를 벗어나려면 객관성이 정립되어야 할 텐데 그것은 이런 모습이어야 할 것이고, 그것을 실현하기 위해 우리는 여차여차한 노력을 기울여야 한다. 앞으로 미디어 기술은 이런 식으로 발전할 것이고, 그에 따라 미디어의 형식과 성격도 변화할 터인데, 우리는 그러한 변화를 능동적이고 바람직하게 이끌어야 할 것이다>이다. 한마디로 미디어의 역사와 비평에 대한 지식을 절묘한 서사적 맥락으로 풀어낸 셈이니, 미디어에 관한 지식과 관점을 올바르고 효과적으로 전달하려는 저자의 간절한 희망이 성공적으로 수행된 셈이다.

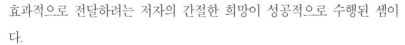

3. 논픽션 그림의 힘

『미디어 씹어먹기』의 또 다른 매력은 죠시 뉴펠트의 그림의 힘이다. 죠시 뉴펠트는 이미 경영, 금융, 세계 여행 등 다양한 주제를 다룬 책을 발간하였고, <9·11 긴급구제>, <금융계의 거물들:비즈니스와 재산에 대한 진실한 이야기> 등의 주목할 만한 논픽션을 발표했으며, 특히 뉴올리언스를 휩쓸었던 허리케인 카타리나를 다룬 작품 <에이디:뉴올리언스 대홍수>로 하비상과 아이너스 상을 수상한 경력의 소유자이다. 만화가로서의 능력이 충분히 검증된 셈인

95면 1번째 칸

데, 『미디어 씹어먹기』에서도 그의 그림의 힘은 여전히 매력적이다.

첫째로 그의 그림에 나타난 섬세함이다. 『미디어 씹어먹기』에 등장하는 인물들은 글작가이자 나레이터로 등장하는 블룩 글래드스톤에서부터 부시, 레이건, 고어, 닉슨, 카뮈, 크롱카이트에 이르기까지 인물의 특징적 면모가 정확히 모사된 점이나, 설정장면에서 글로즈업 장면까지 전체적인 구도는 물론이고 세부적 사실까지 실제의 모습 그대로 섬세하게 재현된다. 칸에 들어온 모든 사물들은 현실의 면모 그대로 최대한 생략과 왜곡을 제거하고 디테일까지 생명력을 갖고 등장한다. 물론 그의 칸마다의

가) 86면 5번째 칸

나) 61면

다) 47면 1번째 칸

그림이 매우 정돈되고 간결한 느낌을 주는 것은 그의 섬세한 묘사와 함께 그가 설정한 장면마다 전하려는 의미를 특징적으로 드러낼 수 있는 요소들을 선별적으로 잡아내는 날카로운 분별력 덕택이다. 그의 분별력의 체에 걸러진 살아남은 사물적 특징들은 섬세한 시선 속에 특징적 디테일을 모두 간직한 채 칸마다 생생하게 살아난다.

둘째로 『미디어 씹어먹기』가 미디어에 관한 역사서이자 비평서이고, 논픽션적 성격을 갖고 있다는 점을 최대로 반영하여 그의 그림은 '미디어적', '논픽션적' 특징을 극대화 하려 한다. 마치 그의 그림만으로도 미디어의 세계에 몰입하여 충만한 정서적, 지각적 체험을 느끼게 하려고 작심한 듯하다. 구체적으로 그 예들을 들어보면, 전하려는 사건의 의미를 직관적으로 느끼게 할 수 있는 극적 장면을 포착한 보도 사진 형태의 그림(아래 가), TV 화면을 캡처한 인상을 주는 그림(나), 장면 속 미디어의 메타 언급(다), 과학적 수치가 동원된 보고서나 기사의 인용(라), 풍자적이고 희화적인 작화로 정치적 해설이나 논평을 담는 신문카툰 형식의 그림(마) 등이다.

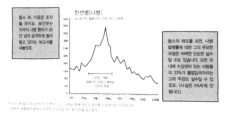

라) 72면 4번째 칸

마) 99면 3번째 칸

16면

셋째로 조시 뉴펠트의 기발한 상상력과 패러디적 센스이다. 실사화의 느낌을 주는 대부분의 그림과는 달리 변형과 과장이 두드러진 카툰 화법의 그림에서는 창조적인 상상력과 유연한 발상이 보여주는 재미와 뛰어난 직관적 전달력이 돋보인다. <이상한 나라의 엘리스>나 <매트릭스> 그리고 단테의 <신곡>처럼 주로 우리에게 익숙한 동화나 영화, 고전을 적절히 변주 시키면서 만화 특유의 과장을 엮어 의미의 적절한 재현 및 감성적 체험의 극대화를 노린다. 사실 그런 그림들은 인플루언싱 머신의 허구성이나 부분의 기자들이 보여주는 '대단한 거부'적 속성, 그리고 미래의 미디어 환경이 가져올 가상현실적 흐름 등과 같이 『미디어 씹어먹기』의 가장 핵심적인 내용이나 의미를 담은 것들이어서, 그림 작가인 조시 뉴펠트가 공들여 강조하고자 한 의도를 느낄 수 있게 하고, 동시에 그것들이 효과적으로 그 목표를 수행하고 있다는 점은 섬세한 논픽션 작가로서의 그의 역량과 힘을 느끼게

40면 1번째 칸

한다.

넷째로 『미디어 씹어먹기』가 만화가 갖는 매체적 성격을 최대한으로 살리는데 매우 적극적이라는 점과 관련하여, '선택된 화상의 결합과 정지된 시간의 사용'과 관련된 문제로서 칸마다의 화상을 독립적으로 인지할 수 있으면서도 자유롭게 감상의 시간을 확보할 수 있다는 점과 관련된 사실로서, 그림과 글자 모두에 걸쳐 개념적 사고까지도 포용할 수 있는 지식과 정보를 담아도 수용이 가능하다는 일반적 특질 외에도, 『미디어 씹어먹기』는 특히 별개의 장면들을 동시에 결합하거나 주장과 예증을 동시에 병렬시키고 특정의 대상에 대한 다층적 시각의 동시적 전개가 가능한 몽타주적 구성을 활용한다는 점이다. 아래의 예에서 확인할 수 있듯이 한 칸에서의 몽타주적 구성을 보면, 내화 속의 링컨의 말은 육성의 온기를 그대로 간직한 채 주장되면서도 외화에서의 전장장면과 뒤섞이며 미묘하고도 각별한 의미가 새롭게 생성되며, 반대로 외화속의 전장장면 특히 롱샷으로 전신이 부각되며 중심인물로 그려진 한 병사의 말은 내화 속의 링컨의 주장과 엮여 민감하면서도 숙고해야할 새로운 관점을 던져준다. 영화 같은 시간적 속성의 영상매체나 특정의 목소리에 의존하는 출판물이 생성하기 어려운 독특한 표현방식이자 기술능력이라 하겠다.

페이크 다큐멘터리와 팩션

- 역사물, 모험물, 전기로서의 『보일러 플레이트』

페이크 다큐멘터리와 팩션
— 역사물, 모험물, 전기로서의 『보일러 플레이트』

『보일러 플레이트』는[1] 19세기 말에서 20세기 초까지의 세계사를 역사적 사실을 바탕으로 다큐멘터리 형식으로 그리면서도, 기계인간 보일러 플레이트와 그것의 발명가이자 제작자인 아치볼드 캠피언이 펼치는 환상적인 모험의 세계를 허구로 결합한 페이크 다큐멘터리이다. 다큐멘터리 형식을 빌린 허구적 텍스트란 점에서 페이크 다큐멘터리라 할 수 있는데,『보일러 플레이트』는 특이하게도 세계사에 대한 충실하고 깊이 있는 재현이란 점에서 역사적 사실을 지식의 차원에서 전달하는 역사물로서의 위상을 두드러

〈보일러 플레이트〉

1) 폴 기난 & 아니나 베넷,『보일러 플레이트』, 김지선 역, 사이언스 북스, 2013(이하 인용문에는 페이지 수만 기입)

지게 드러낸다. 그래서 『보일러 플레이트』에는 작자의 역사관을 짐작할 수 있는 역사관이 등장한다.

> "현대 역사에 관한 한 태도가 사실보다 중요함을 잊지 마세요. 시대의 불길한 신호들 중의 하나는, 대중이 더 이상 역사를 읽지 못한다는 겁니다. 역사가들은 … 기록들에 무미건조한 중요성을 매기는 법을 공부하죠. 기록은 거짓말쟁이입니다. 그 누구도 그게 어떤 행위든 자기가 개입한 행위의 총체적 진실을 적으려고 노력한 적은 한번도 없어요. 모든 서사는 편견입니다 ……. 우리는 아는 건 너무 많지만 써 먹는 지식은 너무 적어요"
>
> – T.E. 로렌스가 라이어넬 커티스 경에게 보낸 편지에서
>
> (1927년 12월 22일) (115쪽)

비록 다른 인물의 가상의 편지로 대신하고 있지만, 기록에 대한 근본적인 반성적 시각을 내포한 이 말은 19세기 말에서 20세기 초까지의 격변의 역사를 재현함에 있어, 또는 충실한 역사적 사실의 전달이나 지식의 전달에 있어 허구적 세계의 포진이 갖는 의미에 대한 진지한 모색의 결과이기도 한 것이다. 기록된 역사적 사실에 대한 허구적 세계의 개입에 따른 반성적 시각의 긴장감 넘치는 출현, 역사적 기록에 남겨져 있지는 않지만 혹은 역사의 서사에서는 비켜나 있지만 세계사의 현장 속에서 명멸했을 수많은 긍정적 가치의 가능성에 대한 기술 역시 매우 중요한 문제라고 보았기 때문이다.[2]

---

2) 다큐멘터리 형식을 빌린 허구의 텍스트를 지칭하는 용어로 '페이크 다큐멘터리'와 '모크 다큐멘터리'가 사용되고 있는데, 이 두 용어를 거의 유사한 의미의 동의어로 사용하는 경우와, 모크 다큐멘터리가 mock와 documentary의 합성어로 mock 와 documentary

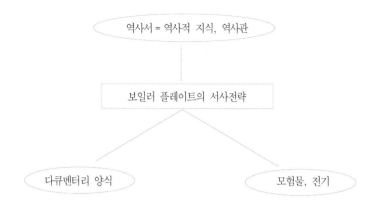

바로 이러한 사실이 『보일러 플레이트』의 페이크 다큐멘터리로서의 성격을 의미 있고 독특하게 규정한다. 즉 i) 기계인간 보일러 플레이트와 허구적 인물 캠피언 남매가 펼치는 환상적인 모험의 세계가 서사의 흥미로움과 재미라는 두드러진 매력을 보이고, ii) 역사적 사실을 다큐멘터리 양식으로 전달함에 따라 지식애호증의 충족에 기댄 지식전달의 수월성을 확보하며, iii) 역사의 기술에서 동시에 역사적 사실에 대한 다큐멘터리적 재현에서 의미 있는 역사관 혹은 철학적 탐구 자세라는 성과로 이어지는 것이다. 달리 말하면 『보일러 플레이트』가 갖는 역사물로서의, 동시에 허구적 텍스트로서의 성과와 의미라 부를 수 있는 것이다. 때문에 자연히 우리의 관심은 페이크 다큐멘터리로서의 『보일러

가 합쳐진 어원으로부터 '조롱하다'또는 '모방하다'라는 의미로 구체화되는데 비해 다른 한편 mocking(조롱)은 페이크 다큐멘터리가 취할 수 있는 복제, 모방, 속임수, 유희, 거부, 조롱, 환위, 반전, 재연, 아이러니, 풍자, 긍정, 전복, 왜곡, 전향, 변환, 위반 중 하나의 가능한 입장으로 간주하여 구분하여 사용하는 경우로 나눌 수 있다. 이런 사실에 비추어 보면 『보일러 플레이트』는 어느 경우라도 '페이크 다큐멘터리'와 '모크 다큐멘터리'로 부를 수 있다.
형대조, 「모크 다큐멘터리는 무엇을 모크(mock)하는가」, 『영화연구』, 54호, 2012년 12월, 471쪽.

플레이트』가 전기의 성과를 이루기 위해 동원한 사진과 역사적, 문학적 기술에서의 서사전략에 대한 탐색으로 이어져야 할 것이다.

1. 다큐멘터리와 합성사진

12면

65면

『보일러 플레이트』는 격동과 혼란의 시기인 19세기 말과 20세기 초를 대상으로 세계사의 이정표가 되는 사건들을 다루고 있는데, 역사적 사실에 대한 충실하고 흥미로운 전달이 주목할만하다. 세계사적 사건에 대한 사실적이고 충실한 기술이란 점에서 또한 '현실 세계로 인정받는 것'이 수사의 중심인 점에서 다큐멘터리 형식을 띤다고 할 때 『보일러 플레이트』가 보이는 가장 두드러진 다큐멘터리적 성격은 '피사체에 대한 정보를 제공함으로써 기록이라는 정직한 행위를 마무리 짓는 것을 목적'으로3) 하는 다큐멘터리 사진에서 온다. 매 페이지마다 세계사적 사건의 현장을 담은 사진들이 포진하는데, 다큐멘터리 사진에 걸맞게 '신빙성'(그 성격들은 '실제로 일어난' 사건의 증거를 제공한다)과 설득력(제작자

---

3) 테렌스 라이트, 『사진이란 무엇인가』, 이주영 역, 눈빛, 2004, 192쪽.

는 그러한 성격들이 우리의 관심을 끌어야 한다고 생각한다)을 내포한다.[4]

상기의 사진에서 볼 수 있듯이 1871년의 조미전쟁 시에 빼앗은 거대한 조선 수군기를 뱃전에 걸어두고 당당하게 포즈를 취한 미군 수병들을 찍은 사진이나, 1900년대 초 미국의 산업화 과정에서 무리한 노동으로 혹사당하는 어린 노동자들을 찍은 사진은 구체적 연표나 사진가의 인명까지 적시하는 사진설명과 어우러지면서,[5] 카메라 앞에서 펼쳐진 사건이나 사물에 대한 신빙성 있고 설득력 있는 '시각적 증거'로서 기능과 역할을 다하고 있으며, 역사의 극적 장면을 담은 '결정적 순간'을 매우 잘 포착한다.

그런데 보일러 플레이트가 역사적 사실의 충실한 재현이라는 '현실'에 기계인간 보일러 플레이트나 그것의 발명가이자 제작자인 아치볼드 캠피언과 그의 주변인물이 펼치는 가상의 세계인 '상상'이 어우러진 페이크 다큐멘터리란 점과 관련하여, 『보일러 플레이트』에서 가장 두드러

---

4) 전게서, 192쪽.
5) 특히 저자는 합성사진 중에서도 우리에게 기념비적 사진이 되어 역사적 사실을 고증하는 이미 알려진 유명사진 외에 기계인간 보일러 플레이트의 개인사가 더욱 두드러진 즉 가상성이 더욱 두드러진 합성사진의 진실성을 담보하기 위해, 보일러 플레이트의 모험에 동행하여 사진을 남겼다는 전문사진사를 허구적으로 등장시킨다.

55면

진 페이크 다큐멘터리로서의 서사전략은 합성사진의 포진이다. 즉『보일러 플레이트』가 19세기 말에서 20세기 초까지 세계사의 주요한 흐름을 특히 미국사를 중심으로 펼치는 과정에서, 역사적 사실과 함께 보일러 플레이트란 기계인간이 펼치는 허구적 세계의 어우러짐은 무엇보다도 합성사진에서 그 진실성과 개연성을 보장 받는다. 역사적 사건을 극적으로 드러내는 기념비적 사진에서부터 일상의 개인사를 담은 사적 사진에 이르기까지 풍부하고 다채롭게 담긴 사진들을 보면, 대부분 보일러 플레이트와 허구적 인물들이 실제 사진 속에 교묘히 자리를 잡고 있다.[6]

여기에서 페이크 다큐멘터리로서의『보일러 플레이트』에서 합성사진이 다큐멘터리 사진으로서 적절하게 기능하기 위해 저자는 '조작'의 흔적이 거슬리지 않도록, 즉 합성의 과정에서 '진실한 표현'의 인상을 주도록 사진의 구도나 프레이밍에 대해 세심한 주의를 기울이지만,『보일러 플레이트』는 여기서 한걸음 더 나아가 특히 기계인간 보일러 플레이트가 '역동적인 움직임'이나 '인간적인 몸짓과 치장'으로 역사적 사건과 특정의 정황에 참여하는 환영을 극대화 하는 전략을 구사한다.

예를 들어 1908년부터 1915년까지 흑인 최초로 세계 헤비급 챔피언을 지낸 잭 존슨의 홍보용 스틸 사진 속에서 기계인간 보일러 플레이트는 상대 선수로 등장해 잭 존슨와 똑같이 권투 시합 포즈를 역동적으로

---

6) 바로 이런 사실과 관련하여 LA Times지는 "실제 역사적 사건들이 담긴 사진과 그림들 속에 보일러 플레이트를 감쪽같이 합성해 넣은 것이 가히「포레스트 검프」의 기계인간 버전이라고 할 만하다"라는 평을 하였다. 영화 포레스트 검프에서 포레스트 검프가 케네디 대통령이나 엘비스 플레슬리, 존 레논 등과 합성된 장면이『보일러 플레이트』에서 보일러 플레이트가 루즈벨트 대통령이나 하와이 여왕 릴리우오칼라니, 존 퍼싱 장군 등과 합성된 사진을 연출한 것을 지적한 것이다.

취하며, 멕시코 반군 지도자 비야가 말을 타고 행군하는 사진 속에서는 보일러 플레이트는 장총을 든 채 말들 사이로 뛰쳐 달려나가는 액션을 취한다. 바로 그 역동적인 움직임의 이미지가 실제의 움직임과 같은 것으로 여겨지며 합성사진의 조작성을 제거한 채, 사진적 진실과 피사체의 사실성 즉 '진정성의 인상'을 배가 시키게 되는 것이다.

잭 존슨의 홍보용 스틸사진

또한 아랍 당파들을 설득해 연합군의 군사 목적을 달성한 전설적인 영국군 대위 로렌스의 기념비적인 사진 속에서는 보일러 플레이트는 아랍인의 로브를 두르고 있는 로렌스 대위 옆에서 아랍인의 사막 복장을 두른 채 손을 허리에 올리고 인간적인 포즈와 치장을 하고 있다. 보일러 플레이트가 두른 천은 기계에 어울릴 법한 실용성만이 아니라, 멋을 부린 치장 속에서 한껏 인간적 면모를 부각시키며 역사적 사건을 펼쳐 나가는 다큐멘터리 사진의 진실을 담보하게 된다. 기계인간 보일러 플레이트는 여러 사진 속에서 배낭을 매거나 탄알집을 몸에 두르고 스카프를 매는 등 인간의 육체성과 동작을 체현하는 풍경을 연출함으로써 다큐멘터리 사진 속에서

영국군 로렌스 대위와 함께 한
보일러 플레이트

95면

자연스럽고 성공적으로 안착하고 있다. 바로 그 점이 사진 속 모든 풍경들을 진실성의 환영 속으로 몰아가게 되는 것이다.

아울러 『보일러 플레이트』는 우리들이 사진 감상에서 보이는 친숙한 경험치를 환기하며 진실성의 환영을 창조하기도 한다. 흔히 원거리에서 찍은 사진의 경우 우리는 작게 축소된 인물이나 사물을 찾기 위해 확대경을 들이대듯 사진을 전방위로 탐색하는데 몰두하고, 또 그 탐색의 결과로 찾은 피사체를 들여다보며 만족과 즐거움을 느끼는 익숙한 경험을 갖고 있다. 합성사진의 구성에서 이 익숙한 경험을 활용하게 되면 우리는 실제 사진을 들여다본다는 진실성의 환영에 빠지게 마련이다. 인용된 사진에서 볼 수 있듯이 포클랜드의 시가지를 걷는 보일러 플레이트와 그 일행이 확대경 속의 실물로 다시 제시되니, 우리는 원거리에서 찍은 사진 속 특정 인물과 사물을 찾는 그 익숙한 경험을 환기하며 진실성의 환영 속으로 빠져들게 되는 것이다. (96면)

2. 기계인간의 인물성

『보일러 플레이트』는 19세기말에서 20세기 초까지의 격변의 세계사를 이정표가 될만한 사건을 중심으로 그리고 있는데, 역사적 사실을 충실하게 전하면서도 흥미로움을 위해 서사의 완결성 역시 중시하고 있다. 그래서 선택한 서사적 전략이 보일러 플레이트란 기계인간을 중심인물로 내세워 역사적 사건마다 중요한 역할을 하고, 그 개인적 경험사가 서사의 골격이 되는 형식을 취하고 있다. 미국의 제국주의적 팽창, 스페인-미국 전쟁, 러일 전쟁, 1차 세계대전 등의 정치사에서부터 세계만국 박람회 같은 문화사에 이르기까지 중요한 역사적 사실을 총체적으로 조망하면서도, 보일러 플레이트란 기계인간의 탄생에서부터 실종에 이르는 전기적 사실을 서사의 중심축으로 그리고 있다.

역사적 사실의 전달과 서사적 재미라는 두 개의 축을 동시에 달성하기 위해 『보일러 플레이트』는 실제의 역사적 사실과 함께 보일러 플레이트란 가상의 기계인간이 펼치는 허구를 조합하니 가상의 이야기가 담긴 다큐멘터리 형식이란 점에서 문자 그대로 페이크 다큐멘터리의 특장을 가장 잘 살린 경우라 하겠다.

하지만 『보일러 플레이트』는 역시 무게 중심이 격변의 근대사에 대한 충실한 조망과 전달에 놓여 있어, 가공의 인물이 펼치는 허구적 세계가 역사적 사실을 훼손하거나 압도해서는 안 된다. 특히 이 점은 『보일러 플레이트』가 서사적 흥미를 중시해 한 인물의 극적인 삶을 담은 전기적 형식의 서사를 택했다는 점 때문에, 처리하기가 매우 곤란한 문제가 된다. 보일러 플레이트가 역사적 사건에 중요하게 관여하고, 특정의 역할을 수행하는 장면 혹은 서사는 역사적 사실을 가능한 한 그 원형 그대로 제시하려는 의도와 병립하기가 매우 어렵기 때문이다. 바로 그 점에서 중심인물로 보일러 플레이트란 기계인간을 설정한 사실은 절묘한 서사 전략이 되는 셈이다.

『보일러 플레이트』에서 기계인간 보일러 플레이트는 1893년 컬럼비아 만국 박람회에서 세상에 첫 선을 보인 이후 1918년 제 1차 세계 대전 당시 실종된 연합군 병사들을 찾아 프랑스 아르곤 숲으로 들어간 후 사라져 그 이후 영원히 나타나

기계인간 보일러 플레이트의 등장

프랑스 아르곤 숲에서 목격된
마지막 모습

남극탐험에 나선 보일러 플레이트와
제작자인 아치볼드 캠피언

지 않은 것으로 그려져 한 인물의 탄생에서 죽음까지의 삶을 담은 전기적 형식을 담고 있을 뿐만 아니라, 역사적 사건이 펼쳐지는 전 세계를 누비며 극적인 모험을 겪는다는 점에서 모험물이나 영웅담의 온전한 서사적 형식을 갖는다. 당연히 서사적 흥미와 박진감이 튼실하다.

하지만 역사적 사실의 충실한 전달이라는 궁극적인 의도에 걸맞게 기계인간 보일러 플레이트는 문자 그대로 기계인간이라는 속성이 인물로서의 성격으로 극대화된다. 즉 보일러 플레이트가 그린 세계사가 과학문명이 이제 막 개화되기 시작하는 19세기말에서 20세기 초라는 시기인 점과 관련하여 기계적인 힘과 능력을 갖춘 보일러 플레이트는 그 통상적 행위만으로도 중요하고 두드러진 역할과 위상을 갖게 된다.

최초의 남극탐험에서는 추위에 아랑곳없이 썰매를 끌어 남극탐험에 기여하며, 황금광 시기 알레스카의 험한 산중을 넘어 탐사를 성공하게 하고, 중국 의화단의 난 때에는 철갑으로 된 몸 덕택에 전장 한복판에서 미국인들을 구해내고, 아랍의 전쟁에서는 그 가공할 방어력으로 적군을 위축케 한다. 제 1차 세계대전에서 철갑으로 된 운송수단 탱크가 전쟁의 형태를 획기적으로 뒤바꾸어 놓은 것에서 상징적으로 드러나듯이, 보일러 플레이트는 이제 막 기계와 철이 그 가공할 위력을 꽃피우기 시작한 그 시기에 그 힘과 능력을 오롯이 갖춘 기계인간이라는 점에서, 그 통상적 움직임과 행위만으로도 주목할 만한 위상과 역할을 보여주는 것이고, 그것은 곧 서사에서 인물이 갖는 태생적인 존재감을 마련하게 되는 것이다.[7] 즉 역사적 사건의 한복판에서 역사적 사실의 특별한 변주 없이도, 역사적 사건 속에서 '일의 효율성을 높이는 정도의 통상적인 행위'만으로도 한 인물의 서사적인 역할과 존재감을 충분히 생성시키는 것이다.

더욱이 여기에 더해 보일러 플레이트는 문자 그대로 기계인간이라는 점에서 주어진 임무의 범주에만 충실케 되니, '미션의 해결'이라는 흥미와 개연성을 그대로 확보하면서도, 한 인물의 행위가 펼치는 사건의 전개(바로 이것이 역사적 사실의 전달이 된다)를 벗어나 한 인물의 내면적 갈등이나 그로 인한 행동이 그리는 '인물성의 탐닉'으로는 넘어가지 않게 된다. 바로 이런 점들이 어우러져 역사적 사실의 충실한 전달과 함께 흥미를 담보하는 서사적 완결성을 두루 갖추게 된 것이다.

3. 역사와 전기

『보일러 플레이트』는 주어진 미션을 해결하기 위해 모험을 겪는 인

---

7) 그 한 예로 테디 루즈벨트 대통령의 명령에 따라 미국 해군함대의 세계일주 항해에 동행하게 된 보일러 플레이트의 활약상을 기술한 장면을 보자.
　　"보일러 플레이트는 함대에 큰 도움이 되었을뿐 아니라 기항지에서 대단한 인기를 끌었다. 브라질에서 로봇은 술 취한 미국 선원들과 지역 항만 노동자들 간에 빌어진 패싸움을 밀려 국제석 사고를 방지했다. 로스앤젤리스에서는 권투 시합의 심판을 보고, 샌프란시스코에서는 선원들이 묵을 텐트를 치고, 오리건에서는 윌라멧 강에서 목재 바지선을 끈 것을 포함해 여러 차례 능력을 발휘해 이름을 날렸다" (61쪽)

물(기계인간 보일러 플레이트와 창조자인 아치볼드 캠피언)의 이야기를 다루다는 점에서 모험물이기도 하고, 다른 한편으로는 평화와 인권을 위해 헌신하는 남매(아치볼드 캠피언과 릴리 캠피언)의 일생을 다룬 점에서 전기이기도 하다. 보일러 플레이트가 19세기 말에서 20세기 초까지의 세계사를 다큐멘터리 형식으로 충실하고 흥미롭게 전하려 한다는 점과 함께 이 시기의 가장 핵심적 덕목으로 평화와 인권의 신장을 주목하고 싶은 저자의 기획이 어우러진 결과이다.

기계인간 보일러 플레이트와 창조자인 아치볼드 캠피언은 모험에 대한 열정과 역사적 소명의식으로 남극이나 알라스카 같은 오지에서부터 유럽과 아시아의 전장터 등을 누비며 모험의 세계에 빠져 들고, 캠피언 남매는 전쟁의 종식과 정의의 실현 그리고 인권의 신장을 위해 격변의 현장 최전선에서 끊임없이 투쟁한다.

먼저 모험물로서의 성과에서 가장 두드러진 점은 기계인간 보일러 플레이트와 아치볼드 캠피언이 '피조물－창조자'의 관계로 얽혀 있다는 점에서 유발된다. 『보일러 플레이트』에는 창조자인 아키볼드 캠피언이 기계인간 보일러 플레이트를 창조했는데, 그 창조의 목적이 영리적, 기술적 차원의 것이 아니라 고귀한 신념이 담긴 철학적, 신앙적 차원의 것이었음이 드러난다.

> 애석하게도 아치의 우려는 기우가 아니었다. 휴(아치볼드 캠피언이 따르던 매형－필자주)는 1871년 짧은 조미 전쟁(신미양요)에서 목숨을 잃었다. 휴의 죽음은 릴리뿐만 아니라 아치에게도 깊은 영향을 주었다. 아치가 인간 병사를 대신할 기계를 발명하는 데 재능을 쏟은 것은 놀라운 일도 아니다. 나중에 공표했듯이 아치가 "인간의 죽음 없이 국가

간 갈등을 해결하는 데 쓸 목적으로" 보일러 플레이트를 만든 데는 휴의 죽음이 결정적 영향을 미쳤다.(11쪽)

구약의 창세신화에서처럼 창조자인 아치볼드 캠피언은 인류 구원이라는 원대하고 숭고한 이상을 위해 그것을 실현한 생명체를 만들었으니 이미 창조주적 신분과 자세를 갖게 되는 것인데, 이 점은 보일러 플레이트의 모험 전편에 걸쳐 지속적으로 영향을 미친다. 그 한 예로 미국 폴먼 회사 노동자들의 파업을 둘러싸고 벌어진 정부와 폴먼 노동자들과의 대립에서 벌어진 유혈사태에 보일러 플레이트가 개입한 사건을 보자. 갈수록 격화되는 폭력을 누그러뜨리는 데 기계인간이 도움이 되기를 바란 아치는 주지사의 요청을 받아들여 방위군 사단에 보일러 플레이트를 차출시키는데 동의하는데, 곧바로 방위군이 강경진압에 나서자 유혈사태가 벌어지고 보일러 플레이트는 본의 아니게 공범자가 되어 버리게 된다.

> "내 기계 병사가 정직한 노동자들과 무고한 행인들과 대치하다니 굴욕적입니다. 정부는 공공의 안전을 확보할 권리가 있습니다. 그렇지만 공공 자체를 살육하는 건 그 방법이 아닙니다. 내 창조물은 두 번 다시 미국 대중에 맞서는 행위에 쓰이지 않을 것입니다."
> ─아치볼드 캠피언이 니콜라 테슬라에게 보낸 편지에서
> (1894년 7월 8일) (36쪽)

'내 창조물'이란 표현에서 극적으로 드러나듯이 아치볼드 캠피언은 창조주의 입장에 서게 되고 기계인간 보일러 플레이트는 피조물이 되

는 형국이니, 이들이 참여하는 역사의 고비마다 혹은 역사의 장마다 창조주의 '창조'에 대한 고민과 자의식이 드러나게 되는데, 바로 이 점 때문에 모험의 서사에는 늘 인간적 갈등과 결행이 갖는 웅혼한 드라마가 펼쳐지게 된다. 또한 동시에 창조주의 끊임없는 반성적 시각은 펼쳐진 역사의 장에 대한 역사가적 해석이 되는 셈이어서 역사적 사실에 대한 지식전달의 차원을 넘어 역사적 사실에 대한 평가까지도 함께 가시적으로 드러나게 되는 것이다. 그 한 예로 제1차 세계 대전 당시 영국의 중동진출을 둘러싸고 벌어진 전쟁에서 아치볼드 캠피언과 보일러 플레이트가 처칠의 요청에 따라 전장터에 나가게 된 경우를 보자.

"다시금 내 분별력을 무시하고 사막으로 향하고 있네. 모래보다는 얼음이 더 나은 줄 경험으로 알면서도 살을 에는 추위는 내 기계 인간에게 거의 영향을 미치지 못하지만 공기 중 모래와 수분 부족이 결합되면 심각한 손상을 초래할지도 모른다네. 나더러 택하라면 지독한 더위와 기갈에 시달리느니 북극에서 잠들어 죽는 편을 기꺼이 택하겠네만.

그렇지만 이제는 목적에 의문이 드네. 만약 우리가 아라비아에서 영국이 투르크를 무찌르는 것을 앞당긴다면, 과연 이것이 인간의 죽음을 막음으로써 내 기계 병사의 목적을 충족시킬까? 만약 그 결과가 호전적인 국가들의 군사력을 증강시키는 것이라면 그 목적이, 그것 자체만으로, 가치가 있을까? 언젠가는 답이 나오겠지. 현재 상황에서, 나는 우리의 명분이 정당하다고 믿을 수밖에 없네.

　　　　　　　　　　　　－아치볼드 캠피언이 에드워드 풀러턴에게 보낸 편지에서
　　　　　　　　　　　　　　　　　　　　　　　(1917년 3월 28일) (108쪽)

이 장면을 보면 아치볼드 캠피언은 '인간의 죽음을 막음'이라는 신적인 천상의 숭고한 목적을 위해 헌신하니 창조주적 고민과 목적이 현시된 것이라 할 수 있고, 다시 다른 한편으로는 영국의 중동진출이 제국주의적 성격을 띠고 있음을 주시하는 역사가적 해석이 드러난 것이라 평할 수 있는 것이다. 그만큼 역사적 사실에 대한 충실한 기술을 넘어 역사적 사실에 대한 해석과 평가가 함께 제시된다는 점에서 세계사에 대한 문자 그대로 충실한 사적 기술이라 부를만한 것이다.

다음으로 『보일러 플레이트』는 캠피언 남매의 일생을 다룬 전기로도 읽힌다는 점인데, 실제로 두 남매의 출생에서 죽음까지를 다룬 전기적 서사를 보이고, 두 인물의 인간적 성숙과 성취를 섬세하게 그리고 있다. 특히 전기적 서사에서 가장 주목할 만한 점은 아치볼드 캠피언의 경우는 역사적 소명의식에 대한 한 인간의 전 생애에 걸친 진지한 고민과 실행이 숭고한 드라마를 보인다는 점이고, 릴리 캠피언의 경우는 평화와 인권의 신장에 관한 헌신의 삶과 성취가 감동의 드라마를 연출한다는 점이다.

(가) "외동아들을 전쟁으로 보낸 엄마 같은 기분이 드는 데 스스로 놀라고 있습니다. 제 아무리 유능하고 튼튼해도, 솔직히 나는 보일러 플레이트의 안전이 거의 끊임없이 걱정됩니다. 인간미 없는, 무자비한 기술의 진보가 지배하는 이 전쟁은 특히 어떻게 보아도 야만적입니다. 내 기계 인간이 진정한 해법인지, 아니면 그저 누님 말마따나 또 다른 참신한 무기일 뿐인지 궁금합니다. 또 누님이 휴 형이 ─ 만약 그분의 기억을 불러내는 것을 용서해 주신다면 ─ 조선으로 떠났을 때 비슷한 두려움을 느끼셨는지 궁금합니다."

−아치볼드 캠피언이 릴리 캠피언에게 보낸 편지에서

(1918년 6월 6일) (118쪽)

(나) 릴리는 더러 아치의 도움을 받아 가며 여성의 투표권을 위해 수십 년간 싸웠다. 1880년대에 국제 여성 협회를 공동 창립했으며, 1890년대에는 캐리 채프먼 캣과 손을 잡고 콜로라도와 아이다호 같은 포퓰리즘이 대세인 서부 주들에서 여성의 완전한 참정권을 확보하려고 애썼다. 초기 1890년대에는 부유한 여성 참정권론자들과 동부 해안의 노동 운동 사이에 동맹을 이끌어내는데 조력했다. 릴리는 보일러 플레이트를 비롯한 수천 인파와 함께 참정권론 시위 행렬에 참가했다. 여자들이 뉴질랜드(1893년)와 오스트레일리아(1902년)와 핀란드(1906년)에서 투표권을 얻었을 때 릴리는 전율을 느꼈지만 정작 조국이 어둠 속에 있다는 데 실망했다. (130쪽)

먼저 아치볼드 캠피언의 전기에서 가장 두드러진 점은 '국가 간의 갈등에서 남자들의 죽음을 예방한다'라는 뚜렷한 목적으로 창조한 보일러 플레이트를 두고, 보일러 플레이트의 일생에 걸친 삶의 궤적이 그리는 성격과 결과에 결정적으로 관련된다. 전 세계에 걸쳐 벌어지는 역사적 사건과 관련하여 특히 정부나 민간의 요청에 의한 개입과 관련하여 아치볼드 캠피언은 보일러 플레이트를 역사적 사건에 참여시키고 역사적 행위를 하게 한데 대하여 그 성격과 결과에 대해 늘 진지한 고민을 하는데, 그것은 언제나 심각한 자기반성적 태도를 보인다는 점에서 한 인간의 결단과 관련된 고뇌와 번민의 자기고백적 서사를 진지하고 성공적으로 보인다는 것이다.

동시에 아치볼드 캠피언의 자기고백적 서사는 그와 보일러 플레이트의 관계가 창조자 – 피조물의 관계이어서 언제나 웅혼함과 독특함을 갖는다는 점이다. 그의 반성적 시각과 결단을 정리해보면, '나의 생명의 창조는 올바른 것이었는가', '인류에게 선이란 무엇인가', '인간과 인간이 이룬 역사는 왜 정의에 반하는 결과를 반복하는가', '네 창조물을 거두어 가리라'처럼 '창조', '선', '인간과 역사'의 의미와 가치에 대한 근원적이고 철학적인 질문에 값하는 것이거나,8) '창조물에 대한 창조주적 권위'와 관련된 행위와 사고이다. 그래서 그만큼 인간과 역사를 거시적으로 파악하고 주도적으로 개입한다는 웅혼함이 보임과 동시에 창조주

---

8) 특히 아치볼드 캠피언이 역사의 의미와 가치에 대한 진지한 철학적 고민은 역사의 주체나 역사의 정의에 대한 근본적인 회의를 담은 것이어서(가) 포스트모던한 역사인식과도 일맥상통하는 면이 있고, 다른 한편으로 IQ 75의 지적 미숙인 포레스트 검프의 전기를 통해 역사에 대한 근본적인 회의를 그린 영화 <포레스트 검프>와 매우 유사한 인물설정, 서사구조, 역사인식을(나) 보인다.

가) "어떻게 배웠다는 사람들이 역사의 교훈을 얻는데 그토록 지독히 실패할 수 있을까? 어쩌면 보일러 플레이트가 실종된 게 가장 좋은 일일지도 모르겠군. 왜냐하면 나는 군사 문제에 대해서는 더 개입하고 싶은 마음이 전혀 없으니까. 맹세코, 그와 똑같은 다른 원형은 다시는 만들지 않겠네. 그리고 나처럼 배웠다는 사람이 어쩌면 그리도 군사적이고 정치적인 사람들을 철저히 모를 수가 있었을까? 국가들이 기계 인간들로 이루어진 군대를 전보다도 더욱 치명적이고 더욱 파괴적인 전쟁을 일으키는 데에나 사용할 것임을 이제는 알겠네. 나 자신의 명청함에 화가 치미는군" (『보일러 플레이트』, 128쪽)

나) "이후 포레스트 검프는 정교한 컴퓨터 합성을 통해 극우정치인이 흑인의 대학입학을 저지하여 생겨난 데모의 현장이나 월남전에 대한 반전 집회의 마당 등지를 장난스럽게 기웃거리고, 핑퐁외교와 워터게이트 사건전후의 닉슨이나 암살 직전의 케네디와 만나기도 한다. 그러나 이처럼 역사의 아킬레스 건 같은 순간마다에 배치된 톰 헹크스의 표정은 성지순례자의 엄숙함 대신 저능아의 얼빠짐을 드러낸다. 그래서 저능아 콤 헹크스의 눈에 비친 미국 역사의 매듭들은 이해하기 어려운 넌센스로 가득 찬 것처럼 보인다. 결국 작가는 이렇게 말하려는 것 같다. 저능아보다도 더 저능한 자들이 만들어낸 저능한 무엇이 역사가 아닐까. 역사라는 건, 어쩌면 어처구니 없는 넌센스일지도 몰라. 이제 역사는 더 이상 지고의 척도를 머금은 것이 아닐뿐더러 무의미한 빈정거림의 대상으로 추락해 있다." (강영희, 「포스트모던 시대의 역사와 구원」, 『창작과 비평』 86호, 1994.12, 284쪽)

릴리 캠피언.
가상의 인물이지만
실물사진으로 제시된다.

적 사고와 행위라는 변별적이고 독특한 세계를 펼쳐보이
게 되는 것이다.

다음으로 릴리 캠피언의 전기적 서사를 통해서는
'행동하는 양심'으로서의 자기희생적, 종교적 소명의식
과 삶이 보여주는 숭고함의 미덕이 감동으로 다가온다.
세계평화와 인권의 신장을 향한 그녀의 투신은 한 점
의 회의나 두려움도 없다는 점에서, 동시에 명민한 전
략을 보인다는 점에서 윤리적인 숭고함과 함께 비범한
능력의 영웅성을 보인다. 그만큼 영웅형 인물의 숭고한
자기희생적 삶이 보여주는 감동의 드라마를 펼쳐보여 주는 것이고, 그
것은 곧 우리의 소망적 사고와 어우러지면서 역사의 진보에 드리워진
인간의 숭고한 헌신의 드라마를 돌아보게 만드는 것이다.

제10장

대작 스릴러 뮤지컬의 격정성과 서사전략

대작 스릴러 뮤지컬의 격정성과 서사전략

2000년 개관한 <LG 아트센터>와 2005년 개관한 <충무아트홀> 이후로 2006년 개관한 서울 잠실 <샤롯데씨어터>, 2011년 개관한 신도림 디큐브 아트센터의 <디큐브씨어터>, 2011년 11월 한남동에 문을 연 <블루스퀘어> 등이 뮤지컬 전용관으로 오픈되고, 『명성황후』, 『영웅』, 『지킬 앤 하이드』 등 대작 뮤지컬이 성공을 거둔

뮤지컬 공연장과 콘서트 공연장으로 이루어진 국내 최대 규모의 전문공연장인 〈블루스퀘어〉. 삼성전자홀은 뮤지컬 전용 대극장으로 총 객석 3층 1766석으로 되어 있다.

점이나, 연평균 20%가 넘는 뮤지컬 시장의 성장세 그리고 이미 2010년에 유료 티켓 판매 기준으로 2527억 원이 넘는 시장규모와 유료 관

객 수 534만 명이라는 수치 등은 한국 뮤지컬 시장의 전망에 희망을 걸게 한다.

하지만 20~30대에 지나치게 편중된 관객의 편중성이나 한류스타의 인기에 의존하는 시류성, 그리고 외국 대작 뮤지컬에의 의존성, 2011년 뮤지컬 <미션>의 실패에서 보듯 뮤지컬 제작사의 역량 미비 등은 아쉬운 대목이다. 특히 이런 우려는 이미 100억 원대의 제작비 규모가 된 뮤지컬의 산업화 단계와 뮤지컬의 막강한 경제적, 문화적 가치 등을 감안하면 경쟁력 있는 대작 뮤지컬의 산출에 있어 우리의 노력과 투자가 얼마나 신중해야 할 것인지를 잘 말해준다.

국내 뮤지컬 시장이 본격적으로 형성되기 시작한 시기는 대체적으로 2001년 개막한 『오페라의 유령』이 분기점이 된 것으로 인정되는데, 『오페라의 유령』은 당시 7개월간 장기 공연을 하며 24만 명의 관객을 동원했고 약 192억 원의 매출을 올렸다. 이를 바탕으로 이듬해인 2002년에는 뮤지컬 시장이 400억 원 규모로 커졌으며 이후 매년 급성장하게 된다. 『오페라의 유령』이 갖는 매력의 핵심이 미스터리와 서스펜스 그리고 극적인 격정성이 분출하는 대작 스릴러 뮤지컬의 생래적 특성임을 감안하면, 동시에 세계 최고 흥행의 대작 뮤지컬의 반열에 든 작품 중 『지킬 앤 하이드』와 『레베카』 역시 대작 스릴러 뮤지컬인 점을 감안하면, 이제 대작 스릴러 뮤지컬의 기획과 산출에 관한 진지한 탐구는 더 이상 미룰 수 없는 시급한 과제이다.[1]

---

1) 「뮤지컬 시장 급성장의 명암 한류 '킬러 콘텐츠' 부상…부작용 뒤따라」, 한경business, 2012, 6.

〈오페라의 유령〉　　　　　〈지킬 앤 하이드〉　　　　　〈레베카〉

　　뮤지컬 시장의 산업화 단계에서 대형 뮤지컬 제작사의 킬러콘텐츠로
서의 대작 스릴러 뮤지컬의 창작을 주목하고, 그 구체적 방법론의 구축
을 위해 대작 스릴러 뮤지컬의 경쟁력의 근본적 원천이라 할 수 있는
개념으로 '배우의 극적인 카리스마의 분출'과 '웅혼하면서도 긴장감 넘
치는 무대장면을 연출'할 수 있는 '격정성'을 탐구하여야 하며, 동시에
그 격정성을 정점까지 고조시킬 수 있는 서사전략에 대해 탐색하여야
한다. 논의의 실효성을 위해 전 세계적으로 최고의 흥행성적을 기록한
『오페라의 유령』, 『지킬 앤 하이드』, 『레베카』 등 세 편의 대작 스릴러
뮤지컬을 대상으로 그 뮤지컬들에 나타난 격정성의 실체와 그 격정성
을 산출하기 위한 서사전략을 탐색하고자 하는데, 논점은 '부의 선망',
'살인과 광기', '숙명적 비밀', '연적과 저주', '비극적 황홀'로 설정한다.

화소 뮤지컬 편명	부의 선망	살인과 광기	숙명적 비밀	연적과 저주	비극적 황홀
오페라의 유령	수호자이자 음악의 천사를 보내줄 거라 믿음	자신의 음악세계와 크리스틴과의 연정을 방해하는 자들을 응징	선천적으로 타고난 추악한 몰골	크리스틴을 둘러싼 라울과 유령	처참한 몰골로 인한 핍박과 연정 및 음악적 이데아
지킬 앤 하이드	출중한 인격자이지만 정신병에 걸려 사지를 헤매는 부친의 회생에 집착	자신의 의학적 실험을 방해하는 자들을 처단	지킬과 하이드의 신분과 의학적 실험의 실패	엠마와 루시를 둘러싼 지킬과 하이드	범죄의 화신이라는 한계와 절대자적 우월감
레베카	아버지로 상징되는 명문가의 권위를 이으려 함	가문의 명성에 대한 위해와 자신에 대한 능멸을 이유로 살인	아내의 부정과 교활함	맥심을 둘러싼 나(드윈터부인)와 댄버스 부인(레베카)	레베카의 부재와 환생에대한 희열의 충만감

1. 부(父)의 선망

선한 마음씨와 품격 그리고 질서를 지키려는 인물이 저주를 품은 자, 범죄를 저지르는 자, 복수를 꿈꾸는 자와 마주 서고 치명적으로 얽혀드는 숙명성이 보장되어야 치열한 갈등이 정점을 찍을 수 있을 터인데, 대작 스릴러 뮤지컬은 이 숙명적 상황을 만들기 위해 전자(前者) 인물들의 부(父)에 대한 선망을 필수적으로 만든다. 『오페라의 유령』에서의 크리스틴, 『지킬 앤 하이드』의 지킬 그리고 『레베카』의 맥심은 한결같이 부에 대한 병적인 선망과 집착을 갖고 있다.

적대 인물과의 숙명적인 대결구도에의 몰입과 절박한 상황에서의 헌신을 위해서는 피를 나눈 자로서의 혈연적 숙명성과 함께 부의 권위와 힘에 대한 열렬한 동경이 필요한 셈인데, 긍정적 인물상으로서의 주인공이 갖는 부에 대한 집착과 동경은, 배우들의 카리스마와 연기에 보다 더 집착하는 뮤지컬의 속성상 맹목적인 열정성을 띤다.

가)

크리스틴(의자를 돌리고 라울을 바라보면서)

아버지는 말씀하셨어요. 크리스틴. 하늘나라에 가면 네게 음악의 천사를 꼭 보내주마라고요. 글쎄요. 라울. 지금 아버지는 하늘나라에 계시고, 나는 음악의 천사의 방문을 받았어요.

-『오페라의 유령』 중에서 -

나)

당연히 집착하죠. 제 아버지잖아요! 제게 삶을 주셨으니까요. 전 아버지와 암흑에 빠진 사람들을 구할 수 있습니다.

-『지킬 앤 하이드』 중에서 -

다)

그에게 당신이 있어서 정말 다행이에요. 스스로를 억압하고 구속하는 동생을 당신은 믿어줘야 해요.

-『레베카』 중에서 -

뮤지컬 〈오페라의 유령〉,
크린스틴에게 유령은 아버지가 보내
준 음악의 천사로 다가오게 된다.

가)에서 『오페라의 유령』의 크리스틴은 작고한 아버지가 여전히 자신을 지켜주는 수호자의 역할을 할 것이라고 믿고 있으며, 자신의 전부인 음악 세계를 고양시켜줄 천상의 지도자를 보내 줄 것이라 확신한다. 자연히 유령을 아버지가 보내 준 음악의 천사라고 여기며, 그의 악행에도 불구하고 벗어나기 힘든 선망의 존재가 된다. 나)에서 지킬은 인간의 정신에서 선과 악을 구분하는 구분하여 악을 통제하는 초유의 연구를 거듭하면서도 정신병에 걸려 사지를 헤매는 아버지를 구해야 한다는 절박감에 스스로 망상적 확신을 만들어가며 실험을 계속한다. 다)에서도 맥심은 아버지가 이룬 맨덜리로 표상되는 가문의 명예의 세계에 스스로를 가두어두며 그로 인해 그에게 다가오는 처참한 오욕의 세계로부터 도망치지 못하고 휘말린다.

한결같이 악과 광기의 세계로부터 핍박받는 중심인물들은 혈연의 숙명성과 도덕적 권위 그리고 절대적 힘에 대한 흠모로 상징되는 부의 세계에 대한 한없는 열정과 신념을 갖고 있으며, 이로 인해 악과 광기의 세계 혹은 인물과 숙명적이고 치명적인 관계를 이어가게 된다. 때문에 그로 인해 고통과 공포에 휘말리고 파멸의 그늘을 감내해야 하는 격정의 세계로 빠져들게 되는 것인데, 이는 달리 말하면 대작 스릴러 뮤지컬이 만드는 선과 순수함 그리고 질서의 세계가 광기와 악 그리고 범죄의 세계와 숙명적으로 부딪히게 되는 격정의 세계를 만들고 이끌어가는 전제이자 핵심이 되고 있다.

2. 살인과 광기

스릴러에는 범죄적 사건을 두고 미스터리와 서스펜스를 활용하기 마련인데, 그 때 범죄적 사건 중 가장 매력적인 화소는 살인일 것이다. 세 편 모두에 살인이 등장하는데, 격정성을 고조하기 위한 방식은 다음과 같다.

첫째, 살인은 광적이고 교조적인 신념이나 가치가 무산되는 모멸적 상황과 관련되며, 이로 인해 살인을 저지르는 자의 광기와 저주가 범람하는 격정적 장면을 만든다. 『오페라의 유령』에서는 팬텀이 음악적 자존감과 크리스틴에 대한 사랑이 거부되는 상황에 부딪히게 되는데, 그의 거듭된 경고에도 불구하고 경고를 받은 자들이 무시나 조롱으로 모멸적 상황을 만드는데, 이 때 그의 처절한 모멸감 극대화되도록 '공개적인 도발성'이 매우 강조된다.

　　무대 뒤
　　(부케가 신비스럽게 나타난다. 그는 길다란 밧줄을 들고 있는데 꼭 목 조르는 올가미처럼 보인다. 그는 발레 소녀들에게 그것을 보여준다)
　　부케 : 그 피부는 누런 양피지 같고⋯ 코가 없는 대신 검은 구멍뿐이지.
　　(목조르는 올가미로부터 자신을 지키는 방법을 설명한다. 그는 그의 손을 목과 올가미 사이에 넣고 밧줄을 팽팽하게 잡아버린다. 두렵고도 신기해서 발레 소녀들은 이 설명에 대해 박수를 친다)
　　부케 : (계속 설명한다) 항상 경계를 늦추지마. 안 그리면 그가 목 조르는 올가미로 널 잡아버릴 테니까!

(비밀 문이 무대 가운데서 열리고 유령의 그림자가 나타난다. 소녀들은 겁에 질려 손을 맞잡고 도망쳐 버린다. 유령은 크리스틴을 데리고 나오다 말고 부케를 노려본다. 크리스틴 주위로 망토를 휘감은 채 그는 나가 버리지만, 눈이 날카로운 지리 여사가 그들이 사라지기 직전에 들어온다. 지리 여사는 부케를 향해 돌아선다)

지리 : 알고 있는 걸 모두 말하다니⋯ 너무 늦었군요. 신중한 침묵이 현명한데. 조셉 부케, 당신 혀를 잘 단속해요. 그렇지 않으면 그가 그 불꽃같은 눈으로 당신을 태워 버릴 테니⋯!

－『오페라의 유령』 중에서－

경고를 받은 자들이 유령이 집착하는 권위와 힘에 대해 '조롱하고', 다시 주위의 인물들이 유령에게 희롱조로 '호응하는' 모멸적 상황이 강조되며, 다시 유령의 분노가 '표출되고 동시에 예언자적 기능으로 등장하는 중립적 인물 지리가 모멸적 상황에 대해 징벌을 '경고하는' 긴장감의 고조를 통해, 극한 모멸적 상황에 처한 살인자가 극도의 모멸감과 그로 인한 저주와 광기의 표출로 격적정인 장면을 연출하는 상황이 만들어진다.

이러한 전략은 『지킬 앤 하이드』에서는 지킬이 자신의 필생의 업적이 될 연구가 무산되는 위기에 빠지는데, 연구를 반대하는 상류층 인물들이 비웃고 조롱하는 모멸적 상황이 만들어지고, 하이드가 그에 대해 분노하고 저주하는 사건을 통해, 『레베카』에서는 맥심의 아내 레베카가 다른 남자들과 외도를 하면서도 맥심에게 그것을 드러내고 조롱하는 모멸적 상황과 함께 동시에 맥심이 그것에 대해 분노하고 저주하는 사건을 통해 구체화 된다.

둘째로 모멸적 상황이나 모멸감과 관련하여 살인을 벌이는 자들은 그러한 일들이 자신과 적대적인 인물들의 무지와 위선 그리고 부도덕함에 기인한다고 확신하며, 이로 인해 그들에 대한 응징은 선을 실현한다는 도덕적 우월감으로 포장된 채 살인의 현장에서 살인자들의 힘과 광기가 한치의 멈칫거림 없이 강렬하게 분출하는 격정성을 만들게 된다. 즉 살인자들의 저주가 악에 대한 응징으로 포장된 채 광폭하

〈지킬 앤 하이드〉에서 하이드는 살인의 현장에서 단순한 복수의 실현자로서만이 아니라 악을 응징하는 심판자로서의 포즈를 취하게 된다.

게 질주하게 되니, 바로 이러한 저주와 광기의 정서 그리고 응징의 제스처가 만들어내는 살인장면으로 인해 무대는 격정성에 휩싸이며, 그것은 줄에 매달려 효수되거나, 칼에 찔리고 목이 비틀리는 액션과 합해저 배우들의 카리스마와 힘이 넘치는 격정적인 장면을 연출한다.

3. 숙명적인 비밀

대작 스릴러 뮤지컬의 격정성은 범죄를 저지른 자, 광기적 발작을 보이는 자의 치명적이고 치부적인 비밀과 관련이 있다. 이들은 스스로 영원히 감추고 싶은 치부를 간직하고 있으며, 그 치부란 자신들에게 삶의 유일한 의미인 연인과의 사랑, 가문의 명예가 결정적으로 훼손된다고 믿는 비밀과 관련이 있다.

『오페라의 유령』에서는 선천적으로 타고난 기괴한 몰골이, 『레베카』

에서는 자신의 부인이 성적으로 방탕하고 자신을 노골적으로 능멸하는 도발적인 천박성이 영원히 감추고 싶은 치부이자 비밀이다. 『오페라의 유령』에서 유령의 일그러진 얼굴은 마스크로 가리워져 있는데, 그 비밀은 마스크가 벗겨질까봐 두려움에 떠는 유령의 초조한 포즈 속에서, 또 그 마스크를 벗기려는 크리스틴의 도발적 제스처 속에서 긴장감을 불러오며, 마스크가 벗겨지는 순간 유령의 광폭한 행동과 저주의 말 속에서 폭발적인 격정성을 보인다. 아울러 『레베카』에서는 귀족인 맥심이 아내인 레베카가 성적으로 방탕하고 자신을 능멸하는 비밀을 감추고자 고통을 겪는데, 결국은 새 아내인 드윈터 부인이 얽혀드는 음모에 휘말리고 레베카의 시신이 발견되는 극적인 사건을 통해 비밀이 드러나게 되면서 돌발적이고 광기어린 저주와 분노의 격정성을 보이게 된다.

> 가) 그림자 속의 저 사람은 누구일까? 가면 속의 얼굴은 누구일까?
> (그녀는 결국 그의 가면을 벗겨내는데 성공한다. 그러나 유령은 벌떡 일어서며 그녀를 무섭게 꾸짖는다. 그녀는 그의 얼굴을 똑똑히 보지만 관객들은 그가 어둠 속에 옆모습으로 서 있어서 볼 수 없다.)
> 유령:널 저주한다! 너 작은 누설자 판도라! 이 작은 악마 - 이 모습을 보기를 원했느냐?
> 널 저주한다! 너 작은 거짓말쟁이 데릴라! 이 작은 독사! 이제 넌 영원히 자유로워질 수 없어! 널 저주해… 널 저주한다…
> ─『오페라의 유령』 중에서─

> 나) 난 레베카를 혐오했어! 그녀는 무례하고 음탕한 걸레 같은 년이었다고! 그년은 사랑 같은 건 할 줄 모르는 년이었지. 아무도 이 사실을 몰랐을 걸. 그년을 본 남자들은 빠져들 수밖에 없었지. 어찌나 친근

하고 사랑스러웠는지 모두가 속을 수밖에 없었지.

/

/

그 여자와 함께 몬테카를로로 향했었어. 거기서 그년이 떠들어대더
군. 여우같은 얼굴로 아주 교활하게 말이야. "거래를 하나 하자." "난
계속 남자를 만날거야." "하지만 당신 아내로서 연기는 해 줄게!" 스캔
들이 두려웠기에 난 그 비참한 요구를 받아들여야 했어. 드윈터 가문에
서 이혼은 금기나 다름없었으니까 말이야.

―『레베카』 중에서―

대작 스릴러 뮤지컬이 격정성을 보이기 위해서는 분노와 광기의 표
출이 강렬하고 돌발적이어야 효과적일 터인데, 가)와 나)의 공통적인 면
모에서 확인할 수 있듯이 i) 강렬함은 감추고자 하는 치부가 타인의 경
멸과 조롱을 불러오는 것이고 동시에 사랑이나 명예처럼 자신이 추구
하는 삶의 가장 중요한 가치를 도발하는 것이라는 특징을 갖고, ii) 돌
발성은 그 비밀의 폭로가 자신의 치부를 가장 감추고 싶은 대상인 연인
에 의해 폭로되거나 연인의 도발로 이루어진다는 점과 함께 자신의 치
명적인 치부가 드러나는 것을 감내할 수 없는 자학적인 포즈와 연계되
기 때문이다.

4. 연적과 저주

대작 스릴러 뮤지컬의 격정성은 연적에 대한 증오심과 관련이 된다.

사랑의 삼각관계에서 연인을 두고 경쟁하는 라이벌에 대한 증오심이 격정적으로 드러나는 것과 관련되는데, 광기와 음모 혹은 범죄를 저지르는 자들의 압도적인 힘과 폭력이 수반된다는 점에서 격정성이 두드러지게 된다. 『오페라의 유령』에서 유령은 자신이 사랑하는 크리스틴이 연적인 라울을 사랑하는 것을 목격하게 되자, 『지킬 앤 하이드』에서 하이드가 루시가 지킬에 대해 연정을 느끼는 것을 목격하게 되자, 『레베카』에서는 스스로를 레베카의 분신이라 여기는 댄버스 부인이 맥심이나(드윈터 부인)를 사랑한다는 것을 목도하게 되자 저주를 퍼붓게 되는데, 항상 자신의 우월한 힘과 폭력성을 동원해 연적을 공격하고 음모를 꾸미며 때로는 연인을 살해하기까지 하는 광기를 보인다. 바로 그 폭력성과 편집적인 질투에 어우러진 광기의 표출로 격정성이 정점에 이르게 되는 것이다.

특히 지하세계에 머무르는 자들이 지상의 축복 속에 머문 연적들과 벌이는 싸움이라 자신이 연인의 선택에서 멀어진다는 인식은 뼈아픈 상처를 다시 확인하는 극적인 절망감을 수반하는 것이어서 저주와 분노는 연적을 끝내 파괴해야 한다는 절체절명의 위기감으로 극적인 격정성을 보일 수밖에 없는 것이다.

5. 비극적 황홀

가)
돈 후안(유령) :

당신은 가장 깊은 충동의 추구를 위해 이 곳에 왔소

아직은 침묵하고 있는 소원의 추구를 위해. 침묵하고 있는…

난 당신을 데려왔소 우리의 열정은 녹아 하나가 될 것이기에

당신 마음속에서 당신은 이미 내게 굴복했소 모든 저항을 버리고 완전히 내게 굴복했소

이제 당신은 나와 함께 있소 다른 생각은 없소 당신은 결정한 거요 결정을…

돌아설 수 없는 곳을 지나

돌아볼 수 없소 우리가 해왔던 게임은 이제 끝이오 만약이나 그 때 라는 모든 생각을 지나 저항도 소용없소 금지된 생각들, 그리고 꿈이 퍼지게 하시오…

어떤 뜨거운 불길이 영혼을 흐를까요?

어떤 욕망이 문을 열까요?

어떤 달콤한 타락이 우릴 기다리고 있을까요?

돌아설 수 없는 곳을 지나 최후의 경계…

어떤 따뜻하고 말해진 적 없는 비밀이 우리를 기다리고 있을까요?

돌아설 수 없는 곳 너머에서…

－『오페라의 유령』 중에서－

나)

하이드:

동물원 철장 뒤의 덫에 걸려 있는 동물들은 사납게 달려 자유로워져 야 해!

약탈자들은 그들이 추적한 희생물에 의해 살아가지! 이번엔 약탈자 는 바로 나야.

갈망, 격렬한 욕구…

저주로 내 영혼을 가득 채우네!

태고의 불로 태워, 신들린 듯 광포해지고 사악해지지!
오늘 밤! 나는 천국의 눈 먼 이들로부터 약탈하고
모든 신으로부터 훔칠 거야!
오늘밤 나는 모든 인간들로부터
남아 있는 모든 것들을 정복하겠어!
그리고 난 내가 영원히 살아있을 것을 느끼지.
내 곁의 사탄과 함께!
또 난 세상에 보여주겠어.
오늘 밤, 그리고 영원히 기억될 그 이름…
에드워드 하이드라는 그 이름!
살아있는 듯한 이 기분!
이토록 생생한 나 자신을 보지 못했네!
악으로 충만한 느낌
어떤 존재의 느낌.
바로 에드워드 하이드!

다)
댄버스:
당신은 맥심 주인님의 공간을 차지하려 하고 있잖아요. 밤이 오면 바다에서 그림자가 한숨을 쉬죠. 조심해라! 두려워해라! 문들을 주의해라! 걸어 잠그고, 단단히 신경 써라! 들어오는 것들은 모두 끔찍한 저주뿐이니! 이 집의 모든 밤들은 슬픈 소리를 내며 모두가 그녀를 기다리죠. 레베카! 당신이 어디에 계시더라도 당신의 심장은 여기 남아 아직도 거칠게 뛰고 있어요. 저 바람처럼 파도처럼! 어둠이 깔리면 바람이 노래하죠 레베카! 돌아와요 레베카 안개의 왕국을 떠나 맨덜리로 돌아와요! 당신이 하는 모든 것들은 그녀의 아류에 불과하죠. 조심해라! 두려워해라! 그녀는 당신의 도벽을 용납지 않으시죠. 당신은 곧 본색을

드러내게 될 거에요. 어느 누구라도 그녀를 모욕한다면 어느 날 반드시 속죄할 수밖에 없어요. 이 저택은 그녀의 것이고 모든 것들은 그녀를 기다리고 있죠. 그녀를 사랑하는 사람이라면 절대 잊을 수 없어요. 레베카!

―『레베카』 중에서―

대작 스릴러 뮤지컬에는 사랑의 삼각관계가 존재한다. 한 여인을 두고 두 남자가, 혹은 한 남자를 두고 두 명의 여인이 사랑의 각축전을 벌인다. 이 사랑의 삼각관계에는 공통점이 존재한다. 빛의 세계에 속하는 남녀와 어둠의 세계에 속하는 남 혹은 여가 존재하는 인물 구성 방식이다.

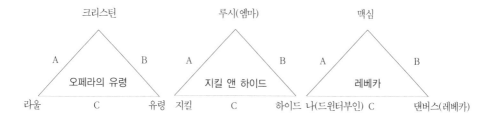

사랑의 삼각관계에서 A축의 두 인물은 비록 신분적으로 차이가 있기는 하지만 빛의 세계에 속할만한 자질을 하나씩 가진 인물들인데, 공통적으로 주위로부터 사랑을 받고 있으며, 빛의 세계에 속하는 자질들을 갖고 있어, 귀족이거나 순수한 영혼의 소유자이거나 희생적

뮤지컬 〈레베카〉.
댄버스 부인, 내드윈터 부인), 맥심

사랑의 낭만성을 갖춘 인물들이다. 반면에 반대 축의 남 혹은 여는 어

둠의 세계에 속하는 인물들로서 공통적으로 주위와 단절된 인물들로 음모를 꿈꾸는 자들이며, 어둠의 세계에 속하는 자질들을 갖고 있어 감당하기 힘든 혐오감을 불러오는 추악한 몰골이거나 광폭한 폭력성을 보이거나 혹은 죽은 자의 부활을 맹신하는 망상적 사고를 갖고 있다.

바로 이 사랑의 삼각관계에서 A축에 속하지 않은 인물들 즉 유령, 하이드, 댄버스 부인이 대작 스릴러 뮤지컬의 격정성을 만드는데 핵심적 역할을 한다. 그들의 현실은 비극적이다. 유령은 추악한 몰골 때문에 어린 시절부터 버려지거나 혐오스런 존재로 내쳐지는 감당키 힘든 고통에 시달리며 항상 오페라 극장의 지하공간에 머물고, 하이드는 악마적 속성으로 인해 범죄로만 자신의 존재감을 드러내는 숙명적 한계에 부딪히고, 주위로부터 비윤리적 혹은 범죄적 속성 때문에 배척을 받는다. 댄버스 부인은 어릴 때부터 시중을 들어 자신의 분신처럼 사랑하게 된 레베카가 죽자 그녀가 환생해 돌아올 거라는 편집증적 사고에 빠지며 그로 인해 망상적 사고와 행동으로 주위와 정상적인 관계로부터 멀어진다. 그만큼 그들은 절망과 시련 그리고 소외 속에서 비극적 현실을 경험하게 되는데, 비극적 현실이라는 것이 선천적인 처참한 몰골이나 약물로 창조된 악마적 속성처럼 태생적, 숙명적 한계에 부딪히는 것이거나, 죽은 자의 환생에 대한 집착이라는 실현 불가능한 망상이어서 처참한 극한적 절망감만이 횡행한다.

하지만 그들은 비극적 현실에 매몰되지만은 않는다. 그들은 비극적 현실 속에 범접할 수 없는 에로스적 절정의 유토피아적 지점을 상정한다. 충만한 기쁨과 열정적 만족으로 가득 찬 최상의 유토피아적 정점을 상정한다.『오페라의 유령』에서는 '돌아설 수 없는 곳을 지나 최후의 경계'로 상징되는 유토피아적 정점이 그려지는데 그 곳은 크리스틴이 유령에게 자발적 복종으로 온전한 연정을 맺게 되고 욕망과 생명성이 넘쳐흐르는 곳이다. 『지킬 앤 하이드』에서는 신의 전능성이 하이드 자신에게 온전히 체현된 곳, 갈망과 격렬한 욕구가 스스로 체현되는 곳, 충만감과 생명력이 만개한 곳으로 그려진다. 아울러 『레베카』에서는 만델리가 유토피아적 정

뮤지컬 〈레베카〉. 2막 첫 장에서 창문 베란다에서 댄버스 부인은 레베카의 자리를 대신하려는 내드윈터 부인에 대한 저주의 감정을 노출하면서도 레베카의 임재와 환생에 대한 환희로 충만한 감정에 휩싸인다.

점이 되는데, 그곳은 레베카의 창조주적 지배력이 충일한 곳, 온 만물이 레베카를 찬양하는 왕국으로 그려진다.

그래서 그들의 열정적 갈망과 광신적 신념, 충만한 환희가 충일하게 되는데, 바로 그러한 정서와 감각 그리고 사고의 표출이 격정성을 낳게 되고, 다시 그 격정성은 '현실이 비극적이라 하더라도 그 안에 다가설 수 없는 에로스적 절정의 유토피아적 지점을 상정하는 것'이라는 비극적 황홀의 모습을 띠게 된다. 아울러 그 격정성 혹은 비극적 황홀경의 세계는 '현실이 비극적일수록, 그런가 하면 황홀경이 드높을수록 그 울림과 떨림이 크다'는 점에서2) 살펴본 것처럼 3편의 대작 스릴러 뮤지컬은 비극적 현실의 참담함과 황홀경 세계의 웅혼성 혹은 망상적 집착으로 인해 비극적 황홀경의 격정성의 세계를 펼치게 된다.

2) 정효구, 「전율, 비극적 황홀, 위반」, 『문화저널 21』, 2009,2.

제1장 미담(美談), 미담집(美談集)의 세계

잭 캔필드, 마크 빅터 한센,『마음을 열어주는 101가지 이야기』 1, 2, 3, 류시화 역, 이레출판사, 2006.

잭 캔필드, 마크 빅터 한센,『영혼을 위한 닭고기 수프』 1, 2, 류시화 역, 푸른숲, 2007.

탄줘잉,『살아있는 동안 해야할 49가지』, 김명은 역, 위즈덤 하우스, 2004.

이미애 외,『TV 동화 행복한 세상』 1, 2, 3, 4, 5, 샘터, 2006.

강현구,『대중문화와 문학』, 보고사, 2004, 2.

송병선, 미니픽션:21세기 문학의 새로운 지평, Latin21, www.latin21.com, 2003.10.22.

A.C. 그레일링,『미덕과 악덕에 관한 철학사전』, 남경태 역, 에코의 서재, 2006.

D 하워드· E 마블리,『시나리오 가이드』, 한겨레신문사, 심산 역, 2005.

제2장 셀픽션(selfiction)의 경쟁력

스튜어트 에이버리, 앤디 앤드루스『폰더씨의 위대한 하루』, 이종인 역, 세종서적, 2006.

스펜서 존슨,『누가 내 치즈를 옮겼을까』, 이영진 역, 진명출판사, 2007.

스펜서 존슨,『선물』, 형선호 역, 중앙 M&B, 2006.

스펜서 존슨,『선택』, 형선호 역, 청림출판, 2005.

앤디 앤드루스,『폰더씨의 위대한 하루』, 이종인 역, 세종서적, 2006.

켄 블랜차드,『칭찬은 고래도 춤추게 한다』, 조천제 역, 21세기 북스, 2006.

한상복,『배려』, 위즈덤 하우스, 2007.

호아킴 데 포사다, 엘렌싱어,『마시멜로 이야기』, 김경환 역, 한국경제신문, 2006.

강정애,「독자를 위한 배려」,『기획회의』 177호, 2006.06.05.

김기옥, 「100년 묵은 자기계발서의 역사」, 지금 한국에서 만개하다, 『기획회의』 159호, 2005.9.5.

도미니크 바뱅, 『포스트 휴먼과의 만남』, 양영란 역, 궁리 출판사, 2007.

윤정미, 『아동용 자기계발서의 특성 고찰』, 카톨릭 대학원 석사학위 논문, 2008.

제 3 장 지식콘텐츠 - 〈지식채널 e〉와 자막

EBS, 〈지식채널 e〉, 2005-2010.

강현구, 「미담집 미담의 서사전략」, 『인문콘텐츠』 16호, 인문콘텐츠학회, 2009.11.

공진성, 『폭력』, 책세상, 2009.

송병선, 「미니픽션:21세기 문학의 새로운 지평」, Latin 21 www.latin21.com, 2003.10.22.

오진곤/조은희, 「한국 TV 다큐멘터리의 새로운 경향연구」, 『사회과학논총』 제 16집, 2009,2.

임종수, 「디지털 시대의 지식사회학: EBS 〈지식채널 ⓔ〉 읽기」, 『프로그램/텍스트』 제 16호, 2007.

앙드레 고드로/프랑수아 조스트, 『영화서술학』, 동문선, 2005.

EBS, 〈지식채널 e〉, 2005-2010.

오진곤/조은희, 「한국 TV 다큐멘터리의 새로운 경향연구」, 『사회과학논총』 제 16집, 2009,2.

임종수, 디지털 시대의 지식사회학: EBS 〈지식채널 ⓔ〉 읽기, 『프로그램/텍스트』 제 16호, 2007.

세일카 커런 버나드, 『다큐멘터리 스토리텔링』, 양기석 역, 커뮤니케이션북스, 2009.

앙드레 고드로/프랑수아 조스트, 『영화서술학』, 동문선, 2005.

헤이스 B. 제이콥스, 『논픽션 쓰는 법』, 김병원 역, 보성사, 1987.

제 4 장 코믹저널리즘, 르포만화의 세계

조 사코, 『안전지대 고라즈데』, 함규진 역, 글논그림밭, 2004.

조 사코, 『팔레스타인』, 함규진역, 글논그림밭, 2002.

파울로 코시, 『메즈예게른』, 이현정 역, 미메시스, 2011.

스콧 맥클라우드, 『만화의 창작』, 김낙호 역, 비즈앤비, 2008.

다니엘 아루혼, 『영화언어의 문법』, 최하원 역, 집문당, 2002.

제 5 장 애니메이션과 에듀테인먼트

Tamar Simon Hoffs, <horrible histories>, Scholastic Inc., 2011.

Hiawyn Oram, <Mona the Vamphire>, M&V.

<Geronimo Stilton>, TM & Atlantyca Entertainment S.P.A, 2011.

<Little Amadeus>, 스크린 에듀케이션 사, 2010.

Michael Foucault, Discipline and Punish : 『The Birth of the Prison』, trans. Alan Scheridan
       (London:Penguin, 1977).

김현진, 「고딕문학과 고딕적 상상력 : 참수의 윤리」, 『안과 밖』 3권 0호, 2013.

최성민, 「그로테스크와 엽기의 주제사」, 현대문학이론학회, 『현대문학이론연구』 39권 0호
       2009,12.

제 6 장 에듀픽션

귄터 벤텔레, 『소설로 만나는 근대이야기』, 안미라 역, 살림Friends, 2010.

알베르토 안젤라, 『고대 로마인의 24시간』, 주효숙 역, 까치, 2012.

곽차섭 편, 『미시사란 무엇인가?』, 푸른역사, 2007.

송승철, 「가상역사소설론 : 허구적 역사구성과 실천적 관심」, 『실천문학』32, 1993,11.

H. 포터 애벗, 『서사학강의』, 우찬제 외 역, 문학과 지성사, 2010.

안병직, 「한국생활사 연구의 성과와 과제-구미학계의 일상사 연구경향과 비교의 관점에서」,
       『역사학보』213집.

피터 버크, 『문화사란 무엇인가?』, 조한옥 역, 길, 1012.

제 7 장 콘서트류 교과서

팀하퍼드, 『경제학 콘서트』, 김명철, 웅진싱크빅, 2006.

정재승, 『과학콘서트』, 어크로스, 2011.

황광우, 『철학콘서트』, 웅진지식하우스, 2006.

박경미, 『수학콘서트』, 동아시아, 2006.

하야시 아츠무, 『회계학 콘서트』, 박종문 역, 한국경제신문사, 2012.

사와다 노부시게, 『논리학 콘서트』, 고재운 역, 바다출판사, 2006.

김봉순, 『국어교육과 텍스트 구조』, 서울대 출판부.

노명완 외, 국어교육학 개론, 삼지원, 2009.

스펜서 존슨, 『누가 내 치즈를 옮겼을까』, 이영진 역, 진명출판사, 2007.

호아킴 데 포사다, 엘렌싱어, 『마시멜로 이야기』, 김경환 역, 한국경제신문, 2006.

한상복, 『배려』, 위즈덤 하우스, 2007.

스튜어트 에이버리, 『핑』, 유영만 역, 웅진윙스, 2006.

켄 블랜차드, 『칭찬은 고래도 춤추게 한다』, 조천제 역, 21세기 북스, 2006.

스펜서 존슨, 『선택』, 형선호 역, 청림출판, 2005.

앤디 앤드루스, 『폰더씨의 위대한 하루』, 이종인 역, 세종서적, 2006.

스펜서 존슨, 『선물』, 형선호 역, 중앙 M&B, 2006.

제 8 장 논픽션 만화 – 역사와 비평 아우르기

브룩 글래스톤 글/조시 뉴펠트 그림, 『미디어 씹어먹기』(원제 : The Ingluencing Machine), 권
혁 역, 돌을새김, 2012.

『시사경제용어사전』, 기획재정부, 2010.11, 대한민국정부.

제 9 장 페이크 다큐멘터리와 팩션

폴 기난 & 아니나 베넷, 『보일러 플레이트』, 김지선 역, 사이언스 북스, 2013.

데렌스 라이트, 『사진이란 무엇인가』, 이주영 역, 눈빛, 2004.

강영희, 「포스트모던 시대의 역사와 구원」, 『창작과 비평』 86호, 1994,12.

형대조, 「모크 다큐멘터리는 무엇을 모크(mock)하는가?」, 『영화연구』, 54호, 2012년 12월.

제 10 장 대작 스릴러 뮤지컬의 격정성과 서사전략

「뮤지컬 시장 급성장의 명암 한류 '킬러 콘텐츠' 부상…부작용 뒤따라」, 한경business, 2012,
6.

정효구, 「전율, 비극적 황홀, 위반」, 『문화저널 21』, 2009,2.

강현구

고려대학교 국어교육과 및 동대학원 국어국문학과 졸업(문학박사)
현재 호서대학교 문화콘텐츠 전공 교수

저서
『대중문화와 뉴미디어』(월인출판사)
『대중문화와 문학』(보고사)
『문화콘텐츠와 인문학적 상상력』(글누림출판사)
『e-러닝과 에듀테인먼트』(글누림출판사)
『문화콘텐츠의 서사전략과 인문학적 상상력』(글누림출판사)

글누림 문화예술 총서 13
문화콘텐츠·대중서사장르의 서사전략

초판 1쇄 발행 2016년 2월 26일

지은이 강현구
펴낸이 최종숙

책임편집 이태곤 | 편집 문선희 박지인 권분옥 이소정 오정대
디자인 안혜진 이홍주 | 마케팅 박태훈 안현진
펴낸곳 글누림출판사 | 등록 2005년 10월 5일 제303-2005-000038호
주소 서울시 서초구 동광로46길 6-6(반포4동 577-25) 문창빌딩 2층(우06589)
전화 02-3409-2055(편집부), 2058(영업부) | 팩시밀리 02-3409-2059
홈페이지 http://www.geulnurim.co.kr | 이메일 nurim3888@hanmail.net

ISBN 978-89-6327-340-2 93800
정 가 24,000원

* 이 도서의 국립중앙도서관 출판예정도서목록(CIP)은 서지정보유통지원시스템 홈페이지(http://seoji.nl.go.kr)와
  국가자료공동목록시스템(http://www.nl.go.kr/kolisnet)에서 이용하실 수 있습니다. (CIP제어번호: CIP2016005022)